# 獣たちの葬列



鍋島啓祐 訳

A SONG FOR THE DYING
BY STUART MACBRIDE
TRANSLATION BY KEISUKE NABESHIMA

ハーパー
BOOKS

A SONG FOR THE DYING
BY STUART MACBRIDE


Published by K.K. HarperCollins Japan, 2021

ローナ、デイヴ、ジェームズへ

はじめに以下のみなさんへ

本書の執筆にあたり、いつもながら多くの方に多大なご助力を頂いた。この場を借りて感謝を述べたい。イシュベル・ガル、ローナ・ドーソン教授、デイヴ・バークレイ教授、ドクター・ジェームズ・グリーヴ、スー・ブラック教授。彼らの法科学的才知に。マーク・クーパー副管区長、マーティン・ダン警視、ウィリアム・ニモ部長刑事、ブルース・クロフォード巡査部長、コリン・ハンター警察犬訓練士、クレア・ピリー巡査。彼らの協力なくしては、スコットランド警察機構の一大改編についていくことができなかっただろう。サラ・ホジソン、ジェーン・ジョンソン、ジュリア・ウィズダム、ルイーズ・スワンネル、オリヴァー・マルコム、ローラ・フレッチャー、ロジャー・カザレット、ケイト・エルトン、ルーシー・アプトン、シルヴィア・メイ、デイモン・グリーニー、ヴィクトリア・バーンズリー、エマド・アクタール、ケイト・スティーヴンソン、マリー・ゴールディ、ビショップブリッグスのチーム、そしてすべてのハーパーコリンズ社スタッフの皆さん。最高の仕事をしてくれた。フィル・パターソン、イザベラ・フローリス、ルーク・スピード、マルジャック・スクリプツ社の皆さん。いつも私の猫に靴を履かせ、外の世界へ連れ出してくれる人々だ。

本書の登場人物に自分の名前を提供するチャリティ・オークションでは、大勢の方にご参加いただき多額の資金を集めることができた。今回の落札者はリズ・ソーントン、アリステア・ロバートソン、ジュリア・G・ニノーヴァの三名だ。

そして最後に――いつものごとく最高の感謝を、フィオーナとグレンデルへ。

**終わりは近い**

時至れり、と鴉《からす》は言った
目を閉じ、こうべを垂れ、
我とともに荒野を進め
死者の列に加わるために

——ウィリアム・デンナー
「死にゆく者に捧ぐ歌」（一九四三年）

# 獣たちの葬列

## おもな登場人物

アッシュ・ヘンダーソン――服役中のオールドカースル署の元刑事
アリス・マクドナルド――犯罪心理学者。外部調査・考察ユニット（LIRU）メンバー
ジェイコブソン――警視。LIRUの指揮官
バーナード・ハントリー――LIRUメンバー。鑑識の専門家
シェイラ・コンスタンティン――LIRUメンバー。法医学者
サビール――部長刑事。サイバー捜査の専門家
ネス――警視。オールドカースル署犯罪捜査部トップ
シフティ（デイヴ・モロウ）――警部補。アッシュの親友
ローナ・マッシー――部長刑事。アッシュの元部下
ナイト――警視。専門刑事部（SCD）捜査班のリーダー
ドカティ――犯罪心理学者。プロファイラー
バーバラ・クロフォード――刑務官
カニンガム――性犯罪者
ローラ・ストラーン――地元病院の元看護師
ルース・ラフリン――地元病院の元看護師
クレア・ヤング――地元病院の看護師
ジェシカ・マクフィー――地元病院の助産師
ウィーフリー・マクフィー――廃品回収業者。ジェシカの父親
ミセス・ケリガン――高利貸の女ギャング

# *1*

「べつにゲイだと言ってるんじゃない……あいつはホモだと言いたいわけじゃなくて、ただ、男らしくないんだよな。そこは分けて考えないと」

「勘弁してくれ……」雲を切り裂く傷痕《きずあと》のような三日月がふたりを照らしていた。ケヴィンは霜の降りた下草を踏み分け、白い吐息をたなびかせて進んでいく。両の乳首に火がついた心地だ。袖口から飛び出して懐中電灯を握る指も痛い。こめかみに当たる眼鏡の蔓《つる》さえ冷たかった。

後方では救急車の青白二色の灯火がやる気のないサーチライトみたいに回転し、路傍の木立にいくつもの影を這《は》わせている。ヘッドライトを照り返すバス待合所の囲いの樹脂ガラスは、かつて誰かが放火を試みた部分がふくれて黒くなっていた。

ニックが救急車のドアをばたんと閉じた。「いや、マジで見てみろって。あんな女々しいやつってないぜ？」

「黙って手伝ったらどうだ」

「何をそうカリカリしてんだか」ニックはノミのたかった犬みたいに顎を掻きむしった。

ひげから落ちる細かい白いフケが懐中電灯の光を浴び、死にかけの蛍《ほたる》のように舞った。

「どうせまたいたずらだろ。例の腹を裂かれた女がキングズミースで見つかってこのかた、街じゅうの暇人が似たような通報をしてきやがる。連中の言うとおりならここら一帯、女の死体で膝まで埋まってなきゃおかしいぜ」

「本当に女性がこの暗闇に倒れて、死にかけていたらどうする？　おまえは――」

「スパイダーマンがどんだけナヨナヨしてるか知ってるか？」

ケヴィンは振り向きもせず、ただ草むらを見つめた。周囲の茂みは深く、錆《さ》びた槍のようなスイバや枯れたアザミの中にガラスパイプの破片が散らばっている。奥のほうから強烈な黴《かび》の臭気が漂ってきた。

「言ってろよ。五ポンド賭けてもいい、絶対いやしねえって」ニックは顎を掻きながら、「通報が嘘じゃなかったら？　まだ生きてるかも」

積もった落ち葉を蹴散らした。「それでスパイダーマンの話だけど、テーマソングいわく〝行動こそが彼の報酬〟だとよ。ばかげてるよな」

シフトは残り二時間。たわごとや益体《やくたい》もない愚痴に付き合わされる、もう二時間……。

あのハリエニシダの茂みから、何か飛び出しているように見えないか？

ケヴィンが枝を手の甲で払うと、黒く細長い莢《さや》がガラガラヘビみたいに鳴った。

ただのビニール袋だった。赤と青のロゴマークに霜がついて光っている。

「だってよ、もしおれが燃え盛るビルからきれいなお姉ちゃんを助けたとしたらさ、せめて金をもらうとか、フェラチオくらいはしてもらいてえよな。スパイダーマンがしてもらってるとこ見たことあるか？　一度だってそんなシーンはありゃしねえ」

「ニック、頼むから……」

「それにさ、おれやおまえがパジャマ姿で走りまわって、通行人にねばねばする体液をぶっかけたりしたら、性犯罪者リストに載るのがオチってもんだろ」

「五秒でいいから黙っててくれないか？」ケヴィンの耳たぶが煙草の火を押しつけられたみたいに痛んだ。頬にも同じ痛みが兆《きざ》しつつある。懐中電灯の光をあちこち振ってみた。ニックの言うとおりかもしれない。時間の無駄かも。十一月の木曜の夜、凍てつく寒さの中、ふたりしてこんなところで時間を浪費している。どこぞのろくでなしが、女の死体が道端《みちばた》に捨ててある、と嘘の通報をするのを面白いと思ったせいで。

「ありゃスーパーヒーローなんかじゃない、変態だ。しかも女々しい。証明終了」

毎年十五万人も脳卒中で倒れているんだから、ニックもそのうちのひとりになってくれないだろうか。できればいますぐ。そこまで願うのは厚かましいか？

ニックがひげをいじるのをやめ、指さした。「おやおや、誰かさんがここでお楽しみだったようだぜ。コンドームの巣が……」靴の爪先で探り出し、「イボつきのやつだな」

「うるさい」ケヴィンは人差し指にできたさかむけを嚙み切った。眼鏡が息で曇る。「通報ではなんと言ってた？」

ニックが鼻をすする。「女性、二十代半ば、内臓出血の恐れあり、A型のRhマイナス」

茂みを出てバス待合所へ向かうケヴィンの足もとで、砕石《さいせき》舗装がざりざりと音を立てる。

「どうしてわかったんだ？」

「なんでここかって？　そりゃ――」

「そうじゃない、どうして血液型までわかってるんだ……？」ケヴィンは足を止めた。待合所のうしろに何かある、ちょうど人くらいの大きさのものが。

ケヴィンは思わずよろめき、凍った舗装に靴を滑らせた。だが、そこにあったのは丸まったカーペットだった。色あせた緑と黄色の渦巻き模様に、黒い染みが点々とついている。回収センターに持ちこむのを面倒くさがった誰かが捨てていったにちがいない。まったく、近ごろのやつらときたら。

昔はもう少し……。

カーペットから草むらの奥まで、何かが這《は》いずった跡がある。

なんてこった。

「スーパーマンだって似たようなもんだ！」

ケヴィンは喉がしゃがれて声が出なかった。もう一度言いなおす。「ニック……」

「どんな変態だよ、青い全身タイツの上に――」

「ニック、レスキューキットを取ってこい」

「――真っ赤なパンツ穿《は》いたりしてさ。おかしいったらねえよ。〝われこそは鋼鉄の男、わがパンツの股間を見よ！〟ってか。おまけに――」

「キットを取ってこい」

「──弾丸《たま》よりも速いときた。女が喜ぶのは──」

「キットを取ってこいと言ってるんだ！」ケヴィンはそう叫ぶなり走りだし、待合所の脇から茂みを縫うように進んだ。枯れかけたイラクサの葉をかき分け、痕跡をたどっていく。

女が仰向《あおむ》けに倒れていた。片脚を曲げ、まっすぐ伸びたもう一方の脚は血の気の失《う》せた足裏が土で汚れている。白いスリップドレスは太腿までずりあがり、腹部を覆う布地に黄色い十字の染みがついていた。腹がふくれて見えるのは、体内に何かを入れたまま縫合したせいだ。スリップににじんだ血が黒ずんだ花柄のようだ。

顔は磁器ほどに白く、そばかすが血しぶきの乾いたあとみたいにくっきりと浮かびあがっていた。銅色の長い髪が霜の降りた草の上に広がっている。首もとには金の鎖。

女の指がぴくりと動いた。

まだ生きてる……。

六年後

## 2

背中から壁に叩《たた》きつけられ、次いで後頭部。黄色い光がはじける。頭蓋《ずがい》の奥でごつんと鈍い音が響く。喉からひとりでにうめきが漏れる。わたしのみぞおちに、オニール元巡査はなおもこぶしをめりこませる。

内臓を尖《とが》ったガラスで引き裂かれるようだ。

割れ鐘《がね》のように鳴りつづけるわたしの頭を、新たなこぶしが横合いから殴りつける。頬がかっと熱くなった。オニールと同じくらい図体のでかい相棒、テイラー元巡査だ。ふたりとも刑期のほとんどを所内のジムで過ごしているにちがいない。そうでなければこんな重いパンチは打てない。

腹にもう一発食らった。またしても壁に押しつけられる。

右のパンチで反撃した。オニールの鼻にこぶしを叩きこむなり、指の関節が悲鳴を上げる。鼻がつぶれた。オニールは醜い逆三角形の頭をのけぞらせ、血しぶきの真っ赤な弧を宙に描いてあとずさった。

さらに右。先の一撃ほど力をこめられなかったが、数秒でも稼ぐことができれば……。

テイラーの大きな丸顔目がけて肘鉄《ひじてつ》を放つ。が、相手のほうが速かった。図体のわりにかなりいい動きをする。

わたしの肘は壁を打った。

テイラーのこぶしがふたたび頬を捉える。

がつん――壁に叩きつけられる。またしても。

もう一度放った肘鉄が、今度こそテイラーの口の右端に命中する。上唇と歯にぶつかった肘先が電気ショックのように痺《しび》れた。廊下の茶色の壁にまたしても赤が散る。血は彼の官給のスウェットにも垂れ、グレーの生地に小さな赤い花柄がついたみたいだった。

テイラーがうしろによろめく。折れた歯を吐き捨て、血まみれの口を手でぬぐう。失った前歯の隙間からよだれ含みのたどたどしい声が漏れた。「ひにたいらひいな」

「ふたりがかりなら勝てると思ったか?」わたしは右のこぶしを固めた。関節が痛みを訴える。指を曲げ伸ばしするたび、焼けた針が軟骨を貫通して骨まで刺さるような心地。

オニールがうなりを上げて突進してきた。顔が赤と黒のだんだら模様になっていた。

また壁にぶつかる。体内のすべての空気がうめき声とともに逃げていく。顔面を殴られる。

殴り返す。視界がぼやけた。外れた。

また殴られた。

オニールはもう一発殴ってきた。頭の中でハゲワシの合唱団が絶叫する。

視界が点滅する。

立ちつづけろ。こんなやつらに倒されるな。

オニールの顔をつかんで、残骸と化した鼻の穴に親指を突っこんだ。温かくぬるぬるとした穴の奥を思いきりえぐってやった。

オニールは叫び声を上げた。

わたしも叫んだ。テイラーの二十九センチの靴に右足を踏みつけられて。足の中で何かが裂けた。瘢痕《はんこん》組織が骨から剝《は》がれた。縫い目が解け、銃創が開いた。立ちつづけるためのすべての方策は、首まで張り裂けんばかりの激痛の前に消え去った。

ふたたび足を撃たれたも同然だ。

右脚が屈し、御影石《みかげいし》を模した床が一挙に眼前に迫ってくる。

からだを丸めた。手足を胴体に引きつけ、命に関わる臓器と頭を守ろうとした——

足とこぶしがわたしの腿、腕、背中に降りそそぐ。蹴られ、殴られ、踏まれる。

そして暗転。

……

「……まへ、だいひょう……？」

……

「……くしょう、鼻が……」

……

「……ほろほろ起こ……へ」

にこちらへ笑いかけている。オレンジの水着にスクールセーターをはおり、傍らにはプラスチックのバケツとシャベル。レベッカ九歳、ケイティ四歳のときの写真。

ほんの十一年前なのに、遠い前世のように思える。

ジェイコブソンがかすかにこうべを垂れた。「娘さんたちのことは本当に残念だ」

みんなそう言う。

「つらいだろうな——こんな場所から娘さんを悼《いた》まなければならないとは。おまけに弟殺しの濡れ衣《ぎぬ》まで着せられ、所内ではリンチに遭ってばかりで……」

「一体なんの用なんだ?」

ジェイコブソンはジャケットの懐《ふところ》から『カースル・ニュース&ポスト』を取り出すと、二段ベッドの下段に放った。「先週の号だ」

一面のほとんどを写真が占めている。ぽっちゃりした女性の顔のアップ。ショウガ色の巻き毛が左右の頬にかかり、鼻と頬に広がる濃いそばかすはスコットランド伝統の戦化《いくさ》粧を思わせた。フラッシュを焚《た》くカメラマンふたりの姿がサングラスに映《うつ》りこんでいる。

女性はカメラから顔を隠すように片手を上げているが、間に合わなかったらしい。

写真の上の見出しには大きなブロック体で**「クリスマスの奇跡! インサイド・マン被害者、喜びの懐妊」**と書かれていた。

なんてこった。過去からの爆風というやつだ。

わたしは杖をベッドのフレームに引っかけ、マットレスに腰を下ろして新聞を読んだ。

本紙独占

インサイド・マン事件の被害者ローラ・ストラーンさん（37）にまつわるすばらしいニュースが届いた。八年前、女性四人が殺害され三人が重傷を負った異常犯罪の最初の生還者となった彼女だが、このたび第一子を妊娠していることが明らかとなった。インサイド・マンはストラーンさんの腹部を切開し、体内に玩具の人形を埋めこんだ。その後遺症により、彼女の懐妊はありえないものと医師たちは考えていた。カースル・ヒル病院関係者は本紙の取材に対しこう語っている。「まさに奇跡だ。彼女に妊娠は不可能だと思っていた。大変嬉しく感じている」

ストラーンさんとその夫クリストファー・アーヴィンさん（32）にとってはこの上ない喜びであり、ひと足早いクリスマスプレゼントといったところだろう。（続きは四面で→）

四面を開いた。「彼女の内臓はめちゃくちゃにされたものと思ってたよ」

「きみは当時の捜査に加わってたな」

記事の続きにざっと目を通した。結局大したことはわかっていないらしく、ローラの友人のコメントやら、生まれてくる赤ん坊の名前当てやらで内容を水増ししてある。ローラ自身や夫の発言は一切載っていない。「記者連中、当の本人らとは話さなかったのか？」

ジェイコブソンは机に腰をもたれた。「夫はカメラマンを殴ったうえ、奪ったカメラを記者のケツに突っこんでやると脅したそうだ」

わたしは新聞を畳んで脇に置いた。「そいつはいい」

「二年にわたる矯正手術と果てしのない不妊治療を耐え、いまや妊娠七カ月すぎらしい。予定日は十二月の最終週かな。某紙の清廉《せいれん》なる記者が彼女の診療記録を入手してる」

「逆境に打ち勝つ物語ほど感動的なものはないな。おれとはなんの関係もなさそうだが」

「きみはやつを取り逃がしてる。インサイド・マンを」

背中にぐっと力が入り、手はこぶしを握った。関節が痛む。歯を食いしばったまま吐き出すように、「もういっぺん言ってみろ」

バーバラがかぶりを振り、声のトーンを落として警告する。「落ちつけ……」

「やつの姿を最後に見たのはきみだ。追跡中に見失った」

「どうしようもなかったんだ」

ジェイコブソンの口角が笑みに吊りあがる。「まだ遺恨は消えてないようだね」

新聞の一面写真から、ローラ・ストラーンがわたしに向かって顔をしかめている。

わたしは顔を背《そむ》けた。「警察が取り逃がしたやつなんか、いくらでもいる」

「やつは女性を四人も殺した。だがローラは生還した。次いでマリー・ジョーダン。もしきみがそこで捕まえていれば……それからやつが雲隠れするまで、ひとりしか被害者を出さなかったのは幸運だった」

幸運はわたしのミドルネームだ。

ジェイコブソンは両手を脇の下に挟み、からだを揺らしはじめた。「そのあと、やつがどうなったか気にならないか？　八年間なんの音沙汰もなし。どこにいたんだろう？」

「国外に逃亡したか、刑務所か、死んだかだろう」わたしはこぶしを解き、指を伸ばして膝に置いた。関節が焼けるようだ。「話は終わったか？　おれにもやることがあるんでね」

「きみにびっくりな報せがある」ジェイコブソンがバーバラを振り返った。「連れてくよ。彼に例のベルトをつけて、荷造りさせてくれ。外に車を待たせてある」

「なんだと？」

「これはまだオフレコだけど、昨日遺体で見つかった小児科勤務の看護師。彼女の体内から〈マイ・ファースト・ベビー〉の人形が発見されたんだ。やつは帰ってきた」

わたしの両手がふたたびこぶしを固めた。

付き合ってられるか。「びびるなって」

「あんたが誰か、おれが知らないと思うか？　あんたはとっくにキャリアをトイレに流しちまった男だが、だからといって――」

「もういい」わたしは杖を持ちあげると、ゴムキャップのついた先端でジェイコブソンの肩を突《つつ》いた。「起きろよ」

「んむむむ……？」

もう二回突いて、「拉致現場の情報がないのはなぜ？」

クーパーは普通の声に戻ったが、それでも前より一オクターブほど高かった。「止めたんです、サー。警視を起こさないよう言ったんです」

「んぐ……」ジェイコブソンが両手で顔をこする。「いま何時？」

わたしはもう一度彼を突き、同じ質問をした。

ジェイコブソンは前部座席の隙間からこちらを覗いた。顔がむくんでピンク色になっている。「現場がどこかわかってない。それだけ。眠らせて――」

「もうひとつ訊《き》く。さっきからおれたちを尾《つ》けてるのは誰だ？」

彼は口をぽかんとさせた。それから充血した目を細め、首をかしげた。「尾けてる？」

「三台ぶん空けてうしろのBMW――黒の四輪駆動。パースからずっと尾けてきてる」

ジェイコブソンがクーパーを見る。「ほんとに？」

「あの……その……」

「次を右に曲がって。そこだ、〈ハッパス〉の看板のところ」

ミラーよし。ウィンカーよし。車線変更よし。クーパーがレンジローバーを右折車線に入れ、そこで停めた。ダンディーへ向かう車列が途切れるのを待ち、それから幹線道路をまたいで一般道に下りた。穴だらけの舗装路の両側に背の高い樹木が並び、暗闇にとげとげしい影を浮かべている。

ジェイコブソンはリアガラスを覗きこみ、笑みを浮かべた。「きみもすっかり刑務所病だね。被害妄想が――」笑みが消えた。ふたたび前を向き、「そのまま走って」

高々と伸びてそよともしないマツの林を抜け、野原に出た。雲の裏から降りそそぐ月光があたりを黒と灰色の二色に染めあげていた。雲間に星がきらめいている。道の左右に並ぶ農場の窓が猫の目のようにちらりと光った。

クーパーが咳払いする。「まだついてきます」

わたしはマニラフォルダーをジェイコブソンに返した。「そりゃそうだ。おれたちについてくる以外になんの用がある？　第一、おまえは撒《ま》こうともしてない」

行く手に鬱蒼《うっそう》とした木立が壁のごとく現れ、そこを抜けるとまた野原が続いた。延々似たようなマツ林に仕切られた農業地帯を走りながら、途中でクーパーが車を左折させた。後方のヘッドライトも左折してきた。今度は右に急ハンドル。

小さな村落を抜けてジャンクション方面に向かった。小学校のそばで左折し、A90への復帰を目指す。速度制限が切り替わるやいなや、クーパーがアクセルを踏みこんだ。レン

テレビのほうは、ネスが次の原稿に移ったところだった。〝昨日午前三時二十三分、ブラックウォール・ヒル地区近辺より九九九に通報があり……〟

もこもこしたジャケットの女が、揺れるレジ袋を脚にぶつけながらカウンターまでやってきた。「大丈夫、ひとりでやれるから……」

「シェイラ、わが心の貴婦人よ、手伝わせておくれ」ハントリーがピザ箱の一番上を取ってカウンターに置き、蓋を開いた。ニンニクとタマネギ、トマトの濃厚な匂いが立ち昇り、籠の中の小鳥のようにあたりを舞った。ハントリーはわずかに肩を落とし、「ベジタリアンのやつだった」蓋を閉じた。

〝……その場で死亡が確認されました。現時点でお伝えできることは以上ですが、本件の捜査は専門刑事部と外部有識者チームの支援を受け、目下進行中です〟

アリスがピザ箱に手を伸ばし、自分のほうに引きよせた。「ありがとう、ドクター」

シェイラは残りの箱を離れたテーブルに置くと、手袋を外した。「まったく、ひどい雨だった……」彼女は身震いした。マフラーを取って顔の下半分、つやつやした丸い頬と小さな鼻を露《あら》わにすると、わたしに握手を求めてきた。「シェイラ・コンスタンティン、法医学者。あんたがヘンダーソンね、ご足労どうも。あんたに十二ポンド六十三ペンス貸しだから」それからハントリーに顔をしかめてみせ、「十二ポンド六十三ペンス、いい、みんなに貸しだからね」

〝それでは質問を受けつけます〟ネスが画面外の誰かを指さす。〝どうぞ〟

男の声で、〝今回の事件は模倣犯ですか、それともインサイド・マン本人が犯行を再開したのでしょうか？〟

ハントリーが新しい箱を開いた。「全部ベジタリアン用かね？　わたしはたしかに肉たっぷりのやつを頼んだはずなんだが」

シェイラは上着を脱ぐのに苦労していた。「あんたの日ごろの食生活なんか知らないよ、バーナード、黙って食べな。それと言っとくけど、今度こそツケは利かないから」

〝……犯人の素性について、捜査を待たずして予断を下すことは差し控えたく……〟

わたしはポケットに手を突っこんだ。ピザの箱を見た。アリスのほうを見て、それからまた箱を見た。

アリスは目尻に小さな笑いじわを作りつつ、うなずいた。「アッシュの分はわたしが払うわ、身元引受人だから。それともチーム参加のお祝いってことにして、みんなで割り勘に――」

「ああ、そうだった」ハントリーが額をぴしゃりと叩いた。「ミスター・ヘンダーソンは出所したばかりで、懐もさぞ寂しいことだろう。恥ずべきことだと思わないかね、シェイラ。こんなときに金の話をするなんて！」

〝捜査の指揮は誰が執るんです？　あなた、それともナイト警視？　スコットランド警察総監はオールドカースル署を信用していないとも――〟

〝このような事件では、複数の捜査班が合同で捜査に当たるのが標準的な手順となっております。わたくしとしましても、若い女性たちの命に関わる重大事件である以上、あらゆる協力を歓迎する用意がございます。それともあなたは、われわれがまちがったプライドのためにＳＣＤの協力を拒絶することをお望みでしょうか？〟

〝わたしは……いや、あの、しかし……〟

〝クレア・ヤングさんの死に責任を持つ者を捕まえるためならば、街路の一本一本まで捜索し調査する所存です。次の方〟

ハントリーが他の箱を開けた。「ああ、やっと見つけた。サラミが乗ってるやつを」箱をべつのテーブルに移し、椅子に座った。生地とチーズと脂《あぶら》ぎった肉で構成された三角形を取り、その切っ先でテレビに映るネスを指す。「彼女、美人じゃないかね？　昇進と同時にテイサイド署から異動してきたんだ。田舎者どもは震えあがったそうだよ」ハントリーはピザを頬ばった。食べている最中も画面から目を離さなかった。口をハンカチでぬぐって続ける。「彼女がまだ部長刑事だったとき、いっしょに仕事したよ。かなり悪質な連続婦女暴行事件で……信じられないかもしれんが、ああ見えてよそ行きの仮面の下は大したファム・ファタールでね」

〝インサイド・マンから新たな手紙は届いていますか？〟

〝すでに申しあげたとおり、われわれは犯人についていかなる憶測もしておりません。次の方〟

〝ですが、手紙は――〟

〝次の方〟

シェイラが椅子を持ってきて座った。彼女の分厚いジャケットがふくらんで見えた。

「ネス警視にもナイト警視にも許可は取った——明日の朝イチで遺棄現場を見せてもらえるって。遺体はそのあと」

〝遺体に残された人形はどのようなものでしたか？〟

〝現時点ではお答えできません。次の方〟

ハントリーがもうひと口ピザをかじる。「遺留品はいつ見られるのかな？」

シェイラが渋面《じゅうめん》を作ってみせる。「あんたがピザ代を払ってから」

「そんなこと言わずに……」

〝人形は〈タイニー・ティアーズ〉、それとも〈ベビー・バンティ〉？〟

〝すでにお答えしたとおりです。次の方〟

〝外部有識者のチームですが、彼らの報告先はあなたですか、SCDですか？〟

ネスは横に目をやった。〝ジェイコブソン警視？〟

「おお」ハントリーがわたしの手からリモコンをひったくる。「やっと出番だ」テレビの音量を上げた。

カメラが動いて会見場が一瞬ぶれたかと思うと、ジェイコブソンが映った。端のほうに立ったまま、カメラごしにこちらを見つめ返している。茶色いネクタイを締め、スーツがわりにあのレザージャケット。〝わたしのチームは全員、各分野のプロ中のプロです。数十年にわたる経験を持ち、いかなる状況にも独創的視野を持って臨むことのできる、まさしく精鋭たちです〟

会場が静まり返る。やがて他の記者がもう一度同じ質問を繰り返した。〝それで、あなた方の報告先はオールドカースル捜査部ですか、それともSCDですか？〟

〝実にいい質問です〟

また静かになった。

〝あの……お答え願えますか？〟

〝LIRUの成果はわたしを通じて、その情報を最も活用できると思われる捜査班に伝達されます〟

アリスは油のついた指を舐《な》めた。「これでうちのチームが一番偉く見えるわね」

シェイラがうなずく。「まさに。いい指摘だね」カメラが戻って、幹部連中の反応を映した。咳をしたり、早口で隣と話しこんだり。

ネスがこわばった笑みを浮かべる。〝わたくしは過去数回、ジェイコブソン警視と捜査をともにしたことがあります。彼率いるLIRUの参加を大変心強く思っております〟

隣に座る男性警視が胸を反らす。胸もとに銀ボタンが並び、左ポケットの上には色あざやかな略綬が飾られている。エリザベス二世黄金記念勲章、ダイヤモンド記念勲章、忠勤善行勲章。勇敢さを讃えられたわけではなく、ただ長く勤めているからもらえたに過ぎないものだが、その男はいかにも誇らしげだった。彼がナイト警視とやらだろう。男が顎を引くと、蛍光灯の光が禿げ頭に反射した。〝われわれSCDも、ジェイコブソン警視のチームとともに働けることを心から喜ばしく思っている〟

ネスが長机をこんと叩き、会見の主導権を取り戻した。〝次の方〟

ハントリーがテレビにリモコンを向け、音量をほとんど無音になるまで下げた。「すばらしい。モリバトの群れにイエネコを放つがごとき、だな。祝杯といこうじゃないか。あるんだろう、シェイラ」

シェイラはため息をつくと、ビニール袋からワインボトルを赤と白、一本ずつ取り出した。「ひとり五ポンド追加」

ハントリーはすかさず立ちあがり、カウンターの裏から埃っぽいグラスを六個取ってきた。一個ずつ息をかけて埃を飛ばし、ピンクのネクタイでぬぐってカウンターに並べた。

シェイラがピザの箱をわたしによこした。〈ディノ・ピザ〉のロゴマークのティラノサウルスが油染みで黒ずんでいる。「お金のことは気にしないで。あんたのお代はベアーにつけとくから。ワインはいかが？」

「だめなんだ、薬を飲んでるから。気持ちだけありがたく」わたしは箱を開けた。マッシュルーム、ハム、コーン、それにパイナップル。まあ、ましなほうだ。

ハントリーが手を叩いた。「あの会見がわれらの門出だ！」

小さな白い粒がパブの気圧調整スペースに舞いこんできた。わたしは表に出て、アリスに借りた携帯電話にデイヴ・モロウ警部補の番号を入力した。緑の通話アイコンを押して呼出音を聴いているあいだ、吐く息が街灯の光を浴びて薄灰色のもやになった。刑務所はたしかにひどいところだが、それなりに暖かさを保ってはくれていた。

電話ごしに野太い声が割れて聴こえた。かすかに息づかいのまじった不機嫌な声。〝アリス、いまは……いまはちょっと困るんだが〟

「〈腹黒〉《シフティ》、おれだ。話せるか？」

しばしの沈黙。〝なんてこった。彼女、本当にやったんだな。いつ出た？〟

「二時間まえ。頼みがあるんだ」

シフティは鼻を鳴らした。〝おれにミセス・ケリガンが殺せるもんなら、とっくにやってるさ〟

「わかってるよ」

〝アンディ・イングリスに狙われるなんざ絶対にごめんだ。おまけにいまは内調の連中も目を光らせてる。それさえなけりゃ、あの女を浅い墓穴にぶちこんでやるんだが……〟

わたしはパブの入口から数歩ほど離れ、夜寒《よさむ》の中に立った。誰もうしろで聞いていないのを確かめてから、「今夜だ。おれと、おまえと、銃と、あの女だけで。ガソリンが少しとシャベル二本も要るな」

間が空いた。〝アッシュ、おれは――〟

「怖気《おじけ》づいたのか？」

〝なんとでも言え。ミセス・ケリガンを殺《や》ったのがおまえとわかったら、アンディだって黙っちゃいないぞ〟

「ばれやしないさ」

〝そんなわけあるか。おまえが出所したその日の夜にミセス・ケリガンが顔面に弾を食らうんだ。すぐばれるに決まってるだろうが〟

たしかに。

もう二歩進んで道の向かい、永遠に完成することのない介護住宅の看板を見上げた。

「終わったらすぐ逃げるつもりだ。やつを殺して死体を焼いたら、おれはオールドカースルを出てノルウェー行きの船に乗る。フレーザーバラで漁師をやってる男とはまだ付き合いがあるんだろ？」

〝パスポートの用意はしたか？　国境警備隊もきっとおまえを警戒すると思うぜ〟

背後でドアの開く音がした。振り返ると、ジャケットにくるまったシェイラがくわえ煙草で立っていた。シェイラはライターで煙草に火を点け、わたしに手を振る。

手を振り返した。耳に当てた携帯電話を指さし、彼女から顔を背けた。「バイロ・ビリーはどうしてる？」

ため息。〝やれるだけやってみるよ〟

ジェイコブソン警視がレザージャケットを脱いだ。肩と頭にまばらに残った粉雪が店内の暖気で溶けていく。ジャケットを椅子の背に引っかけて、「どうだった？」

ハントリーがハグするみたいに腕を広げた。「お見事だった！」

「大げさな真似はよしてくれ、バーナード。あんたはまだ、今朝の件でぼくの閻魔《えんま》帳に載ってるんだから」

「あらら……」ハントリーは腕を下ろした。

「ピザは残ってる？」ジェイコブソンはカウンターに向かうと、油染みだらけの箱を次々と開けては閉じた。「耳だけ、耳だけ、これも耳だけ……」

シェイラが隅に積みあげた椅子とテーブルを指さす。「人間ディスポーザーどもに見つからないよう、あんたの分はあそこに隠しといた。冷めちゃってるだろうけど」

ジェイコブソンは見つけ出した箱を開くと、ひと切れ取って口に運んだ。「ああ……こりゃ助かった。会見じゃろくなものが出なくてさ。ミネラルウォーターのボトルとまずいコーヒーだけ。サンドイッチくらい用意できないもんかね」

ハントリーはグラスをネクタイで磨き、赤ワインを注いだ。「会見といえば……」咳払いして、「ドナルドはいたのかな？」

シェイラは椅子に座ると、うめき声を上げてみせた。「勘弁して」

ハントリーが表情を固くする。「そんな態度を取ることはないだろう」

シェイラが上流ふうの気取った声色を真似た。「ドナルドはいたのかな？　わたしについて何か言ってなかったかね？　泣きそうな様子だったりは？　少し太ってた？　いま付き合ってる相手はいるのかな?」

「同性愛嫌悪《ホモフォビア》はよしたまえ」

「あたしはホモフォビアじゃなくて、〝いい歳《とし》こいて彼氏にフラれた十代の女の子みたいにメソメソしてる男〟嫌悪なの。それと、あんたにはまだ十七ポンド六十三ペンス貸しが残ってるからね」

ジェイコブソンはグラスのワインをひと口で半分がた飲み干した。「ドナルドはいなかった。彼はナイト警視からお役目をおおせつかってね。クレア・ヤングがインサイド・マン被害者とマスコミに漏らしたのがアッシュの元同僚の誰か、突きとめる仕事だとさ」

大いに歓迎されることだろう。よその管区から来た連中が、オールドカースル捜査部の不祥事を調査する? わたしの元同僚たちなら、ダンディーまで衝撃波が達するほどの超音速で防御陣を組むはずだ。

ジェイコブソンはワインの残りを飲み下すと、空のグラスをハントリーに差し出して二杯目を注がせた。「制服警官ふたりと話したよ。聞くところによると、クレア・ヤングは金木曜の夜七時十五分に出勤し、それきり寮の部屋に戻らなかった。ルームメイトたちは金曜の午後になっても彼女が帰ってこないということで、警察に捜索願を出した。ところがオールドカースル署の天才たちは真剣に受け取らず、あげく昨日の朝に彼女は死体で見つかった」ジェイコブソンはワインをひと口含むと、しばらく口の中で転がした。それからわたしにうなずいて、「このことがマスコミにばれたら、さぞ見物《みもの》になるだろうね」

ラスを三個持っていた。「誰が窒息させられそうなの？」

「シフティが彼氏にフラれたんだと」

シフティは下唇を突き出し、かぶりを振った。

「まあ、デイヴィッド、可哀想に」アリスが空いた椅子を手のひらで叩く。「ここに座って、わたしに全部話してみて」

また始まった。

「あとで時間があったらな」シフティの大きな手がコルクを包みこみ、引き抜いた――ぽんとコルクが飛び出して、飲み口から薄い霧状のガスが螺旋《らせん》を描いて立ち昇る。シフティはシャンパンをグラス二個に注いだところで買い物袋に戻し、わたしには缶入りのアイアンブルーをよこした。

そういうことか。わたしは缶のタブを開け、自分のグラスを蛍光オレンジの炭酸ジュースで満たした。

シフティがグラスを掲げる。「乾杯――アッシュに、わが友人たちに、そして自由に」

そして復讐に……。

三人でグラスをぶつけ合った。

シフティがシャンパンをあおった。しばし歯の隙間から息を吸い、少し身震いすると、椅子に腰を下ろした。背当てにもたれて、「アンドリューのくそったれ。二年だ。二年も付き合ってたんだ。おれはあいつのためにカミングアウトまでしたんだ」

「や……もう……もう飲め……飲めない」シフティは目を片方ずつ開け閉めすると、ぐらりと前のめりになり、そのままうずくまってしまった。尻を上げて。カルバンクラインのパンツ一丁で。それからまた身動きして、上半身がうつ伏せ、下半身が横向きになった。リビングには新品のカーペットの上敷きくらいしかなかったが、そんなものでもかけてやらないわけにはいかない。シフティは枕だけは持参していた。あとは毛布がわりにバスタオルを二枚ばかりかけてやって――

あまり上等な寝具ではないが、アリスとふたりして酒をあらかた飲み干したあとだ。彼も気にしないだろう。

バスルームのほうからえずく音。便器で音がくぐもっていた。

シフティがからだをびくりとさせ、低いうなり声を長々と上げた。一瞬動きが止まった。少しもがいた。

わたしはタオルをもう一枚かけてやると、空のシャンパン二本と半分残った安ウィスキーを拾ってキッチンに行き、ケトルの隣に置いた。流しからボウルを取った。

リビングに戻るとシフティが仰向けになって、大いびきで室内の空気を震わせていた。タオルは三枚とも揉みくちゃにして脇にどかし、毛の生えた生白い太鼓腹を晒《さら》している。けたたましいいびきが止まった。一拍、二拍……誰かの名前らしきものをうなると、またいびきを再開した。

「しょうがないやつだな」わたしはタオルを元どおりにしてやった。「夜中にゲロで窒息死したりするなよ」リビングの電気を消し、ドアを閉めて出ていった。

トイレの水を流す音。うがいをして吐き出す音。アリスが廊下に出てきた。

タータンチェックのパジャマに着替えていたが、前のボタンをかけちがえていた。もつれた髪がところどころ外向きに跳ねている。「ううう……」

「ベッドで寝ろよ」

アリスは片手を頬に当てた。「気持ち悪い……」

「自業自得だろ?」

彼女は寝室のドアを開いた。シングルベッドと組み立て式のワードローブ、それに小さなナイトテーブルがあるだけの狭い部屋だ。緑と青、紫の三色で描かれたモネの大きなポスターが飾ってあった。

アリスはベッドに潜ると、羽毛布団を顎まで引きあげた。「うう……」

「水は飲んだか?」わたしは床にボウルを置いた。彼女の頭のすぐ下に。運がよければ明日の朝、床じゅうに飛び散った嘔吐物を見ないで済む。

「アッシュ……」アリスは苦いものでも食べてしまったみたいに口をぴちゃぴちゃと鳴らした。「お話をして」

「本気で言ってるのか?」

「お話をしてくれないと、眠れない」

「大人だろ？　おれに絵本の読み聞かせでもしろって――」

「お願い」

冗談だろ？

アリスがわたしを見つめていた。充血した両目の下に灰色のくまができている。ため息が出た。「わかったよ」わたしはベッドの角に腰かけ、右足を浮かせた。「昔々あるところに、インサイド・マンと呼ばれる連続殺人鬼がいました。彼は看護師の腹に人形を詰めこむのが大好きでした。ところが彼は知らなかったのです、ひとりの勇敢な警察官が自分を捕まえようとしていることを」

アリスが笑みを浮かべた。「その警官の名はアッシュと言いました、そうでしょ？」

「きみじゃなくて、おれがお話をするんだろ？」

# 八年前

からだごとぶつかってドアを開け、患者衣とスリッパの老人たちのあいだを縫うように走った。老人たちはみな、自分が吸う煙草の煙に包まれている。

やつはどこだ……。

あれか——カースル・ヒル病院の建物と駐車場を仕切る低い壁、その向こうでひとりの妊婦が年季の入ったフォード・フィエスタの窓を叩いて罵《ののし》っている。車はうなりを上げて縁石から離れていった。

わたしのうしろでも罵声が飛んだ。オニール巡査が年金暮らしの老人たちを押しのけこちらにやってくる。顔は赤らみ、頬が汗にまみれて光っていた。「捕まえましたか？」

「そんなふうに見えるか？　車に乗れ。早く！」

「くそっ……」オニールは仕切りの壁を乗り越え、駐車禁止の黄色い二本線の上に停めてあった覆面パトカー——おんぼろのボクスホールへと走った。

妊婦は道路の真ん中に立ちつくし、去っていくフィエスタに向かって二本指を立てた。フィエスタは車体後部を振りながら病院の門をくぐり、ネルソン・ストリートに出た。妊婦が叫ぶ。「エイズにかかって死んじまえ、泥棒野郎！」

　わたしは息せき切って彼女のもとへ駆けつけた。「顔を見ましたか？」

「車を盗まれたのよ！　見たでしょ？」

「犯人の顔ははっきりおぼえてますか？」

「うしろに犬が乗ってるのよ！」妊婦は両手をメガホンがわりにして叫んだ。「戻ってこい、ばか野郎！」

　パトカーがタイヤを鳴らして路肩から発進し、車線を逆走してわたしたちの前で急停止した。オニールが窓を下ろす。「やつが逃げます」

　わたしは病院を指さして妊婦に言った。「他の警官が調書を取りに来るまで、院内から出ないでください。いいですね？」わたしはパトカーの左にまわり、助手席に飛び乗った。急いでドアを閉め、オニールの肩をどやす。「出せ！」

　オニールがアクセルを踏みこむと、パトカーは前輪から煙を吹きあげて走りだした。

　左折してネルソン・ストリートに出るとき、危うくミニとぶつかりそうになった。運転手がクラクションを鳴らす。目を剝き、口もとは恐怖に引きつっていた。

　オニールが車をドリフトさせた。ハンドルを強く握り、下唇を嚙みしめながら坂を登りつめていく。雑貨屋、カーペット屋、美容室の並びが筋になって車窓を流れた。

　わたしはシートベルトを締め、回転灯とサイレンのスイッチを入れた。

　サイレンがエンジンのうなりを圧して鳴り響き、ランチタイムに混雑する車列を左右に裂いた。

パトカーが坂を駆けあがっていくあいだに、わたしは無線機の送話器を取った。「CH7より通信管制室《コントロール》。現在われわれはインサイド・マンを追跡しネルソン・ストリートを東へ進行中。道路封鎖を求む。対象は茶色のフォード・フィエスタに乗っている」

しばし間があって、それからきついダンディー訛りが応えた。〝酒でもやってるのか？〟

「とっとと応援を呼べ！」

パトカーが坂の頂上を越える瞬間に三メートルばかり宙を飛び、それからどすんと着地した。オニールは肩をいからせ、両腕をまっすぐ伸ばしていた。ハンドルを押せば押すほど車も速く進むと思っているみたいに。

「あそこだ！」わたしはフロントガラスを指さした。

立体交差の下に消えていくフィエスタの車体。

パトカーも三十秒ほど遅れて幹線道路の下をくぐった。オニールはアクセルを目いっぱい踏みこんでいる。サイレンが周囲のコンクリートに反響する。ふたたび陽の光の下に出た。「もうすぐ追いつく……」

やつとの差はもう四秒もないはずだ。

ネルソン・ストリートとカナル・ストリートの交差点で、フィエスタが赤信号を突っ切ろうとした。しかし自転車に乗った女性をぎりぎりかわしたところで、横合いから連節バスが現れた。バスとフィエスタがもろにぶつかり、もぎとられた助手席ドアが一メートルほど宙を舞う。フィエスタはスピンしながら街灯に突っこんだ。

「ちくしょう!」オニールがブレーキペダルを踏みつけ、左に急ハンドルを切る。スリップした車体後部が石畳の上でかん高い悲鳴を上げる。そこからすべてがスローモーションになった。周囲のあらゆる色彩と輪郭が、十二月のはかない陽差しの下で鮮明に映った。ベビーカーを押しながら口をあんぐりさせる女。〈ウォーターストーンズ〉書店の前に梯子《はし》子《ご》をかけ、壁の落書きを消している男。冷凍のペイストリーを昼食に買って〈グレッグス〉から出てくる女の子。パトカーとぶつかる寸前にクラクションを叩くバンの運転手。

散弾銃をぶっ放したみたいな音——安全ガラスの四角い破片が車内に飛び散った。パトカーが左に大きく傾き、わたしはシートベルトの下で激しく揺さぶられた。エアバッグが飛び出し、あたりが真っ白な煙と花火のような匂いに包まれる。それから車体が水平に戻り、路面にバウンドした。ガラスのかけらが雨粒のようにわたしの肌を転がり落ちていく。埃とエアバッグの圧縮空気、それにガソリンの匂いが鼻腔に充満した。

世界が通常の再生速度に戻った。

オニールはシートベルトをしたまま前にのめっていた。両腕を力なく垂らし、額の傷と折れた鼻から血を流している。バンのラジエーターから吹き出す白煙が運転席の窓を覆っていた。

わたしは高音の耳鳴りに悩まされつつ、自分のベルトを外した。まっすぐ立つにはパトカーの屋外に出なくては……ドアを開き、路上によろめき出た。

根をつかんでいなければならなかった。

誰かが叫んでいる。

フィエスタは街灯に突っこんだまま鼻先をぐにゃりと曲げ、左側面は大きく内側にへこんでいた。街灯のほうも満身創痍《まんしんそうい》だ。支柱は折れ曲がり、てっぺんのランプは配線二本でかろうじてぶら下がっているありさまだった。

目の前を黄色と黒の斑点が飛び交い、通りの景色がぼやけた。

まばたきし、頭を振った。顎の骨にひびが入ったようだ。耳鳴りが耐えがたいレベルになった。ちくしょう、なんてざまだ……。

ガラスの破片を踏みつけながら道路を渡った。

フィエスタの後部から犬の弱々しい鳴き声がした——茶色い瞳でわたしを見、バックドアのガラスに鼻を押しつけている。すると運転席のドアが開き、やつが転がり出てきた。だぶだぶの青いジャージにスニーカーを履き、ニット帽を耳まで下ろしている。こちらに背を向けており、顔は見えなかった。

「動くな！　おまえを逮捕する！」

そのときだった。彼はばねみたいに勢いよく立ちあがると、こちらを振り返ることなく走りだした。手足を激しく振り、グリーンウッド・ストリートの〈トラベロッジ〉の青白二色のビルのほうへ逃げていく。

逃がすものか。

わたしはふらつきながらも追いかけ、そのあいだに携帯無線の送話器を引っぱり出した。

「ネルソン・カナル・グリーンウッド交差点に救急車両を要請する。警官一名が負傷。消防車も頼む――事故車のうしろに犬が閉じこめられてる」

足を速めた。胸から喉の奥にかけて、心臓の鼓動がどくどく鳴っていた。

グリーンウッドの角を曲がると、行く手に鉄道駅が現れた――ヴィクトリア朝時代に建てられた錬鉄《れんてつ》とガラスの巨大な船型屋根。七〇年代に増築された四角いコンクリート製のポーチの下では、いつも客待ちのタクシーと喫煙者たちが無聊《ぶりょう》をかこっていた。

正面入口のガラスドアをくぐり抜けると、音楽に合わせて跳ねたり、叫んだりしている群衆に出くわした。構内はひと続きの広い空間で、計六つのホーム間を線路をまたいで中空に渡された通路で行き来する構造だ。汚れたガラス屋根から光が降りそそいでいた。

切符売り場にイベント用の大きなステージテント――カースルウェイブFMのロゴに左右を挟まれて〝ぼくらのマイルをスマイルに！〟と書かれた横断幕が下がっていた。ステージ上には黒い布のかかったテーブルと、そのうしろに立つ間抜けふたり。どちらもマイクを握ったまま、音楽に乗せて頭の上で手拍子していた。

大勢の人間が肩を寄せ合い、ふたりに合わせて手を叩いている。

〝ハッ、エクセレンテ・ミ・アミーゴス！〟音楽がフェードアウトする。〝どこまで行ったかな、コリン？〟

〝スティーヴ、ぼくら、もうフランスのカレーまで行ってるよ。クールじゃない？〟

# 月曜日

# 9

アリスの寝室のドアをそっと閉め、廊下を挟んで向かいの自分の部屋に入った。狭い部屋だが、必要なものは揃っている。ダブルベッド一台と、チェストとワードローブが一台ずつ。紺色のカーテンはリビングのものと同じ格子状のしわがついていた。ベッド脇の床に置かれた安物のラジオつきデジタル時計が午前零時十五分を示している。

これなら監房のほうが広かった。

羽毛布団の上に古めかしい真鍮の鍵が置いてあった。カードが赤いリボンで留めてある。やや乱れた線の細い文字で、〝ひとりになりたいときもあるかと思って〟。

なるほど……。

振り返った。ドアにあとから取りつけた錠前があり、床におがくずとかんなくずが少しばかり残っていた。ベッドの鍵は錠にぴったりはまり、まわすとかちっと鳴ってかんぬきがかかった。

二年も閉じこめられていたくせに、鍵のかかる音に安心感をおぼえてしまう。壁ごしにくぐもって聴こえるシフティのいびきも相まって、なんだかほっとしてしまった。

ノートPCをベッドに置いて服を脱ぎ、全部きちんと畳んでチェストの抽斗《ひきだし》にしまった。古い習慣は抜けないものだ。

買ったばかりの携帯電話を取り出し、シフティのメモ書きにあった電話番号を入力した。呼出音が鳴りつづける……。

窓に向かい、カーテンを少しだけめくった。見えるのは建物のコンクリートと暗闇、そして街灯だけ。懐中電灯を持った何者かが向かいの庭を忍び足で歩いている。この界隈に金目《かねめ》のものなどなかろうに、ご苦労なことだ。

電話の向こうでかちゃっと音がして、気だるげな声が応えた。〝もしもし？　誰？〟

「アレックか？」

衣擦《きぬず》れの音、歯の隙間から息を吸う音、それから何かを叩く音。〝何時だと思ってんだ？〟

「ブツがほしい。明日。セミオートの――」

〝何か誤解があるようだな。うちがやってるのは迷える魂のためのスピリチュアル・ガイダンス。あんたも魂の導きが必要なのか？〟

ははあ、そういうことか。彼は用心しているだけだ。銃器の密売人をやるならたしかに大事なことかもしれない。「どう思う？」

〝おれが見るに……あんたはどうやら危険な道に入っている。これまでの人生、何もかも望みどおりに運ばなかった。闇があんたを取りまいてる〟

だから銃が必要なんだろうが。「どうすればいい？」

〝うちに来るべきだ。あんたの苦しみについていっしょに瞑想しよう。薬草湯を飲もう。あんたの内に眠る安穏《あんのん》の種を探そう〟口を押さえてあくびをし、〝紙とペンは？〟

わたしはシフティにもらった付箋紙を窓ガラスに貼り、抽斗にしまった上着のポケットからペンを取ってきた。「どうぞ」

〝ブラックウォール・ヒル、スレーター・クレセント十三番地。郵便番号はOC12、3PX〟

「時間は？」

〝明日のガイダンスは朝九時から夕方五時まで。ただしランチタイムは外出してるかもしれん。それ以外の時間となると……〟

「わかった。明日行く」

〝汝《なんじ》に平穏あれ〟通話が切れた。

ここラドバーンからふたつほど離れた通りで誰かが勝手に花火を上げていた。夜空に打ちあがった花火が破裂し、陰険な赤い眼を開く。

わたしの望みは平穏とはほど遠い代物だ。

めくっていたカーテンを下ろし、布団に潜ってノートPCの電源を入れた。それから胸もとにPCを寄せ、ヘッドボードにもたれて『闇に囚われて』の続きを観た。

目抜き通りを歩くローラ・ストラーン。周囲の建築の古風な魅力には目もくれない――

どうせ中身はリサイクルショップか店舗型のノミ屋、あるいは消費者金融か質屋に変わってしまっているが。〝あの夜に起こったこと、それから二日間のこと……何もかもあやふやで、ちゃんと思い出せないんです。まるで……まるでただの夢だったみたいに。他の人に起こったことを、映画か何かで観ただけのような。何もかも現実より大げさで、ぴかぴかしていて、嘘っぽくて。伝わるでしょうか?"

『ベイウォッチ』ふうのスティーヴやばかげた会話も、そう言われると納得できる。

"いまでもときどき、朝起きる瞬間に、あの手術室にいる気がしてしまうんです。あの消毒液と金属の匂い……それがふっと消えて、あとには胸を押しつぶされるような気持ちだけが残るんです〟

場面は変わって、オールドカースル本署の会議室に設けられた会見場――剝がれ落ちた天井タイル、べたつくカーペット。改装前だ。詰めかけた記者たちが、長机のうしろにいる四人の男に向かってカメラやマイクやレコーダーを突き出している。四人のうち一番左にレン――当時から禿げていた――がいて、時代遅れの黒いダブルのスーツを着ていた。その隣に背筋をまっすぐ伸ばした汗だくの広報担当官。さらにその隣が……。

わたしの肋骨の下で何かがはじけて、思わずうめき声が漏れた。

ドクター・ヘンリー・フォレスターがPCの画面ごしにわたしを見つめていた。晩年よりも髪が多い。生気もある。頰はまだこけておらず、しわも浅く、やつれた印象がなかった。罪悪感と悲しみ、そしてウィスキーに食いつくされる以前の姿。

「ヘンリー、このばかたれが……」

ヘンリーの隣――右端の男は二十代前半くらいにしか見えない。撫で肩で、カールした茶色の前髪が目もとにかかっている。ふわふわの長髪は後光みたいにふくれあがり、スーツの肩にまで達していた。スーツはグレー、シャツもネクタイもグレー。髪型さえまともならまったく人目を引かない男だ。

質疑応答の声をかすかに流したままナレーションが入る。〝ローラがあの恐るべき体験でこうむった傷、そして悪夢のような記憶と戦う一方、インサイド・マン事件の捜査陣もまた苦しい戦いを強いられていた〟

物言いは陳腐だが、そのとおりだ。

ひとりの記者が挙手する。〝マリー警視。捜査の行き詰まりを打開するため、超能力者に協力を依頼したという噂は本当ですか？〟

レンが答える前に他の記者が口を挟んだ。〝その超能力者は、あなたの今後のキャリアも予知してくれるんですか？〟

記者たちから笑い声が上がるも、レンがテーブルにこぶしを叩きつけるなりぱっとやんだ。〝四人の女性が死亡。三人は生涯消えない傷を負った。それがそんなに愉快なことかね？〟

場内が静まり返った。

レンが記者たちに指を突きつける。〝また似たような質問があれば、本会見を打ち切る

監視カメラの映像が映った。スーパーの青果売り場でうずくまる女性。頭を抱え、からだを前後に揺らしている。他の客は彼女をよけてカートを押し、目を合わせないようにしていた。

ナレーション。〝事件後も悪夢や不安障害の発作に悩まされつづけたルース・ラフリン。〈アズダ〉カースルビュー店内にて神経症を起こし、現在はマリーと同じ施設で治療を受けている〟

そしてインサイド・マンはいまだ自由の身。

決して明るい結末ではない。

これが現実。

# 10

〝……ミスター・ボーンズで《スノウ・ラブズ・ア・ウィンター》でした。番組をお送りしますのはわたくしジェーン・フォーブス。七時からはセンセーショナル・スティーヴの『ブレックファスト・ドライブタイム・ボナンザ』。ラジオの前で……お楽しみに！〟

天井を見つめた。模様がおかしい。照明もちがう。一体何が……。

胸に溜まっていた空気がすうっと漏れていく。耳の奥にとどろいていた動悸が落ちつき、やがて聴こえなくなった。またため息が出た。

そうだった。もう監房の中ではなかった。

〝このあとはニュースと天気予報――ネタバレしちゃうけど、雨っぽいです。が、その前にハーフヘッドからクリスマス・シーズンのニューシングルで《セックス・バイオレンス・ライズ&ダークネス》……〟ラジオ時計のスピーカーから、ディストーションのかかったピアノと陰鬱なギターの音色が流れはじめる。

メインボーカルの声は糖蜜酒《モラス》に漬けた有刺鉄線のようだった。〝庭園に眠る骨たちが天使のように歌う……〟

わたしは寝返りを打って時計を見た。六時十五分すぎ。せっかく出所したというのに、寝坊もさせてもらえないのか？　ジェイコブソンの野郎め。

〝鮮やかな影、深く燃え立ち……〟

本署の朝礼に顔を出せということか。実に楽しみだ。運がよければ誰の顎もぶち割らずに……。

いや、今日は大人しくしていよう。軽はずみな真似はなしだ。喧嘩もなし。ミセス・ケリガンを不幸な〝事故〟に遭わせるまで、刑務所に戻されるわけにはいかない。

〝冷たい彼女のからだ、声は強く痛々しく……〟

誰も殴るな。目的を忘れるな。

起きろ、アッシュ。起きるんだ。

一分後に。

布団をかぶったまま手足を伸ばし、ダブルベッドを完全に占領した。やってみたかった。

〝刃《やいば》のような憎しみと悪意、傷つけられたプライドに……〟

そこで唐突に膀胱《ぼうこう》が限界を訴え、気分はすっかり台なしになった。わたしはうなりながら上体を起こし、脚をベッドの外に出してため息をついた。右の足首を小さくまわしてみる。右回り、それから左回り。足指を伸ばした。途端に焼けたナイフで骨を削られるような痛みが走る。弾丸が空けた丸い穴をすぼめるように縫った痕。その下の肉を丸ごと削り落とされるような激痛。わたしの人生の隠喩がそこにあった。

〝セックスと嘘とバイオレンス、鋭利な愛……〟

ぐずぐずしていても仕方ない。立て。

わたしはチェストまで足を引きずった。

〝火を焚き、闇を防ぐんだ……〟

抽斗をざっと調べると、三段目に大きなタオルが数枚見つかった。それを腰巻きにして、杖を片手に寝室のドアの鍵を開けた。ラジオの曲が間奏に入る。マイナーコードばかりの暗い曲調。

廊下の先から、誰かがステレオフォニックスの懐かしい曲をものすごく下手くそに歌っているのが聴こえてきた。それとケトルで湯を沸かす音。リビングからシフティが顔を出し、にやっとした。シャンパンとウィスキーをしこたま飲んだ次の朝だというのに、目は爛々《らんらん》と輝いている。ひげも剃ってあった。「おまえが腹ぺこだといいんだがな。六人前は作っちまった。あと五分で朝飯にする。食いたくなきゃべつにいいけどよ」シフティは首を引っこめた。

「おはよう、シフティ」バスルームのドアノブをまわした。開かない。

中からアリスが応えた。声はくぐもって、何かを口いっぱいに含んでいるみたいだった。「ほっほはっへ……」口の中身を吐き出し、蛇口の水を流す音。アリスがバスルームから出てきた。もこもこのバスローブを着て、頭にタオルを巻いている。オレンジの香りのする湯気が室内から溢れ出した。「服も着てないの？　七時にはブリーフィングに出席しなジの人を集めたの？」

わたしはうなずいた。「ローナが全部で九人見つけてきた。二時間早ければもっといたはずだ――地元のサッカーチームが選手総出でチャリティの自転車を漕ぎに来てたから。レンは九人全員の供述とアリバイを調べたよ。何も出なかった」

アリスは正面に視線を戻した。

主任はまだしゃべっている。「……ハドソン・ストリートの学生寮の侵入窃盗……」

「エディンバラ行きの列車はどうだったの？」

「アーブロースは間に合わなかったが、カーヌスティで停めたよ。青いジャージはいなかったが、車内の防犯カメラには背格好の合う男が最初の駅で降りるところが映ってた」

「……注意しておくが、相手が学生だからといって軽く扱っていいわけではない。こんな発言があったと聞く。〝なまけ者がなまけ者から盗んだ〟。フィッツジェラルド、おまえに言ってるんだぞ……」

「その男は？」

「情報を募って、身元をつかんで、朝イチで自宅に押しかけた。チャリティ帰りの宗教教育の先生だったよ」

「まあ」

ハントリーが腰を浮かせ、シェイラの頭ごしにこちらをにらんだ。歯を剝き、かん高いささやき声で言った。「静かにしてくれないかね？」

「……チャーリーがいなくなったのは、昨夜十一時半から翌朝六時までのあいだのどこかだ。彼はまだ五歳だ、全員よく注意して探してくれ。彼は前にも二度迷子になったことがあるそうだが、母親はひどく動揺している。諸君らに最大限の努力を求める」

ハントリーをじっと見つめ返すと、彼は唇を舐めて目を逸らし、腰を下ろした。

　賢明な判断だ。

　わたしはふたたびアリスに身を寄せた。「ともあれ、その男の自宅は捜索した。児童ポルノと無免許の銃が出てきた。いまは昏睡状態だとか——刑務所で洗濯機に頭を叩きつけられたそうだ」

「……重要事項はまだある。エディ・バロンなる男について指名手配令状が出された。容疑は凶悪傷害《GBH》および凶器使用暴行。現場で何が起こっても、聞いてなかったとは言わせんぞ……」

　アリスの向こうでシェイラが背筋を伸ばす。「おっと、そろそろ始まりそうだよ」

主任がテーブルから持ち物を片づけはじめた。「以降のミーティングはタイガーバーム作戦の関係者のみ参加、それ以外の者は退室するように」彼は一枚の紙を掲げた。大きな字で〝チャーリーを見ませんでしたか？〟と書いてあり、その下に黒髪の小さな男の子の写真が載っている。大きな耳、目を細めた笑顔、そばかすだらけの肌。「ひとり一枚持っていけ。そしたら外に出て、悪党どもを捕まえてこい」

　半数ほどが席を立った。制服巡査と刑事たちが追い出されたことに文句を言ったり、今な捜査の対象にあまり――」ドカティは両手の指を曲げて括弧《かっこ》をつけ、「――〝洒落た〟仇名をつけるのは賢明ではありません。そうした名前は、自分は通常の社会規範から外れた、あるいは超越した存在であるという犯人の自己認識を強化する材料になりかねない。彼らに目標を与えてしまうのです。それに、われわれはまだアンサブ15と通称インサイド・マンなる犯罪者が同一人物だと特定できていません。事件に対する先入観は極力排除しておきたい」ドカティが笑顔を見せる。気さくな、それでいて芝居くささや嫌味を感じさせない笑み。「ご理解いただけましたか？」

シフティは肩をすぼめた。

「それはよかった。さて、これまでの捜査情報を踏まえ、わたしはアンサブ15の年齢を三十代半ばから後半と見こんでいます。おそらくはつまらない仕事を転々とし、何かに習熟するということもなかった。すでに一回以上の逮捕歴を持ち、罪状はたぶん軽犯罪。ちょっとした放火、あるいは器物損壊、もしかすると動物虐待。精神病歴のある者も当たるべきでしょう」

ドカティは腕を組み、首をかしげて目を細めた。しゃべりながら考えているのではないかと思った。「彼はごく狭い家族関係の中で育った、それはまちがいない――が、いまはひとり暮らしかもしれない。母親から虐待を受けていたが、それは肉体的なものより精神的なものが主だった。人格を軽んじられ、批判され、生活のあらゆる面で束縛されていた。それが女性に対する憎悪の根源だ。彼が逮捕された暁《あかつき》には、周囲の誰もが〝あんな恐ろしい事件を起こす人間にはとても見えなかった〟と言うだろう。大人しく、人付き合いが苦手で、決して騒ぎを起こすような人物ではなかったと」

ドカティはテーブルの上の書類束に向かってうなずいた。「被疑者特定の際、みなさんが特に注意すべき要素をリストにまとめておきました。より捜査範囲を絞りこむために質問があるという方は——」ふたたび笑顔になって、「——どうぞおっしゃってください。いかがでしょう？」

前のほうで手が挙がった。その抑揚のない鼻声ですぐ誰かわかった。ローナだ。「最初の被害者、ドリーン・アップルトンのときは犯人の手紙がなかったのはなぜでしょう？」

「ふむ、それは明らかにアンサブ15についてというより通称インサイド・マンに関する質問だね。だがもっともな疑問です。彼が手紙を出さなかったのは、ドリーンのときはまだテスト、練習の段階だったからでしょう。数に入れなかったということです。本当の計画はまだ実行に移さなかった。だから遺体を遺棄した後、九九九へ彼女自身の声を使った通報もしなかった。そしてすぐ二件目のタラ・マクナブに移った。本気の犯行はそこからです」ドカティは勝手に納得してうなずいた。「他の方は？　どうぞ遠慮なく」

アリスがさっと手を挙げた。指を広げ、小さく手を振りながら、「わたし、わたしです！」

「どうぞ……？　失礼、お名前を存じあげない」

「アリス・マクドナルドです。まずひとつ、わたしはあなたの大ファンです。テイサイド・マンがらみの情報を目にしたら、きっと思うはず。これをやろう。こいつになりきってやろう。そうすれば、おれの中に満ちみちた怒りもしばらくは去ってくれるはず……」

アリスが振り返った。目を細め、口を歪ませる。「これはおれ自身の発案じゃない、所詮は真似ごと、うまくいくとは限らない。だが、やってみないことには本当の望みもわからない。それに、これをやれば自分が力に満ち、制御され、何かに覚醒した感覚を味わえるかもしれない。そんな感覚はもうずっとなかった。おれは頭の中で事件を何度も追体験し、細部まで想像を研ぎ澄ましていく。よし、あとはこれをもう一回、ただし今度は現実にやるだけだ」いじっていた髪を放し、わたしを見た。「つまり、わたしならこう思うってこと」

わたしはうなずいた。「きみはやつの仕業じゃないと考えるんだな?」

「それは次に発見される遺体次第ね。模倣犯だとしたら、手口に試行錯誤の形跡が表れるはず。より自分に合ったやり方を見つけようとしてね。もし手口が一切変わってなければ、たぶん本人」アリスはジェイコブソンに向きなおった。「記者会見のときネス警視は答えなかったけど、クレア・ヤングについての手紙は来たの?」

「ああ……昨日は日曜だったからね。殺害後に投函したのなら、回収されるのは今日じゅう。配送は明日以降になる。運がよければ新聞に載る前に押収できるかも」

アリスがジェイコブソンに詰めよる。「警視。過去の事件の生還者との面会、それに供述記録の閲覧を許可してほしい。インサイド・マンの手紙も見たいわ。捜査資料に添付されたコピー写真じゃほとんど字が読み取れないの。原本に当たらないと」

ジェイコブソンは彼女の肩に手を置いた。「きみの求めとあらばなんなりと。それとどうか、ぼくのことはベアーと呼んでくれ」

笑っては悪いと思いはしたが、我慢できなかった。「本気か？　てっきり冗談だと思ってたよ。あんた本当にクマ《ベアー》さんでいいのか？」

「ドクター・マクドナルドはついさっき、あの気取り屋で人気取りのタレントくずれに身のほどを思い知らせてやってくれた。それからバーナード？」

ハントリーはあいかわらずむっつりしたまま川を見下ろしている。

「きみのおかげで、通報のことで質問したSCDの坊やはとんだ間抜けに見えた。よって昨日の件は帳消しにしよう」

ハントリーは片方の肩を上げ、目を足もとに落としたまま答えた。「どうも、ベアー」

ジェイコブソンがわたしの胸もとに指を突きつける。「一方、きみは足を引きずることと、場所を塞ぐことと、シェイラの買ってきたピザを食べることしかまだしてない。ぼくのことはサー、またはボス、あるいは警視と呼ぶように」

わたしは一歩進んで彼の鼻先数センチに立ち、見下ろした。「なんと呼ぼうが――」

「アッシュ……」アリスがわたしの袖を引っぱった。「昨日言ったでしょ、遺棄現場を見にいくって。そろそろ行かないと。今日いちにち仕事はたくさんあるんだし、捜査に全力を尽くさないとまた刑務所に戻されちゃう、ねえ、お願い」

この生意気小僧の面の皮を剝いでやりたいが……。

くだらない真似はよせ。

まばたきし、うしろに下がって深呼吸した。「そうだな」わたしは強いて笑顔を繕《つくろ》うと、ジェイコブソンの肩を叩いた。「すまない。まだ刑務所気分が抜けなくてな」

ジェイコブソンは首をうしろに傾け、わたしを見上げてにやっとした。「バーナードもいっしょに連れてってやってくれ。彼、運転できないんだ」

ハントリーが咳払いする。「ソーセージ・サンドイッチが来るまで待ってくれんかね？」

「……話にならんよ。せめて別れたあと、それなりの期間は空けるべきじゃないのかね」

ハントリーは後部座席でサンドイッチをかじっていた。パンの端からこぼれたトマトソースで指が汚れている。彼は灰をひとつかみ食わされたような苦々しい顔で咀嚼《そしゃく》しながら、「きみたちは、わたしが行きずりの相手とその日のうちにベッドインするような人間だと思うかね？　文明人ならそんなことはしないはずだ」

アリスがカーラジオのスイッチを入れた。「音楽でも聴いたら元気が出るかも」

〝……と認めました。この一家は水曜、カーディフの火災で焼失した住宅から四人全員が遺体で発見されましたが、四人ともあらかじめ鈍器により重傷を負わされていた可能性が高いとのことです。続いて地方ニュースです。行方不明となっているチャーリー・ピアースちゃん五歳について警察は……〟

アリスはラジオを切った。「あるいは出ないかも。それじゃ、三人で物当《アイ・スパイ》てゲームでもしましょうか?」

スズキの車窓から眺めるオールドカースルは、ちょうどラッシュアワーの真っ只中だ。乗用車とトラックとバスがひしめき合い、スローで撮ったコンガ・ダンスの行列よろしくのろのろと進んでいく。鳴り響くクラクションは朝のコーラスだ。

ハントリーがわざとらしい大きなため息をつく。「わたしはもうたっぷり観察《スパイ》してるよ。暗く荒《すさ》んだ、孤独に凍える壊れた魂をね。諦めろと言いたいかね? わたしの残りの人生、とうに諦観に塗りつぶされてしまっているよ」

わたしは杖の先を助手席の床に押しつけ、歯ぎしりした。「三人とも、現場に着くまでただ黙ってるというのはどうかな?」

アリスが運転席からこちらを見、眉を吊りあげて諌《いさ》めるような顔をした。

ハントリーが前屈みになり、助手席と運転席のあいだから顔を突き出した。ソーセージくさい息があたりに充満する。「ヘンダーソン、きみはどうかな? 誰かを心の底から愛したことはあるかね? そして……その誰かがいなくなって、二度と取り戻すことができないとしたら?」わたしの肩をぐっとつかんで、「まさに責め苦だ」

アリスは口をあんぐりさせ、こちらに向いた。「あ、あの……本当に黙ってましょ——」

わたしはダッシュボードに手のひらを叩きつけた。「バス!」

「わあ!」アリスが慌ててブレーキを踏み、右にハンドルを切った。反対車線から来たタクシーと危うくぶつかりそうになる。スズキは道のど真ん中で停まった。タータンチェックのショッピングカートを押した老婆が歩道で足を止め、こちらを見ていた。彼女の連れたホワイトテリアが尻尾《しっぽ》を上下にぶんぶん振り、わたしたちの車に向かって吠えた。

タクシーの運転手は窓を下ろし、ひとしきり罵倒を浴びせかけると、二本指を立てて去っていった。

アリスが息を吐き出す。「よし。静かにしてましょう」彼女はバスを追い越し、それから左車線に車を戻した。「ごめんなさい」

ハントリーがまたわたしの肩をつかんだ。「いやはや、女の運転ってやつは」

「その手をどけろ。さもなきゃ引っこ抜いた指を喉に突っこんで窒息させてやる」

ハントリーは手を離した。唇を舐め、座席にもたれなおす。「冗談だよ、きみ」

「冗談だろうが本気だろうが、二度と言うな」

そして沈黙。

言えよ。言ってみろ。なんでもいいから。

ハントリーは何も言わなかった。見かけのわりに根性のないやつだ。

# 12

〝警察〟と書かれた青白二色のテープが風になびいて、櫛《くし》の歯を指でなぞるみたいな音を立てていた。遺棄現場は三方を灌木の茂みに囲まれ、高く伸びた枝々の連なりが深緑色の壁をなす。石板で葺《ふ》いたような空の下、丈の長い雑草が寒風にあおられている。

わたしは風上に背を向け、指先を片耳の穴に突っこんだ。「ちがう、そうじゃなくて……インサイド・マンの手紙の原本が閲覧したいんだ。簡単な話だろ?」

電話口から長々としたため息。〝本当にそう思うか? だったらここに来てみりゃいい。まるで段ボールの大バザーだ。インディ・ジョーンズの一作目のラストシーンをおぼえてるか? あれだよ〟ふたたびため息。〝他の捜査班には頼まなかったのか?〟

「何言ってんだ、ウィリアムソン。それで済んだらわざわざあんたに電話なんかしない。連中も持ってないんだ」

オールドカースル署名物おんぼろパトカー・コレクションの一台が、遺棄現場に続く小道を封鎖していた。車内には制服警官が風にも当たらずぬくぬくと座っている。

〝だったらどうしようもないな。おれはサンタじゃない。どこにあるかもわからん手紙を

「来ないのか?」

「用意された道を通ったほうがいいんじゃないの?」

「ハントリーが言ってただろ? タイガーバーム作戦の連中がそこらじゅう二十九センチ大の靴で踏み荒らしていってる。いまさら現場を汚す心配はない」あらためて霜の降りた茂みを漕いでいく。封鎖線の前で一度止まり、フォルダーから写真を抜いた。

レンジローバーの車内でジェイコブソンに見せられたものと同じだ。自然光の下で色彩がより生々しく見える。

封鎖線の前を行きつ戻りつするうちに、最初の数枚を撮ったときのカメラマンの立ち位置がわかった。同じ場所に立ち、写真と比べた。

クレア・ヤングはわたしたちが通ってきた小道のほうに頭を向けて倒れていた。静脈の浮いた白い肌は大理石のようだ。

「死んだのはここじゃない……」

アリスは青白のテープの向こうに立ったまま動かなかった。「何?」

「死んだのはここじゃないって……こっち来いよ」

ようやくこちらへ歩きだしたアリスに指で示してやった。「この場にほとんど血が流れてない。犯人は彼女の腹を切開し、体内に人形を入れ、それから傷を縫合した。あたり一面血だらけになるはずだ。遺体の倒れ方もおかしい」

「でも、インサイド・マンは自分の手術室を持ってるんでしょ? DVDでも――」

「先入観なく捜査に当たるべし、だろ？　それからアンサブ15は被害者を駐車場から引きずってきたんじゃない。担いできたんだ。さもなきゃ引きずった跡が残るはずだ」わたしは少し脚を広げ、想像上のクレア・ヤングの遺体を担いでみせた。「いわゆる消防士搬送ってやつだ。これであの小道を下って、駐車場から見えないところまで来た。しかし小道の脇に捨てていくことはしなかった。途中で直角に曲がり、しばらく進んで距離を空け、それから遺体を捨てた」身振りで遺体を肩から下ろし、茂みに置く真似をした。「だがそうすると、彼女の頭はあの木立に向くはずだ。いま来た小道のほうでなく」

「そうね……でも、彼がここで一度うしろを向いて、それから遺体を捨てたってこともありえるんじゃない？」

たしかに。

ふたりとも気づいていた。ハントリーは見かけほど愚かではないかもしれない。

ハントリーはあいかわらずやぶの奥で暴れていた。枝をばきばき折りながら、オペラらしきものを歌っている。

アリスはバッグの肩紐を直した。「ねえアッシュ、そんなすごいカーチェイスで……あなたも血とガラスまみれになって、手首と肋骨を折って――捜査資料で読んだの――なのにどうして、インサイド・マンは車ごとぺしゃんこになってしまわなかったのかしら？」

「運がよかったとか？　衝突の角度の問題かな。オニールみたいな間抜けに運転させたのが悪かったのかも。おれにはわからんよ」写真をフォルダーにしまった。「あそこのレイン・マンを〈ポストマンズ・ヘッド〉まで送ったら、少し私用に出たい」

アリスは急に小道のほうを気にして、「そう」

「大した用じゃない。昔なじみに顔を見せるだけさ」

「わかったわ……」

「きみは車で待っててくれていい。長くはかからない」

「ねえ、ミセス・ケリガンとはどうなったのか、話してくれる気はない？　わたしだって、あなたが弟を殺したんじゃないってことは――」

「話すほどのことはない。起こっちまったことはどうしようもない。おれが何をしたところでパーカーは戻ってこない」

「アッシュ、兄弟を失って悲しむのは当然の――」

「あの女は弟の頭を二発撃って、おれに罪をかぶせた。それのどこが当然なんだ？」

答えなし。

お互い何も言わなかった。

ハントリーがふらつきながら戻ってきた。やぶを二十メートルばかり引き返してきて、「括目《かつもく》せよ！」小型のデジタルカメラを高々と掲げ、「偉大なるバーナード・ハントリー、帰還せり」

そいつはよかった。

ハントリーがやぶを振り返り、足を止めた。こちらを横目で見て、「ほら、そんなところで突っ立ってないで――わが賢才の業《わざ》を見に来たまえ」

「やだ……」アリスが足をとられてよろめき、木にぶつかった。「こんなのばかげてるわ」

地面は至るところ木の根と落ち枝に覆われ、その上に腐った松葉や枯れたシダのもろい残骸が積もって黒々としていた。腐葉土の匂いで頭がくらくらする。寒さに吐息を白くしながら、わたしたちはなおも奥へと進んでいった。

ハントリーは絡み合う尖った枝々の下をくぐり、「いいや、むしろ実に有意義だ」

アリスは声を落として言った。「実にばかげてる、でしょ」それから普通の声で、「犯人がここを通ったはずないわ――道がないもの。これでどうやって遺体を運ぶのよ？　あちこち引っかかりながらがんばって遺体を運んだとして、そしたら枝を折って進んだ跡がはっきり残るでしょ、わたしの髪だってさっきから引っかかりまくって、ああもう！」

ハントリーは笑顔でアリスを振り返った。「もちろん、きみの言うことは完全に正論だ。この道を選んだのは、アンサブ15が確実にここを通らなかったからだよ。実は三メートル右手に平行して、誰かが通過した痕跡が残っている。きみたちに証拠を踏み荒らしてもらいたくなかったのでね」

ハントリーがエニシダの茂みに消えていった。彼が通ってできた隙間はすぐに閉じ、あとには深緑色の枝が揺れ、種の入った莢が怒ったようにからから鳴るばかり。

アリスが立ちどまり、彼の消えた茂みを見つめた。それからこちらに向き、「わたしは決して暴力的な人間じゃないけど、もしこれ以外にちゃんとした道が見つかったときは、彼の脚を折ってくれる？」

わたしはエニシダの束を引き倒して隙間を作った。「フードをかぶれよ」

アリスは言うとおりにした。ため息をつき、茂みの中へ入っていく。莢がまたからからと音を立てた。

三秒待ってあとに続いた。頭や肩を枝に引っかけながら、身を屈め、アリスの悪態を頼りに追っていく。

莢を鳴らして茂みを割ると、排水用に掘られた溝の中に出た。ぬかるみに足を滑らせながらも斜面を登り、背の低い雑草の上に這いあがった。

森林へと続く道路が目の前に現れた。わたしが登ってきた場所から十メートル先、生い茂るマツの低い枝に隠れるように、ぼろぼろのバス待合所がぽつんと立っていた。その隣には落書きだらけの電話ボックス――こちらもひどく傷《いた》んだ代物で、ドアは歪み、樹脂製のガラスパネルのうち二面がなかった。残るガラスも大蛇が這った跡のような煤《すす》汚れにまみれ、熱でたわんだプラスチックに穴が空いている。

ハントリーが道路に立ち、腰に両手を当てていた。あの滑稽《こっけい》な口ひげがにやにや笑いで横に広がっていた。「ほらね？　言ったとおりだろう？」

アリスは髪についた松葉を取りながら、「今朝洗ったばっかりなのに……」

わたしは待合所まで七、八メートル進んだところで立ちどまった。「つまり犯人はバスで来て、それから死んだ女を担いで、あの茂みに捨てたと？　死人も運賃を取られるのか、それとも荷物扱いかな？」

ハントリーがため息をつく。「好きに言いたまえ。だが、こいつはどうかな……？」待合所の裏手にまわると、距離を取ったまま指さした。「ほら」

わたしはあたりをなるべく荒らさないよう、彼の足跡だけを踏んで歩いた。待合所の囲いの下部、雑草の生えた地面から浮いた縁の部分に、長さ十五センチほどの赤茶色の筋がついているのが見えた。

「どうかね？　この血痕のＤＮＡが被害者のものと一致する確率にいくら賭ける？」ハントリーが左にずれ、平らに均された下草を覗きこむ。黒ずんだ汚れが残っていた。「彼女はおそらくここで死んだ。失血死にしては血痕が少なく見えるが、運ばれてくるあいだに大半が体腔内で凝固してしまったとも考えられる。だからこの場は比較的きれいなんだ」

アリスは道端から動こうとしなかった。「どうしてこんな手間をかけるの？」片方の腕で胸を抱き、空いた手で髪をいじりながら言った。「その待合所の裏に置き去りにしてもよかったのに、なんでわざわざ担ぎなおして、茂みの奥のあんな小さな空き地に置いていくの？　時間の無駄としか思えないわ」

わたしはポケットに移したシェイラの鑑識セットから手袋を取り出し、包装を破いて両手に着けた。足を引きずり、草が均された部分の反対側に――証拠を蹴散らしてしまわぬよう大きくよけて――まわった。「写真は撮ったか？」

ハントリーが鼻を鳴らす。「なんの？」

「注射器のさ」ごみの小山に埋もれ、霜がついていた。三十センチほど離れたところに黄色いキャップも転がっていた。

「おや……」ハントリーはわたしの足跡をたどりつつカメラを構えた。「はい、チーズ」

アリスはまだ動こうとしない。「アンサブ15はクレアを生かしておきたかったのね。ここまで運んできて、それから録音した彼女自身の声を使って救急車を呼んだ。しかし彼女は意識不明に陥ってしまった。呼吸もない。そこで彼は……アドレナリンか何かを打ったのかしら？　止まった心臓を動かそうとしたのね。彼は被害者たちを死なせたくなかった。一刻も早く救助してもらいたかった。ローラ・ストラーン、マリー・ジョーダン、それからルース・ラフリンのように、クレアも生還させるつもりだった。でも失敗した」

ハントリーがもう二枚撮った。「彼は遺体とこの場所が結びつけられることを恐れた。自分につながる手がかりを残してしまったかもしれないからだ。だから遺体を移動させた」カメラをポケットに戻し、「まあ、わたしのような天才に追われるとは思いもよらなかったのだろうがね。無理もない」ハントリーはにやっとした。「面白い話がある。八年前にローラ・ストラーンを発見した救急隊員のひとりはその後、他のシリアルキラーの最後の犠牲者になってるんだよ。ナイトメア・マンとかいうやつだ。わたしがオールドカースルの住人だったら、とっとと引っ越すね」

わたしは湿った草に足首まで埋もれながら電話ボックスへと向かった。ドアがきしみを上げて開くと、新車を思わせる焦げたプラスチックの匂い、それに化学薬品のような臭気が鼻を突いた。電話機本体のほうはひとまず無事だ――黒いマーカーの罵詈雑言《ばりぞうごん》に埋めつくされ、金属パネルに引っかき傷でペニスが彫ってあるのをべつにすれば。受話器を取り、送話部が唇に触れないよう離して持った。発信音にばりばりと雑音がまじっている。ともあれ動きはする。一四七一を押して最後にダイヤルされた番号を確認しようとしたが、液晶画面には〝この番号はお使いになれません〟と表示されてしまった。わたしは受話器を戻し、外に出てプラスチック臭のしない空気を吸った。それから支給されたばかりのスマートフォンを取り出し、電源を入れた。あらかじめ六つの番号が登録してあった。リストの一番上が〝ザ・ボス〟。続いて〝アリス〟〝バーナード〟〝ヘイミッシュ〟〝ジェイラ〟、そして一番下が〝X――ドミノ・ピザ〟。わたしの指は手入力アイコンのほうに滑った。当然だ。第一報は通信管制室に入れる。ジェイコブソンじゃない。だが、通信室がわたしを刑務所に戻す権限を持っているわけではない。ジェイコブソンに近づくチャンスをふいにはできない。あの女に近づくチャンスをふいにはできない……。

しばらく呼出音が鳴った後、ジェイコブソンが出た。報告を終えると彼は言った。〝すばらしい。バーナードにはうんざりさせられるが、それだけの価値はある。撮れるだけ写真を撮ったらネスに報せて、鑑識班を呼ばせるんだ。現場は厳重封鎖し徹底的に調べさせる。バーナードに指揮を執らせろ。彼に対する苦情はぼくが引き受ける。いいね？〟

ればホローポイント弾で」

「ふむふむ、これはまたずいぶんと深い悟りをお求めで」アレックはわたしの横に並ぶと、ブッダ像にからだをもたせかけた。「お聞かせ願いたい。あなたは本日この場でお取りになった選択がどのような結果をもたらすか、真剣に考えておられますか？　カルマは常にわれわれを見ています。べつの道を選ぶのに遅すぎるということはない」

「銃はあるのか、ないのか？」

彼は指を伸ばした両手を胸の前で交差させた。「アレックの例を考えてみましょう。ブッダの教えを人生に取り入れることで、彼の世界は変わりました。それまでの彼は罪人でした、疑いようもなく。人生はつらく暗いものでした……しかし、ほんの些細な事件をきっかけに、彼はその冷たく凍えた魂にブッダのよき教えを取りこもうと決心したのです」

わたしはブッダ像を離れ、杖に体重を預けた。「十五秒以内に銃をよこさないと、あんたの身にまた〝事件〟が起こるぜ。使用歴《まえ》のないやつだ――もし誰かを撃ったり、強盗に使ったり、どこかのギャングが車からぶっ放したりしたやつだったとわかったら、そのときはあんたの信じる神様とやらにお目どおり叶わせてやる」

「いやいや、スミスさん。〝神〟ではありません。ブッダいわく、一切はブラフマーより生ずるにあらず。われわれはみなパティッカサムパーダ、すなわち因縁により――」

「売るのか、売らないのか？」

アレックの笑みはそよとも動じなかった。「忍耐ですよ、スミスさん。忍耐が肝心です。

話を進める前に、アレックはあなたの本当の望みを知りたいのです。あなたの目的を」

「アレックに教える義理はない」

「おやおや。しかしあなたの目的も、何か義理にまつわることなのですね?」アレックも像から離れた。砂利の小道、枯れた花々のあいだを円を描くように歩きながら、「アレックはみずから望んで得た稼業を捨てるのか、それとも信心に背くのか、避けては通れぬ二択に長らく悩まされていました。彼は瞑想しました。ブッダに導きを乞うたのです。瞑想の果て、彼はついに気づきました。あなたのような人々に代わって道徳的判断を下し導くことこそが、因果の輪におけるおのれの役割なのだと。かくして彼はまた一歩、悟りへの道を進んだのです」

「わかった、もういい」わたしは門のほうに歩きだした。

「アレックは望みのものをお渡しします。ですがいま、この場で理解していただかねばならない。あなたには、自分を取りまく暗闇から立ち去ることもできるのだと。よきカルマを積みなさい。善人になるのです」

「へえ。だが、おれは旧約聖書のほうを信じたいね。目には目を、弾には弾を、ってな」

「なるほど、復讐ですか……」アレックは歩みを止めてうつむいた。ひとりうなずき、「少々お待ちを」いったん屋内に戻ると、今度はアニメ『ボブとはたらくブーブーズ』の主人公ボブのぬいぐるみを抱いて現れた。ラグビーボールほどのサイズ、縫いつけられた笑顔、手には大きすぎる黄色のスパナ。「こちらです」

「どうやら本気で痛い目見たいよう――」ぬいぐるみの胴体に何か硬いものが入っている。L字型だ。脚にも何やら指の骨みたいなものが詰まっていた。

「ただ立ち去るべきだ、というアレックの忠告は聞き入れてくださらないのですね？」

弾は六発、あるいはそれ以上。ぬいぐるみを裂いてみないことにはわからない。

あとは今夜、ミセス・ケリガンにボブを紹介するまで大人しくしていればいい。二発だ。顔面にぶちこんでやる。

「スミスさん？」

わたしは空を見上げた。雲が雨を落としはじめた。雨粒はブッダ像にも落ち、コンクリートの灰色の目を黒く染めた。雨脚が強まるとともに風も出てきた。ブッダのふっくらした頬を水が流れ落ちていく。

「残念です」アレックはかぶりを振り、ため息をついた。肩を落として言う。「あなたの決断に、森羅万象も涙している」

自分を三人称で呼ぶ武器商人に哀れまれるほど、一日を明るくしてくれるものはない。

シフティからもらった現金入りの封筒を渡し、車に戻った。ボブを固く腕に抱いて。

頼まれてくれるかい？《キャン・ウィー・フィックス・イット》　ああ、やってやるとも。

〝……は捜索三日目の今日、レンフルーシャーの採掘場跡にて発見されました。警察は彼女が失踪した火曜日夕刻以降、周辺で六歳前後の児童を目撃した人がいなかったか……〟

激しい雨がアスファルトに打ちつける。アリスが駐車場に車を入れたときには、跳ね返る水のしぶきが霧となって膝丈まで達していた。スズキが水たまりと化した路面の大穴をよけると、後部座席でボブが横すべりした。

〝……ハロウィーン以降多発する他の児童誘拐事件との関連については明言せず……〟

アリスはなるべく施設入口に近い駐車スペースを選んだ。車を停め、ワイパーが傷だらけのフロントガラスを拭くのを眺めながら言った。「あまり立派な建物じゃないのね……」「この遺体保管所は追加で仮設されたものなんだ。どんなのを期待してた？　ヤシの木に囲まれた大理石造りとか？」

〝……現在行方不明のチャーリー・ピアースちゃん五歳の母親は声明を発表し……〟

アリスはエンジンを切った。

その仮設保管所は、ショートステインの斜陽化した工業地帯の外れに建つ平屋のコンクリート倉庫だった。番犬、監視カメラ、レーザーワイヤーの警告を掲げた金網の向こうにそびえる無味乾燥な灰色と黒の建物。片側に積み降ろし場、もう片側に受付が設けてある。道路と敷地のあいだの植えこみさえ、施設を守るバリケードのように見えた。

受付側のドアが開き、中から一組の男女がおぼつかない足取りで出てきた。男は悲嘆も露わな表情で、涙を流していた。女のほうは膝が曲がらないみたいな歩き方だった。まるで保管所で見たものが、彼女の両脚を石に変えてしまったかのようだ。

わたしの肩に雨が打ちつけた。

そこまで間抜けじゃありませんよ」

「笑わせるな。35Aはどうだ、調べたのか？」

「そりゃもちろん……」そこでドゥーガルが固まった。口をあんぐりさせ、しわに囲まれた唇がOの形になる。「少々お待ちを……」彼は受付から出ていった。

玄関の電子ブザーが鳴り、アリスが戻ってきた。顔は赤らみ、髪から水がしたたっている。縞柄の服の袖で目もとをぬぐうと、言葉もなく近づいてきた。両腕をわたしの上半身にまわし、顔を胸に押しつけた。鼻をすすっていた。

びしょ濡れのアリスを抱きしめた。「大丈夫か？」

彼女はふたたび鼻をすすり、大きく息を吐いた。最後にもう一度だけわたしを抱きしめると、うしろに下がってまた目をぬぐった。「ごめんなさい」

「警部補？」ドゥーガルが戻ってきた。またもや入れ歯を剝き出して笑い、「よかったよかった、クレア・ヤングが見つかりましたよ。もう二分ほどいただければ、検視室のほうに移しておきますので」

「誰かが番号を読みまちがえたんだな、そうだろ？」

「はあ。ともあれミス・ヤングはちゃんと保管されていたということです。完全に、安全に」ドゥーガルは奥へ通じるドアを開け放し、わたしたちを招き入れた。「てっきりまた、例の死肉漁りが現れたのかと思いましたよ……」

# 14

「お茶はいかがですかな、それともコーヒー？」ドゥーガルが小首をかしげ、胸の前で両手の指先をこすり合わせた。シェイラはクレア・ヤングの遺体の周囲を歩きまわっている。

「イチジク《フィグロール》のビスケットもございますよ」

アリスが首を横に振る。「せっかくだけど……これから検視だし……」

「おや、そうですか。警部補は？」

わたしはうなずいた。「紅茶、ミルク入り。ビスケットもふたつ。ちゃんとしたマグで――プラスチックのコップなんかで出すなよ」

ドゥーガルはわたしたちをあとに残してそそくさと出ていった。保管所の検視室はカースル・ヒル病院の霊安室より六倍は広い。ステンレスの検視台十二台が二列に分けて並べられ、一台ごとに排水口、水道ホース、計量器、昇降装置が完備されている。監視カメラも各台の上にひとつずつ――いっしょに天井からぶら下がる黒手袋は、まるで死体から生まれた果実のようだ。

壁の一面にひと続きの長いガラス窓が嵌めこまれ、その下に流し台と蛇口が配してある。

向かいの壁には作業台、その上に解剖図と安全衛生のポスター。

アリスが身震いする。「どうして遺体安置所って、ああいう気味の悪い人ばかり雇うのかしら？　あの目を見た？　真っ黒でぎらぎらしてて……」

「白衣を着た大鼠みたいだろ？　きっと実験で巨大化させられて、科学者たちに復讐を誓ってるのさ」わたしはクレアの隣の台に腰を下ろした。「ある年の夏、娘たちがまだ小さかったころの話だ。ひどい猛暑が一週間ばかり続いてな、オールドカースル全体がオーブンになっちまったみたいだった。おれたちは家に少しでも風を入れたくて、一日じゅう窓を開けっぱなしにしてた。ところがある晩、娘たちがちゃんと寝てるか確かめにいくと――ふたりは眠ってたが――ばかでかい茶色の鼠が毛布の上、レベッカの顔のすぐそばまで迫ってたんだ。そいつはドゥーガルそっくりだった」

「〝昔々あるところに〟をつけるのを忘れたわよ」

「そりゃ失敬」

アリスは小さな赤いコンバースを履いた足を揺すり、周囲の検視台や流し台を見渡した。

「ずいぶん広いのね」

「用心してるんだ。スクールバスが事故ったり、どこかの老人ホームでよろしくないことが起こったり、市議会が急に共同墓地を掘り返したり、そういうときに……」わたしは両手の指を組み、関節が焼けつくまで握りこんだ。うしろを振り返って、「ここが役立つ」

シェイラがステンレスの台車を運んできたかと思うと、その上にやけに大きなグッチのハンドバッグを置いた。バッグを漁り、布の包みを取り出して広げる。中身はぴかぴかのナイフとハサミ、ペンチ、さらに大バサミ。彼女の仕事道具だ。「昔だったら、あたしが真っ先に遺体を触れたもんだけど」

シェイラは白衣を着て、流し台の上の棚から緑色のビニールエプロンを引っぱり出した。エプロンを頭からかぶってうしろで紐を結び、さらに紫の手術用手袋を着けた。「レコーダーをまわしてくれない？　バッグに入ってるから」

わたしはレコーダーを出して赤い録音ボタンを押し、そのまま検視台の上の照明にストラップでぶら下げた。

シェイラがクレアの腹部に指を這わせる。

艶やかな皮膚に二組の傷が刻まれていた。ひと組は黒く細い糸、もうひと組は解剖医御《ご》用達《ようたし》の太いナイロン糸で縫ってある。黒い糸は腹部の十字の傷、ナイロン糸は鎖骨から恥骨まで至るY字切開の跡に使われていた。

シェイラがマスクの下で鼻歌を歌う。「よかったよ、少なくともインサイド・マンの手術痕はつぶされてない」先端の細く尖ったハサミでナイロン糸を切り、あらかじめ剝がされていた皮膚をめくって肋骨を露出させた。「ヘビーリフティングをやらずに済んだらいいんだけど」シェイラは胸骨を上下でつかむと、胸郭を丸ごと持ちあげた。引き出した骨格を解剖器具の乗ったステンレスの台車に移し、「見てのとおり、こいつが大変でね」

胸から腹部にかけての空洞に、赤黒くぬめぬめしたものを収めた透明のビニール袋がいくつも詰まっていた。シェイラはビニール袋を物色し、心臓らしきものを引っぱり出した。「はずれ」残りの臓器を次々と金属のボウルに移し替えていく。「ヘンダーソン、あの使えないじいさんをつかまえて、昔の被害者たちの遺体もここに残ってるか訊いてくれない？ せっかく来たんだからさ……」

ドゥーガルを探してスタッフルームに向かうと、彼はコーヒーテーブルに足を乗せ、昔の映画版『ミス・マープル』をテレビで観ながら炭酸清涼飲料《ルコザーデ》を飲んでいた。

「検視医が八年前の被害者たちの遺体を見たがってる」

ドゥーガルはいやな顔をした。ペットボトルをあおりながら、「それには少々問題がございましてな。古い遺体はもう一体しか残っとらんのです。一人目は……消えました。二人目と三人目は遺族に押し切られ、火葬されちまいました。四人目なら探し出して解凍できますが、いかがしましょう？ 遺体が解凍されるまでお待たせしてしまいますが」

「ナタリー・メイは凍ったままなのか？ タイガーバーム作戦のやつら、彼女の遺体は調べなかったのか」

ドゥーガルは肩をすぼめ、また飲んだ。「スコットランド警察の考えることなんぞ、わかりゃしません。しかしナタリーには身寄りがなく、よって引き取り手もおりませんでしたからな。八年間、凍ったままひとりぼっちでして……」

「遺体を出せ」

「あるいは他の三人も、組織のサンプルかレントゲン写真くらいは残っとるかもしれません。二〇一〇年の大寒波でだめになってなければ、ですが」ふと顔を背け、「娘さん方のことは本当にご愁傷さまでした。弟さんも」

テレビのほうは、マーガレット・ラザフォード演じるミス・マープルが応接間で青年に殺しを自白させたところだ。警察が絞首刑待ったなしの青年をしょっ引いていくのを横目に、ミス・マープルが紅茶を傾ける。粋だ。

ドゥーガルがペットボトルを強く握って音を立てる。「うちのショーナも白血病で亡くなりましてな……いやはや……」またひと口飲んで、「お気持ちはお察ししますよ」い、い、い、そうだよな。娘を癌で亡くすのも、シリアルキラーに惨殺されるのも、似たようなもんだよな。

わたしは何も言わず彼に背を向け、部屋を出ていった。

ドゥーガルも、ご機嫌よう、くらいは言った。

靴底のラバーを床にこすりつけながら、検視室へと続く廊下を歩いていく。灰色の人造大理石に打ちつける杖のリズムは奴隷が漕ぐガレー船の櫂音《かいおと》を思わせた。私用の携帯電話を耳に当てる。「いつまで?」

受話部からシフティの声。〝まあ、なんというか、新しい家が見つかるまで……まだ探してないけどよ……頼むよ〟

「アンドリューは考えを変えなかったわけだ」

〝絶対邪魔にならないからさ。誓うよ。これから〈アルゴス〉でエアーマットレスを買ってくる。掛け布団やらなんやらも。迷惑はかけない〟

「インサイド・マン事件の生存者たちと面会したい。居場所をメールで教えてくれたら、おまえをリビングに寝泊まりさせるようアリスにかけ合ってやる。どうだ?」

〝了解〟

「くれぐれも慎重にな。彼女たちと会うことをネスに知られたくない」そこで言葉を切り、検視室のドアに手をかけた。「さっき、おまえのともだちのところでスピリチュアル・ガイダンスを受けてきたよ」

〝ほほう〟間を置いて、〝悟りは開けたかい?〟

「今夜、いけるか?」

シフティは声を落とした。〝夜明け前の奇襲だな〟

「あの女の住処《すみか》に関する情報がほしい――警備システム、番犬の有無、侵入経路、帰宅時間。ガサ入れと同じだ」

〝捨て場所は?〟

「昔ながらの手が一番、だろ?」通話を切り、べつの番号を打った。

呼出音が二回ほど鳴って、かちっという音がした。〝こちらはガレスとブレットの自宅電話です。いま電話に出られませんが、メッセージのある方は、ぴーっという音のあとにお話しください〟

「ブレット？　アッシュだ、弟だ。ブレット、いるのか？」

誰も出ない。知らない番号だから出ないのか、それとも家にいないだけか。どちらにしろ仕方がない。

「おれは……」おれがなんだ？　いまさら何が言えるというんだ？　「おれは、ただ……兄貴がどうしてるか気になったんだ。旦那とはうまくやってるかなって」言葉が続かず、気まずくなった。「とにかく、そういうことだ。じゃあな」

携帯電話をポケットにしまった。

深呼吸した。

検視室のドアを開けた。

シェイラが内臓入りのビニール袋を大きいものから順に台車に並べていた。紫がかった黒いかたまりを引っぱり出しながら、ラジオドラマ『ジ・アーチャーズ』のテーマソングをハミングしている。

アリスは使用中の台から一番遠くの検視台に腰かけ、両の足を床上一メートルの中空で揺らしていた。片腕で自分を抱き、空いた手で髪をいじりながら、頭上でまわる監視カメラを見つめ返している。

「カメラがやたらと多いわね」

「ここはおかしな場所でね。六年ほど前、長期保管用の棚から複数の遺体が消えているのが発覚した。何者の仕事か、盗まれた遺体は一体何に使われたのか、誰も知らない」わたしは肩をすぼめた。「オールドカースルへようこそ」

「ふむむ……」アリスは髪をもてあそびながら言った。「ドクター・ドカティのプロファイリングについて考えてたの。アンサブ15を独身男性と見立てた根拠はわかるけど――」

「八年前、あいつがヘンリーといっしょにやったプロファイリングとほとんど同じだ。表現を多少変えてはいるが、本当のところ変わったのは年齢くらいだ。前回の〝二十代後半〟から今度は〝三十代半ばから後半〟になっただけだ」けたたましい電子音が黴くさい空気を錆びたメスのように裂く。サンプル保管用の冷蔵庫の隣、壁付けの電話機からだ。三度ベルが鳴って、そこで止まった。わたしは電話機を見つめながら、「ドカティも内心では、アンサブ15とインサイド・マンは同一人物だと思ってるんだろう」

電話……わたしは冷蔵庫の隣の電話機をまじまじと見た。犯人は遺棄現場に公衆電話があると事前に知っていたのだろうか？　ちゃんと動くかどうかも。

アリスが脚をぶらぶらさせた。「生還者たちと話したいわ、話せるでしょ、ベアーからも許可が下りたし――」

「シフティが居場所を調べてくれてる」シェイラに向かって杖を振った。「なあ、先生《ドック》。そいつは時間がかかりそうか？」

シェイラは刀身の長い肉切りナイフで肝臓を切開しながら答えた。「お願いだから〝ドック〟はやめて。七人のこびとじゃあるまいし」彼女は肝臓の一部をスライスすると、さらに小さな断片へと切り分けた。「あと三時間はかかる。あるいはもっと。あのじいさんが他の被害者の遺体を見つけ出せるかによる」

「あんたら、コンピューターの専門家は誰を使ってるんだ？」

シェイラはぬらぬらと光る紫色の断片をサンプル用の試験管に入れながら言った。「誰も使ってない」

「あらゆる分野からトップを集めたものと思ってたよ」わたしはチーム用に支給されたスマートフォンを取り出し、〝ザ・ボス〟にかけた。

五回目のベルでジェイコブソンが出た。〝アッシュ？〟

「どうしてコンピューターの専門家をチームに入れなかったんだ？」

〝なぜって、何か必要でも？〟

「サビール・アクタール部長刑事。ロンドン警視庁で働いてたが、いまも同じかわからない。だが、彼なら文句なしだ」

〝続けて〟

「今朝の現場で見つけた公衆電話の通話履歴を調べさせたい——犯人がクレア・ヤングを一度置いていた場所だ。インサイド・マンは遺棄現場をでたらめに選んでるわけじゃない。必ず近くに稼働中の電話があって、すぐ救急車を呼べるようになっていた。つまり……？」

〝つまり犯人は現場を下見して、電話が使えるか試してるはずだ〟

「サビールに過去六週間のすべての履歴を洗い出させろ、何かパターンが見つかるかもしれない。いっしょに過去の事件の九九通報の録音も渡しとけ。音声のノイズを除去して環境音を分析できれば――やつが電話をかけた現場に手がかりがなくとも、被害者のSOSメッセージがどこで録音されたのかヒントがつかめれば……試す価値はあるだろ？」

ジェイコブソンは黙ったままだ。

「聞いてるのか？」

〝どうやらきみも、まるっきり使えないわけじゃなさそうだ。結果が出たら報せるよ〟ジェイコブソンが通話を切った。

三秒遅れて、今度は私用の携帯電話が鳴った。シフティからのテキストメール。

マリー・ジョーダン：カースル・ヒル病院、サニーデール棟
ルース・ラフリン：カウズキリン、ファースト・チャーチ・ロード35、16B
&夕飯はカレーでどうだ？

マリーとルースの住所。ローラ・ストラーンはなし。わたしはメールに返信して電話をしまった。アリスに手を差しのべ、検視台から下ろしてやった。「ドクター・コンスタンティンも大人だ。二、三時間ひとりにしても平気だろう。生存者に会いにいこう」

アリスとともに受付に戻ると、ドゥーガルが短く悲鳴を上げた。死者の名前でいっぱいの帳簿をつかんで胸に抱き、「ああびっくりした……」

わたしは玄関ドアを押し開けたまま立ちどまり、彼に指を突きつけた。「さっさとナタリー・メイの遺体と、他の被害者のサンプルを探してこい。さもなきゃ次来たとき、おまえを検視にかけてやる。わかったな?」

ドゥーガルは帳簿をぎゅっとつかんだ。「ええ、はい、すぐ探しますとも、大丈夫です」

「だったらいい」杖を握りなおし、アリスを追って午前の雨天の下に出た。

舗装ではじけた雨が保管所のコンクリート壁に跳ね返る。積み降ろし場はもはや湖のようなありさまで、側溝から水が溢れ出していた。

この豪雨に玄関ポーチの小さな庇《ひさし》ではろくな雨よけにならないが、何もないよりはいい。

アリスはフードをかぶった。「待ってて。車を持ってくるから」背を丸め、膝を高く上げた走り姿で水たまりをよけていく。スズキのドアロックをリモートで開け、大急ぎで乗りこむと、まずライト、次いでエンジンが点いた。スズキはときおりがたがたと震えながら、水を跳ねあげて玄関前までやってきた。

わたしは助手席に乗った。

車窓は霧状のしぶきに覆われ、陽の光もろくに届かない地上にぼやけた輪郭とおぼろな影ばかりが残された。アリスはダッシュボードからの送風を最大にしたが、暖房のうなりは屋根を打つ雨音にあっさりとかき消されてしまう。「ごめんなさい……一分もすればばち

## 15

「マリー、お客さんだよ」

マリー・ジョーダンは立とうとしなかった。ヘッドレストつきの椅子に身を沈め、雨の打ちつける窓を見つめている――網入りガラスの向こうは医師専用の駐車場、それにコンクリートとガラスでできた病院本棟の四角い建物。マリーの髪は雑に刈りこまれ、ところどころ頭皮が覗いていた。片耳の上だけ髪が伸びて房になっている。頭皮のあちこちに小さな傷がつき、赤黒いかさぶたができている。弛緩《しかん》した表情、死人のように白い肌、落ちくぼんで赤らんだ目もと、唇がほとんど見えない細い口。服装はグレーのカーディガンにランニング用のズボン。裸足はきちんと床を踏まず、横に倒れて爪先を丸めていた。まるで鴉《からす》の足みたいだ。

アリスはちらとわたしを振り返ると、オレンジ色のプラスチック椅子を一脚取った。背もたれのうしろに引っかき傷で〝やつらを信用するな！〟と書いてある。アリスは膝をぴったりとつけて座り、両手を腿に置いた。「こんにちは、マリー。わたしはドクター・マクドナルド、でもアリスって呼んでね。マリー？」

部屋は広く、クッションつきの大きな椅子六脚と安物のプラスチック椅子が数脚、『ナショナル・ジオグラフィック』から破り取られたページでいっぱいのコーヒーテーブルがあった。テレビも一台、誰も触れないよう壁の高いところに設置してある。これなら刑務所のレクリエーション室のほうがいくらかましかもしれない。

他に患者はおらず、アリスとマリー、雑役係、そしてわたしの四人だけがひどく静かな室内に取り残されていた。

わたしは窓の桟《さん》に腰を預けて、駐車場を眺めるマリーの視界を塞いだ。彼女は特に反応せず、右手の指を曲げ伸ばしするわたしをそのまま見つめるだけだった。握って、開く。骨と軟骨がこすれてきしむ感触がした。

ダッシュボードなんか殴るからだ……。

アリスが再度試みた。「マリー?」

雑役係がため息をつく。胸ポケットに留めたIDカードによると、彼の名は〝トニー〟で〝なんでもお手伝いします〟だそうだ。図体のでかい丸顔の若造で、看護服から覗いたうなじにスコットランド旗の斜め十字の刺青が入っていた。「調子のいい日と悪い日があるんですよ。昨日はかなりよくなかった」

「マリー、聴こえてる?」

マリーの顔がアリスに向いた。首がすわらないみたいに斜めになった。まばたきした。

「マリー。八年前の事件について、あなたと話し合わなくちゃいけないの。お話しできそう？」

まばたき。

雑役係のトニーが肩をすぼめる。「昨日の夜、ニュースであれを観ちまったんですよ。例のあいつが戻ってきたって。そしたらいきなり他の患者に向かっていって、どかん。警告も何もなし。可哀想に、相手は鼻を折られたうえ耳を半分食いちぎられました」

「大丈夫よ、マリー。わたしたち、あなたの助けになりたいの」

「引き離すのに四人がかりでしたよ。鎮静剤も少し打たなきゃならなかった。それが今朝になったらどこからともなくハサミを手に入れて、自分で髪を切ってたんです。また手首を切ったりしなくてよかった――」

「悪いんだけど」アリスが振り返った。「少し水でもいただけると助かるわ。持ってきてもらえるかしら？」

トニーが閉じた唇からぽっと息を吹く。「監督もなしに患者を放置するわけには――」

アリスは満面の笑みで言った。「大丈夫、心配ないわ。こちらのミスター・ヘンダーソンは警察官なの。元、だけど」

「はあ……そういうことでしたら。水道水でいいですね？」

廊下に出たトニーがドアを閉めるのを待って、アリスは続けた。「マリー。あなたを傷つけた犯人が戻ってきて、不安に思う気持ちはよくわかるわ。でも、彼はここには入ってこられない。あなたは安全なのよ」

マリーは何度かまばたきすると、唇を震わせた。ようやく発された彼女の声は、ガラス片をこすり合わせるようなささやき声だった。「わたしが悪いの……」

「いいえ、そんなことない。悪いのは犯人よ」

「わたしのせいよ。あんな……彼を怒らせるべきじゃなかった」マリーの爪は先端がぎざぎざで短く、指先に残る嚙み痕はピンク色の肉が露出するほどだった。震える指先を腹に当て、「彼が入れてくれたのに、育たなかった……」

「マリー、催眠療法を受けたことはある？」

「病院に取られて、育てられなかった」

アリスは笑顔を作った。「きっと効果があると思うの。どうかしら？」

「取られて、死んじゃった。育たなかったのはわたしのせいなの」

アリスは手を伸ばし、マリーが腿に乗せていた右手を取った。自分の手のひらと重ね合わせて、「椅子に深くもたれて、楽にしてくれる？」アリスの声色が変わる。やや低く、やや小さく。「全身の筋肉がリラックスしていくでしょう？」さらに低く、ゆっくりとした口調で、「あったかくて穏やかな心地がしてくるでしょう？」

「だめ」マリーがわたしのほうを向いた。彼女の目は血の赤に縁取られた深い闇のようだった。「彼が来てたの。こっちを見てた……」

「おれは当時の捜査員だった。きみをこんなふうにした男を捕まえるはずだった」

マリーの視線がぱっとアリスに戻った。「あの人、嫌い。追い出して」

ノエル・マクスウェルは人気《ひとけ》のない廊下を一瞬振り返ると、青い看護服のポケットから出した錠剤入りの小箱をこちらへ手渡した。「ここだけの話にしといてくれよ、な？」広い額にしわが寄る。真ん中に黒髪がひと筋だけ垂れ、残りの髪はすっかり禿げあがっていた。前にせり出した耳、尖った顎。太い眉の下のうるんだ青い目。「大丈夫だよな？」

わたしは包装シートから抗炎症薬《プレドニゾロン》の小さな丸い錠剤を二粒押し出し、飲み下した。ポケットから財布を出そうとすると、ノエルは手を振って断った。

「いいって。あんたは昔なじみだし」咳払いして、「娘さんは残念だったな。ひどいこともあるもんだ。本当にひどい」

わたしはあらためて手指を曲げ伸ばしした。まだ関節に硬いものが挟まって、骨を削っているような感触がした。

ノエルが肩をすぼめる。「それはそうと」また背後の廊下を気にして、「他にほしいものあるかい？　もちろん薬でさ」

「間に合ってるよ。ありがとう」

「気にすんなって。ともだちじゃないか、そうだろ？」媚《こ》びるような笑みを見せたあと、ノエルはもと来た廊下を悠々と歩き去っていく。口笛を吹きながら。

わたしのうしろでドアが開き、アリスがそっと出てきた。「十五分くらい休憩させたほうがいいわ」

ドアに小さなガラス窓が入っていた。室内ではマリーがからだを丸め、椅子に上げた両脚を抱えてすすり泣いている。

アリスが指先でガラスに触れる。「彼女にはつらい思いをさせてしまったけど、効果はあったはず。ああいう浮き沈みがあるのはわかる。でも仕方ないの。彼女はいまだに過去の体験に囚われていて、本当の意味で――」

廊下の先から怒鳴り声がした。「あんた、一体なに考えてるんだ?」

三つ揃いのスーツを着た長身、痩せ型の男がつかつかと歩いてきた。禿げ頭に蛍光灯の光を反射させ、大きな黒縁の眼鏡をかけている。「あんただよ!」アリスを指さし、「わたしの患者を勝手に治療していいと、誰が言った? ふざけるんじゃない!」

雑役係のトニーが小走りでやってきた。「でも、バートレット先生、この人たちはそんなことするだなんてひと言も言ってなかったですよ! ぼくはただ、話をするのを手伝うつもりで――」

「きみとはあとで話をする!」バートレットは足音荒くアリスの前に来ると、彼女を見下ろして言った。「どこの何様か知らんが、はっきり言って――」

アリスは彼に握手を求めた。バートレットは応えなかったが、彼女の笑顔は少しも揺るがなかった。「バートレット教授ですね、お噂はかねがねうかがっております。こちらは実に快適ですばらしい閉鎖病棟だわ。内装はちょっと陰気だけど、ヴィクトリア朝以来の精神科病院となると大して手も入れられないですものね?」

「ミス・ジョーダンはきわめて繊細な患者なんだ。そこへ誰とも知れん部外者がふらふらやってきて、勝手に――」

「マリーには過去の体験と向き合う時間が必要です。薬漬けにしてクッション張りの個室に閉じこめたままでは何も変わりません」

「それは、彼女が自傷を――」

「もう八年ですよ。いい加減新しい治療を試すべきじゃありませんか？」

アリスは名刺を抜き出すと、バートレットの胸ポケットに挿しこんだ。「これから毎週水曜の午後、それと金曜の午前にマリーを診察しに来ます。診察前は最低四十八時間、投薬を控えてください。ああ、それとアバディーンの病院で近ごろ、心的外傷後ストレス《PTS》障害《D》の患者を対象にＭＤＭＡの治験が行われています。かなり期待が持てるそうなので、マリーもぜひ参加させてください」

「しかし――」

「それと、本気で彼女を救いたいのなら、あんな醜いカーディガンを着させないで」

「カーディガン？」わたしは助手席で身を屈め、追跡装置のついた左足首を掻いた。車はターミガン環状交差点を通ってカウズキリンに入ったところだ。

「ほんとにひどいんだもの。あんなもの着てたら精神衛生上よくないわ」

土砂降りもいまでは霧雨に落ちつき、対向車のヘッドライトを金色の丸い光にぼかしていた。「そこの交差点を左だ」

右手にシティスタジアムの威容が現れた。剝き出しの骨組みと角度をつけたガラス天井、紺のメタルパネルと彩色されたコンクリート。背後にカースル・ヒルがそびえ立ち、左右には石板色の屋根をかぶった暗い色調のビルディングが並ぶ。丘の頂上の古城は雨にかすんで見えなかった。

アリスも横目でそちらを見た。「聞かせてくれる？　次の生還者のこと、会う前に」

カウズキリンのいま走っている界隈は、戦後に建てられた公営住宅ばかりが並んでいた。明るい未来に向けて建てられた二戸建て住宅《セミデタッチド》も、年月とともにすっかり傷み、くすんでしまった。壁の粗塗りはひび割れ、雨樋《あまどい》は外れて垂れ下がっている。

「アッシュ？」

「話すほどのこともない。やつは彼女の腹を裂いたが、何かがあって途中で放り出した。通報もせず、そのまま死ぬに任せたんだ」

「その、訊きたかったのはあなたと彼女の関係なんだけど」

「彼女は空き地に捨てられたあと、麻酔から目を覚ました。自分がどこにいるかもわからない。血まみれで、真夜中で、雨まで降ってた。それでもなんとか立ちあがり、幹線道路までたどり着いた。酔っ払い運転のドライバーが彼女を見つけて病院に運んだ」

「強い人なのね」

運転席の窓ごしに一瞬、波型鉄板で覆われた大きな建物が見えた。横幅二メートルほどの文字看板に〈ウェスティング〉と綴られ、その右側にグレイハウンドの走り姿のシルエットが飾ってあった。ミセス・ケリガンの根城……。

顔を背けた。「ああ、そうだな、まあ昔の話だ」

「わかってるわ、あなたはいまでも自分を責めてるって。でも――」

「おれを助けるところをやつに見られたんだ。そんなことしなければ……」

「彼女があなたを助けなかったとしても、またべつの人が襲われたはず。彼女ほど強くない人が。きっと助からなかった」

だからといって、なんの慰めにもならない。

わたしは次の交差点を指で示した。「そこで右。その先の通りの一番奥でまた右」

上下四室の戸建てが並んでいた。白黒の粒がまじった粗塗りのコンクリート壁、乱立する衛星放送のパラボラアンテナ、膝丈の煉瓦塀で仕切られたこぢんまりとした庭。通りを中間まで進んだあたりで店が三軒続いているのを見つけた――精肉店、食料雑貨店、動物病院――が、三軒とも窓に板が打ちつけられ、その上に六週間まえ街を訪れていたサーカス団のチラシやポスターがべたべたと貼りつけてあった。同じく板張りで塞がれた入口の上の看板は、長年の風雨による剝がれと汚れでほとんど判読不能だ。

アリスは突き当たりを右に曲がった。その先の家々は庭がやや荒れ、玄関ドアも塗りなおしが必要そうに見えた。

「そこで左折」

車がファースト・チャーチ・ロードに入った。

公営住宅の並びがまだ続く。粗塗りの壁は窓の周囲に亀裂が走り、庭の雑草が塀を超す高さにまで伸びている。キャスターつきのごみ箱の横に黒いビニール袋がうずたかく積みあがり、煉瓦の縁石に乗りあげたルノー・フエゴは車体の大部分が鉄から錆に置き換わってしまっている。一匹のテリアがディスクブレーキのまわりを嗅ぎまわっていた。

通りを四分の三ほど進んだところに、古い戸建てを四、五軒つぶした跡地に建てられたと思しき四階建てのフラットがあった。オレンジの煉瓦壁は土埃とストリートギャングの落書きでひどく汚れている。〝キングズ組《ボッス》マジ最強!〟〝バンジー・ボーイズのシマ〟〝ミッキー・Dはチンコしゃぶってる!〟。

フラットの先、通りの終端──舗装の上にコンクリートの車止めが立っていた──には、血の色をした国民第一ケルト教会の尖塔がそびえていた。ガーゴイル像と小尖塔に飾られたとげとげしい外観で、黒い石瓦を敷き詰めた円錐の屋根はドラゴンの尾を思わせた。

BMXの自転車に乗った子供が六人、車止めを使って下手くそな8の字走行をしていた。全員だぶだぶのジーンズにパーカー姿で、くわえ煙草の煙をたなびかせて走っている。月曜の昼、十二時半──本来なら学校にいるべき時間だ。

わたしは携帯電話のメールを再度確認した。

ルース・ラフリン：カウズキリン、ファースト・チャーチ・ロード35、16B

大切な何かを奪ってしまった。そうして彼女は壊れた抜け殻になってしまった。

アリスはソファに座り、ルースと同じポーズになった。ほほえんで、「具合はどう？」

ルースは身じろぎもしなかった。しゃがれた小さな声で言う。「唾を吐きかけられるの。ときどき、買い物に行くときに」

「誰に？」

「あの子供たち。ひどい子たちよ。人に唾を吐いたり、家に勝手に入ってきたりするの。盗んだり、何もかもめちゃくちゃにしたり」ルースは左手首の包帯を見下ろした。「獣医のボランティアにも行けなくなっちゃった」

「何かあったの？」

「その……また昔みたいにボランティアがしてみたかったの。退院したあと。でも……」顔を歪め、「犬を一日六匹も安楽死させなきゃならないこともあった。あのときは一週間泣きどおしだったわ」左手を上げ、汚れた包帯で目もとをぬぐう。「ばかね、わたしって」

「そんなことないわ、ルース」アリスはそこで言葉を切り、少しして言った。「先週の花火は見た？　わたしはモンゴメリー・パークに行って、市の花火大会を対岸から観てきたの。すごくきれいだった。赤や青や緑の花火。お城から上がって、崖を金色の滝みたいに落ちていくのもあったわ」

階下の部屋でヘヴィメタが流れていた。安物のスピーカーには酷なボリュームで、音がひずんでしまっている。こちらの部屋の床まで震動していた。

ルースは窓をじっと見つめた。「あのまま死なせてくれればよかったのに」

わたしは咳払いした。「本当にすまない」

ルースがこちらを見た。

「おぼえてるか？　アッシュ・ヘンダーソンだ。インサイド・マンを追いかけて駅に入ってきた刑事だ。事故で大怪我してた」

「ああ」ルースがまた窓のほうに向いた。「もう疲れたわ」

「やつを逃がしてしまって、本当に申し訳なく思ってる。もし……もし、おれがもう少し強かったら、あいつを捕まえられたのに」

ルースは深いため息を漏らした。「あのとき、あなたは血を流してた」

それでもなお、わたしがしくじったことに変わりはない。

アリスは前屈みになり、ルースの膝に片手を置いた。「あなたは勇敢な人だわ、ルース。彼を助けてくれた」

「看護師だったからよ。それに……」ルースは眉をひそめた。「あの日は同僚が大勢いた。台風被害のチャリティに参加したくて、自転車に乗りに来てたの。ローラの名前を代表者にして」

彼女はそこで黙った。

「ルース、あなたの体験について、いくつか訊きたいことがあるの。答えてくれる？」

ルースは着ていたセーターをめくりあげた。その下のグレーの肌着もめくって、腹部をところどころ泥まじりの汚い氷が張ってた。わたしは両手をポケットに入れた。息が顔の前でもやになった。風に吹かれてたなびいて、わたしの口から霊魂が出ていくみたいだった。

道路を渡った。

本当なら遠まわりしなきゃいけないところだった。セント・ジャスパーズを進んでクーパー・ロードに出て、そこからバス停に行くべきところ。でも、トレンブラーズ・アレイを近道に使うほうがずっと早かった。

小学生のころ――たぶん六つか七つくらい――学校で、モントローズ伯が町議会の議員たちをこの横丁に追いつめた話を習った。議員たちは教会の大理石と薬屋の壁のあいだに挟まれ、そこで伯爵の手下に惨殺《ざんさつ》された。壁は血で真っ赤に染まり、議員たちの首はセント・ジャスパーズ・レーンの入口に吊るされ晒しものになった……この話を聞いたわたしはその後何カ月も悪夢にうなされた。

わたし……その人たちは……議員たちは横丁を通り抜けられなかった。狭すぎて馬車が通れなかったのか、それかとっくに諦めてたのかも。地面は凍って滑りやすかった。固くなった雪があちこち残ってて、つまずいて倒れないよう気をつけないといけなかった。

それに真っ暗だった。路地には灯りがふたつしかなくて、どっちも点滅して、いまにも消えてしまいそうだった。

それで……半分くらい行ったところで……。

お願い……。

「大丈夫よ、ルース。あなたは安全なの。ベッドに寝て、あったかくていい心地。すごくいい気持ちで、安心で、あったかくて、決して悪いことは起こらない。あなたは安全」

音がするの。うしろで。ざくっ、ざくって。足音みたい。

いやだ、誰かついてきてる。うしろに誰かいる。

走らなきゃ。逃げなきゃ。

いや、もういや……。

「ルース、大丈夫よ。深呼吸して。わたしたちがついてるわ。あなたの身にはもう何も起こらない、あなたは安全――」

あいつだ！　あいつが来る、走らなきゃ、でも地面がガラスみたいで、転んじゃった、早く立たなきゃ。立って、逃げて！　逃げて！

「もういいわ、ルース。起きて。大丈夫、わたしたちがついてるから。あなたは――」

それで顔に地面が近づいてきて膝がぶつかって手をつこうとして、でもだめ顔が雪にぶつかって鉄くさい肉くさい匂いがしたの、叫んで立てなくてあいつが乗ってきて雪に押しつけられて口に何か入ってきた。耳に息がかかった、病気みたいな酸っぱい匂い。頰にひげが当たってちくちくした。ベルトに手をかけられて、外されて……ファスナーに指を突っこまれた。ジーンズを下ろされた。あいつが何かうなってる。

お願い、やめて。誰か、助けて！

助けて！

「アッシュ、この人を平手で叩いて。手加減してよ！　優しく――」

「きみがやるんだ。おれには――」

助けて！

アリスはソファから勢いよく立ちあがると、平手でルースの頰を張った。彼女の顔が横を向くほど力をこめて。ひとまず絶叫はやんだ。涙に濡れたルースの頰に五本指の手形がくっきり残った。

アリスは膝をつき、ルースの上体を起こして抱きしめた。「大丈夫、もう大丈夫。しーっ……大丈夫よ。わたしたちがついてる。誰もあなたを傷つけない」

ルースは肩を震わせ、むせび泣きはじめた。

「大丈夫、大丈夫……」

わたしはうしろに下がった。耳たぶが焼けつくように熱かった。窓に目をやる――地上の道路が見えた。アリスのスズキが停まっている。三本脚の犬がTシャツを着たスキンヘッドの男に向かって歩いていく。猛禽《もうきん》のように大きな鴎《かもめ》が二羽、黒いごみ袋の山を漁っている。わたしはケルト教会の赤黒い尖塔を見上げた。ルースを見ていられなかった。

痛みも苦しみも、おのれのあやまちの結果も目に入れたくなかった。

ポケットが一瞬震えたかと思うと、かん高い着信ベルが鳴りはじめた。わたしは支給品のスマートフォンを取り出した。通話アイコンを押し、深呼吸した。「ヘンダーソン」

シフティの声が受話部から流れだす。〝アッシュ？　何やってんだ、さっさと――〟

「待て」送話部を手で覆った。「悪い、電話だ」卑怯者と呼ばれても構わない。とにかくこの場を離れられればいい。これ以上ルースの苦しみを目の当《ま》たりにせず済むのなら……。

そうだ、そもそもインサイド・マンを逃がしたのは、おれを引き止めた彼女のせいとも言えるじゃないか。そのあと襲われたのだって自業自得だ。いいぞ、アッシュ。まさしく卑劣漢の言い草だ。

フラットの共用廊下に出た。

教会の鐘が午後一時を報せた。メロディの続いたあと、締めの一音が強く響く。暗くうつろな音色。

〝アッシュ、聴こえてるのか？〟

「ローラ・ストラーンの居場所はまだわからないのか？」

〝どこで何やってるか知らんが、すぐ……待て……〟シフティの声が遠ざかる。〝ここ、どこだっけ？〟それから元の音量に戻った。〝ウィシャート・アヴェニュー。ちょうど

――〟

「その場所は知ってる。どうした？」

〝インサイド・マンがまたやった〟

# 17

ウィシャート・アヴェニューは弧形に延びる赤煉瓦敷きの通りだった。マーク・レーンの閉鎖されたビンゴホールから始まって、ダウンズ・ストリートの空き家になったオフィスビルまで続いている。そのビルはもともと住宅で、それから貸し店舗になった。いまでは綴りをまちがえたギャングタグの見本市と化していた。

通りに並ぶテラスハウスのほとんどは板が打ちつけられ、濡れて反りかえったベニヤはスプレーの落書きだらけだ。まだ住人のいる家はどこもドアを鉄扉《てっぴ》に変え、窓には鉄格子が嵌まっている。穴だらけの舗装のあちこちに深い水たまりができていた。

アリスがすぐ隣に立ち、わたしたちの頭上を折り畳み傘で守っていた。「ルースがレイプされてたこと知ってた？　わたしは知らなかった。どうして捜査資料にはインサイド・マンが被害者をレイプしたと書いてなかったの？」

「誰も知らなかったからさ」わたしは油膜の張った水たまりをよけた。水面に雨が落ちるたび、油まじりの虹色の波紋が広がる。「八年前の聴取では、ルースはそんなことひと言も言わなかった。ローラも、マリーも……そもそもマリーにはまともな聴取ができなかっ

ん坊の人形で、頭頂部から伸びた鎖の先は一個のキーリングでイェール錠の鍵とつながっていた。「こいつのおかげで、インサイド・マンがまた誰かをさらったとわかったんだ」

わたしが立ちあがるのと入れ替わりに、アリスが地面のキーホルダーを覗きこむ。

「疑問がひとつ。こいつがここにあると、警察はなぜわかったのか」杖の先端をくるむビニールを路面にこすらせ、壁に寄りかかる三人目の人物に近づいた。「なぜだ？」

マスクの下からネス警視の声がした。「クライムストッパーズに匿名で通報があったのよ」

「"A"」の標識を指さし、「通報者は売春婦で、客を相手した帰りに落ちていたハンドバッグを見つけた。ひったくりが捨てていったものと思ったそうだけど、ひょっとしてまだ金目のものが残っていやしないかと中を漁った。すると身分証が出てきて、彼女はパニックになった」

ネスが小さな証拠品袋を掲げた。カースル・ヒル病院職員のIDカードが、首に提げるための緑色の紐をつけたまま入っている。〝産婦人科　助産師〟。写真の女性は二十代半ばから後半、化粧っ気のない顔にチェリーレッドの口紅だけを塗り、灰色がかった金髪はひっつめてポニーテールにしてあるようだ。目を惹く青灰色の瞳、きれいに整えられた眉。名前を見てぎょっとした。思わずまばたきして、「ジェシカ・マクフィー？　あのジェシカ・マクフィーじゃないよな？　あいつ、〝小自由派《ウィー・フリー》〟マクフィーの娘を誘拐しやがったのか？」

「だからその売春婦も通報したのよ。バッグを見つけたのに何もしなかったと彼に思われるのが怖かったんでしょう」

ウィーフリー・マクフィーの娘が被害者。なんてこった……。

まだ最悪の底を見足りないとでもいうのか。

「ウィーフリーの野郎はさぞご機嫌なこったろうな。娘が路上でさらわれて、レイプされ、腹を裂かれて……」そこで言葉を切った。「どうした？」

「彼には報せてない。まだ」

アリスが立ちあがり、ついてもいない膝の汚れを払い落とした。「ウィーフリーって誰？」

「いままで知らずにいてよかったな。あの野郎、完全にぶち切れるぞ」

ネスが咳払いする。「あなたでさえそう言うのね。被害者家族担当官を誰か行かせようとしたら、部下が揃って腹痛を起こしたわ。捜査部は全員退散、制服警官は警察労働組合に訴えると言ってる」

「そりゃそうだ。連中にだってそれくらいの理性はある」

「本当なら無理やりにでも行かせるところよ――噂どおりの危険人物なら、銃器武装隊を出してもいい。けれど、上層部は本件に対しあくまで慎重な扱いを求めている。モロウ警部補にあなたを呼ばせたのはそのためよ」

わたしはたじろいだ。杖を握る手に力がこもった。「いやだ、行きたくない」

「あなたは彼とちょっとした交流があったと聞いてるけど」

「絶対にいやだ。おれはもう警官じゃない。あんたの命令に従う義理は――」

「ベアーとも話したんだけど、彼はあなたならできると言ってる。被害者家族に接触して、ジェシカの最後の足取りについて証言を取ってきてほしい」

「そうかよ。ジェイコブソンはおれを売ればあんたがキスさせてくれると思って――」

「こうも言ってたわ。あなたがこの仕事をいやがるようなら、まっすぐ刑務所に送り返してもいいと」ネスが肩をすぼめると、防護服がかさかさ音を立てた。「あなた次第よ」

アリスがわたしの袖を引いた。「どうしてみんな、そこまでウィーフリー・マクフィーを怖がってるの？」

シフティが歩調を合わせてついてくる。「なあ、おれが悪いんじゃないぜ。彼女に命令されて仕方なく――」

「おまえとは絶交だ」

「おいおい、アッシュ。聞けよ――」

「ウィーフリー・マクフィーか。ありがとよ、デイヴ。まんまとはめてくれたもんだ！」立ちどまり、スマートフォンでジェイコブソンを呼び出した。

〝何？〟

「おれをネスに売ったな」

〝あー……〟やや間があって、〝きみはくだんの彼と面識があると聞いて――〟

「おれはあいつを二度逮捕したんだ。歓迎されるわけないだろうが！」

〝ちょっと行って、娘がさらわれたことを伝えて、軽く質問するだけじゃないか。何がそんなに大変なの？〟

「〝何がそんなに〟だと？」電話を耳から離し、数歩ばかり足を引きずり、また電話に出た。「あいつはサイコパスだ。会うなら護衛が要る」

〝アッシュよアッシュ、ああアッシュ……〟ため息。〝そいつはきみの得意分野だろ？きみの服役歴といったら喧嘩と怪我人の一大絵巻じゃないか。なんのためにきみを出したと思ってるんだ？〟

「へえ、そりゃまたずいぶん買いかぶってくれたもんだ。関節炎もちで杖ついてるような男がチームの用心棒とはね。ご立派な計画だよ」

〝心配しすぎだよ。ちょっと行って――〟

「アリスも連れていかなきゃならないんだぞ。護衛がないなら、おれは行かない」

震える深いため息。〝わかった、護衛をつける。クーパー巡査を――〟

「あの坊やじゃ、おしめの汚れたガキにも勝てない」

〝じゃあ誰ならいい？　できればオールドカースル署の昔のお仲間以外で〟

わたしはひとりの名を告げた。

# 18

〈バッド・ビルのバーガー・バー〉はおんぼろのフォード・トランジットだ。艶消しの黒に塗装され、跳ね上げ窓の下の車体にチョークで直接メニューが書きこんである。〈B&Q〉の駐車場の片隅に店を広げ、パテと四角いローン・ソーセージからにじみ出た油でタマネギを炒める匂いを芬々《ふんぷん》とさせていた。

アリスが肩を丸めて戻ってきた。ニット帽を耳まで下げ、長い巻き毛がジャケットの肩にこぼれている。吐息は白く、両手に握りしめたダブル・バスタード・ベーコン・マーダー・バーガーから立ち昇る湯気とまざり合っていた。彼女は歩きながらバーガーにかぶりついた。

わたしはスズキのトランクを開け、カートに積んで運んできた道具一式を放りこんだ。シャベル、ツルハシ、カッターナイフ、それから一メートル長のバール。

アリスがまたバーガーをかじった。ケチャップ、カクテルソース、ブラウンソースの三種混合が溢れ出し、彼女の顔にバットマンの仇敵《きゆうてき》ジョーカーみたいな耳まで裂けた笑みを描く。バンズとパテ、レタスとスナックをいっしょくたに頬ばったまましゃべる言葉はかなり聞き取りづらかった。「ひほふひぃふ？　ほいひぃはほ」

ダクトテープ、ボルトカッター、発酵促進剤、厚手のガラ袋、着火剤、石頭ハンマー、五リットル容器の変性アルコール。


「腹は減ってない」

防水シート、物干し綱、ペンチ。

「ベーコン味のスナックが入ったバーガーなんて初めて」アリスはまたひと口かじると、トランクいっぱいの工具に眉をひそめ、脚を揺すった。「ミスター・マクフィーと会うのに、どうしてそんなものがいるの？」

「法の抜け穴ってやつさ。もしきみが誰かをバールで殴り殺したら、凶器使用の殺人罪だ。なぜバールなんか持ってる？　最初から殺すつもりだったんだろ？　かくしてきみは刑務所行きだ」トランクを閉めた。「一方、きみの車に日曜大工の道具が満載されてたとする。キングズミースのフラットの部屋をちょっと改装したかったの、とかなんとか言ってな。そうすれば、たとえ同じことをしても正当防衛を主張できる。すべては文脈の問題なんだ。代金はそのうち返す」

アリスはバーガーに口をつけたまま固まった。「そんなことする気なの？　彼を殺すの？」

殺すのはウィーフリーじゃない……今夜はミセス・ケリガンにとって生涯忘れられない一夜になる。もっともその生涯は、最小の出血量を見積もってもせいぜい二時間で終わるだろうが。

わたしはカートを転がし、元あった置き場へ突っこんだ。オレンジ色のパイプ柵はへこみだらけで、仲間のカートはもう二、三台しか残っていない。こいつもそのうちどこかへ去っていくのだろう。「ジェイコブソンがなんと言おうが、護衛がいようがいまいが、ウィーフリーと会うのに丸腰はありえない」

もしバールが通用しなければ、そのときはボブの出番だ。彼は黄色いスパナを握りしめ、スズキの後部座席からこちらにほほえみかけている。

「アッシュ……」アリスが口の端に残ったソースを舐め取って言う。「ルースのところじゃずいぶん静かだったけど、もし正直な気持ちを打ち明けてもらえたら、あなたもきっと――」

「なら、ひとつ頼めるか？」わたしは〈バッド・ビル〉のほうを見た。店主のビルが鶏肉を包丁でぶった切っている。「さっきは腹減ってないって言ったけど、ジャガイモの煮こみ《ストーヴィーズ》くらいなら食えそうだ。でも足が痛くてさ、だから……頼めるかい？」

アリスはため息をついた。バーガーをかじり、よく嚙んで飲みこんだ。「お茶は？」

「それも頼む」

彼女は動かなかった。首をかしげて、「ベアーに電話したとき、どうしてルースがレイプされてたことを伝えなかったの？」

どうしてか？　知は力なり、だ。なんの見返りもなしに情報を与える気はない。

わたしはビルのバンを指さした。「ビートルートをケチらず入れろと言っといてくれ」

アリスはふたたびため息をつき、バーガーをかじった。それから回れ右をして、食べながらバンのほうへ歩いていった。

彼女がカウンターに着いたのを見計らって、わたしはスズキの後部座席に潜った。ボブのぬいぐるみを取りあげ、さっと駐車場の全周をうかがう――こちらを見張る監視カメラは一台もなかったが、用心に越したことはない。それから助手席に移り、ボブを座席の下でうつ伏せにした。背面の中心線に縫い跡が走っているが、かなりしっかりした縫い目だ。ボブを逆さにした。

ボブが着るオーバーオールの下にベルクロテープで留められた切りこみが隠れていた。べりべりと音を立ててテープを剝がし、カポック繊維の詰め物を露わにした。爪に繊維を引っかけながら中を漁ると、指が銃に触れた。引っぱり出した。

黒い自動拳銃。グリップを握って人差し指を伸ばすと、指先が銃身より前に飛び出すほどのサイズ。それに軽い。マガジンリリースを押し、弾倉を手のひらに出した。空だった。うしろを振り返った――アリスはまだバンの跳ね上げ窓の下で、ビルの丸々と太った影を相手にしゃべっている。ビルのほうはおたまを手に、ポリスチレンの容器へ何かをすくい入れるところだった。

またボブに屈みこみ、世界一荒っぽい直腸検査を敢行した。はらわたをさんざんかきまわしたのち、わたしの手には計十三発の銃弾が握られていた。かなり小さい――親指の先

金網のフェンスに掲げられた黄色の警告板には「生命の危険あり」と記されていた。ドリーンにとっては遅すぎる警告だ。

アリスはフロントガラスごしに現場を見つめた。「ルースをローラ・ストラーンと面会させられるかしら？　きっと彼女のためになると思うの」

「そうだな。しかしローラの居場所をつかまないことには――マスコミを避けてどこかに隠れてるんだ」

「アッシュ？」

「なんだ？」

「ドリーンは一番目の被害者でしょ？　どうして最初にここに来なかったの？」

「それはつまり、変電所を見ながら飯なんか食いたくなかったのさ」

「そう……」アリスはふたたびエンジンをかけた。

三番目の犠牲者ホリー・ドラモンドの倒れていた溝はそのままだった。排水路はウィンドから北東へ延びる曲がりくねった支道に沿って掘られていた。道沿いには二十世紀初頭、エドワード朝期に建てられた典型的なデザインのテラスハウスが並び、まるで砂岩でできた歯のようだ。こぢんまりとした庭が午後の陽差しに青々と光っている。

路傍に立つと、眼下にオールドカースルの全景が立体地図みたく浮かびあがってきた。まず左方にブラックウォール・ヒルがそびえ、灰色の住宅と流行の店が寄り集まっている。

その奥がキングズミース。墓石のような高層ビルと朽ち果てた公営住宅が立ち並ぶ。キングズ川を越えてローガンズフェリー。工業団地、大きなガラス屋根の鉄道駅、川沿いには放棄された開発区画がある。そして中心にカースル・ヒル。ヴィクトリア朝時代の入り組んだ街路が、城址《じょうし》を戴《いただ》く花崗岩の断崖を取り囲んでいる。丘の裏手にショートステインの町並みもちらりと見えた。次いで右側、カウズキリン。七〇年代に建設された住宅地と閉鎖されたサッカースタジアム。川の手前側に戻ってカースルビュー。町なかからセント・バーソロミュー聖公会聖堂の尖塔が錆びた釘のように突き出し、傾きはじめた陽の最後の光を一身に浴びている。

遺体を捨てるにはいい場所だ。犠牲者を溝に放りこんだあと、眺望を楽しむこともできる。それから下界の街へと戻り、次なる獲物を探すという寸法だ。

わたしは車に戻った。「川を越えて左に向かってくれ」

ナタリー・メイの遺棄現場はそれほど眺めがよくなかった。線路下の排水渠《きょ》――北行きの単線の下に開けられたごく小さな石造りのトンネル――に小川が流れている。線路は土手の上を走っていたが、川はその土手とちょうど垂直に、十字の形に交差していた。

今度はアリスもわたしに加わり、道端の雑草の上に立った。てっぺんに有刺鉄線を張ったフェンスに片手をつき、下方の暗がりを覗きこんでいる。川面は道路の四、五メートル下だ。彼女は爪先立ちしながら言った。「他の現場とちがうわね」

「一番近い公衆電話でも、ここから十キロ以上離れてる」わたしは石を拾い、フェンスを越して川に落ちるよう投げあげた。「他の被害者は全員、救急車が十分から十五分以内に到着できる場所に捨てられていた。道がわかりやすくて、見つけやすいところに。ところがナタリーだけは本当に人目につかない場所に放置されたわけだ。保線作業員が配線工事でここに来なければ、何年も発見されずじまいだったかもしれない」

「通報もなかったのよね」

「必要がなかった。ナタリーはすでに死んでた。ドリーンやクレア・ヤングと同じだ。人通りのある場所は避けた。失敗作だから。だが、もし生存の望みがあれば通報する……」

アリスはコンバースの爪先を地面にこすりつけ、ぬかるみに一本の線を描いた。「ただし、ルースを除いて」

「ルースを除いて」

「あなたのせいじゃないわ。彼女は看護師だった。他の被害者たちと同じ職場で働いていた。彼女が襲われたのは、ただ……運が悪かった」

わたしは二個目の石を投げた。石は暗い水面にしぶきを散らし、そのまま沈んでいった。

「各病棟に女性看護師が三十人はいるんだ。三棟合わせて九十人。その九十人から、おれを助けたひとりが選ばれた。運だと？」車へ引き返すわたしの杖が、下草に深々と突き刺さる。「おれのせいに決まってる」

# 19

〝……六番線より間もなく発車いたします列車は、遅れまして三時四十五分発、アバディーン行き……〟

わたしは反対の耳に指を突っこみ、証明写真のブースに寄りかかった。「なんだって?」白い息を吐きながら言った。

電話先のサビールがこてこてのリヴァプール訛りで答えた。〝あいかわらず厚かましいこってすね、と言ったんです。おれがミッドナイト・フロスト作戦から抜けるってんで、うちの上司は大弱りですよ〟何かをくちゃくちゃ嚙む音がして、訛りがいっそう強くなった。〝おたくらスコットランド人がコンピューターもろくに扱えない体育会系ばっかりなのは、おれのせいだってんですか?〟

かつては緑と金色に彩られていた駅舎の鉄骨も、いまや錆と灰色に覆われてしまった。天井のハト除《よ》けネットは破れて羽根にまみれ、大きな梁の真下の床には糞で模様ができている始末だ。ドーム型のガラス天蓋《てんがい》は分厚い土埃をかぶったまま、夕陽を浴びて赤とオレンジに染まっている。何やら不機嫌な顔の一団がスーツケースを転がして、自動改札を通り抜けていく。

「何か見つかったか？」

〝そりゃもう、おれは天才ですからね〟電話の向こうで、サビールのずんぐりした指がキーボードを叩く音がした。〝過去四週間に通話が三十件。うち十件は地元の住宅、二件は時報、十八件はカースル・ヒルにある会社宛てですね——有限会社〈エロトフォニック・コミュニケーションズ〉。電話してみたら、セクシー・サディとかいうお姉ちゃんが出ました。割増料金制のテレフォンセックス・サービスだそうです。しばらく楽しくおしゃべりして、事後の一服を味わってたとこですよ〟

「そんなもの経費に上げてないだろうな」

〝Eメール用のアドレスは持ってます？　どうせ金欠でしょ。電話代がかからないよう、番号やら名前やら住所やらはそっちに送ってあげますよ〟

「ちょっと待て……」シェイラの鑑識セットに入っていた説明書を開き、スマートフォンのアドレスを確認した。駅の電光掲示板の表示が一瞬またたき、更新された。パース行きがさらに十分の遅延。「できれば通話先の家の住所を性犯罪者リストと照合しておいてほしい。たぶん何も出ないだろうが、やっておくに越したことはない。内務省広域重要情報システム《HOLMES》からも八年前の捜査情報を引き出してくれ。同じ番号が見つかるかもしれん」

〝よくもまあ次から次へと、注文の多いこってすね。なんならフットマッサージもしてさしあげましょうか？　どうせ——〟

「音声解析のほうはどうだ。録音の背景音は拾えたか？」

〝だから待ってくださいってば！　そっちはまだ――〟

「探してる住所がある。ローラ・ストラーンの現在の住居だ。オールドカースルから出てはいないだろうが、偽名を使ってる可能性がある。地元のおまわりでも見つけられなかったからな」

また何かを嚙む音が電話口から聴こえた。

「サビール？　もしもし？」

〝それだけ？　今度は珍しいポニーでも捕獲してこいと言われると思ってましたよ。虹色の屁をこいて光るゲロを吐くやつとかね〟

「そいつも頼む。できれば今日じゅうに」

〝おたくら体育会系の悪いとこですよ。どいつもこいつも――〟

電話を切ってポケットに戻した。

撮影ブースがぶうんとうなって、受取口に光沢のついた写真を落とした。本物よりひと足先に死んだみたいな顔のわたしが、まっすぐこちらを見すえている写真。ひどい顔だが、偽造パスポートに使うならこんなものだろう。

乾くのを待って写真を上着のポケットに入れた。〈WHスミス〉からアリスが出てくる。紙パックのミルクとエクストラ・ストロングのミントキャンディを買っていた。

アリスはキャンディを二粒嚙んでミルクで流しこんだ。「胃薬が売り切れてたの」

「きみもストーヴィーズにしとけばよかったんだ」ブースの受取口に引っかけていた杖を取った。「サビールがよろしく言ってたよ」

アリスは胸骨の下に手を当て、縞模様のセーターの上から胃をさすった。「サビールが来るの？　じゃあ食事やら何やら買い出ししておかないと、でもチーム全員で出迎えるのはよしたほうがいいわね、彼とハントリー教授とじゃ絶対喧嘩になるもの。けどそれを言ったら大抵の人が教授と合わないわよね、ちょっと癖が強すぎるのあの人――」

「サビールがローラ・ストラーンの居場所を探してくれることになった。ちょうどよかったよ、シフティのほうは望み薄だから」

タンノイ製のスピーカーから、音の割れてひずんだアナウンスが流れる。〝一番線に次にまいります列車は四時十七分発、エディンバラ行きです〟

アリスが不安げに赤い靴を足踏みさせる。「ちゃんと見つかるかしら――」

「大丈夫さ。そろそろ行こう」自動改札のほうに向かい、しかめっ面をしたスーツ姿の男と髪を大きくふくらませた十代の女の子のあいだに立った。女の子は〝♥おかえり、ビリー♥〟と書かれた手作りの横断幕を抱えていた。

わたしはホームとコンコースを隔てる手すりに腰をもたれた。「なあ、アリス……」

アリスはキャンディを嚙みながらこちらを見ていた。

「もしおれが、しばらく姿を消さないといけなくなったらどうする？」

「あなたを刑務所には戻させないわ。ふたりでインサイド・マンを捕まえて――」

「そういう意味じゃない。つまり……逃げるのさ。スペインとかオーストラリアとかに」

アリスが眉を吊りあげる。「あなたひとりで行っちゃうの?」

わたしは咳払いして、南へ続く線路の果てを見やった。「来たいなら、いっしょに来いよ」

「オーストラリアに?」

「少しのあいだ……こっちが色々と落ちつくまでのあいだだけだ。ミセス・ケリガンがみでちょっとな」

アリスが近寄ってきた。背伸びして、わたしの頰にキスする。「プールつきの家? 犬も飼う? バーベキュー場がついてるのはどう?」

「悪くないな。ただ、問題は金のほう――」着信音がして、スマートフォンがポケットの中で振動しはじめた。取り出して画面を見た――封筒のアイコンが中央に表示され、その下に〝Eメールを一件受信しました〟と出ている。サビールだ。アイコンをタップして中身を読んだ……十人分の名前に電話番号と住所、ポリス・ナショナル・コンピューターの検索結果まで添えてある。なんと言おうが、サビールはできる男だ。

アリスが横から覗きこむ。「何かいい報せでもあった?」

「クレア・ヤングの現場近くにあった公衆電話の、過去四週間分の通話先だ。うちふたりが警察のデータベースに引っかかった。ひとりは住居侵入強盗と傷害の前科。もうひとりは性犯罪者リストに載ってる」

「何をやったのかしら?」

「そこまでは書いてない」

遠方のとどろきが、やがてエディンバラ行き列車のディーゼルの下品な咆哮《ほうこう》に変わった。列車は青、白、ピンクの三色に塗装された客車を牽《ひ》いて駅構内に入ってきた。

横断幕の女の子が爪先立ちでジャンプしはじめる。スーツの男は腕時計を見た。

アリスは背中を丸めた。「ジェイコブソン警視はどうするって?」

「知らん――あいつには伝えてない」

「アッシュ……」

「ウィーフリー・マクフィーの件が片づき次第、この性犯罪者に当たってみるつもりだ。ジェイコブソンだろうと誰だろうと、先まわりされて台なしにされたくない」

電子ブザーのあと、列車の空気式ドアがしゅっと開いた。十人ばかりの乗客がホームに降りてくる。彼女――わたしたちの護衛役もその中にいた。

バーバラ・クロフォード刑務官。いつもの白黒の制服をジーンズとレイス・ローヴァーズFCのユニフォームに替えていた。二の腕の刺青が剝き出しだ。畳んだレザージャケットを片腕に引っかけ、反対側の肩に大きなリュックサックをかけている。

バーバラはうしろに下がり、他の乗客が改札を抜けてコンコースに出るのを待った。

スーツの男が降りてきた客のひとりに食ってかかる。相手はベージュのセーターとカーディガンを重ね着した機嫌の悪そうな女だ。女の子のほうはその場に立ったまま、ほぼ無人と化したホームを見まわしていた。掲げていた横断幕を下ろし、片端を床に垂らした。それから踵を返し、幕を引きずって去っていった。

　女の子が立っていた手すりの前までバーバラが来て、こちらにうなずいた。「大したコネをお持ちじゃないか、ミスター・ヘンダーソン」

「アッシュだ。もう塀の中じゃない」わたしは首を左に倒し、「ドクター・マクドナルドはおぼえてるな」

「どうぞアリスって呼んでね、クロフォード刑務官。制服を脱いだあなたに会えて嬉しいわ。あ、べつに変な意味で言ってるんじゃないのよ。あなたに服を脱いでほしかったとか、そういうのじゃなくて、もちろんあなたは素敵だけど、これも他意はなくて、つまり職業的文脈から離れた素《す》の状態を見るのが興味深いってことなの、ね？」

　バーバラの右眉が数センチは上がった。「彼女、刑務所で会ったときよりずいぶんおしゃべりだな」

「緊張すると口数が増えるのさ。きっとあんたの裸でも想像しちまったんだろう。それより準備はできてるか？」

「報酬はあんたが支払ってくれるのか？」

「いや。契約内容がどうあれ、あんたの雇い主はあくまでジェイコブソン警視だ」

「筋は通ってるな」バーバラは切符を取り出し、改札をくぐった。「貨物室に預けた銃を取ってくるよ」

アリスはスズキを路肩に停めた。運転席に座ったまま前にのめり、ハンドルに胸を押しつけて首を伸ばした。高さ二メートル超、錆だらけの波型鉄板の囲いがフロントガラスの向こうの夕闇にそびえていた。囲いの上には螺旋状に巻いたレーザーワイヤー。かすれた黄色い看板には「注意：本敷地内を獰猛《どうもう》な大型犬が巡回中！」ならびに「救済を祈禱せよ。主の降臨は近い！」。

助手席にバーバラが座っていた。まるでガラスの破片まじりの巨大なコンクリート塊《かい》が車内に鎮座しているみたいだ。彼女は鼻を鳴らして言った。「バーリニー刑務所の知り合いにちょいと話を聞いたよ。結構なタマらしいな。一族代々の厄介者だとか」

地平線が燃えている。血と真鍮の色をした焼けつく傷口が、石炭色の雲と大地の狭間に開いている。わたしたちは廃品集積場の前にいた。背の高い門扉《もんぴ》――囲いと同じ波型鉄板でできている――がひとつあり、上にはやはりレーザーワイヤー、さらにスパイク。白いペンキで書かれた〈フレーザー・マクフィー＆サン　再利用業　一九七五年創業〉の文字が、ヘッドライトの光でかろうじて読み取れた。

「獰猛《どうもう》な大型犬、ね……」バーバラが座席にもたれた。笑みを浮かべる彼女の唇は、キッチンの床に弧を描いて飛び散った血のようだった。「いいね」バックミラーごしにこちらへウィンクし、「知り合いの話じゃ、ミスター・マクフィーは切り取った人間の耳をビスケット缶に集めてるらしい」

わたしはシートベルトを外した。「耳？」

「ビーフジャーキーみたいに干して燻製《くんせい》にしてあるそうだ。それで誰かを拷問するときは、相手の目の前でそいつを缶から出して食うんだとさ。かくして犠牲者はおのれの運命を悟るってわけ」

「こんな話も聞かなかったか？　ウィーフリーがバラクロー巡査のパトカーをチェーンソーでぶった切ろうとした話だ。警官隊が彼を止めたときには屋根の半分がなくなってた。巡査は後部座席の下に丸まって耳を塞ぎ、母親に助けを求めて泣き叫んでた。二度と立ちなおれなかった……」

「聞くところじゃ、彼の逮捕命令を現場で握りつぶしてる警官もいるとか」

「そういう家系なんだ。あいつの親父を見せたかったよ、〝ブロートーチ〟フレーザー・マクフィーを」歯の隙間から息を吸った。「歩く解体マシンだった」

アリスは唇を舐め、そわそわとからだを動かしていた。咳払いして、「わたしたち三人だけで大丈夫かしら？」

大丈夫なわけがない。「バーバラ。おれとしては、この中の誰にも救急外来で一夜を過ごしてほしくない。というわけで、火《ファイア》と硫黄《ブリムストーン》の責め苦はあんたに対応してもらいたい」

彼女は座ったまま半身になり、こちらを横目で見た。「なんだそれ、ファイアと……？」

「ジャーマンシェパードだ。二頭ともかなりでかい。ケダモノの相手は得意だろ？」

バーバラの顔に笑みが戻る。「ワクワクするね」彼女は車を降り、うしろにまわってトランクを開けた。

わたしはシフティに電話をかけた。出なかった。

トランクを閉める音がしたあと、運転席の窓ごしにバーバラが見えた。サッカーシャツの上から防刃ベストを着て、両手に分厚い革手袋をしていた。銃身を短く切り詰めた散弾銃を小脇に抱えて言う。「そっちは準備できてるかい？」

わたしはスズキの軽い車体をぐらつかせて降り、夕暮れの凍える寒さに身を晒した。錆びた鉄の金《かな》くさい匂いにまじって、かすかに軽油と魚のような臭気が漂ってくる。わたしはバーバラの銃を顎で指した。「ここが済んだら郵便局でも襲うつもりか？」

バーバラは開閉レバーを動かし、銃をふたつに折って薬室を露出させた。「あたしのサッチャーがどれだけ使えるやつか知ったら、あんた驚くよ。こいつに裏切られたことはない」大きな赤い弾薬を二発装塡し、折った銃身を戻した。「それともなんだ、銃器の違法改造であたしを通報するか？」

わたしは目をしばたたかせた。「いや。だが、もし誰かに見つかったら、この敷地内で拾ったものだと答えてくれ。いいな？」

バーバラは肩をすぼめた。それから身を少し屈め、廃品集積場の門にゆっくりと近づいた。両脚を肩幅に広げて立ち、親指で呼び鈴《りん》のボタンを押す。

応答はない。

アリスも車を降りた。わたしはトランクからバールを取り出した。ちょうど杖がわりに使える長さだ。これなら手が空けられる。次いでカッターナイフに刃が入っているのを確認し、こちらはズボンのポケットにしまった。

集積場の奥から、誰かがもごもごしゃべっているみたいな声がした。続いて吠え声とうなりが始まり、四本の脚で地面を蹴るはっきりとした足音を伴って近づいてきた。ばん。門が内側から激しく叩かれた。ちょうどわれわれの胸の高さだ。波型鉄板ががたがたと揺れた。相手はうしろに下がって距離を取り、もう一度ぶつかってきた。ばん。

アリスは囲いの鉄板からあとずさると、両手で胸を押さえた。胸焼けが再発したようだ。

「応援を呼んだほうがいいかも。だってわたしたち、この場ではなんの公権力も持ってないんだし、ね……?」

両開きの扉のあいだ、十センチほどの隙間から鼻面が飛び出し、牙をひらめかせた。もう一頭がまたしても門に体当たりする。ばん。

これがファイアとブリムストーン。

門が鎖と南京錠で封じてあって本当によかった。

バーバラは頬を吸い、眉を上げた。「留守ってことはないよな?」

ばん。

「やつはいるさ」

「よかった。留守中の男を訪ねて狂犬病なんかもらってもつまらないからな」囲いの上のレーザーワイヤーに眉をひそめ、「あれを乗り越えるのは無理だ、門を開けるしかない。

電球の下には血だらけの新聞紙に覆われた木製のテーブル。赤黒く汚れ、しわくちゃになった紙の上に大きな肉のかたまり――ちょうど幼児くらいのサイズ――が載っていた。なんの肉かはわからないが、皮はすべて取りのぞかれ、白いサシが入っている。ウィーフリーはウィスキーをあおると、包丁を振り下ろして肉の片端を切断した。二頭ともテーブルにじっと視線を注ぎ、口を半開きにしていた。

コンテナの絨毯に覆われていない部分の床は、一面の錆と割れたリノリウムの残骸と化していた。杖がわりのバールを突くたび、弔《とむら》いの鐘のような音が響く。

アリスは両手を握り合わせて言った。「すごく……個性的なおうちね」

ウィーフリーが墓像のような笑みを浮かべる。肉に包丁の刃を滑らせ、薄くスライスしながら、「お名前はなんというのかな、お嬢さん」

「ドクター・アリス・マクドナルドです。こちらはアッシュ・ヘンダーソンと刑務官《オフィサー》クロフォード」

ウィーフリーがスライスした肉をテーブルの向こうに放り投げた。

二頭があぎとを開いて突進する。先んじた一頭は肉が落ちるが早いか食らいつき、遅れたほうは床に残った血を舐めることしかできなかった。

ウィーフリーは包丁を左に持ち替え、右手をこちらに差し出した。笑みの消えた顔で名乗る。「ウィリアム・マクフィーだ」

アリスが差し出された手を見下ろす。赤と茶色、ところにより黒く凝《こご》った血にまみれている。息を呑み、ついに握り返した。

ウィーフリーはわたしにも握手を求めてきた。

彼の手のひらはべたつき、指は冷たくぬるぬるとして、触れるやいなやわたしの手に赤い汚れを移した。ウィーフリーはこちらの指関節が痛むほど強く握ってきた。歯を食いしばって無表情を貫いていると、やがて彼は手を放し、今度はバーバラに向かった。

わたしは悲報を告げに来た警官の定番のポーズを取った。脚を肩幅に広げ、両手を腰のうしろにまわした。「ミスター・マクフィー。われわれはあなたの娘、ジェシカが——」

「あれは淫売だ」ウィーフリーは口をむっとさせた。「あれは不信心者の……ダンディー野郎と寝ておった」肉に包丁を叩きつけ、「父の晩節を汚しおって。主の御心《みこころ》に背いた」手にしたボトルに向かって歯を剝く。大酒は信仰に背く行いだ。「あんな売女《ばいた》はおれの娘じゃない」

「インサイド・マンのことは知ってるな?」

ウィーフリーはちらとわたしを見て、また包丁で肉を切り分けた。今度は犬にやる前に自分も食べた。端切れの半分ほどを嚙みちぎってウィスキーで流しこむ。「裁きが下ったんだ。やつは彼女の罪を罰した。おれたち全員を罰しとるんだ」

わたしの右手に何か濡れたものが触れ、思わずびくりとしてしまった。シェパードの一頭がいつの間にか横にいて、血に汚れたわたしの指を嗅いでいる。ファイアとブリムストーンのどちらかまではわからないが、とにかくでかい。楔《くさび》型の頭部を揺らし、身動きするたび毛皮に覆われた背中の筋肉がうねっている。耳は前方を向いていた。

「あの売女は死んで当然だ」ウィーフリーは包丁を胸に——十字の傷に当て、水平にゆっくりと刃を動かした。最初は何ごともないかのように見えたが、すぐに血がにじんできた。やがて溢れだした血が皮膚の上を滑り落ちると、彼の唇からため息が漏れた。

アリスは開きかけた口をつぐみ、わたしを見た。傷口から赤い血をしたたらせたウィーフリーの胸に視線を戻した。「娘さんは死んでいません、きっと生きてます。無論、危機的な状況ではありますが、インサイド・マンの被害者は通例、拉致から発見までに最低三日の期間が空いています。娘さんもまだ生存の見こみが高いと——」

「死んでおらんだと？　どうしてあれが死なんで済む？　死んだに決まっとる。主の裁きだからな」

犬の舌がわたしの手の甲を舐めた。温かく濡れた感触がした。味見してやがる……。

それでもわたしは身じろぎしなかった。

アリスが咳払いする。「たしかにその恐れはあります、でも可能性としてはまだ——」

「あんたらはあれに主の裁きが下ったと、そういう話をしとるんだろう？　そういう話なんだろう？」ウィーフリーは包丁を握る手に関節が白くなるほど力をこめ、また肉を切り分けた。低く冷えびえとした声で言う。「あれの命が主の裁きに勝るとでも言うのか？」

「そんなことは——」

「なんぴとも主に勝る者なし！　なんぴとたりとも！」包丁を肉に叩きつけた。

アリスが小さく悲鳴を上げてあとずさる。

犬がわたしの手を舐めるのをやめ、うなりだした。毛を逆立て、牙を剝く。

バーバラの手がサッチャーの銃床に伸びる。「落ちつけ」

わたしはそっと犬から離れた。「そうだ、落ちついてくれ。ドクター・マクドナルドは主の話なんかしてない、ただあんたの娘が――」

「なんぴとたりとも、主の裁きに勝る者なし！」

犬がうなっている。

バーバラが散弾銃を抜いてウィーフリーの顔面に突きつけた。「ミスター・マクフィー、包丁を下ろせ」

わたしはうなずいた。「みんな冷静になろうじゃないか、な？　落ちついて話し合おう」

バーバラが安全装置を外す。「怒ることないじゃないか。あたしらみんなクールだろ？　ミスター・マクフィー、あんたも冷静《クール》だよな？」

「〝わが讃《ほめ》たたふる神《かみ》よもだしたまふなかれ　かれらは悪《あく》の口《くち》とあざむきの口《くち》とをあけて我《われ》にむかひ　いつはりの舌《した》をもて我《われ》にかたり〟（詩篇百九篇一－二節）……」ウィーフリーの声が次第に大きくなっていく。

「そいつはクールじゃないな、ミスター。〝どうぞわたしの顔面にぶっ放してください〟と言ってるようなもんだ」

ウィーフリーがテーブルの新聞紙をつかみ、半ば血に染まった『テレグラフ』を掲げた。一面見出しは「連続殺人犯、犯行を再開」。その下の写真は鑑識班のテントが立ったブラックウォール・ヒルの茂みと並んで、クリスマスパーティか何かの最中に携帯電話で撮ったらしいクレア・ヤングのスナップ。開けっぴろげな笑みを浮かべ、緑色のパーティ帽をはすにかぶり、スノーマンをかたどったイヤリングを光らせている。「〝うらみの言《ことば》をもて我《われ》をかこみ　ゆゑなく我《われ》をせめて闘《たたか》ふことあればなり　われ愛《あい》するにかれら反《かへ》りてわが敵《てき》となる　われただ祈《いの》るなり〟（詩篇百九篇三－四節）」

犬の一頭が床に唾液を垂らしながらわたしに近づいてきた。テーブルの下からもう一頭も姿を見せた。

バールを握りしめた。「落ちつけ、マクフィー。包丁を置くんだ」

「クールになれよ。ほら、よく考えてみろって」

ウィーフリーはテーブルに手を伸ばし、残りの新聞を足もとに払い落とした。「〝かれらは悪《あく》をもてわが善《ぜん》にむくい恨《うらみ》をもてわが愛《あい》にむくいたり　ねがはくは彼《かれ》のうへに悪人《あしきひと》をたてその右方《みぎり》に敵《てき》をたたしめたまへ〟（詩篇百九篇五－六節）」血の昇った顔がむくみ、赤らんでいた。太く浮きあがった首の筋はまるでケーブルのようだ。包丁を握る手を揺らし、電球の灯りに刃をひらめかせた。

バーバラが脚を開いて身構える。「ヘンダーソン、それにドクター・マクドナルドも。ちょっと下がっててくれ……」

ちょっと待て。

どうして出血がない。血がひとしずくたりとも見えなかった。ジャケットにも穴は空いていない。どうなってるんだ……。

ウィーフリーは身を震わせ、唾を撒き散らして言った。「犬を撃ちやがって！　おれの犬を撃っていいのはおれだけだ！」

バーバラはショットガンをもたげ、ふたたび彼の顔を狙った。「包丁を置きな。さもないとあんたも同じ目に遭うよ」

わたしはアリスの手を振り払うと、テーブルの脚をつかんでからだを持ちあげた。脚が萎《な》えていた。「何考えてんだ、殺す気か！」

「でかい声出すなよ、ヘンダーソン」

「あんた、おれを撃ったんだぞ！」

バーバラはにやりとした。「岩塩とタンポンを詰めたやつさ。ゴム弾ほど飛ばないけど、至近距離ならこれで充分。ただし食らうとくそ痛い」ウィーフリーの鼻先で銃口を振ってみせる。「あんたも味わってみるか？　それともクールにする？」

ウィーフリーが包丁を下ろし、唇を舐めた。「あるいは……主は娘に更生の機会を与えるべくインサイド・マンを遣わされたのかもしれん。おれの信仰が試されている。娘を助けることがご意志に適うとあれば」うなずいて、「そうだ、それこそ主の御心にちがいない」

アリスがわたしに抱きついた。肩に顔を押しつけて言う。「二度とこんな無茶しないで」

抱きしめられるなり、無数の刃と弾丸が肋骨に突き刺さる心地がした。「すまん……放してくれ……頼むから」

「ごめんなさい」アリスはもう一度抱きしめて、からだを離した。

ウィーフリーは包丁を肉の横に置いた。ウィスキーを取り、大きくあおって、それから両腕を広げた。「主に祝福あれ！」

バーバラはサッチャーの安全装置をかけ、脇に挟んだ。「よし。みんなクールになったところで、コーヒーでももらおうかな。砂糖は三つ。ビスケットはあるかい？」

# 21

一発の花火が黒い空に銀色の尾を引いて飛び、はじけて緑と黄色の光を振り撒いた。

ウィーフリーは二本目の細巻き葉巻《シガリロ》をくわえ、口もとから細い煙をたなびかせた。防犯灯の光を浴びた煙が白いリボンのようだ。「あれは昔から面倒の種だった。口の減らん娘でな」裸足を踏み替え、廃車のビートルの屋根に両肘を乗せた。自分で切った胸の傷は乾いてひと筋の黒いかさぶたに変わり、流した血は肉の返り血とまじり合っていた。「おれの言うことをひとつも聞かなかった」

わたしたちの頭上で豆電球がまたたき、錆だらけの巨大な十字架を闇に浮かびあがらせる。集積場の残りの部分は真っ暗なまま、朽ち果てた機械類の山が鋼鉄製の恐竜の骨格のようなシルエットを描いてこちらを取り囲んでいた。

「〝汝《なんぢ》の父母《ちちはは》を敬《うやま》へ是《こ》は汝《なんぢ》の神《かみ》ヱホバの汝《なんぢ》にたまふ所《ところ》の地《ち》に汝《なんぢ》の生命《いのち》の長《なが》からんためなり〟（出エジプト記二十章十二節）」

わたしは紅茶に口をつけた。「〝汝殺すなかれ〟とも書いてなかったか？」

葉巻の煙がまた防犯灯の光を受けた。「おれの殺人罪は棄却になった。証拠不十分でな」

ビートルは煉瓦の土台に乗っていた。ドアも窓も取り外され、がらんどうの車内に唯一残された後部座席にファイアとブリムストーンが寝そべっている。ときおり耳を動かし、磨いた大理石みたいに光る目でわたしを見つめていた。

「病院によると、ジェシカは分散勤務だったらしい。退勤したのは真夜中だ。ウィシャート・アヴェニューでハンドバッグが見つかった。犯人はそこまで彼女を尾《つ》けたんだろう」

暗闇の中、コンテナの陰でバーバラが波型鉄板にもたれていた。彼女のコーヒーから湯気が立ち昇る。片手をサッチャーの銃床に添えていた。

ウィーフリーが葉巻を吹かす。「新聞で読んだよ。やつは女の腹を裂き、人形を詰めるそうだな。それから傷を縫って道端に捨て、女が死ぬに任せる」

「あんたの娘は何か言ってなかったか？　住んでる寮や病院に不審者がうろついてたとか、誰かにつきまとわれたりとか」

「おまえは心に闇を抱えとる」

わたしが？「あんたに言われたくないな」

ウィーフリーは肩をすぼめた。「とにかく――新聞は読んどる。興味があったからな。もし娘が生きてるというのなら、取り戻したい」

「おれたちもそう思ってるから、こうしてあんたに訊いてるんだ」

葉巻の先が敵意あるオレンジの瞳のように光った。「自分の娘たちも救えなかったおまえが、どうしておれの娘を救える？」

ったわけじゃない、ただ娘さんのことを報せたかったの。それにあなた、そろそろ職場に戻ったほうがいいんじゃない？　もちろん会えて嬉しいと思ってるけど、これ以上は迷惑かけたくないわ、そうよねアッシュ？」

「心配しないでいいよ、職場にはノロウィルスに罹《かか》ったと言ってあるからね。向こうも治るまで帰ってきてほしくないはずさ。囚人がみんなしてゲロを吐きまくるようになったらどうする？　まさに悪夢だよ」

わたしはまた姿勢を変えた。あいかわらず痛い。薬箱から抗炎症薬を取り出し、水なしで飲んだ。付属の説明書には用量や副作用について書いてあったはずだが、もう遅い。とにかく全身が痛い……。

アリスがハンドルの縁を指で叩く。一度に一本ずつ、ムカデの脚みたいに順番に動かしていた。「インサイド・マンの名刺について教えてくれない？」

「キーホルダーのことか？　中国製のプラスチックの安物、現金卸《おろ》しで百個まとめて五ポンドってとこだ。一番近場で扱ってる卸しはローガンズフェリーの〈コロネル・ディールタイム〉、小売りは小さな売店とか一ポンドショップでやってる。全部の店で聞きこみしたが、プロファイリングと特徴の一致する客はいなかった」

「ふむふむ……」アリスはケラー環状交差点の三番目の出口を抜け、ダンダス・ロードに出た。車の流れがぐっと遅くなった。「鍵のほうは？」

「イェール錠のＹＡ16。錠ごとに鍵の形はちがう。街じゅうの鍵屋に見せたが、どこも鼻で笑ったよ。あの鍵ひとつで錠の在り処《あか》にたどり着くのは不可能だ」

車が完全に止まり、わたしたちの前には赤いテールライトの長い列が延びていた。この渋滞は橋のほうまで続いているにちがいない。

アリスはサイドブレーキを引き、片方の腕で胸を抱いた。空いた手で髪を触りながら、「鍵とキーホルダーはいかにも象徴的ね——小さな赤ん坊の人形が意味するところは、犯人がジェシカに埋めこもうとしている大きな赤ん坊と明らかに同じ。すなわち懐胎《かいたい》と生殖。犯人は不妊症を患ってる可能性がある。普通に女性を妊娠させられるなら、あんな手術をする必要はないもの。拘束してレイプするだけでいい」眉をひそめた。「なのに、彼はルース・ラフリンをレイプした。二重策のつもりか、それとも性行為と生殖行為は別物として考えてるのかしら？」

バーバラが左右に頭を巡らし、首をほぐした。「ただ単にいかれてるってのは？　女を切り裂くのが好きだとか」

「フロイト流にいくなら鍵はペニス、錠はヴァギナの象徴ね。貫通し、隠れたものを解き開く行為の隠喩。でもわたしは前々からフロイトは少し変態だと思ってる。誰もが自分の母親とセックスしたがってるなんて、気味が悪い」

わたしはアリスの肩を叩いた。「話が脱線してるぞ」

「これが隠喩ではなく、被害者への誘いかけだとしたら……？　〝きみがぼくの赤ん坊といっしょに退院したら、この鍵でぼくのところへ帰っておいで。家族になろうよ〟、こんなところかしら」

助手席のバーバラが鼻を鳴らす。「鍵は同居のお誘いってわけだ。ずいぶんロマンチックじゃないか」

「彼は女性が憎いわけじゃなくて、むしろ愛しているのかも。彼にできるたったひとつの愛情表現が、彼女らに赤ん坊を授けることだった……」

もう一度アリスの肩を叩いた。「前が動いてる」

「え？」

わたしたちの背後で、いらだちのこもったクラクションの大合唱が夜闇に響き渡った。

「あら、いけない……」

車がふたたび動きだした。

わたしのスマートフォンが鳴った――サビールの番号だ。「何か見つかったか？」

〝こりゃまたご挨拶ですね。「やあサビール、わが最高の警察官よ。きみこそは男の一等星、希代《きたい》の女殺しだ」、これくらいは言ってもらいたいもんです〟

アリスは三メートルほど車を進めて、また止まった。

「無駄口はなしだ。お互い暇じゃないだろ」

やや間があった。〝はいはい、そうおっしゃるのなら。ローラ・ストラーンの住所がわかりました。ショートステイン、キャンバーンビュー・クレセント十三番地。どうやって割り出したと思います？　苦労しましたよ。まず実家には帰ってない、どうせマスコミ連中が押しかけてますからね。それから――〟

「簡潔に言え、サビール」

〝あんた、昔はいい人だったのに〟

「心にもないことを」

〝ま、うんと昔の話です。とにかく電話帳には載ってない、親戚の家でもないと来れば、現金払いでどこかに部屋を借りてるにちがいない。こうなると正攻法じゃおっつきません。ところが彼女の旦那の……いいですか、おれは偶然にも彼のクレジットカード情報を入手しました。そこは深掘りしないでください。ともあれ、彼はネットであれこれ買い物してるようでした。おれは偶然にも彼のアマゾンのアカウントにアクセスしましたが、さて、配達先の住所はどこだったでしょう？〟

「さすがだな。おまえの慢性的不衛生について誰もが文句を言う中、おれだけがおまえを庇《かば》ってきたのはこのためだ。音声解析のほうは？」

〝慢性的不衛生？　ひどい言われようですね。そっちは出来次第送ります。まったく、あんたがこんなに図々しい人だと知ってたら、昨日あんたのお袋さんとヤったときに頼んでおくんでしたよ。ひとつ、おたくの息子を引っぱたいてやってくれって〟

「じゃあな、サビール」スマートフォンをポケットに戻した。

これでローラ・ストラーンの居場所はわかった。だが、もし公衆電話の通話履歴のほうで当たりをつかんだら、そのまま彼女はそっとしておいてもいい……しかしルース・ラフリンをローラと会わせてもやりたい。ルースには大きな借りがある。

フロントガラスを指さして言った。「そこを左折してスレイン・ロードに入ってくれ。渋滞の一番ひどいところにぶつからないで済む」

「……何も誰か殺せと言ってるんじゃないんだ、ジョージ。そっちの記録に当たってほしいだけだ。このカニンガムってやつは何をしでかして性犯罪者リストに載った？」わたしは携帯電話を反対の耳に移した。バーバラが助手席のドアを開け、雨の中に出ていく。しばらく応答がなかった。そのうちに、ジョージの抑揚のない鼻声が電話口に戻ってきた。〝どうして知りたい？〟

「ただの好奇心だ」教えるわけにはいかない。インサイド・マンがクレア・ヤングを遺棄した現場、その近くの電話ボックスからカニンガム宛てに発信があったとは。もしジョージにばらせば、この通話が終わり次第あっという間に署内に広まってしまう。ジェイコブソンもすぐ気づくだろう……蚊帳《かや》の外に置かれていたことを面白く思うはずがない。「コンピューターでぱぱっと検索するだけだろ。何がそんなに難しい？」

〝昔とはちがうんだ。いまどきはどんなくそ野郎相手でも人権を尊重しなくちゃならん。個人情報をそう簡単に――〟

「フォルカークであったこと、まだおぼえてるか？」

ジョージの声が一オクターブ上がった。〝そいつは言わない約束だろ！〟

「カニンガムの情報をよこせ」

運転席のアリスが目を丸くした。「フォルカーク？」

手振りで彼女をあしらった。「いますぐだ、ジョージ」

〝あれはおれが悪いんじゃないのに……〟キーボードを叩く音がした。〝カニンガム、カニンガム、カニンガム……ああ、あった。十一年前、ノートPCに裸の少年の動画九件を保存してたのが見つかって逮捕されてる。釈放の一カ月後に公然猥褻《わいせつ》二件、妊婦に対する暴行三件……〟さらにキーボードの打音。〝六年前には未成年者二名との違法性交。こんなやつを小学校の水泳部顧問に雇ったのはどこのばかだ？　性犯罪者リストに終身登録。二週間に一度、保護観察官が訪問してる。担当官の名前はマケヴィットとニノーヴァ〟

「児童ポルノじゃ何年食らったんだ？」

〝ええと……四年だ。仮釈放で二年で出てる〟

「ありがとう、ジョージ」携帯電話をポケットに戻した。「面白いことがわかった。例の性犯罪者には妊婦を襲った前科がある」わたしは車を降りた。

すぐにアリスも降りてきた。ドアを閉め、リモコンでロックをかけると、小さな折り畳み傘を広げた。「やっぱりジェイコブソン警視には報せないのね？」

「成果があれば引き渡す。何も出ないのなら、あいつは知らなくても困らない。誰も損しない」

キャリック・ガーデンズは弧を描くように丘陵《きゅうりょう》を下っていく通りだ——道の左右に上

品で無難な外観の平屋建てが並び、屋根裏をロフトに改装している家もあった。どこもこぎれいな前庭を備え、ドライブウェイにはステーションワゴンが停まっている。ここカースルビューで最上級の通りとまでは言えないが、アリスが借りたキングズミースのおんぼろフラットに比べたらはるかに豪華だ。景色もいい。川面をまたぐダンダス橋、対岸には古城のそびえる断崖。街灯の光が暗闇にまたたいている。

わたしはバーバラに続いて小道を十九番地まで上がった。その家は通りに面した窓二枚のブラインドが下り、真っ赤に塗った玄関ドアに半透明のステンドグラスが嵌まっていた。

「カニンガムは過去十一年間ずっと刑務所を出たり入ったりしてる。だが、八年前のインサイド・マン事件のときはまちがいなくシャバにいた」

バーバラが玄関ベルのボタンを押した。

アリスは道の半ばで立ちどまっていた。傘で雨を受けながら髪をいじっている。「これまでのプロファイリングを捨てるほど見こみがあるとも思えないんだけど」

「カニンガムがインサイド・マンだと思ってここに来たわけじゃない。クレア・ヤングの現場のボックスから、誰かがこの家に電話したんだ。犯人とカニンガムは知り合いかもしれないだろ？　だめでもともとだ。それにきみだって言ったじゃないか。過去のプロファイリングはまちがってる、ドカティは間抜けだってな」

「そこまで言ったつもりはないわ。すごく評価されてる心理学者だし、わたしはただ——」アリスが黙った。家の中で照明のスイッチを入れる音がした。玄関が開き、ドアの隙間からむくんだ顔がこちらを覗いた。唇が小さい。裾の長い赤いガウンらしきものを着ている。「ソーラーパネルはいらない。ドライブウェイの再舗装もいらない。断熱ガラスの無料見積りも、過払い金請求の相談もいらない。イエスもマルチも、化粧品通販もホームパーティ商法もお断り。いいから、もう、ほっといて！」

わたしは一歩踏み出した。「セールスじゃない――」

「帰って。うちは留守です」

「ミス・ヴァージニア・カニンガム？」上着のポケットから昔の警察証を出した。本当なら持っていてはいけないものだ。「昨日の夜、どこにいたか教えてほしい」

彼女は警察証を見るなり口をあんぐりとさせた――赤く縁取られた小さな口が銃創のようだった。「くそっ……」ドアを閉められた。隙間に杖を挟む暇もなかった。ドアの向こうの声がくぐもって聴こえた。「くそ、くそ、くそっ……」かんぬきがかかる。「くそ、くそ、くそっ……」回れ右して廊下の奥へ走り去っていくのがステンドグラスごしに見えた。

バーバラが両手を打ち合わせて言った。「ぶち破るかい？」

アリスが青ざめる。「だめよ、令状もないのに――」

「やってくれ」

# 22

バーバラがステンドグラスに肘を叩きこむと、色あざやかなクモの巣状のひびが広がった。二打目でガラスが吹き飛び、玄関の床に破片が散った。バーバラが空いたばかりの穴に腕を突っこむ。頬をドアパネルに押しつけ、内側の錠を探った。「開いた！」

ドアが開き、わたしとバーバラは屋内へ踏みこんだ。

アリスは入ろうとしなかった。「警官の立ち合いか令状がないと——」

「表を見張ってろ！」

廊下はL字に曲がって右に続いていた。リビングのドアが開けっぱなしで、テレビから子供向け番組の能天気な歌が大音量で流れている。〝……うう、すっごく怖そうなお化け屋敷だね。でも大丈夫、みんなで勇気の歌を歌おう！〟人影はない——ソファ二台、コーヒーテーブル一脚。電気ヒーターの前に大きな羊皮の敷物。テレビの横には三脚に載ったビデオカメラ。

廊下の先を指さした。「左の部屋を見てくれ。おれは右を見る」

〝どんなに暗く恐ろしいときも、怖がることなんてないさ……〟

バーバラは肩をいからせて廊下を突き進むと、左手のドアを開けた。わたしは右のドアに向かう。バーバラが室内に頭を入れて言った。「物置だ。いない」

〝楽しいことを考えようよ、ポテトチップスとレモネード……〟

右のドアは狭いバスルームだった。開けるなりアンモニア臭が漏れ出した。サーモンピンクの浴槽にかかったタオルが茶色に汚れている。隅に髪染め液の箱ひとつと、その横に小さなプラスチックのボトル二本が置いてある。「いない」

「乾燥棚。いない」

次のドアはキッチンだった。備えつけの食器棚、ピンクの模造大理石の調理台、タイル張りの床。勝手口のドアが開いたままだ。流しの上の窓から外を見れば、雨に濡れそぼつ庭が防犯灯に照らされて――

〝怖くなったら勇気の歌を歌おうよ……〟

ヴァージニア・カニンガムが裏庭の垣根沿いに置かれたプラスチックのテーブルセットに登っていた。裾の長い赤いガウンが風にめくれ、生白い脚が剝き出しになった。大きな水玉のパンツと、明らかにふくれた腹が見えた。最低でも妊娠七カ月。

〝あっという間に、ほら、大丈夫！〟

「バーバラ、裏庭だ！」

バーバラはわたしを押しのけて勝手口に向かった。「戻ってこい！」

〝お化けも妖怪も忘れちゃおう、きっと今日は出てこないさ……〟

「穏便に済ませてくれ。暴力はなしだ」

〝勇気の歌を歌ったら、みんな逃げていっちゃうよ……〟

カニンガムがたるんだ太腿を垣根に乗せるなり、バーバラがガウンの裾をつかんで引っぱった。カニンガムはよろめきつつ、両腕をうしろに反らした——ガウンが脱げ、バーバラは濡れた芝生に尻もちをついた。

〝勇気の歌、勇気の歌、歌えばきみも強くなる……〟

わたしが勝手口の踏み台に立ったときには、カニンガムは垣根を越えるところだった。上下の揃っていない下着以外に何も着ていない。「本気か？　そんな格好で逃げられると思ってるのか？　すぐ捕まるに決まってるだろうが」

カニンガムが固まった。「あたし、何もやってない」

バーバラが立ちあがり、カニンガムの背中に手を伸ばす。灰色無地のブラジャーのストラップに指を引っかけた。「こいつも脱いでみせろよ。ほら、やってみろって」

カニンガムは目を閉じた。濡れた髪がべったりと頭に貼りついていた。「くそっ……」

カニンガムはキッチンに立ち、ピンクのタイル床に水をしたたらせた。ガウンの前を留め、妊娠した大きな腹を隠している。「せめて何か着させてくれない？」

わたしは冷蔵庫に寄りかかった。「昨日の夜どこにいたのか、答えたらな」

カニンガムの頬が赤らんだ。太った白い顔を上気させて言う。「家にいたわ。ここに。

ひと晩じゅう。どこにも出かけなかった」

「証明できるか？　証人は？」

アリスが咳払いする。「保護観察局はあなたの妊娠についてどう思ってるの？」

カニンガムはただアリスを見つめ返した。「服が着たい。おしっこに行きたい。こんなの人権侵害よ」

「なるほど」冷蔵庫のドアに子供の描いた絵がたくさん貼りつけてあった。一枚を粘着材から剝がして眺めた。棒人間の一家が笑顔のついた黄色い太陽の下でにっこりしている。「自宅にひとり。証人なし。アリバイなし」

カニンガムが顎を上げると、たるんだ首の皮膚がうねった。「証人が必要になるだなんて思わなかったもの。何よ、あたしにキッチンでおしっこさせたいの？　そういうので興奮するわけ？　妊婦の失禁する姿で？」

「勘弁してくれ。わかったよ、おしっこしてこい」廊下のほうを指さした。「バーバラ。ドアの前で見張っててくれ。逃げないように」この体型でバスルームの窓を通り抜けることができれば、の話だが。

カニンガムがバーバラを伴って廊下に出た。

バスルームのドアが閉まる音がした。アリスが顔を歪める。「彼女が自分の子供を持つことにものすごく不安を感じるわ。もし男の子だったらどうするの、自分の子に性的虐待なんてしないと思う？　でも虐待事件のほとんどは家庭内で起こるものだし、彼女の子供もとても安全とは言えないわ。たとえ女の子だったとしても……どこ行くの？」

「リビングだ」

「そう。いっしょに行ってもいい？」

テレビはまだ子供番組をやっていた——蛍光色のオーバーオールを着た間抜けふたりが、『クリスマス・キャロル』のマーレイの亡霊みたいな扮装をした三人目の間抜けと踊っている。亡霊は鎖を鳴らしながら、〝いままで人を怖がらせることばかり考えてたが、こうして仲よくするほうがずっといい。ともだちはできるし、楽しいし——〟

テーブルに子供の絵を投げ出し、リモコンを押した。画面の三人が歌の途中で固まった。テレビの横の三脚に小型のビデオカメラが載っていた。側面に開閉式の液晶モニターがついているタイプだ。カメラはヒーター前の敷物に向けられていた。

廊下の奥からトイレの水を流す音がした。ドアを開け閉めする音——たぶんバスルーム——に続き、またべつのドアを開く音。寝室だろう。

カニンガムは手を洗わずにトイレを出たにちがいない。

アリスはリビングの戸口に立ってうしろを見やり、両腕で自分を抱きしめた。「彼女のソーシャルワーカー、それに保護観察官とも話したほうがいいわ。このままじゃ——」

「彼女が更生してないことくらい、連中はとっくにわかってるさ」わたしはカメラのうしろにまわり、モニターの角度を少し調節した。電源を入れた。

「ヴァージニア・カニンガム。前科の数々を考えるとなんだか皮肉な名前ね。狡猾《こうかつ》な処女、だなんて」

狡猾と呼べるほど頭はよくなさそうだが。モニターの真っ青な画面の下部にアイコンが表示された。巻き戻し、再生、早送り、録画。再生のアイコンを押すなり、画面に敷物とヒーターが映った。いまのカメラ位置からそのまま撮ったものらしい。

「ねえアッシュ、あなたもそう思うでしょ？」

カメラの視界にカニンガムが入ってきた。揃いの黒いブラジャーとパンツ。白い太腿に青い静脈がくっきりと浮き、妊娠した腹から出べそが突き出ている。彼女はうめきを上げながら三歩ほどよたよた歩くと、敷物の上に横たわった。大きな腹に苦労しているようだ。すると彼女はカメラに向かって唇を突き出し、自分のからだを触りはじめた。唇を舐め、ブラジャーを外した。

巻き戻しを押した。カニンガムが敷物から飛びあがり、うしろ歩きでカメラの視界外へ消えていく。

廊下の奥から歌が聴こえてきた。決して美声ではないが、そこまでひどい音痴《おんち》でもない。

「〝どんなに暗く恐ろしいときも、怖がることなんてないさ。楽しいことを考えようよ、ポテトチップスとレモネード……〟」カニンガムだろう。バーバラに勇気の歌は必要ない。

「〝怖くなったら勇気の歌を歌おうよ。あっという間に、ほら、大丈夫……〟」

巻き戻し中の画面にもうひとり誰か映った。少年だ。金髪で、全裸にベストだけを着て、腕と脚に赤いみみず腫れができている。まだ四、五歳くらい。一時停止を押すと、彼がカ

「保護観察官につないでほしい。マケヴィットとニノーヴァ。どっちでもいい」

アリスが眉をひそめる。

〝おつなぎします――少々お待ちを〟

「急いでくれ」リビングから足を引きずって廊下に出、キッチンへ向かった。電話口で音割れしたヴィヴァルディの《四季》が流れていた。

バーバラが冷蔵庫にもたれて腕組みしていた。カニンガムは小さなキッチンカウンターにうなだれ、目の前の調理台にはヨーグルトの容器が出ていた。

わたしはカニンガムを見下ろした。「カースル・ヒル病院の担当助産師は？」

彼女は歯を剝いた。「あんた、自分じゃ頭がいいと思ってるんでしょ？　全然ちがうわ、あんたは大ばか。いまに後悔するわよ」

「後悔ならとっくにしてる。いいから答えろ。助産師は誰だ？」

「あんたのせいだ。みんなに言ってやる。全部、あんたが、悪いんだ」

「わかった」彼女から下がって背筋を伸ばした。「病院に直接訊くことにする。おまえは死ぬまで刑務所に入ってりゃいい」

きんきん響く女性の声が電話口に出た。〝ニノーヴァ〟

「あんたの担当のひとりが、自家製の児童ポルノを保存したビデオカメラを持ってた」

少し間が空いて、うめき声が聴こえた。〝今度は誰？〟

カニンガムがこちらをにらんだ。「それがどうだっていうの？」

「助かりたくないのなら勝手にしろ」

〝助かりたくないって何？　もしもし？〟

「あんたに言ったんじゃない。ヴァージニア・カニンガムだ」

〝嘘でしょ、三日前に訪問したばかりよ！〟

「だったら道はわかってるな。とっとと車で来い」

電話からばりばりという音がして、声が遠くなった。かん高い響きがいくらかましにな
った。〝ビリー、出るわよ……いいえ、あのくそったれのヴァージニア・カニンガム……〟

肝心の主役はしばしわたしと目を合わせると、そっぽを向いてヨーグルトにスプーンを
突っこんだ。「あたしの助産師はジェシカ・なんたら。マクナブだかマクドゥーガルだか、
そんな名前。ちょっと灰色がかってるけど、きれいな目をしてた……」にたっと笑った。

「あんな目をした男の子がいたわ。きれいな水色の瞳」

青灰色の瞳。「マクナブじゃない、マクフィーだ。ジェシカ・マクフィーだな？」

カニンガムは肩をすぼめ、鋭い笑みを浮かべた。「おぼえといて。全部あんたのせいよ」

今度ばかりはそうじゃない。

# 23

玄関に出てドアを押さえた。「遅い」

女性の刑事巡査が階段に立ち、肩に提げた大きなハンドバッグに警察証を戻した。ニノーヴァ巡査はわたしより頭ひとつ背が低く、しかめた目もとにくっきりとしわが寄っている。ジーンズとデニムジャケット、白黒のアニマルプリントのTシャツ。カールした茶髪をボブカットにし、その声は電話よりさらに高かった。「ここへ来るのにもう十分かかってたら、あの女を無料で引き取ってもらってた」振り返り、「ビリー、来ないの?」

彼女は雨を逃れて玄関に上がると、声を落として言った。「ここで訊いてしまうけど、例の児童ポルノはヴァージニアが自分で……?」

「まだ小さい、金髪の子だ。四つか五つくらいに見えた」

「なんてことを」ニノーヴァの顔に苦悶《くもん》の色がよぎった。「またやるなんて……嘘でしょ?」

「こうならないようあいつを見張るのが、あんたらの仕事だと思ってたけどな」

「やってるわよ。やってた」ニノーヴァが肩をすぼめる。「そんな目で見ないで。内情は知ってるでしょ？　スコットランドじゅうに散らばった性犯罪者を、ひとりの観察官が何人も担当しなくちゃならない。全員の二十四時間監視なんて無理よ。そんな人員も予算もない。これが精いっぱいなの」

小柄で痩せ型の男が相棒を追って小道を上がり、玄関の前に立った。「おれも入れてくれよ、ジュリア。ひどい雨だ」

ニノーヴァがからだをずらすと男が入ってきて、こちらに手を差し出した。「ビリー・マケヴィット、保護観察官。通報してくれてありがとう、ミスター……？」

ニノーヴァが彼を小突く。「アッシュ・ヘンダーソンよ。おぼえてないの？　元警部補、チャクラバーティ事件で降格された。娘が誘拐されて……」ふと言葉を切る。唇を舐め、「ごめんなさい。とにかく、彼は元身内よ」

「ああ、なるほど」マケヴィットがうなずく。「それでブツは？」

ビデオカメラを渡すと、ニノーヴァが手に持ったままためつすがめつした。液晶モニターを開き、電源ボタンを探しながら、「録画テープとか、そういうものには触ってないわね？　あいつの指紋がついてるだろうから……」また顔をしかめた。「被害児童とどこで知り合ったかとか訊いた？　どうせまた――ああ、これか」モニターが点く。ニノーヴァが手でスピーカーを覆った。くぐもったうめきと悶《もだ》え声、音程の高いすすり泣きが聴こえた。

ニノーヴァの顔から生気が失せた。唇をきつく結び、肩を落とす。「ちくしょう」

彼女はカメラをマケヴィットに渡した。「嘘だろ」彼も同じ顔になった。モニターを指で突き、映像を巻き戻していく。そのまま四分ほど無言で立ちつくすと、「最低三人の児童を確認した」マケヴィットが玄関ドアを叩きつけるように閉めると、割れたステンドグラスの残りが衝撃で崩れ落ちた。「ああああああああ！　二年間あいつを監視してきて、このざまか！」

ニノーヴァは肩に提げたバッグを脇にずらした。「あの女はどこ？」

「キッチンだ」

「そう」ニノーヴァは顎を上げ、肩を反らして廊下を突き進んだ。「ヴァージニア・カニンガム、あんた自分が何やったかわかってんの？」

わたしは彼女を追ってキッチンに向かった。マケヴィットもついてきた。

カニンガムはあいかわらずキッチンカウンターの前に座っていた。チョコレートの包装やつぶれたヨーグルトの空容器がカウンター上に散らばっている。手にしたゴードンズのボトルは半分がた飲み干され、いましも減りつづけているところだ。カニンガムはジンをあおると、「弁護士を呼んで」わたしとアリス、バーバラを順に指さした。「こいつら、警察を騙《かた》って押し入ってきたのよ。あたしに暴力を振るって、違法に家を捜索して、いまもあたしをこの部屋に閉じこめてる」

ニノーヴァがわたしに向かって眉を上げた。

「おれの記憶とちがうな。この家を訪ねたときミズ・カニンガムは興奮状態だった。心配したおれたちは同意を得て家に上がった。雨の中へ出ていこうとする彼女を連れ戻して、乾いた服に着替えさせた。その最中、リビングで再生中のビデオカメラを発見した。モニターには児童ポルノが映ってた。そこで彼女を市民逮捕し、あんたらに通報したわけだ」

カニンガムは口をあんぐりさせた。「そんな話、信じるわけないわよね？　こいつは警官を名乗ったのよ。警察証だって見せたんだから！」

「ミズ・カニンガムは誤解をしてる。たぶん、こっちのオフィサー・クロフォードを紹介したとき混同したんだろう」わたしはバーバラを顎で指し、「それで、おれのことを警官と勘ちがいした」

バーバラがにやりとする。「あたしは刑務官なんだ。紹介の仕方が悪かったな」

「こいつら嘘つきよ！」

ニノーヴァがカメラを調理台に置いた。モニターを開いて再生アイコンを押す。

〝おいで、ダーリン。ママにいいことして……〟

カニンガムは顔を背けた。

「当然の反応ね」ニノーヴァはモニターを閉じ、カメラの電源を切った。「ヴァージニア・カニンガム、あなたを逮捕します。容疑は児童の猥褻な動画像の所持、ならびに……」

わたしはスズキの曇った窓ガラスを手でぬぐった。「ああ、いまから連行するところだ」

マケヴィットが家から出てきた。玄関の照明を落としてドアを閉め、鍵をかけると、背中を丸めてボクスホールの覆面パトカーへ走った。すでにカニンガムを乗せたパトカーの後部座席にマケヴィットが収まるなり、入れ替わりにニノーヴァが降りた。土砂降りの中を歩いてわたしたちの車まで来ると、窓をノックした。

窓を下ろした。声が入らないよう携帯電話を胸に押し当てた。「何か？」

ニノーヴァは車の屋根に片手をつき、車内に頭を入れた。「さっきのは全部嘘でしょ？あなたたちは警官のふりをして不法に宅内に侵入し、令状もなしに捜索したわけね」

「おれたちが？」ここ一番のとぼけ面で返した。「いいや。何もかもさっき言ったとおりだ。そうだよな、バーバラ？　アリスもそう思うだろ？」

アリスがインサイド・マンの手紙のコピーから顔を上げた。口にくわえた黄色のマーカーがネオンの葉巻みたいだった。「ええ、そうね、まったくそのとおりだわ、あたしたちが嘘つかなきゃいけない理由なんてないもの」

バーバラもにやりとした。「そのとおり」

「ほらな、巡査。おれらもあんたらもみんな、正しい側にいるんだ」

ニノーヴァは鼻を鳴らし、パトカーを振り返った。「その言いわけを今後も貫いてよ。それと、警官を騙るのはこれっきりにして。違法だから」

屋根に打ちつける雨は激しく、全力運転の暖房の風音がいまにもかき消えそうだった。

「言うべきことは言ったわ」ニノーヴァが背筋を伸ばす。窓から片手を差し入れて握手を求めてきた。「ありがとう。何はともあれ、これであいつをいるべきところへ送り返せる」それから踵を返し、自分の車へ帰っていった。

覆面パトカーがヘッドライトを点け、路肩から離れていく——後部座席でカニンガムがこちらをにらんでいた。わたしは電話口に戻った。「いまの、聴こえてたか？」

相手はジェイコブソンだった。何かを嚙んでいるみたいな音を立てていた。〝きみが警官を騙った話とか？　いいや、何も聴こえなかった〟

「カニンガムが言うには、担当助産師がジェシカ・マクフィーだったそうだ。ジェシカについて尋ねるような電話もあった。発信元はクレア・ヤングの現場の電話ボックス。日時は遺体発見の三日前」

〝それから？〟

「カニンガム以外にも同じ電話を受けた人間がいるはずだ。ジェシカの電話帳に載ってるすべての番号をサビールにチェックさせろ。それとクーパーを使って、ジェシカの知り合いに似たような電話を受けた者がいないか聞きこみさせるんだ。クレアが世話したことのある子供の両親にも訊いたほうがいい。アリスいわく、インサイド・マンは被害者に乳幼児の面倒が見られるかどうか確認したいらしい——よき母親の条件だ」

ジェイコブソンは黙っていた。

アリスが運転席から振り向いた。「バーバラを駅まで送ると伝えておいて」

助手席のバーバラがかぶりを振る。「そりゃないよ。予約済みのホテルで一泊、現金でいっぱいの茶封筒。ディナーもついてるべきだ」

「ジェイコブソン、聞いてるか?」

〝まずはきちんと説明してもらおう。どうして事前にぼくに報せなかったのかな?〟

「あんたがほしいのは疑問じゃなくて解答のほうだろ?」

〝それは警官時代の管理者教育で習ったせりふ?〟

「だったら訊くが、どうしてインサイド・マンは、カニンガムがジェシカの患者と知ってたんだ? 電話番号はどこで入手した?」

しばし間が空いた。〝あー……〟

「クレアは小児科勤務で、ジェシカは助産師。点が線で結べそうじゃないか?」

「ここ?」バーバラが歩道に立ちつくす。リュックサックを両手に抱え、グリーンウッド・ストリートの〈トラベロッジ〉を見上げていた。「マジで?」

わたしは肩をすぼめた。「こっちを見るな。予約したのはおれじゃない」

「もっといい宿を期待してたよ……」

わたしたちのうしろの駅前では、黒タクシーの車列が立てるディーゼルエンジンの音と、置き引き注意のアナウンスとがごっちゃになって鳴り響いていた。そこへ加わる発車音。

「腹が減ってるなら、ここのフル・ブレックファストも結構いいんだぜ?」

バーバラはリュックサックを肩に引っかけた。「しみったれのポリ公どもめ……」自動ドアをくぐっていった。「せめてダブルにしといてくれよ」

車に戻ると、わたしは電話をかけた。相手はシフティ。「頼んでおいた件はどうだ？」

〝おまえ、小児性愛者の家で違法捜索やらかしたってほんとか？〟

「一介の市民に令状なんか必要ないのさ、シフティ。どうせ裁判でも話題に出ない」

〝とあるチンピラにちょいと貸しがあってな。もう一時間もしたらそいつと会って、名前を言ってはいけないあの人の警備状況について調べさせるつもりだ。どうせ有刺鉄線にでかい番犬ってとこだろ、賭けてもいい。そっちは準備いいのか？〟

黄色いスパナを握りしめたボブが後部座席でほほえんでいる。「やってやるさ」

〝ひとつ問題がある。今夜は無理だ。知り合いに聞いたんだが、あの女はチャリティのボクシング大会だかなんだかでエディンバラに行っちまってるそうだ。明日まで戻らない〟

くそったれ……。

だが、これればかりはどうしようもない。いないものはいない。「そうか。ま、猛犬の相手は一日一回で充分だ」

アリスがわたしの袖を引いた。「デイヴィッドはもうカレーを買ったって？　それともこっちで帰りに買ってく？」

「まだ帰らない」電話口に戻った。「まだひとつふたつ用事がある。部屋には先に帰っといてくれ。それとシフティ……？」

〝なんだ？〟

わした。その容姿を二度と忘れまいとするかのように。「あんたたち……」今度はルースのほうに向くと、しばらく口をぽかんとさせた。

「ミス・ラフリンのことはおぼえてるな」ルースを指さし、「ローラの元ルームメイトだ」

男が目を細める。「まさか……ほんとにルースなのか?」

ルースはどうにか笑みらしきものを浮かべた。「こんばんは、クリストファー」

「嘘だろ……」まばたきのあと、彼はドアを開け、雨の中に出てルースを抱きしめた。

ルースは抱き返さなかった。

「調子はどうだ? もう何年ぶりだろう」またまばたきして言った。「きみは……いや、上がってくれ。申し訳ない、雨だってのにこんなところで。ぼくたち……ローラもきみと会いたがってた」

クリストファーはまずルースを家に入れると、脇に折れてアリスを上がらせ、わたしが入ったあとに玄関ドアを閉めた。「すまない。用心してるものだから」肩をすぼめ、「記者の連中がね。失礼……」わたしたち三人のあいだをすり抜けて奥へ進んだ。「ちょっと待っててくれ、ローラが大丈夫か訊いてくる。あいつ、少し……妊娠中だからさ」そそくさと廊下の先、キッチンらしき部屋に入っていくとドアを閉めた。

ルースが不安げに言う。「追い返されるかも。わたしなんかと会いたくないって――」

「あったかい陽の光があなたの顔に当たってる。ほっとして、落ちついて、リラックス」

ルースは黙った。

廊下の内装は没個性的だった。のっぺりしたクリーム色の壁、ラミネート材のフローリング、ひたすら穏当なだけの風景画一枚。ホテルの部屋みたいだ。

キッチンのドアが開いた。「どうぞ上がって……いま、お湯を沸かしてるから」

クリストファーが脇に下がってルースをキッチンへ入れた。少し待ってアリスとわたしも続いた。

妊娠後期の大きな腹をした女性がひとり、流し台でジャガイモの皮を剝いていた。明るい銅色の巻き毛をポニーテールにし、スモックの腰まで垂らしている。ローラ・ストラーン。こちらを振り返るが、その顔に笑みはない。「マスコミのやつらが尾けてくるの。どこかのくそ野郎がわたしの診療記録を手に入れてからずっと。レヴソン委員会が訴えた報道倫理はどこいったの？　教えてほしいもんだわ」剝き終えたイモを鍋に放りこむと、溢れた水が調理台に勢いよくこぼれた。「自分の家にいることすらできない。まるで籠城《ろうじょう》戦よ——そこらじゅうカメラとマイクと記者だらけ」

クリストファーが棚からマグカップを取り出す。「ちょっと外に出ただけですぐ〝こんちは！〟ってさ——」

ローラが顔をしかめた。「この話、もうやめにしましょう」

「でも、覚悟はしておいたほうがいい。言ってるだろ？　遅かれ早かれここも見つかって、新聞にでかでかと写真が載るに決まってるって。心構えをしておかないと」

ルースは車に乗っていたときよりふたまわりは小さく見えた——縮こまり、手を胸の前で握り合わせている。「ローラ、その……」目線を足もとに落とした。「本当にごめんなさい」

ローラは二個目のジャガイモを鍋に投げ入れた。「あなたが入院してたとき、わたしは見舞いにいった。でも会わせてもらえなかった。自殺未遂をして精神科病棟に入ってると言われた。心を病《や》んでしまったって」

ルースの口が開きかけてはまた閉じる。「わたし……その……」

アリスが彼女の腕に手を添えて言う。「ストレスへの反応は人それぞれよ」

ルースは顔を背けた。「あんなことすべきじゃなかった。ごめんなさい。もう帰るわ」

「なあ、そんな言い方することないだろ」クリストファーがローラの肩を揉んだ。「ルースの過去を思えば、ここへ来るだけでも大変だったにちがいないんだ。そんな態度で……」そこで咳払いして、こちらに向きなおった。冷蔵庫のドアを開ける。「ミルクを入れる人は？」

「〝そんな〟ってどんな態度？　嫌味だって言いたいの？　それとも無礼？　ねえクリストファー、だったらどんな顔しろっていうの？」

ルースが目もとを手で覆う。「来ないほうがよかったわね」

わたしは前に出た。「ルースにとっては大事なことなんだ。彼女はあんたをともだちだと思ってた」

ローラがこちらをにらんだ。「彼女は自分だけ先に死んで、逃げようとしたのよ！　残されたほうはどんな気持ちがすると思うの？」

わたしはただ見つめ返した。

ローラは皮剝き器を流しに投げ捨て、スモックをめくって腹部を晒した。「見なさいよ！」

出産予定日まで残り四週、いや六週ほどか？　かなり大きい。

グレーのブラジャーから手のひら一枚ぶん下より始まって、ズボンのウェストゴムの下へと続く引きつった縦の傷。その傷の上から三分の一の高さに、直角に交差する横の傷。鮮やかなピンクの十字が胎児を抱えて張りつめ、艶々と光っていた。

湯の沸いた電気ケトルが揺れだし、やがてひとりでにスイッチが切れて静かになった。

ルースがジャケットのボタンを外した。スウェットをめくり、その下の青いTシャツもめくった。ローラと同じ十字の傷が露わになる。

ルースとローラはやがて互いにうなずくと、服を戻した。不幸な結びつき。彼女たちだけが知る悲惨な記憶、
ローラは皮剝き器を拾った。「クリストファー。おふたりをリビングにお通しして。わたしはルースと話がある」

# 24

「ありがとう。面会を取りつけてくれて」アリスがイグニッションに挿した鍵をまわす。

わたしは後部座席で肩をすぼめ、シフティの〝ビールを買ってきてくれ〟というメールを携帯電話から削除しつつ言った。「ルースに報われてほしいだけだ」ろくでもない異常者のメスが、彼女の前途有望な人生を奪ってしまった。看護師を拷問するためだけに設《しつら》えられた、どこかの手術室もどきの部屋で。

　きしむワイパーがのんびりと左右を行き来し、フロントガラスの水滴を払っていく。十三番地の家の玄関が開き、ドライブウェイに暖かな光がこぼれる。抱き合うルースとローラ。妊娠したローラの腹を労《いた》わるためか、抱擁はややぎこちなかった。それからふたりは笑い声を上げ、互いの頬にキスして別れた。ルースは車へ戻る途中に二度振り返った。

　アリスがバックミラーごしにほほえんだ。「あなたももっと素直になったら？　そんな、いつも不機嫌でおっかないおじさんのふりなんかしないで」

「生意気言うじゃないか」

　ルースは助手席に乗りこむと、雨と涙に光る頬をぬぐって言った。「ありがとう」

アリスは路肩から車を動かし、キャンバーンの森を迂回《うかい》してカウズキリンへ戻るルートに入った。ルースは車内でしゃべりどおしだった。ローラと再会できてとても嬉しい、彼女とすごく仲よくなれた、彼女に子供ができるなんて最高だ、信じさえすれば夢は叶うんだ、それから……。

ドイル環状交差点を走っている最中にスマートフォンが鳴った。ハントリーだ。

「なんだ?」

〝ああ、ヘンダーソン。訊きたいんだが、きみたち今夜は〈ポストマンズ・ヘッド〉に顔は出さないのかね?〟

「何か用でも?」

〝チームの慣例なんだよ。全員で集まって、その日いちにちの冒険について語り合う。捜査の進捗状況を共有するためだ〟

結構な話だ——これからさらに二、三時間、他の連中がいかに成果を上げられなかったかを延々聞かされるわけだ。すばらしい。

しかし、これといってさぼる口実も……いや、待て。言うだけ言ってみよう。

「ジェイコブソンもそっちにいるのか?」

〝待ちたまえ〟

右手間近にスタジアムが見えた。真っ暗でがらんとしている。高いところの鉄骨からべッド用のシーツ二枚が垂れ下がり、そこに血の色をしたペンキで〝ウォリアーズを取り戻せ！〟〝チーム助成金打ち切り反対！〟と書いてあった。もう長いこと吊るされたままなのだろう――シーツは風雨に汚れて擦《す》り切れ、裾がすっかりほつれてしまっている。ルースは泣き笑いのような表情を浮かべたまま、黙って窓の外を眺めていた。

ジェイコブソンが電話に出た。何かを口に含んだまま、〝アッシュ？〟

「なあ、チームミーティングの件だが――欠席させてはもらえないか？　ウィーフリーを訪ねたとき、散弾銃から発射された岩塩を胸に食らっちまってな。息をするたびすごく痛むんだ。すぐ帰って風呂に浸からないと、もう倒れちまいそうだ」

〝彼に撃たれたのか？〟

「いや、バーバラのほうだ。でも仕方なかった。おれがウィーフリーの犬に喉を食いちぎられる寸前だったんだ」

〝なるほどね……〟ため息。〝わかった。修羅場をくぐった帰りだというなら、きみたちの不在はこっちでどうにか補おう〟

「すまんな」出られるものなら出たかった、というふりだけしておく。刑務所に戻されてはたまらない。「ところで、何か続報はないか？　チームの捜査はどこまで進んだ？」

ジェイコブソンの声が遠ざかった。電話を顔から離したらしい。〝バーナード？　ヘンダーソンに進捗をざっと教えてやって。今夜は欠席するそうだ〟

がさごそと音がして、ハントリーが出た。〝きみがどこぞで油を売っているあいだ、わたしはいつもながらスーパープレーを決めていた。わたしが現場で発見した注射器からラベタロール塩酸塩が検出された。妊娠中の高血圧治療にしばしば用いられるベータ遮断薬で、要は血圧を下げる薬だ。誰かを勝手に手術しようと思うなら悪くない選択だが、失血死を食いとめるほど強い効き目はない。そこらのドラッグストアで扱ってるようなものでもない〟

わたしが発見した？

「シェイラの検視報告は？」

〝詳細に説明してやってもいいが、どうせ理解できまい。子供番組に出演したつもりで話してあげよう。まずクレアさんは――〟

「そのケツを蹴飛ばしてやってもいいんだぞ。明日の朝イチ、ふたりきりで話をしようじゃないか。お偉い教授さんよ」ジェイコブソンはともかく、他の連中にまでご機嫌取りしてやる義理はない。

〝おやおや……きみのユーモアのセンスを過大評価していたようだ〟

「検視報告」

〝シェイラによると、まず肋骨四本の骨折と痣が見つかったが、これは長時間におよぶ心肺蘇生処置によるものらしい。ティムはよほど彼女を死なせたくなかったんだな。最後の食事はベーコンチーズバーガー、フライドオニオンとピクルス、あとはなんだ、トウモロコシ粉のスナック？　さらにチョコレートケーキ。死の十六時間前に摂取したようだ〟

教会の尖塔が家々の背後、オレンジがかった夜空に突き立っていた。ルースは自分のからだを抱き、深いため息をつく。もう何年もわだかまっていたものを吐き出すように。

すべての痛みと苦しみを……。

わたしは車窓に映る自分を見て、顔をしかめた。「ティムって誰だ?」

〝今度からそう呼ぶことにしたんだよ。T・I・M。ジ・インサイド・マン、略してティム。十六時間前ということは、ティムはクレアの胃の中身が消化されるのを待ったわけだ。麻酔中に嘔吐して窒息しないように〟

ベーコンチーズバーガー、スナック入り。クレアの最後の食事がどこで摂《と》られたものか、すぐにわかった。この情報はいずれ然《しか》るべきときにジェイコブソンへ投げてやろう。見てろよ、警視さん。おれはちゃんと働いてるんだ。ただ時間をつぶしてるわけじゃない——つぶすのはミセス・ケリガンの顔面だけだ。

〝シェイラは縫合跡についても調べた。クレアのものと、八年前から保管所に置きっぱなしの被害者のものを比較したそうだ〟

「ナタリー・メイだな」

〝両者の縫合は同一人物の手によるものに見えなくもないが、今回のほうがナタリーのものより粗いらしい。シェイラは、犯人がしばらく練習を怠《おこた》っていたと推測している。あのお小言にはうんざりさせられるが、それでもなお彼女が一流の法医学者であることを認めるにやぶさかではないよ〟咳払いして、〝いまの発言は本人に伝えないでくれ〟

通りには人っ子ひとりおらず、駐車された車と人影のない窓ばかりが並んでいた。「監視カメラのほうはどうだった？」

〝ジェシカ・マクフィーの通勤ルート上すべての監視カメラの録画をベアーが取りよせたよ。クーパーが半分がたチェックしたところだが、彼からはまだ泣き言しか聞いてない。あの坊やはまったく使えんな〟

「クーパーにその仕事から外れるよう言っとけ。うちのチームは託児所じゃない。それとジェイコブソンに、サビールにHOLMESへのアクセス権限を与えるよう伝えてくれ」

〝どうでもいい話の途中に失礼するが、過去の被害者にレイプ検査が行われたかどうか、きみがベアーに確認を求めたというのは本当かね？〟

アリスはファースト・チャーチ・ロードに入ると速度を落とし、野良のジャーマンシェパードがのろのろと道路を横切るのを待った。犬は路肩に停まる二台の車のあいだに消えていった。

〝きみの好奇心に水を差すのは本意ではないが、ごく初歩的な生物科学の知識を踏まえてひとつ言わせてもらおう。精子というのは、女性の体内ではさほど長時間生きていられないものなんだよ。これまでの被害者は全員、失踪から発見までに三日から五日の期間が空いている。施術前にはからだを洗ったろうし、切開部位はクロルヘキシジンで消毒してあった。つまりだ、ティムが何もかも消毒して大手術を終えたのち、救急車を呼ぶ前に大急ぎでことを済ませたというのでない限り、レイプ検査は無意味ということだ〟

ハントリーは実にむかつく野郎だが、言い分は正しい。

その減らず口にパンチを食らわせるかどうかはまたべつの話だ。

アリスがフラットの前に車をつけた。「着いたわ」

ルースは助手席から身を乗り出し、アリスを抱きしめた。「本当にありがとう」

〝ヘンダーソン?〟

「毛はどうだ──陰毛にやつの毛がまじってる可能性もある」

〝ああ、もちろん可能性はある〟

ルースがわたしに手を振った。「まるで……まるで人生にもう一度光が差したみたい。ずっと真っ暗だったわたしの人生に……」伸ばした手をわたしの膝に置いて、「あなたにも、いいことがありますように」

「きみの助けになれたのなら嬉しいよ」

〝しかし最大の問題は、そもそもレイプ検査自体が行われていなかったことだ。病院の関係者に問い合わせたよ。腹部の治療に大わらわで、とてもそんな暇はなかったそうだ〟

ルースはまばたきして、わたしの膝から戻した手を胸に当てた。飛び出しそうな心臓を押さえるみたいに。それからうなずいて、車を降りた。

〝理屈を言うなら、すでに死んでいる被害者をあらためて調べれば済む話だ。だがシェイラによると四名の死者のうち二名は火葬され、一名は所在不明、そして検視写真でも確認したがナタリー・メイは明らかに……なんと言うかな、俳優のユル・ブリンナーの頭並み

# 火曜日

# 25

〝……イケてるでしょ？　十二月にはキング・ジェームズ・シアターでライブだってさ。このチャンネルはカースルＦＭ、ＤＪはわたくしジェーン・フォーブス、お聴きのあなたはまさにファビュラス。七時からのＤＪはセンセーショナル・スティーヴ、ですがその前に、ルーシーズ・ドラウニングのニューシングルで《ラザラス・モーニング》〟

天井を見つめた。洗濯機に煉瓦を入れてまわしたみたいな心臓の鼓動。一体何が……。そうだった。キングズミースのフラットだ。監房じゃない。

いい加減おぼえろ。

わたしは目を閉じた。枕に頭を沈め、深々と息を吸った。

ラジオ時計からギターが流れはじめた。アップテンポのざらざらした音響。男性ボーカルが歌いだす。〝月曜朝、午前八時、ぼくの頭にまた火が点る。きみのせいだ、きみのせいだ〟

今日がその日だ。ついに来た。どれだけ待ったことか。

〝死を欺《あざむ》き、夜を越え、きみは最後の吐息を漏らす。ぼくのために。わかるかい？〟

ぬいぐるみのボブがベッドの足もとからわたしにほほえむ。

〝このバスに乗るやつらは知らない、ぼくらふたりの行き着く果てを……〟

ミセス・ケリガン最後の日だ。

〝見えるかい？　ぼくの中身は裂けてしまった。空っぽの心臓がほどけていく……〟

胸の高鳴りは次第に収まり、やがて鈍痛に変わった。殺人をただ夢想することと、実際に計画し準備するのとではわけがちがう。だが、予定どおりにことが運んだとしたら。

〝ラザロが泣く、魂は星になった……〟

あの女の後頭部に銃口を突きつけ、引き金を引いたらどんな気分がするだろう。

思わず笑みが浮かぶ。

〝荒れ果てた砂の彼方から、見知らぬ人々がここに集った〟

ミセス・ケリガンにはもっと緩慢で苦痛に満ちた死を与えてやってもいい。カッターとペンチ、ドリルを使って……それでパーカーが生き返るとでも？　彼はもう何をしたって帰ってはこない。

〝ラザロの朝。すべて朽ちた……〟

もういい、アッシュ。起きろ。

〝いつかぼくは闇から帰る。でも、今日じゃない……〟

起きなかった。布団の下で温まっていた。

冷たい拳銃を握りしめ、銃口が火を噴けば、弾丸があの女の額を吹き飛ばす。衝撃波が血煙を孕《はら》んで広がり、彼女の後頭部は脳味噌を床にぶちまける。

いや、まず膝を撃つんだ。

命乞いさせてやれ。

自業自得だ、あの女はどんな目に遭わせたって……。

ラジオの曲が終わった。次の曲がかかり、また次の曲。

今日は署の朝礼に顔を出さなくてよかった。好きなだけベッドでゆっくりできるなんて、この二年間で初めてだ。

〝……クローズド・フォー・リファービッシュメントの新曲でした。どうだった？　どんどんよくなってきてるよね。さて、時刻は間もなく六時三十分。ドナルドのニュース、交通情報と天気予報の時間です。ドナルド？〟

上体を起こし、脚をベッドの外に出した。

〝どうも、ジェーン。さて、現在オールドカースル署は捜索ボランティアを募集中です。いなくなったのはチャーリー・ピアースちゃん五歳。日曜の夜から行方がわからなくなり、その安否が……〟

右足をまわすとぽきぽきと音がして、焼けつく痛みが襲ってきた。今度は反対側にまわす。多少なりとも痛みが和らぐまで繰り返した。肋骨に同じことができないのが残念だ。肌は紫と青と黒――からだの右側、脇下から膝上までまだらな痣が広がっている。肩と腕は特にひどい。2×4の角材でぶちのめされたようなありさまだった。

〝……は午前八時、モンクール森林駐車場とのことです。続きまして、クレア・ヤングさん殺害事件の捜査本部、通称タイガーバーム作戦の関係者より、インサイド・マンが新たに女性ひとりを拉致したとの情報が入りました。被害者はカースル・ヒル病院勤務の助産師、ジェシカ・マクフィーさん。彼女は昨日、通勤路上にて拉致され……〟

「よくできました」オールドカースル捜査部の情報漏洩《ろうえい》としては、これでもましなほうだ。

〝……での取材は拒否していますが、スコットランド警察は以下の声明を……〟

べら、べら、べら。

難儀しつつもどうにか床に立ちあがる。食いしばった歯から激しく息を吐き、うなりながら。まずは朝食、お次はシャワー。それが済んだら〈ポストマンズ・ヘッド〉に行き、クレアの最後の食事についてジェイコブソンに教えてやろう。あとはジェシカの同僚を訪ねてまわる――事前に変わったことはなかったか、怪しい者を見なかったか。

忙しくしておこう。ミセス・ケリガンにホローポイント弾でさよならを告げるまでは。眉間にぶちこんでやる。

ひと苦労して清潔な服に着替えると、寝室の鍵を開け、足を引きずって廊下に出た。

昨日は歌声とシャワーの音が聴こえたのに、今朝はやけに静かだ。

リビングに行くと、シフティがエアーマットレスの角に座ってうつむいていた。体重でそこだけマットレスが沈んでいる。彼は布団を腹に巻きつけたまま、太い指で濡れた頰を調べていた。下まぶたがたるんでいた。

シフティはもごもご何か呟《つぶや》くと、両手で顔をこすった。

「なんだ、今日はご機嫌なコーヒータイムはなしか?」

「うあああ……」

キッチンには空《から》の持ち帰り容器と瓶、つぶれたトニックの缶が散乱していた。わたしは電気ケトルをセットし、マグカップを出した。「午前三時の決行でどうだ?」

「うぐうう……」

「ゆっくり時間をかけてやるか、さっさと片づけるか、まだ迷ってる」リビングを覗いて、「おまえ、誰かを拷問したことってあるか?」

シフティは座ったままだ。「ジンを全部空けちまう前に止めてくれりゃよかったんだ」

「だいぶ汚れるだろうが、防水シートがあるからな」わたしは眉をひそめた。「おまえはあまり愉快じゃないだろうな。何か情報を訊き出すわけでもなく、ただ痛めつけたいがためってのは……」やはり頭を二発撃って済ませるのが一番安全かもしれない。あの女と同じ外道に堕《お》ちる必要はない。どちらにしろあの女は死ぬんだ。

それでもなお……。

シフティがあくびをし、身震いした。尻に敷いたマットレスよりつぶれた情けない顔で言う。「泣き言だったら聞かねえぞ」

「そうだな」

キッチンに戻った。

冷蔵庫は食べかけのカレー、誰も手をつけなかったサラダ、わたしが飲まなかったノンアルコール・ラガー五本で満杯だった。ミルクはない、というより昨夜のカレーと無関係なものがひとつもない。ラム肉のローガンジョシュはとても朝食向きとは思えない。

冷蔵庫を閉めた。「シフティ、パンとミルクでも買ってきてくれないか？」

「無理。ひげ剃って、シャワー浴びて、それから死ぬ」シフティはどさりと横たわった。毛深い脚が布団から突き出していた。「うぐう……」

仕方ない。


アリスがふらつく足でついてくる。細めた目は血走り、顔は青白かった。鼻と耳はピンクから赤に染まりつつある。「調子悪い……」彼女の言葉が白いもやに変わる——凍えた空気の中に、昨晩のタマネギとニンニクとチリソースの匂いが漂いだす。

「少し運動したほうが気分もよくなるだろ？」

早朝の暗い通りのそこかしこに光——目に痛いほど強い街灯が宙を舞う粉雪を捉える。停まった車のフロントガラスが霜にきらめく。頭上には黒と汚らしいオレンジの空。夜明けはまだ地平線を薄灰色に染めはじめたばかりだ。

アリスはポケット深くまで手を突っこんだ。「寒い……」

「例の件、あれから考えてくれたか？　オーストラリアの」

「わたし、脳が死んでる」鼻をすすって、「デイヴィッドが悪いのよ」

わたしたちの行く手、いまだ暗い道の先に〈ミスター・ムジブ食品雑貨店〉が薄汚れたビーコンよろしく見えてきた。まだ六時半まえだというのに、店先の金網に囲われた電球はもう点っている。ポスターで埋めつくされた窓は鉄格子を降ろしたままだが、入口のシャッターはちゃんと上がっていた。

敷居をまたぐ寸前で足を止めた。「予定より早く発《た》たないといけないようなんだ」

店内はワックスと磨き粉、それに巻き煙草の土っぽい甘い香りがした。陳列棚はあれこれの缶詰や袋、ボトルや広口瓶に占められ、キャンディを詰めた大きな透明の容器の横に宝くじ売り場、その向かいには新聞と若者向けのアダルト雑誌のスタンドがあった。カウンター裏の棚にラジオが置いてあった。BBCラジオ4の朝番組『トゥデイ』で、どこかの脂ぎった政治家が財政緊縮について一席ぶっている。

アリスはまじまじとわたしを見つめた。「でも、まだ犯人を捕まえてない……」

「こみ入った話なんだ、いいか?」パン棚と生活雑貨の棚のあいだで、ガラス扉の大型冷蔵庫がぶうんと音を立てている。扉を開け、脂肪が縞模様になったスモークベーコン一枚とバターの小さな包みひとつ、ミルクの二パイントボトル一本を出した。「ミセス・ケリガンのことは知ってるな。あの女は二年間おれをいたぶりつづけてきたが、そのおれが出所してあいつが喜ぶはずがない」

「でも、ジェシカ・マクフィーはどうするの……?」

「昨日、遺体保管所で会ったごろつきふたりはあの女の手下だ。脅しをかけにきたんだ」

実に完璧な計画……。

廊下で誰かが咳払いした。わたしは固まった。振り返り、思わず毒づいた。

寝室の前に男がいて、ピンク色に充血した小さな目でわたしを見ていた。フランシス。

彼がうなずく。「警部補」

ちくしょう……。

「フランシス」

フランシスは親指でリビングのほうを指した。「みんなが待ってる」

# 26

わたしが買い物を抱えたまま廊下に出ると、フランシスは脇にどいて玄関側を塞いだ。

でかい男だ。肩幅がかなり広い。発達した筋肉がレザージャケットの下でうごめき、ご
ごつい手は人間の顔の皮をいともたやすく引き剝がせそうだ。実際そういう噂もあった。

しかしこいつには借りがある。昨日、腎臓にもらった一発。

逆上した血が喉首まで沸き立ち、肋骨の痛みが消えた。噴出するアドレナリンが打撲傷の刺すような痛痒《つうよう》をあっさりと忘れさせた。

「アリスはどこだ？」

フランシスはただにやりとした。

わたしは彼に一歩踏み出し……。

背後から声がした。フランシスの相棒、ジョゼフだ。「恐れながらヘンダーソン、ここで一戦まじえるのは賢明でないと言わせてもらおう。わたしには介入する義務があるし、そうなれば二対一だ。フェアではない」

くそったれ。こんなときにボブはどこ行った？　寝室のベッドの足もとに座ったままだ。

強いてあたりを見まわさないようにした。「どうやって入った?」

「錠前屋の技芸は難解きわまるが、わが同僚フランシスにも多少の心得はあるとだけ言っておこう。ともあれ、きみもリビングでの顔合わせにご参加いただけるかな?」

フランシスはまばたきひとつしないでいる。

一対一ならなんとかなる。だが二対一、しかも狭い廊下で挟み撃ちとなればべつだ。刑務所とまるで同じだ。追いつめられて、閉じこめられる。あとはミセス・ケリガンの手下ふたりに袋叩きにされるのを待つばかり。

いまは……リスクを冒すべきではない。このフラットにはアリスもいる。

左右にこうべを巡らせた。フランシスとしばし目を合わせ、それから彼に背を向けた。ジョゼフがうなずく。「いい判断だ、ヘンダーソン。では、こちらへ……?」

「ひとつ言っておく。彼女に指一本触れてみろ、おまえらの指を一本残らず引っこ抜いて食わせてやる」

「彼女?」ジョゼフは眉を一瞬ひそめたが、すぐ元の表情に戻った。「ああ、彼女か! ドクターの。心配無用だ、ヘンダーソン。彼女の無事はわたしが保証する。いや、まったく無事とも言えんか。騒ぎを起こさぬよう大人しくさせる必要があったからな」

背後でフランシスが鼻を鳴らす。「軽く引っぱたいたくらいだ。静かにしろって――」

フランシスの胸に肘鉄を食わせた。バターとパンとパンケーキが床に落ちる。からだを左にひねると、全体重を乗せて豆缶をフランシスの顔面に叩きつけた。彼は口を半開きにしてのけぞった。飛び散る血のしずくが、裸電球の下で小粒の宝石のように光る。

もう一発。

さらにもう一発。

ジョゼフが来た。腰を落として突進してくる。百メートル走よろしく腕を振りかぶって。

避けるのは不可能だ。

こちらも突進した。右に逸れ、ちょうど左腕にジョゼフの頭が来るよう構えた。彼の肩がわたしの胸にぶつかるなり首を捕まえると、そのまま締めあげ、膝を屈してブリッジした。背中が剝き出しの木床にぶつかり、ジョゼフが一瞬逆立ちになる。彼は首をロックされたまま苦しげにうめいた。天井の電球が彼の脚に当たって揺れた。

どすん——ジョゼフをフランシスへ投げ飛ばし、立ちあがった。体重のかかった右足に痛みが走る。ジョゼフの顔面を左足で踏みつけた。一回、二回、三回。

ジョゼフがうめき声を上げた。

ふたりがもつれ合ったまま廊下に横たわっていた。フランシスは相棒の下から脱出しようともがいている。

ジョゼフが血まみれの顔を手で庇った。今度は喉を狙った。鎖骨を、胸を踏みつけた。

ジョゼフの両目は腫れあがり、呼吸はざらざらしたあえぎに変わった。

とうとう音《ね》を上げた。

フランシスは相棒を払いのけ、かろうじて立ちあがった。真っ赤な血が口から顎まで垂れ、下唇のばかげたひげの毛先からしたたり落ちる。

彼のショウガ色のポニーテールをつかむと、鼻柱に膝を叩きこんだ。骨の砕ける音がして、血が噴き出した。もう一発、今度は目もとを狙った。次いで頭頂部を豆缶で殴りつけると、頭皮にぱっくりと傷が開いた。もう一発……。

うしろで音がした。重々しい、金属的ながちっという音。

ああ。

冷たいアイルランド訛りが廊下の奥から聴こえてきた。「そのへんにしとくんだね。さもないと、そのくそ穴に一発ぶちこむよ」

つかんでいた髪を放すと、フランシスは横ざまに倒れて壁にもたれた。唇のあいだから真っ赤なあぶくを吹き、肩を落とし、腕は力なく左右に垂れ落ちた。頭の傷からも血が溢れ出している。一方ジョゼフはぜえぜえと息を吐き、喉もとを手で押さえていた。首の皮膚から直接空気を取りこもうとでもしているみたいだった。

わたしは振り返り、相手から見えるよう両手を挙げた。

ミセス・ケリガンは笑みを浮かべ、細長い前歯を覗かせた。黒いスーツ、きっちりとボタンを留めたグレーのシルクシャツ。小さな金の十字架を首から下げている。髪はほぼ灰色だが、まとめ髪からほつれた毛の先端はかすかに茶髪の名残りを残していた。片手に握るセミオート拳銃の黒が、黄色いゴム手袋と強いコントラストを作っている。彼女は銃口をわたしの股間に向け、「いい子にするか、それともソプラノで歌わせてやろうか?」

ミセス・ケリガンは口の片端を吊りあげて笑った。「あんたは実に幸運だよ、ヘンダーソン。ミスター・イングリスへの返済計画を、このあたしが直々《じきじき》に提案してやろうっていうんだからね」

「おれはもう誰にも、何も借りてない」

笑い声、というよりは吠え声に近かった。「寝言を抜かすんじゃないよ。まだ三万二千、残ってるだろうが」

豆缶を握る手に力がこもる。「地獄に堕ちろ」

「よきカトリックのあたしが？　まさか。なんのために告解があると思ってんだい？」銃の狙いがわたしの胸の真ん中に移った。「ほら、さっさとその缶詰を捨ててこっちへ来な。洗練された大人らしく話し合おうじゃないか」

「いやだと言ったら？」

足もとに横たわるジョゼフの呼吸が、ボウリング球でも飲みこもうとしているみたいにつっかえはじめた。

ミセス・ケリガンは肩をすぼめた。「それならそれで構わない。あんたがこの場で三万二千返してくれたら、もう用はない」

「よくも弟を殺したな！」わたしは肩をいからせ、前に踏み出した。

銃口がさらに上がった。わたしの眉間に狙いをつけ、「ここであんたの頭を吹っ飛ばしてもいいんだ。それからあのドクターの女の子とも、ちょっと遊んでやってもいい」

身じろぎするな。まばたきもだめだ。まんまと弱みを突かれたと悟られるな。

「あんたを生かしておいてもいい。尻に一発撃ちこんでからベッドに寝かせて、縛ったあの娘をまたがらせてやるよ。そういうのが好きなんだろ？　このすけべおやじが」ミセス・ケリガンの笑みが酷薄さを増す。「コードレスの二十センチ径コンクリートドリルを使うのもいい。かなり苦しむだろうが、何より見た目がえらいことになる」

絶対に怯《ひる》むな。

「うんん……」ジョゼフはうつ伏せになって咳きこみ、唾を吐き散らした。ざらついた息を吐き、血と唾液を床板へしたたらせる。「くそが……」

ミセス・ケリガンが白目を剝いて呆れてみせた。「手抜きをしやがって。ヘンダーソンが手加減してくれて助かったね」

ジョゼフはなおも咳きこむ。ピンク色のあぶくを吐き出し、「殺されるかと思った……」

「あんたら、運がよかったよ」ミセス・ケリガンはリビングへ下がると、わたしに銃を振ってみせた。「来な」

わたしは豆缶を床に捨て、彼女のあとからリビングに入った。足が止まり、思わず声が漏れた。

シフティが部屋の真ん中で折り畳み椅子に座らされていた。周囲には引き裂かれたマットレスの残骸。シフティは下着を脱がされ、震えていた――おそらく寒さのせいではない。

手足は何重にも巻いたダクトテープで椅子に固定され、胴にもテープが巻きつけてあった。つぶれてほとんど平らになった鼻から赤黒い血が、やはりテープに塞がれた口もとへ垂れている。口のテープには小さな切りこみが入れられ、そこからか細い息が漏れ出ていた。額にも傷が開き、鮮血が溢れ出している。血は何条もの赤い筋となって胸板を流れ落ち、顔と首、そして肩には無数の痣が浮かんでいた。

左手の指二本がおかしな方向に曲がっていた。両腿のあいだに血だまりができていた。

くそ女が。

武器だ。何か武器を取って、いますぐこいつの頭を叩きつぶすんだ。なんでもいい——

「おやおや。ただの拷問を大量殺人に変えることたないんだよ」ミセス・ケリガンが開きっぱなしのキッチンのドアへ銃を向けた。

アリスの姿が見えた。床に座り、背中をキッチンユニットに預けている。前にまわした両腕は手首のところをダクトテープで縛られていた。口にもテープ。充血した目を見開き、頬は涙で濡れていた。コンバースの靴裏が赤茶色に汚れている。血だまりの上を歩いてきたかのように……。

ミセス・ケリガンがにたっと笑う。「あの娘があんたの一番の急所なんだろ?」

廊下で咳きこむ声がしたかと思うと、ジョゼフが喉をさすりながらリビングに入ってきた。腫れた左目はほとんど塞がり、口もとは血に汚れている。ジャケットの袖も真っ赤だった。低く苦しげな声で、「ヘンダーソン、両手を頭のうしろにまわしてひざまずくんだ。

に望むところだ〟

　そりゃ結構。

「ジェシカと同じ寮に住んでる全員と話がしたい。時間はかかるが、やってみる価値はあると思う。余裕があれば科の同僚たちとも」

〝ぼくの意見はちがう。聞きこみなんか万年ヒラ警官どもにやらせておけばいい。外部調査・考察ユニット《LIRU》に求められているのは洞察力と独創的視座、そして実地に応用可能な知識だ。足を使うことじゃない〟

「おれの実際的知識が、手がかりを結びつけていけと言ってるんだ。情報を集め、人を揺さぶり、彼らの記憶を掘り起こせってな。犯人は医療用医薬品と患者の記録にアクセスできる——つまり病院内部とつながってるってことだ」

　返事なし。

　ガラスを手でこすると、きゅっと音がした。結露が水滴になってパッキンに流れ落ちる。十二番地の家の玄関先に灯りが点った。

　電話の向こうからため息が聴こえた。〝わかったよ。でも報告は欠かさないように。毎晩七時のデブリーフィングにもちゃんと出席すること。そうだ、ドクター・マクドナルドに代わって。いるんだろ？〟

　いるに決まってるだろうが。わたしはスピーカーフォンに切り替え、アリスの前に電話を突き出した。「きみに話があるそうだ」

〝ドクター・マクドナルド？〟おんぼろジャガーの車内にジェイコブソンの声が響き渡る。

〝ネス警視とナイト警視がうるさくってね。ドカティとはまだ話してないのかって〟

アリスがひび割れた唇を舐めると、また血が出はじめた。咳払いして、「それは――」

〝ドカティにはうんざりだけど、これは正式な要請なんだ。向こうはうちのチームを試す気でいる。退《ひ》くわけにはいかない。どうあってもやつと討議してもらいたい〟

アリスの下唇がためらうようにわななき、やがて震えた吐息を漏らした。「わかったわ、警視」平板で生気のない声だった。

〝ただし、本当に重大なプロファイリングを導き出したときは――まずぼくに伝えること。わかったね？　必ずぼくを通すように。酔っ払いの女の子みたいにあちこち言いふらさないでくれ〟

わたしは電話を顎で指し、関節の痛む手でこぶしを作ってみせた。

アリスは首を横に振った。「わかってるわ、警視」

ひげ面の生意気小僧が。

ジェイコブソンがこれ以上何か言う前にスピーカーフォンを切った。ふたたび電話を耳に当て、「サビールの件はどうなった？　HOLMESにはアクセスできたのか？」

〝自分で電話して訊いてみればいいだろう？　アッシュ、きみがどう思ってるか知らないが、ぼくの仕事はチームを動かすことなんだ。きみの使い走りじゃない。ようやく警官らしく見えてきたんだから、期待を裏切らないでくれ〟かちっと音がして、通話が切れた。

スマートフォンをポケットに戻した。「気にするな。ガキが偉ぶってるだけだ」

十二番地の家の玄関が開き、大柄な男が出てきた――長身で恰幅《かっぷく》がよく、髪をうしろに梳《す》きあげている。黒いコートにダークグレーのスーツ、パステルカラーのレモン色のシャツ、縞模様のネクタイ。ワシ鼻で額が広い。特徴的な容貌だ。ミセス・ケリガンがアパートの暖炉棚に置いていった写真と比べた。写真の裏にはボールペンの大文字で〝ポール・マンソン〟の名前、加えて住所と携帯電話の番号が書いてあった。あの男でまちがいない。

女性がひとり、マンソンの隣に現れてブリーフケースを手渡した。それから爪先立ちをして、彼の頰にキスする。小さな男の子も出てきた。青地に金ボタンのブレザー。マーシャル私立学校の制服だ。マンソンは屈んで男の子の頭を撫でたあと、玄関前の階段を下りて、砂利敷きのドライブウェイに停まったポルシェに向かった。

「見ろよ。歯磨き粉のCMみたいな一家だ」

マンソンが車に乗りこむ。ロットワイラーのうなり声みたいなエンジン音。彼はリモコンを持っていたらしく、門がひとりでに開いた。

アリスが唇を舐める。「わたし……とてもできない、あんな――」

「ミセス・ケリガンが言ってただろ？　彼はギャングの専属会計士だ。あれ全部が――家も服も、車も私立学校の学費も――麻薬や売春、強盗や暴行、殺人が生み出した金だ。あそこにいるあの男こそ、裏社会の歯車をまわす潤滑油なんだ」

「だからって殺すことはないわ」

「あいつが死ななきゃシフティが死ぬ。車を出せ」

「それでいい。少し速度を落とせ。他の車をあいだに入れるんだ」

アリスの運転するジャガーは環状交差点で横すべりし、一瞬止まった。それから車の流れに乗った。

「いいぞ。きみには才能がある」

川がコンクリート色の帯となって道の右手を流れていた。左側にはヴィクトリア朝時代の砂岩の家々が堅苦しい幾何学模様をなして広がり、ふたつの姓をつなげた社名の高級オフィス群がオールドカースル唯一の五つ星ホテルと肩を並べている。

道の先でマンソンのポルシェが左折し、ウィンドに入った。

アリスもあとに続いた。対象から距離を空け、急加速や車間を詰めることもない。いい動きだ。

彼女はまた唇を舐め、「アッシュ、ちゃんと話し合っておかないと——」

「運転に集中しろ。そこだ、右に曲がれ」

街路樹の多い通りに入った。左右にはなおも砂岩の家々、ただし今度は大理石か花崗岩の柱つき。ポルシェが左車線の路肩、路面標示の切られたスペースに停まる。

「よし。そのまま追い越して、次で左折しろ」

「でも——」

「運転してろ。マンソンはおれが見てる」バックミラーを調節し、マンソンの姿が鏡面の中央に来るようにした。彼は車を降りて道を渡り、向かいのオフィスビルへ入ろうとする。正面階段を上がりはじめたところでジャガーが左折し、見えなくなった。

ダッシュボードを叩いた。「ここで停めろ」

アリスは言うとおりにした。葉の落ちたナナカマドの木の前に斜めに駐車すると、長いため息をつき、目を閉じてハンドルに突っ伏した。

「よくやった」わたしは彼女の背をさすった。「大したもんだよ」

「気分が悪い。脈拍が上がってるみたい。眩暈がする。頭が痛い。胃がむかむかする」目を閉じたまま、「キッチンから彼が見えたの。もがいて、震えて、血を流してた。目に彼女の親指が――」

「きみにはどうしようもなかった」

「目が……」アリスが身震いし、顔を手でこする。「悲惨な事件を目撃した人のうち、三割がPTSDを発症するそうよ」

わたしはシートベルトを外し、ダッシュボードの下に脚を伸ばした。「犯罪心理学者だろ？　もっとひどいものだって見て――」

「でも現実じゃなかった！　写真や検視報告や現場を見ただけ。あんな……目の当たりにしたことなんてなかった」アリスは深呼吸し、またからだを震わせた。「転位行動が必要よ、アリス。何か気を逸らしてくれるものが。同じような目に遭った人たちを何人も助けてきたじゃない、今度は自分をクライアントとして扱えばいいだけ。生々しい記憶に耐えられないなら、距離を取るの。無意識が体験を受容してくれるまで」眉をひそめ、「それか暴力的なビデオゲームでもやってみるのね。あれ、でもこれって体験の前にやっておかないと意味がないんだっけ？　おぼえてないわ、アリス。ネットで調べてみなくちゃ……」こちらに顔を向けた。「どうしたの？」

「長い独り言だったな」

アリスは目を伏せ、腿の上で震える両手を握り合わせた。「あの部屋にはもう戻りたくない。あそこには住めない。あんな……」目の端から涙が溢れだす。

わたしはまた背中をさすった。「大丈夫、なんとかする。ホテルか民宿でも探せばいい」

弱々しい笑みが返ってきた。「インサイド・マンの話をして」

「彼のことは今後ティムと呼ぶんじゃなかったか？」

「いいえ、八年前の捜査の話が聞きたいの」

「わかった」わたしは車を降りて薄暗い木陰に立ち、杖に体重を預けた。「昔々あるところにガレス・マーティンという若者がいました。彼の子供時代はあまり恵まれたものではなく、ずっと地元の精神科病院を出たり入ったりしていました。ローガンズフェリーの店舗に放火したこともありました」車のドアを閉めた。「たしか〈ジェソップス〉だった」

アリスも運転席から降り、車をロックした。「ナンバープレートでばれたりしない？」

低く垂れこめた雲の隙間から光線が差す。太陽がようやく地平線を越え、灰色の空に金と真紅の傷口を開けた。

「どうしてわざわざ年寄りの家の車を盗んだと思う？　なくなっても当分気づかれないからさ。気づいたところで、どこかに駐車したまま忘れたもんだと思ってくれる」わたしは足を引きずり、たったいま車で曲がったばかりの角へ引き返した。「ルースが救出されてから一カ月後、グリグソン・レーンの警察署にガレスがやってきた。全身血まみれでな。受付のカウンターにビニールの赤ん坊の人形を置いて、当番の警官を肉切り包丁で脅した」

　角を曲がってアーロノヴィッチ・レーンに戻った。真鍮の表札が通りの両側に並んでいる。弁護士事務所、会計事務所、証券会社、弁護士、弁護士、広告代理店、弁護士。マンソンが入っていったビルは三十七番地だった。〈デイヴィス・ウェルマン＆マンソン――公認会計士事務所〉。

　大理石の正面階段が早朝の光に輝いて見える。階段の先には黒塗りの木製ドア、真ん中には真鍮のドアノッカー。

　犯罪は儲かる。

「ガレスは四件の殺人と三件の拉致監禁を自白した。動機については五歳のとき、祖母に漂白剤と苛性ソーダで股間を洗われたのが原因だと答えた」

　アリスが階段の下で立ちどまった。「可哀想に……」

「もちろん出まかせだ。クライムノベルか何かで読んだのさ」

「あら」アリスは事務所の窓を見上げた。「マンソンを殺すのはまちがいよ」

「じゃあどうしろって言うんだ？　このままじゃ――」

「そうじゃないわ」アリスがわたしに向く。「ここで殺してしまったら、そのあとはどうするの？　約束の時間までトランクに死体を詰めておくの？　わたしたちが乗ってるのは盗難車よ、誰かが気づくかもしれない。もし車を止められて中を見られたら？」

「何もこのまま乗りまわすわけじゃ――」

「どこかに隠れてるわけにもいかないわ。追跡装置があるし、ジェイコブソン警視に言ったとおりジェシカの同僚に聞きこみにいかないと怪しまれる。彼がわたしたちを探しに来て、トランクの死体が見つかったらふたりとも逮捕される。一生刑務所暮らしよ……」

「わかってる。だからいますぐはやらない」わたしは歩みを止めず、事務所の前を素どおりした。「ぐずぐずしてたら誰かに見られる」さっと左に曲がり、車道を渡った。

「ええ、そうね、ごめんなさい……」アリスも慌ててついてきた。わたしの横につき、小さな赤い靴を濡れた路面に引きずるように歩いていた。「でも、もし――」

「おれたちは捕まらない。いいか、何ごともなかったふうを装うんだ。ジェシカの同僚たちと話す、能なしのドカティと会う、とにかく動きまわる。大丈夫、おれたちならできる。退勤時間になったらここへ戻って、帰宅中のマンソンを捕まえるんだ」わたしはポルシェの横で足を止め、靴紐を結びなおすみたいに屈みこんだ。

運転席側の窓の後部、小さな三角形に仕切られた部分に明るい黄色のステッカーが貼ってあった〝GPS常時作動中〟。ステッカーに記された警備会社の名前を書き留めた――〈スパラネット自動車警備〉。下には会社の電話番号と車両の登録番号。

そろそろずらかる。

アリスに手を差し出して立たせてもらい、歩道を歩いていった。

彼女は会計事務所を振り返った。「それからどうなったの？」

「ガレスの話か？　やつはモンゴメリー・パークのふれあい動物園に侵入し、羊の腹を裂き、中に人形を詰めただけだった。出頭時に血まみれだったのはそのせいさ。漂白剤の話と同じ、すべて狂言だったわけだ」

通りの突き当たりで右に折れた。

「インサイド・マンを名乗って本署に来るやつが毎年ふたりか三人はいた。それから一年もすると同じ連中が、今度はDIYデイヴかブラックウォール強姦魔、あるいはジョニー・フィンガーボーンズを自称して現れる」

「ガレスはまだ嘘の出頭を続けてるの？」

「あるとき、やつはあるレイプ殺人の犯人を名乗った。すると被害者の夫が住所を突きとめ、抗鬱剤を服用した状態で押しかけた。ガレスはクリケットのバットで殴り殺され、夫は八年食らった――限定責任能力が認められたのさ」

また右に曲がり、ぐるっとまわってジャガーのほうへ引き返す。

アリスがわたしの腕を取った。流されまいとするかのように強く握って、「デイヴィッド、きっとよくなるわよね？」

ならない。それでも笑顔を繕った。彼女の腕を取り返し、「シフティなら大丈夫だ。安心しろ、ああ見えてタフなやつだから。ふたりであいつを取り戻すんだ」

あるいは、彼の残骸を。

# 28

アリスは思いきり首をすくめ、風上に背を向けた。巻き毛の茶髪が激しくあおられて、怒れる蛇の群れみたいに首にまとわりついた。「わたし、食欲ない……」

オールドカースル観光案内所は閉まっていたが、マンキー・ラルフの店――タイヤの空気が四輪とも抜けた汚らしいフードトラック――は駐車場の端にちゃんと居座っていた。何もないよりはいい。それに、客のほとんどは料理目当てではない。

「いいから」わたしはナプキンの包みふたつと、ポリスチレンのコップに入った熱くて甘い紅茶をアリスに手渡した。「これだけでも食っとけ」

「でも――」

「でも、じゃない。朝飯は食べておくんだ。後々効いてくる」

アリスはため息をつき、サンドイッチの包みをひとつ解いた。顔をしかめつつもひと口かじると、かすかにほほえんだ。「フライドポテトね」

「食ってみてよかったろ?」わたしも自分の分、ソーセージとタマネギのサンドイッチを出した。かじりながら城跡の中へと入った。

腰丈の崩れかけた石積みが延びていた。行く手にはかがり火台、氷室、途中で途切れた階段などがあり、一番奥には残骸と化した三階建ての塔が立っていた。一切が早朝の黄金色の光を浴び、炭のように黒い空を背景に輝いている。

わたしたちは胸壁のうしろで風をよけつつ、細い狭間から崖下を見晴らした。ダンダス・ハウスの向こうに川、さらにその先にポール・マンソンが地上最後の一日を過ごしているウィンドの町並みが見えた。

アリスがフライドポテト《チップ》のサンドイッチ《バティ》を食べ終えた。紅茶のコップの蓋を取ると、立ち昇る湯気が風に吹きさらわれていく。彼女は胸壁に背中をもたれ、赤い靴を履いた足に目を落とす。「わたし、怯えてるわ……」

マンキー・ラルフから買った小さな透明のビニール袋はろくに重さを感じさせなかった。手のひらに乗せても何も持ってないのとほとんど同じだ。アリスに差し出した。「ほら」

アリスが袋を覗きこむ。「薬？」

「マリー・ジョーダンに会いにいったとき、あのやぶ医者に言ってただろ？　アバディーンでMDMAの治験がどうとか」

アリスは受け取った袋を持ちあげてみせた。ハート形をしたピンクの錠剤が六個、底に転がっている。「エクスタシーを奢《おご》ってくれるわけ？」

「なんというか、あれだ……きみの喉のつかえが取れるように」

アリスはほほえみ、わたしの手を握った。「サンドイッチといっしょに麻薬を奢っても

したりしていた。誰かが通りかかったらすぐにでも襲いかかり、切り刻むつもりだろう。骨までしゃぶりつくす気だ。

アリスとともに階段を上がっていくと、ひとりがこちらに気づいた。重たいニコンを首に提げ、茶色いシガリロを二本の指に挟んでいた。「オイ！　あんたら、インサイド・マンの捜査の人？」

わたしはこれ見よがしに肩をすぼめ、「うちの納屋から芝刈り機が盗まれたんだよ」

「そりゃお気の毒に……」それでも彼は写真を二枚撮り、仲間のところへ戻っていった。

わたしはドアを押さえ、アリスを先に受付に入れた。彼女の腿に当たったビニール袋ががちゃがちゃと音を立てた。

床は白黒のタイル張りで、犯罪を通報する場所というよりは駅の便所のように見えた。反吐《へど》や血を洗い流すには便利なのだろうが……。

猛禽《もうきん》を思わせる痩せこけた男が、防弾ガラスで守られたカウンターのうしろに座っていた。髪をかなり短く刈りこんでいて、ふさふさした黒い眉毛のほうがまだしも長い。ピーターズ巡査部長だ。彼は口を尖らせ、目を細めた。「裏から入ればよかったのに」

「ドアの新しい暗証番号を教えてもらえなかったんだ」

「はあ。くそったれですね」彼はアリスにうなずいて、「失礼、ついフランス語が出てしまって」それからわたしに言った。「誰を通報するつもりで？」

「ちがうの」アリスは一歩前に出た。「ドクター・フレッド・ドカティに会いに来たの、ドクター・マクドナルドよ。あ、わたしの名前がマクドナルドで、相手がドカティね。ややこしい言い方しちゃったけど、わたしのことはアリスって呼んでね」

ピーターズが太い眉を吊りあげる。「かしこまりました……いま手配します。ボスは？」

「資料室に用がある」

彼は入館者名簿をカウンターに叩きつけるように置いた。「じゃ、ここにサインしてください。裏口のパスコードも教えときます。3－7－9－9－1。上で何か言われたら、文句を言う暇で仕事しろと答えてやってください」不機嫌な顔でPCに向かい、怒りをこめた二本指でキーボードを叩く。「おれが夜勤できなくて何が悪いんだ。あいつらも癌で寝たきりの六十歳の母親を介護してみろってんだ……」

「ああ、ドクター……マクドナルド、だったね？」ドカティは椅子から身を起こすと、会議用テーブルの向かいを手振りで示した。今日も細身のスーツ姿で、明るい青色のシャツに白いネクタイを締めていた。「どうぞ座って。お連れさんもごいっしょに？」ドカティがこちらを見た。

わたしはその場から動かなかった。「他に用事があるんでね」

「なるほど」

アリスはビニール袋をテーブルに置き、椅子に座った。ウィスキーの瓶を一本取り出して蓋を開けた。「お飲みになります？」

「ああ……」ドカティは椅子にもたれなおした。「当ててみよう。きみはあのヘンリー・フォレスターと働いたことがあるんだね？　彼もコーヒーとウィスキーの信奉者だった。共感力および認知力の向上効果があると言って」

アリスはマグカップに勢いよくウィスキーを注いだ。「二年ほど前、とあるシリアルキラーをいっしょにプロファイリングしたんです。その……ホテルの部屋で亡くなっている彼を発見したのもわたしです」

ドカティはちくりと刺されたみたいに顔を歪めた。「いい人だった。よき師でもあった。亡くなったと聞いたときは……」ため息をつき、「きみもさぞかしショックだったろう」

アリスはウィスキー入りのコーヒーをあおると、傍らのショルダーバッグを漁ってインサイド・マンの手紙のコピーを出した。全部で六枚、いずれも蛍光マーカーの下線と赤いボールペンの渦巻きがびっしり書きこんである。机に手紙を広げて言った。「文体と文意を精査しましたが、やはりプロファイリングを見なおす必要があると思います。インサイド・マンは――」

「つらかったらぜひわたしに相談してほしい。被害者遺族のカウンセリングもだいぶ経験してるからね」

アリスがマグにウィスキーを足す。「語彙《ごい》にしても修辞にしても、かなり誇張的というか煽情的というか、読み手に自身の感覚を追体験させたがってるみたい。これまでのプロファイリングの人物像とは――」

「恥じることはないよ。ヘンリーが亡くなったあと、わたしも気持ちの整理がつくまで何カ月もセラピストの世話になった。彼とは本当に近しい間柄だったからね。まるで――」

「――必ずしも一致しません。もう一度初めから――」

「――きっときみの精神的安定に役立つと思うんだ」

わたしはふたりをそのままにしておいた。

# 29

次の箱を出した。黒いマーカーの書きこみだらけで、事件番号は三回も消してはまた書きなおしを繰り返してある。道理で何も見つからないわけだ。

他の箱といっしょに床置きして、さらに奥の列へ手を伸ばした。傷だらけの棚は塗装が剝げ、継ぎ目から錆が広がっている。何もかも分厚い埃に覆われ、どれか動かすたびに小さなかたまりが舞いあがるかと思えば、砂埃にまみれた蛍光灯の弱々しい照明を浴びて薄暗がりに光った。

シンプソン巡査は頰を掻き、ぶよぶよに太った腹を揺らした。禿げ頭の風采《ふうさい》の上がらない男で、定年退職目指してスローモーションで漂流中といったところだ。「あの番組の投票システムに最大の問題があるんだ。そうだろ？」

奥の列に並んだ箱も似たようなありさまだった。判読不能な数字と書きなおしだらけ。どうして誰もちゃんと整理しようとしない？「本当にこのへんなのか？」

「あのマリリンとかいう女を見ろ。とても金を取れる歌じゃないのに毎週勝ち残ってる。みんな、あれが面白いと思ってるんだ。英国は才能の宝庫だったはずじゃないのか？」

「シンプソン、いまから五つ数えるぞ。そのあいだに無駄口をやめなかったら、この杖であんたをユニコーンに改造してやろう！」

シンプソンは頬を掻くのをやめ、新しい箱を棚から下ろした。「どこかにはあるはずなんだ。今回の捜査が始まるなり、捜査部や専門刑事部《SCD》の連中がここを片っ端から漁っていった。しかし連中には系統立った取り組みというものが欠けている気がするね。ばかのひとつおぼえみたいに箱を次々引っくり返すばかりだ」

わたしは次の箱を床に置いた——まったくちがう事件番号がふたつ、灰色と化した段ボールに書きこんである。「何をどうしたらこんなざまになるんだ?」

「言わないでくれ。わたしの構築したシステムはおかげさまで完璧だった。ところが二カ月病気休職してるあいだにどこかのばかが、青二才のウィリアムソンを後釜に据えてしまった。復帰したときにはこの惨状だ」シンプソンは捜査資料のファイルを開いて内容を検《あらた》めた。「一度好き勝手させたら、みんなそれが当然だと思ってつけあがる。わたしがここに来ると、いつも誰かが勝手に箱を漁ってるんだ。あのブリッグストックのばか野郎とか、ラトレッジとか、心理学者の男とか警視とか。ナイトとかいう男だ。〝どうしてもっと整理できないんだ?〟だとさ。誰も記帳すらしない」声を半オクターブ上げ、上品ぶったグラスゴー訛りを真似た。「〝ちょっと調べたいだけなんだ、すぐ返すよ〟。ここを図書館か何かと勘ちがいしてるんだ」

次の箱にはナイフと斧が一本ずつ。凶器を収めた透明のパックの底に乾いた血のかけらが溜まっていた。

「どうして出来あいの曲ばかり歌うんだろうな。本気で有名になりたいなら自分で曲を作るべきだ。あれじゃただの金のかかったカラオケだ」

次の箱。事件番号すら書いていない。

「でも、みんなそれで満足なんだ。おっと、これだ」シンプソンがわたしの前に箱を置き、「インサイド・マンの捜査資料、KからNまで」深呼吸して、箱の蓋に向かって勢いよく息を吹いた。埃がもうもうと舞いあがる。「言ったとおりだ。ここらにあると思ってた」

わたしは咳きこみ、顔の前を手で払った。「何しやがる……」

「もちろん、わたしならこの混乱を解決できる。端から順に調べて索引を作りなおし、すべてをあるべき場所へ戻せる。でも、なんでそんなことしなくちゃならん？　数年がかりの仕事になるに決まってる。ところがわたしは来年の五月には退職して、もっと陽当たりのいいパースに引っ越すんだ。ゴルフをしたりビールを飲んだりして暮らす。面倒ごとは哀れな後任にお任せだ」

わたしは蓋を開けた。中身は証拠品袋と書類、ノート類がごっちゃになっている。「空いてる机を持ってきてくれるか？」

「シンプソンから、ここにいるって聞きました」

「ん？」振り返るとローナがいた。鉄製の棚にもたれ、スーツの上着のポケットに手を突っこんでいる。シャツのボタンを外した胸もとからブラジャーが覗き、襟の内側にはオレンジがかった灰色の染みが輪を作っていた。グリーンの布地が脂で黒ずんでいる。

ローナが肩をすぼめた。「何か探してるんですか？」

「インサイド・マンの手紙さ。ここにあるはずなんだが」

彼女は机の角に腰を下ろすと、箱に手を伸ばして証拠品袋を取りあげた。中身は丸めたティッシュで、古い血が濃い茶色の染みを点々と残している。ローナは袋をテーブルに置き、また箱を探った。「パーティの件で相談したくて。大した話じゃないですけど……ぜひ出所祝いがしたいんです」

「この箱を二回は調べたが、手紙は一枚も出てこない。証拠品一覧には載ってるのに、どうしてないんだ……」

「ちょっと一杯やるだけでも。また〈僧と棺亭《モンク&キャスケット》〉でどうです？　昔みたいに。それともあのホテルのバーにしましょうか？」

「あのホテル？」

「〈パインマントル〉ですよ。外部調査・考察ユニット《LIRU》もSCDも、全員あそこに泊まってるんでしょ？」

わたしは椅子にもたれ、右脚を伸ばした。「どうして手紙が証拠品に入ってない？」

ローナが歯の隙間から息を吸う。「他のチームに先を越されたとか」

「いや。連中も見つけられなかったんだ」わたしは箱に入っているはずの証拠品の一覧表を掲げた。「このくそ箱を見つけるのにシンプソンとふたりがかりで三十分かかった。見つけたときは埃まみれだった——シンプソンいわく、こいつに触ったやつはもう何年もいないらしい。ついでにメスもなくなってる」

　わたしは椅子をまわし、果てしなく並ぶ暗い棚のほうを向いた。「手紙はない。HOLMESの記録はめちゃくちゃになってる。誰かが隠蔽を図ってるとしたら？」

　ローナが眉を吊りあげる。「インサイド・マンはわたしらの身内ってことですか？」

　その言葉はひねくれたユーモアを含んでいた。

　彼女は短く口笛を吹き、それから言った。「きっとスミス警部補ですよ。アバディーン人を信用するなって、父もよく言ってました」

「あいつは八年前にはいなかった。頼みがあるんだ。当時HOLMESでインサイド・マン事件の情報を管理してたやつを探してほしい。八年のあいだに他の街へ異動になってたやつが怪しい。それなら潜伏期間にも説明がつく」

「姿の見えなくなったやつと言えば、シフティ——デイヴはどうしてます？　あいつが朝礼をさぼったせいで女王様がおかんむりなんですよ」

　くそっ。

　わたしはノートの束を箱に戻した。「あいつ、体調を崩してるらしいんだ。ノロウィルスとかなんとか」バーバラも使った嘘だ、シフティに使えないはずがない。「嘔吐と下痢、関節の痛み、そんなとこだ。かなりひどいらしい。二、三日は出てこられないだろう」

「シフティが下痢？　無理ないですね、ケバブばっかりあんなに食って。でも警視には連絡しといてほしかったな。ただでさえご機嫌斜めだってのに。『ニュース＆ポスト』のジェシカ・マクフィーの記事、読みました？　うちの捜査部ときたら、半分は瞬間接着剤で口を留めてもおしゃべりの止まらない連中ですよ」

すべて元どおりに箱にしまい、蓋を閉じた。「シフティには次会ったとき注意しとくよ」

「それで、飲みの件はどうします？　今日、上がったあとにでも」

箱と杖を同時に持てなかった。仕方なく棚まで右足を擦って歩いたが、一歩踏み出すごとに刺すような激痛が襲ってきた。

「ボス？」

「今日は無理だ。用事が……あるから」

「はあ」

箱を積もった埃の上に滑らせ、棚の奥へと戻した。それからローナに向きなおった。

「明日にしないか？」

ローナはうつむき、苦笑いを浮かべた。「そうですね。明日にしましょうか」

五階の食堂は音程の低いうなりで満たされていた。巡査がひとり、煌々《こうこう》と光る電子レンジの前で左右にからだを揺らしている。加熱中の料理を相手にスローテンポの社交ダンスでも踊っているみたいだ。

他にはポットヌードルをすすっている警察補助員がひとりきりで、食堂はがらんとしていた。傷だらけのテーブルときしむ椅子が並んでいる。共用の冷蔵庫、流し台、紅茶やコーヒーのマシン。自動販売機のメニューは半分がチョコレート、残りはスナック菓子だ。配膳口のシャッターが下りていた。フィッシュ&チップスは昼食までお預け。

わたしはマグカップにティーバッグを入れ、電気ケトルのスイッチを入れた。

スマートフォンを取り出してジェイコブソンにかけた。

応答なし。ハントリーも出ない。シェイラも。

揃いもそろって。

サビールに続報を求めてみるか……いや、どうせ愚痴を聞かされるだけだ。

湯の沸いたケトルが静かになった。

いま必要なのは用心棒だ。ミセス・ケリガンにぬいぐるみのボブを紹介するとき――工業団地の荒廃した一角で、盗難車のトランクにギャングの会計士の死体を詰めて。バーバラに新たな小遣い稼ぎを持ちかけてもいい。ジョゼフとフランシスを食いとめてもらう。何も訊かずに請けてくれるだろうか？

さぞ色よい返事がもらえることだろう。

やあ、バーバラ。ちょっと凶悪なごろつきふたりを相手してもらえるかな？　その隙に、おれがやつらのボスの顔面に二発撃ちこむから。え、なんだって？　警察に通報する？

あのふたりもボブにやっつけてもらうしかなさそうだ。

こんなときシフティがいてくれれば……。

ティーバッグの上に湯を注ぎ、さらにミルクを加えた。

開けっぱなしの食堂のドアを通して、どこからともなく怒号《どごう》が聴こえてきた。かすかな罵声と、全然かすかではない痛々しい悲鳴。

電子レンジの前の巡査は一瞬廊下を振り返ると、またダンスに戻った。彼も警察補助員も、それきり見向きもしなかった。

わたしは紅茶のマグをテーブルに置き、食堂を出た。ひび割れた人工大理石の床に杖が鳴る。叫び声は廊下の左手、階段のほうから聴こえた。四、五人が肺も張り裂けんばかりに怒鳴り合っている。

「この野郎！」

「何ぼさっとしてんだ、こいつを押さえろ！」

「冗談じゃねえ、おまえがやれ！」

「ああああ！　痛い、痛い！」

「かかってこい、こんちくしょう。やれるもんなら――うぐっ」

「くそ、くそ、くそっ……」

階段を下りていくと、オールドカースル署ご自慢の精鋭六人が廊下の壁際に集まっているのに出くわした。制服警官と捜査部の刑事が揃って戦艦色のグレーに塗装された壁にひしと身を寄せている。それから警察補助員がひとり、床に尻もちをついて片脚を伸ばしたまま、血だらけのハンカチで鼻を押さえていた。

あとの五人は家族控え室のドアを呆然と眺めるばかり。

室内でまた怒号が飛んだ。

「助けて！　お願いだ、やめてくれ――あがあああ！」

わたしは割って入るようにして、「一体なんだってんだ？」問題のドアを開けた。

座り心地のよさそうなソファが引っくり返っていた。コーヒーテーブルはばらばらで、壁の石膏ボードには大きなへこみができ、天井照明は外れかけていた。額縁が割られ、汚れたカーペットにガラスの破片が散らばっていた。カーテンはひん曲がったレールからぶら下がり、うしろの窓にはほとんどガラスが残っていない。きっとテレビのドッキリだ。

制服の女性警官が奥の壁にぐったりともたれ、鼻の下から顎までを真っ赤な血に染めていた。倒れたソファのうしろから誰かの脚が一本突き出ていた。刑事がふたり、カーペットに突っ伏していた。

テーブルの残骸に囲まれてウィーフリー・マクフィーが立っていた。青いVネックセーターは肩のところが破け、白いシャツの襟は血に汚れている。両のこぶしを握りしめ、息を荒くしていた。

ふたりの制服警官が警棒を抜き、彼に挑みかかる。

一人目は顔面にこぶしを食らって引っくり返った。二人目がウィーフリーの胸もとを殴りつけ、彼にたたらを踏ませる。警官はなおも警棒を振りかぶる。膝を狙った一撃――

ウィーフリーのほうが速かった。彼は警官の腕をつかまえてねじりあげると、引きよせて鼻に額を叩きつけた。

みしっという音がして、警官はうめきを漏らしながら膝を屈した。ウィーフリーは警官の防刃ベストをつかんで引き起こし、股間に膝蹴りを入れた。

ウィーフリーはベストを放した。

哀れな警官は床にくずおれた。

ウィーフリーが顔を上げ、こちらを見た。両頬と口ひげに血が点々と飛び散っている。胸を上下にうねらせて言った。「おまえ、娘は、まだ、見つからんのか」

わたしは片手を挙げた。「わかった、とりあえず落ちつこう。落ちついてくれるよな、ミスター・マクフィー?」

「新聞にまで、載った、のに、誰も、何も、教えようと、せん」ウィーフリーは痰を切ると、倒れた刑事の背中目がけて吐き捨てた。「くそどもが」

「もうじき誰かが銃を取ってくる」わたしは言いつつ振り返った。開いたドアごしに腰抜けどもの姿がちらと見えた。「だよな?」

ひとりが目を丸くしてこちらを見たかと思うと、すぐ視線を逸らした。

使えないやつらだ。

「そいつは本望じゃないだろ。残りの人生、銃創を抱えて生きたくはないはずだ」

ウィーフリーの呼吸が落ちついてきた。荒々しい吐息がいくらか静かになった。「家族、担当官の、くせに。何も、話そうと、しない」

壁際の女性警官が痙攣した。ウィーフリーはさっと彼女に歩みよると、その腹を蹴りつけた。「人をごろつき扱いしやがって！」

「そんなことしてもなんにもならない。事態が悪化するだけだ」彼に近づく。「おれとあんたと、ふたりきりで話そう。どこか静かなところで、腰を下ろして――」

車の盗難防止アラームを思わせる凄まじい高音が室内に鳴り響く。わたしは固まった。くそったれ。鳴っているのは足首の追跡装置だ。家族控え室はアリスのいる小会議室とは建物の反対側、しかも四階下だ。署内でこれ以上彼女から離れた場所といえば、あとはもう地下の留置場くらいのものだ。

ドアのほうへ二、三歩下がった……装置は鳴りやまない。

大したしかけだ。

「マクフィー、よく聞いてくれ！　両手を頭のうしろにまわして、床に顔を伏せるんだ！」

「おれのジェシカを――」

「このままだと射殺されるぞ！」

ウィーフリーは胸を大きく張った。「誰が来ようとぶっ倒してやる！」

「ばか言ってんじゃない！」下がっても無駄だった。警報音は一向に小さくならない。

「伏せろ！　床に！　早く！」

背後のドアが壁に叩きつけられ、武装警官二名が突入してきた。ＳＡＳばりの完全装備で、素顔は防護ヘルメットと黒いスカーフに隠れて見えない。

ふたりがテーザー銃を構えた——まるでおもちゃみたいだ。真っ黄色の本体、後部には蛍光ブルーのカートリッジ。

時間切れ。

わたしは片手を差しあげた。「大丈夫だ！　おれがなんとかする！　みんな——」そしてばかどもはわたしを撃った。

# 30

「きさま、一体どういうつもりだ？」スミス警部補がオフィスを右から左へのし歩く。鼠色のタイルカーペットを踏みしめながら、「被害者の父親と署内で乱闘。新聞がどんなふうに書きたてると思ってる？」

当番医はわたしの左目の前でペンライトを振り、それから引っこめた。老斑の浮いた震える手でライトのスイッチを切り、バッグに戻す。「痛みはあるかね、一から十でいうとどれくらい？」

「刺すみたいな痛みと、痺れる感じがある」

スミスはファイルキャビネットの前で百八十度回転し、また歩きだした。「手当てが終わり次第、この男を立件して留置する。容疑は暴行、器物破損――」

「死にゃあせん」医者は笑って、タールで黄色くなった歯を見せた。「もうテーザーには撃たれんようにな。君子危うきに近寄らず、だよ」

「それができたら苦労しない」

スミスがわたしに指を突きつける。「即応班の到着が遅れていれば、殺人未遂もおまけしたところだ！」

そうかい。もう充分だ。

わたしは机から腰を上げた。「あいにくと、この部屋に武装隊はいないようだ。いまならあんたの首をもいでも誰も止めに入らないってこった。わかるか、この顎なし野郎――」

オフィスに声が響き渡る。女だ。きっぱりした声。「やめろ、ヘンダーソン。そのへんにしておけ」ネス警視が開いたドアの前に立って、腕組みしていた。

彼女のうしろからジェイコブソンも現れた。薄笑いを浮かべて。

ネスは身振りで下の階、地下留置場のほうを示し、「説明がほしい。なぜ家族控え室があのありさまなのか、なぜ警官六名と警察補助員一名が救急科送りになったのか、なぜジェシカ・マクフィーの父親が留置場にいるのか」

スミスは背筋をまっすぐ伸ばし、あるかなきかの顎を上げた。「まさに同じことをこの男に訊いていたところです、警視。ヘンダーソンは署内で大暴れして仮釈放の遵守事項に違反し、被害者家族と――」

「おれを指さすんじゃない、ぼけが」わたしはネスに向かって言った。「ウィーフリーは娘のことを訊きたかっただけだ。今朝起きたら新聞にまで載ってるっていうのに、あんたの使えない部下どもは彼になんの連絡もしなかった。それで……あいつは動揺したんだ」

「〝動揺した〟？」ネスの右眉が吊りあがる。「彼はあの部屋を破壊しつくしてるわ。濡れた紙袋でも破くみたいに、いともたやすく」

「娘をシリアルキラーに誘拐されたんだ。そんなふうに……」わたしは歯を食いしばり、深く息を吸った。目を閉じ、歯の隙間から息を吐く。「化け物みたいに言うな。たとえ本当のことだとしても」

「もうひとつ質問があるわ。うちの銃器武装隊は、あなたを拘束するよう緊急要請を受けていたそうよ。通常の出動手続きも指揮系統も完全に無視してね」

なるほど、あれは誤射ではなかったわけだ。誰も銃器保管庫には行かなかった。本署の連中に、現場判断でウィーフリーを制圧できるだけの機転を求めたのは高望みもいいところだ。代わりに来たのは黒ずくめのばか野郎ふたり。標的はわたしだった。

ネスのうしろからジェイコブソンが手を挙げた。「ぼくが命令したんだ」

わたしは彼をにらみつけ、それからネスに言った。「ウィーフリーを出せ。告訴は取り下げろ。もう少し根性のある家族担当官をつけろ」

スミスが鼻を鳴らす。「きみはそのような命令を下せる立場にないんだよ、ミ、ミ、ミスター・ヘンダーソン。荷物をまとめろ。ドクター、いまから彼を――」

「いい加減にしろ」

「アッシュ・ヘンダーソン。ウィリアム・マクフィー氏に対する暴行容疑で――」

「スミス警部補！」ネスは目を閉じ、鼻筋を指でつまんだ。「もういい。それより監視カメラの解析を急がせろ。ヘンダーソンとはわれわれが話をする」

スミスはしばらく口をもごもごさせたあと、踵を返してオフィスから出ていった。最後まで背筋をまっすぐ伸ばしたままだった。尻の穴に棒でも挿してあるのだろう。

ネスは当番医にうなずいた。「ありがとう、ドクター・ミューレン。あとはわたしたちだけで大丈夫よ」

老医師が立ち去ると、ネスはジェイコブソンを室内に入れてドアを閉めた。

「ヘンダーソン、わたしに無断で署の人員を動かすのはやめにしてもらいたい。銃器武装隊はおもちゃではない」

「そうかい、おれが連中を呼んだって言いたいわけだ。〝ちょっと家族控え室に来て、おれをテーザーで撃ってくれ。きっと楽しいぞ〟ってか。言う相手をまちがえてるんじゃないか？」レザージャケット姿のにやつく若造を指さした。「そいつに言え」

ジェイコブソンはかぶりを振った。「それはちがうよ、アッシュ。仮釈放の条件については説明したはずだ――ドクター・マクドナルドから百メートル以上離れてはいけないと。約束を破るから悪いんだ」

「逃げようとしたんじゃない。ネスの部下の無能どもが殺されないよう、止めに入っただけだ！」

ネスが気色《けしき》ばむ。「わたしの部下たちは無能などではない」

「そうかよ」わたしは杖を握りしめた。「やつらがウィーフリーをまともに扱ってたら、悪党でなく被害者家族として真っ当に接していれば、おれも百メートルの首綱を切らずに済んだんだ。説得しようともしないで、揃って廊下でガキみたいに縮こまりやがって！」

ネスは一瞬肩をいからせたが、やがてため息をついた。「署員数名の行動が遺憾なものだったことは認めるわ。どうかしら、マクフィー氏とは特別な親交もあるようだし、あなたが家族担当官を兼任してみるというのは？」

「そんな暇はない」

「そう。とにかく、あなたがうちの人間なら誰かを使うのも構わないけれど――」

「ひとつ、おれはもう警官じゃない。ふたつ、捜査の中心にいない以上すべてを知らされてもいない。みっつ、そもそも権限がない。茶を淹れさせたりチョコビスケットを持ってこさせたりとはわけがちがうんだ。武装隊を出したのは――」

「被害者家族への対応については今後、適切に手配すると約束するわ」そこでネスは顔をしかめ、「あなたはインサイド・マンを警察内部の人間と疑ってるそうね」

ローナが告げ口したとは思えない。「さあね」

「逮捕を免れるために証拠を改竄《かいざん》し、HOLMESのデータ管理を妨害しているとも」

ジェイコブソンの顔から薄笑いが消えた。目を細めてこちらを見つつ言う。「その可能性を調べるのも外部調査・考察ユニット《LIRU》の仕事だ」

ネスは彼を無視した。首をかしげ、「聞くところでは、あなたも昔はこの署でだいぶ幅を利かせていたそうじゃない。インサイド・マンはあなたの子分のひとりだったかもね」

「だったらいまはあんたの子分だ。ちがうか？」わたしは右脚を伸ばし、そっと体重をかけてみた。「他に行方知れずの証拠品は？」

ジェイコブソンは腕組みして壁にもたれた。「ほほう？」

ネスはメモ帳を取り出すと、栞の挟まったページを開いた。「ローラ・ストラーンが発見時に着ていたスリップのレース飾り。ホリー・ドラモンドが身につけていたハート形のロケット。病院がマリー・ジョーダンから抜糸した縫合糸を収めたサンプル容器。ナタリー・メイの拉致現場で見つかった人形のキーホルダー」メモ帳を下ろした。「正直な話、インサイド・マン被害者の全員に関する証拠品が紛失しているわ。あなた方の見解は？」

わたしは黙ってジェイコブソンを見た。

彼は歯を剝いてみせた。「遠慮なくどうぞ、ヘンダーソンくん。ぼくら三人とも仲間じゃないか」

了解。「やつはトロフィーがほしかったんだ」

ネスはメモ帳をポケットにしまった。「今日マクフィー氏が襲ったのは七人、うち六名が正規の警察官。全員が告訴を取り下げるなら、今回は注意だけで済ませられるわ。さもなければ、明日の朝にも彼を州裁判所に召喚することになる」踵を返しつつ、「失礼するわ。片づけなきゃならない書類が山ほどあるから」

ネスが退室するなり、ジェイコブソンがドアの前に立ち塞がった。彼はしばらく爪を嚙んでいたが、そのうちに口を開いた。「きみを迎えにいったとき、ぼくは説明不足だったかな、アッシュ？　曖昧なところ、わかりにくいところはあったかな」

そら来た。

「はっきりおぼえてるよ。きみの報告先はぼくだと言った。オールドカースル署でも専門刑事部《SCD》でも、サンタクロースでもイースターバニーでも歯の妖精でもなく！」ジェイコブソンは机に手のひらを叩きつけた。「なのに、きみは――」

「おれは誰にも何もしゃべらなかった、いいか？　資料室を調べたり、当時のＨＯＬＭＥＳのデータ管理者を探したりしただけだ。誰かが勝手に気づいてネスに告げ口したんだ」

ジェイコブソンは何も言わずに顔をしかめた。

「おれだって刑務所に戻りたいわけがない。消えた証拠の件をあんたに伝えなかったのは、単に時間がなかったからだ。いい、ネスの部下どもをウィーフリーから守らなきゃいけなかったからな。すると今度はあんたの部下がおれをテーザーで撃ちやがった！」

お互いしばらく黙っていた。

ジェイコブソンがドアの前からどいた。「ドクター・マクドナルドから離れられないようにしたのはちゃんと理由があるんだよ、アッシュ。彼女がきみをトラブルから遠ざけてくれる。彼女は守護天使なんだ」中空で片手をまわした。「少しのあいだ自重したほうがいい。色々と落ちつくまで。これ以上まわりを怒らせないようにね」

わたしは顔を手でさすり、首をうしろに倒して天井のタイルを見上げた。「病院の記録や証拠品にアクセスできる人間をサビールに調べさせろ」

ジェイコブソンの顔に薄笑いが戻る。「テーザーを食らった感想は？」

「笑えるよ。ほら、おれ笑ってるだろ、聴こえないか？　事前に警告すらなかったんだぞ」

「教訓だよ、アッシュ。手綱を切ろうとするとどうなるか、これで学んだ」


ドアから顔を出し、左右を見た――誰もいない。よし。いまからやることを誰かに言いわけしなくて済む。

交通課のオフィスは四階のさほど広くない一室で、机とキャビネットが並ぶ他、壁には「スピード落とせ！」や「バイクに注意！」などと書かれたポスターが貼ってある。目的の〝お楽しみ箱〟は以前と同じ場所にあった。部屋の隅に置かれた大きな鉄製のロッカーで、主に事故現場で使う三角表示板や予備の遺体袋が収納されている。その他、あらゆる車やバイクに乗って旅してきたがらくたの数々を掘り起こし、ついにステッカー二枚とバイク用グローブを見つけた。わたしはオフィスを出て階段を上がり、小会議室に向かった。

室内は蒸留所もかくやという匂いがした。アリスはテーブルの端のほうでインサイド・マンの手紙のコピーに突っ伏していた。

ドカティの姿はない。

テーブルを叩くとアリスが目を覚ました。わたしを見てまばたきしていた。

自分でも呂律の怪しいのがわかっているようで、一語ずつゆっくりと慎重に話した。

「どうしてひとりで逃げようとしたの？」まだ完全には酔っ払っていない。が、もう危険域だ。「わたしを置いてかないでよ……」

「ウィスキーをどれだけ飲んだんだ？」

「装置の音にびっくりしてこぼしちゃった。すごい音だった、ねえ、すごくなかった？　ほんとに、ほんとに大きい音で、もうそこらじゅうウィスキーまみれ。しかも全然止まんないの。そしたらドアがドカンと開いて、あの人たちが。銃を持った人たちがみんなして〝アッシュ・ヘンダーソンはどこだ？〟って。何がなんだか……」小さく舌打ちし、顔をしかめた。「わたし、お腹が空いてるかも。それとも吐き気かな？」

追跡装置の監視係が仕事熱心なのは認める。対応も迅速だ。それが困りものだった。当然、ここが署内だったことも対応の速さにつながったのだろうが、それにしても……。

「どれくらいかかった？　警報が鳴りはじめてから連中が来るまで」

アリスは目をすがめた。「ほぼ同時だったような」

「アリス。どれくらいだった？」

「四分とか、五分とか？」

なんて早さだ。いつでもわたしに特別な一日をプレゼントできるよう、あらかじめ態勢を整えていたにちがいない。その間ずっと人員を占有されていたわけだから、ネスが腹を立てるのも無理はなかった。

わたしがアリスから百メートル以内にいる限りは無害だが、それでもＧＰＳ情報を常時記録しているとしたら――きっと記録している――会計士マンソンを拉致して殺害するのが少々リスキーになる。しかし考えたところでどうしようもない。

「アッシュ？」

わたしはまばたきして、彼女を振り返った。「すまない、ちょっとぼうっとしてた」

アリスは手紙のコピーを指さし、「やっぱりこれじゃだめ。原本は見つかったの？」

「まだだ。けど、代わりのものなら当てがある」


編集室の壁にかかった等身大の老人の油絵が、無数の仕切りとその中で働く人間を睥睨《へいげい》していた。向かいの壁には銀と銅でできた〈カースル・ニュース＆ポスト〉の大きな文字看板が掲げられ、その下に並ぶ時計はそれぞれ異なる地域の標準時に設定してある。

ミッキー・スロッサーはPCの画面から顔を上げようともせず、キーボードを叩きつづけた。肩幅の広い大男、太いもみあげを生やし、縁なし眼鏡をかけている。ダンダス中等学校のネクタイを緩めてずり下ろし、シャツのボタンをふたつ開け、胸もとからピンク色をした幅広の傷痕が覗いていた。「帰れ」

わたしは彼の机の角に腰かけ、少し息をついた。肩甲骨のあいだを汗が流れ落ちていく。右足に錆びた釘を骨まで打ちこまれるような、そしてその釘をペンチで抜き取り、また打ちなおされるような心地。

だからといってアリスには運転させられなかった。多少なりとも酔いを冷ましてくれないことには、どうしようもない。

かなりつらかったが、それでもどうにか笑顔を作った。「まあまあ、ミッキー。せっかく昔なじみが訪ねてきたのに、その態度はないだろう?」

「呆れてものが言えないんだ」

「警察の捜査に協力しないのか?　シリアルキラーの逮捕を妨害する気か?　本気か?」

ミッキーはエンターキーをひときわ強く叩くと、椅子を三十センチほどうしろに引いた。

「あんな目に遭わせといて、よく言うよ」

ああ。わたしはうなじに手をやり、流れる冷や汗をぬぐった。「あれはレンの誤解で――」

「レン・マリーくそったれ警視の都合なんか知らないね。おれはインサイド・マンじゃなかったし、いまもそうじゃない!」ミッキーは空のマグカップをつかんだ。内側にコーヒーの水位を示す茶色い輪が残っている。椅子から立ち、「寒い日はいまだに傷が痛む」

「彼は……」わたしは言いなおした。「レンは時々やりすぎることもあった、でも、あれはただ人々の命を救いたいがためだったんだ」

ミッキーが歯を剝いた。「へえ、そいつはご立派な話だ」

「わかってる。レンのやり方はまちがってた。だが彼はもういない。報いを受けて刑務所送りになった。おれは殺人犯を捕まえたい、そのために協力してほしいんだ」

「ふん……」ミッキーは片足を引きずって編集室の壁際、冷蔵庫や給湯ポットの置かれたスペースに向かった。

わたしも足を引きずり、のろのろと彼についていった。右足が床に触れるたび歯を食いしばり、杖を持つ手は震えていた。

抗炎症薬が効きやしない。ここへ来るまでに四錠飲んだが、痛みはまるでよくならなかった。「手紙は全部コピーを取ったんだろ？」

わたしの肩ごしにアリスが顔を出し、とっておきの笑みを見せた。「アリス・マクドナルドです。お会いできて光栄だわ、ミスター・スロッサー。わたし、あなたの週刊コラムの大ファンなんです。『スロッサーのサタデー・セッション』、家で毎回欠かさず読んでるわ。インサイド・マン関連の記事はまさに啓示的でした。アッシュ、あなたもそう思うわよね？」

啓示的？　わたしは思わずアリスを見つめた。

彼女はひと呼吸置いて言った。「手紙のコピーと封筒をお借りできたら嬉しいです。きっと大きな手がかりになります」見えないビーチボールでも抱くように両腕を広げて、「すごく、すっごく大きな手がかりです」

ミッキーは唇を結ぶと、給湯台に腰かけた。「おれが最初の手紙を記事に出すまで、彼はカレドニアン・リッパーと呼ばれてたんだ。知ってるかい？」

アリスは目を大きく見開いた。「本当ですか？」彼女のいつかのメモ書きには、そのことがちゃんと書いてあったはずだ。

「そうなんだよ。最初の犠牲者ドリーン・アップルトンが発見されてすぐ『ニュース・オブ・ザ・ワールド』が名づけたんだ。女の腹を裂いてソフトビニールの人形を詰めていくようなやつだ、ひとり殺して満足するはずがない。そういうやつにはいかした仇名が必要だ。次の被害者が出たとき、誰のことを話題にしてるのか読者にわかりやすいようにね」

「まあ」

「そんなある日、おれ宛てに例の手紙が届いたのさ。送り主はドリーン殺しの犯人を名乗り、マスコミに病的で邪悪な人間のように扱われるのが許せない、自分はやるべきことをやっただけだと訴えた。カレドニアン・リッパーなどという仇名は失礼千万だとも。そしてみずから署名した。〝インサイド・マン〟と」

「すごい」アリスは彼に近づいて、「あなたがいなければ、彼の本名はわからずじまいだったはずだわ。その、もちろん彼の生まれつきの名前のことじゃなくて、それはいまでもわからないけど、むしろもっと重要な――彼が自分自身で決めた名前」

ミッキーがうなずく。「まさに。コーヒーは飲む？」

わたしもうなずいた。「できれば紅茶で――」

「あんたには言ってない」ミッキーはマグカップをふたつ並べ、デカフェ・コーヒーの大瓶を取った。「あれから二年間、走ることもできなかった。知ってたか？　二年だぞ」

頭痛のひどい頭を壁に預けて、「気持ちはわかるよ」

ミッキーはきめの粗いインスタントコーヒーの粉をスプーンですくい、マグに入れた。

「アリスは砂糖を入れるかい？　それとも甘やかなのはきみひとりで充分？」

アリスはくすくす笑ってみせた。「二杯お願い」

ミッキーは砂糖を小さじで山盛り二杯入れ、ふと難しい顔をした。「彼が帰ってきたと、警察も思ってるんだろ？　会見では結論を急がないなんて言ってたけど、本当はわかってるくせに。でなきゃうちにも来なかったはずだ。昔のラブレターを漁りになんかさ……」

わたしは澄まして答えた。「いくつかの未解決事項を整理してるだけだ」

ミッキーはミルクを注ぎつつ言った。「オリジナルの手紙はどこへやった？　証拠品に含まれてるはずだろ？　全部箱詰めして資料室に保管してあるんじゃないのか」

わたしはため息ついでに肩もすぼめてみせた。「事情はあんたもよく知ってるだろ。やれ管轄権争いだの内輪揉めだので、不幸な大家族が官僚主義の屋根の下で窒息寸前ってとこだ」これは嘘ではない。

「で、あんたを助けておれにどんなメリットが？」

アリスが彼の腕に手を添える。「大事なことなんです」

「ふむむ……」ミッキーはポットの湯をマグに注いでかきまぜた。「ここはひとつ、背中の掻き合いってのはどうだ？　おれの背中はかなり痒い」

「そうね……」アリスはこちらをうかがって、またミッキーに向きなおる。「クレア・ヤングが最後の食事を摂った店、なんてネタはどうかしら？」

悪くない。ジェイコブソンはへそを曲げるだろうが知ったことか。テーザーのお返しだ。明日の朝『ニュース&ポスト』の記事に出たところで、クーパー巡査のせいにでもしてしまえばいい。相身互い、これぞチーム。

ミッキーがアリスにマグを手渡す。「どこの店？　マクドナルド、それともＫＦＣ？」

わたしは首を横に振った。「ちがう、地元の店。老舗《しにせ》だ」

ミッキーはしばし頰の内側を嚙むと、コーヒーに口をつけた。「こういうのはどうかな。〝死を宿命づけられた女性の最後の食事〟〝人生最後の食事、あなただったら何を選ぶ？〟。地元の有名人からコメントを取って……」足を引きずって机に戻った。「他には？」

「調子に乗るな」

「そこまで手紙をほしがるからには何か裏があるはずだ。今後、新しい公式発表があるときは真っ先におれに教えろ。最低十二時間前に」

「できればな。さあ、手紙を見せろ」

# 31

電話の向こうでジェイコブソンが音を立てて息を吸う。〝アリスがドクター・ドカティと共同作成したプロファイリングに、ネスとナイトは満足してる。これで少なくともひとり、ちゃんと役割をこなしてくれる人間がぼくのチームにも現れたわけだ〟

助手席に目をやった。アリスがミッキーにもらった手紙の写真に目を凝らしている。原寸大のものと二倍に拡大したものが六枚ずつ――黒い手書き文字が黄色いメモ用紙の罫線に沿ってびっしり書き連ねられている。手紙を収めていた封筒の写真も一式もらった。アリスは唇の端から舌先を出し、眉間にしわを寄せ、文章を左から右へと指でなぞっていた。

車外では横殴りの雨が駐車場に吹きすさび、四階建ての赤煉瓦の寮舎に打ちつけていた。コンクリート製の中央階段の外壁には〈サクソン館――C棟〉と書いてある。他ふたつの寮舎はさらに奥、計三棟がキャンバーンの森の縁に沿って斜めに並んでいた。

エントランスの前に数台の車が停まっていたが、いずれも人が乗っていた。窓を少し開け、煙草の煙を土砂降りの車外へ逃がしている。望遠レンズよし、レコーダーよし、小切手帳よし。本署を包囲していた連中の別動隊だ。

「伝えとくよ」わたしはスマートフォンの送話部を手で覆った。「みんながきみのプロファイリングを褒めてるそうだ」

アリスは口もとを歪めただけで、手紙から顔を上げなかった。「わたし、何もしてない。こっちの意見はドクター・ドカティにほぼすべて無視されたわ」

「はあ……とにかく、ジェイコブソンはきみを評価してる」

「そう……」彼女は唇を引きしめた。蛍光マーカーを写真に突き立て、一文をなぞった。「よかったわ」

わたしは電話に戻った。「ウィーフリーはどうなった?」

〝被害に遭った警官のうち四人は告訴を取り下げた。あとは残り三人の返事待ち。それと、サビールにはHOLMESの編集履歴を調べさせてるよ。あのごちゃごちゃの中からユーザーIDを割り出せると言ってる〟

「言っただろ、あいつなら文句なしだって」

〝ついでに念押ししとくけど、夜七時にはデブリーフィングだからね。もう言いわけは聞かない。ちゃんと出席すること〟

七時。

ハントリーが延々しゃべりつづけたりしなければ、九時までにマンソンをさらって取引現場へ運ぶくらいはできるだろう。問題は事前準備のほうだ。

「必ず出るよ」

スマートフォンをポケットにしまった。「そろそろ行くぞ」

「んん……？　あと一分だけ」検分中のページを最後まで指でなぞり終えると、アリスは座席にもたれた。しばらく車の天井を見上げたのち、眉をひそめる。「読めば読むほど、この手紙にはなんていうか……違和感をおぼえる」

「なぜだ？　いかにも看護師の腹に人形を詰めるのが好きな異常者って感じの手紙じゃないか」

アリスは身じろぎもせず、ただ天井を見つめていた。

「アリス？」

「権力と支配」彼女は写真束を大きな茶封筒にしまうと、手を伸ばして後部座席の床に落とした。「〝権力と支配の謡〟、おかしな表現だわ。権力も支配も同じことじゃない？」

わたしは運転席から降りて――ドアハンドルをぐっとつかみ、ドアごと風に持っていかれないよう耐えながら――雨の中に立った。左足に体重を預け、身を屈めて車内から杖を取った。「ジャーナリストらしくしてろよ」

わたしとアリスは小さな傘の下にどうにか身を収め、エントランス前の車のあいだを足早に通りすぎた。傘の黒い生地に雨がぶつかってはじけた。

寮の入口、両開きのガラス扉の上に監視カメラが設置してあった。電子錠のキーパッドを見下ろすレンズに、誰かが黄色いスマイルマークのシールを貼っている。ここで入館者が襲われても映像には残らないということだ。

わたしはリズ・ソーントンを追ってキッチンに入った。大して広い部屋ではない。電気オーブン、冷蔵庫、小さなテーブル、流し台、食洗器がなんとか収まる程度だ。リズは冷蔵庫を開け、トニックの小さな黄色い缶を取り出した。次いで冷凍庫から袋入りの角氷とウォッカのボトルを出した。「あんたも？」

「結構。薬を飲んでるから」

「どこか悪いの？」リズは棚からグラスを取り、半分まで氷を入れた。

「関節炎と銃創もちだ」

「そりゃお気の毒」ウォッカ少々にトニックを注ぎ、「こんな時間に酒かと思うかもしれないけど、ここ二週間ずっと夜勤なの。出勤は夜八時だから、あたしにとっては夕方の一杯」わたしが寄りかかっている棚を顎で指し、「そっちにカシューナッツの袋があるの」

棚からナッツを出して包装を破き、リズが差し出したボウルに空けてやった。「ジェシカとは仲がよかった？」

リズは剝き出しの肩を数センチ落として、「どうして毎度、同じ質問ばっかりするの？」

「大事なことだからさ。おれたちだって彼女を取り戻したい」

リズはため息ひとつついてグラスに口をつけ、目を閉じた。「ハッピーバースデー、あたし」彼女がボウルに手を突っこむと、ナッツがからからと音を立てた。「クリスマスにフロリダへ行く予定だったの。ジェシカとベサニーとあたしの三人で。別荘を借りて」指先でグラスをつかみ、そのままリビングへ歩いていく。

リビングのほうはわりあい広かった。壁にはポスターや額装された写真が並び、テレビの横にはＤＶＤの山。駐車場を見下ろす窓の脇には本棚。雑誌と小物で散らかったコーヒーテーブルを挟んで、タータンチェックの布がかかったソファが二台。スピーカーからはロッド・スチュワートの感傷的な歌声が流れている。彼は歴史も生物も、科学もフランス語もなんにも知らないそうだ。

テレビは点けたまま音を切ってあった。画面の中央にドカティが映り、緑のスーツを着た真剣な面持ちの女性としゃべっている。その下をテロップが流れていく。〝オールドカースルにて連続殺人犯の追跡いまだ続く　最新の被害者をジェシカ・マクフィーさんと確認　犯罪心理学者、犯人の動機は母親に対する憎悪と推理……〟。

タレントくずれめ。公式の会見以外で何もしゃべるな、という話はなんだったのか。

リズはソファに腰を下ろし、テレビを消した。「結局、警察はいままで誰も助けられなかったわけでしょ？　被害者のひとりが運ばれてきた日のこと、おぼえてる――まだ病院に勤めはじめたばかりで、救急救命科《A&E》に入って一週間くらいだった。あのときは……」顔をしかめ、「あの人、なんていったっけ、メアリー・ジョーダン？」

「マリーだ」

「搬送されたときは全身血まみれでね。手術室に入るまで、ずっとわたしが手を握ってた……ジェシカもそうなるんでしょ？」

「先に警察が見つけない限りな。彼女、本当に誰にもつきまとわれてなかったのか？」

「はあ。だったら〝キャンバーン覗き魔〟の話でもしましょうか」リズは昼前の夕方の一杯を飲み、ナッツをかじった。「何週間もここらをうろついてた変態。あたしたちを盗撮するの。ごみ箱を漁ってるところも見たけど、どうせ古い下着か使用済みのタンポンでも探してたんでしょ。資源ごみの袋を上から落として追っ払ってやった」にやりとした。「中身はワインやらジンやウォッカやら、瓶ものばっかり。いい悲鳴だったな。ガラスまみれになって、頭を抱えて逃げてったわ」

「いい話だ。そいつは他にも何かやったのか？　ごみ漁り以外で」

「ええ、もう毎度のこと。こんな森の中に女子寮を建てようだなんて、一体どこのばかが思いついたんだろう？　何回警備員を呼んだことやら。望遠レンズやら双眼鏡やら持った変態がしょっちゅう木に登って着替えを覗いてんのよ」

リズはテーブルの下に手を伸ばし、大きな革のハンドバッグを引っぱり出した。次いでテーブル上に雑多に積まれた小物から口紅一本とブラックベリーの携帯電話を取り、バッグにしまった。それから櫛《くし》、財布、鍵束、ペン……。「そりゃ、警備員が来れば追っ払ってはくれるけどね」

「それならよかった」

リズは声を立てて笑った。「勘弁してほしいわよ！　次の日になると、ときどき郵便受けに用紙が入ってるの。〝あなたが受けた被害の詳細についてお書きください〟って」

戸口にアリスが現れ、かぶりを振った。

わたしはリズの向かいのソファに座った。「その紙は書いてやったのか?」

カードケース、折り畳み傘、二本目の口紅がテーブルからバッグの中へと消えた。

「もっといい手があった——画像を撮ったの。いつかの夜、例の覗き魔が駐車場をうろついてたところを撮ってやった」リズはさっきバッグにしまったばかりの携帯電話を取り出すと、ボタンを操作してからこちらによこした。

男がひとり映っていた。横に停まったフィアット500から推測して、身長百八十センチ以上。黒いフライトジャケット、黒いニット帽、黒いジーンズに黒い手袋。動いている最中を撮ったせいで顔はぶれている。光量も乏しく、携帯のカメラ性能では限界があった。目を細め、携帯電話を遠ざけてはまた近づけた。これは眼鏡だろうか、それともひげか? あるいは携帯とフィアットのあいだに立つ街灯の影か。判別は不可能だ。

CDプレーヤーが《イフ・ユー・ドン・ノウ・ミー・バイ・ナウ》を流しはじめた。

「この画像は他の警官にも見せた?」

リズの首まわりがピンクに染まる。「最初に来た連中はあたしの胸ばかり見てた。出勤前にシャワーを浴びててバスタオルを巻いてたんだけど、まったく頭に来るわ……。次に来たやつはなんていうか、ジェームズ・ボンド気取りだった。あたし……」目を逸らし、テーブルのものをバッグに移す作業に戻った。「画像のこと、いままですっかり忘れてた」

わたしは携帯電話を返した。「気にしないでいい、たぶん事件とは無関係だ。でも念のため、おれの携帯に画像を送ってもらえるかな?」

番号を教えるとリズは携帯を操作しはじめたが、あいかわらずこちらと目を合わせようとしなかった。「ジェシカが言ってた。通勤中に何度か尾けられたことがあるって。帰り道でも。けど、一週間くらい前から急に現れなくなったって」彼女の携帯がぴっと鳴った。

「それか、単に隠れるのがうまくなっただけかも」

アリスがわたしの隣に座った。テレビの横に積まれたDVDを二枚取りあげ、パッケージを裏返す。「『ボーン・アイデンティティー』は好きだけど、『ドラゴン・タトゥーの女』はあんまり。ダニエル・クレイグってちょっと猿っぽくない？　それが悪いわけじゃないけど、なんか気になっちゃうのよね……」

「そうだな」

わたしのスマートフォンが振動する――リズのメールだ。画像をサビールに転送した。

この画像を鮮明化してほしい
なるはやで身元を割りたい。性犯罪者リストに当たれ
おれの追跡装置をハッキングできないか？？？

アリスはDVDを元に戻した。「ジェシカが捨てた写真って、インターフォンで言ってたジミーの写真？」

リズは渋い顔をしてウォッカをあおった。「ちがう。ジミーはベサニーの別れた夫。い

まだに彼女を自分専用の感情的サンドバッグと勘ちがいしてんのよ」わたしのほうを見て、「ちょっと懲らしめてもらえない？　あいつを小児性愛者かなんかに仕立ててさ」

またわたしの電話が震えた。

いつもながら遠慮がないですね。他の奴隷は全員過労死でもしたんですか？

「そいつ、彼女に何をしたんだ？　暴力は？　立件できるようなものはあるかな」

リズは勢いよく息を吹いた。「いまの話は忘れて」

「それで」アリスが前のめりになる。「誰の写真だったの？」

「ジェシカは人事部の男――というか、男の子と付き合ってた。ダレン・ウィルキンソン。すごく執着が強くて甘ったれで、いつもべったりでないと彼女が蒸発して消えちゃうと思いこんでるみたいだった」リズは首を左右に倒し、白目を剝いてみせた。「ところがある日メールが来て、もう会いたくない、ぼくはべつの人生を行く、とか言って。メールで恋人を捨てたのよ。とんだ腰抜けだと思わない？」

わたしはスマートフォンをポケットに戻した。サビールは愚痴は言っても仕事はしてくれるはずだ。「それ、いつの話だ？」

リズはきれいに整えた眉のあいだにかすかにしわを寄せ、「先週の木曜だったかな？　ちがう、金曜だ――あの娘、映画館デートとか言って新作のフランス映画のチケットを取

って て、ディナーのテーブルまで予約してめかしこんでたの。そこに例のメールよ。ブラジャーに新品のスカート、十センチのハイヒール履いて青筋立ててんだから」

その二日後、ジェシカは消えた。

リズが笑い声を立てていた。小さなくすくす笑いで、吐く息はほんのり燻製くさかった。「父親が伝道師の真似ごとをやってるとは聞いてたけど、あの娘もキリストばりね。一瞬で空気を凍らせる力を持ってた」ふと黙って、「持ってる、ね。持ってた、じゃない」

アリスがうなずく。「仕事仲間がみんないっしょに住んでるなんて、少し変な感じがするでしょうね。クレア・ヤングとは知り合いだった？」

「あんまりよく知らない。そりゃ、職場や駐車場で出くわすことはあったけど。あとは誰かの誕生日パーティとか寮の親睦会で一、二回」リズは窓に向かって身振りした。外では他ふたつの寮舎が激しい雨に打たれている。「あたしも古くさいライフスタイルだとは思うけど、ここでしか得られないものもある――安い家賃と仲間意識。上のやつらは再開発計画にここを売ろうとしてるけどね。経費削減なんて嘘っぱち、ただ儲けたいだけ」ハンドバッグを探り、折り目のついた紙を取り出す。紙面の半分ほどが署名で埋まっていた。「やな話よね、この寮を守るために嘆願書を書かないといけないなんて――」

リズの携帯電話がけたたましいベル音を鳴らしはじめた。彼女はさっとテーブルから取りあげた。「もしもし……え、もう……いえ、大丈夫、すぐ行きます……はい」通話を終え、真っ暗になった画面を見下ろして顔をしかめた。「タクシーよ。みんなで〈キングズ・ハサーズ〉のカレーを食べにいくの。誰かの誕生日に必ずやるお祝い」アリスのほうをしばらく見つめたあと、目もとを手のひらでぬぐった。こすれたマスカラが頬を汚す。

「ジェシカがいないのに、行きたくない……」

アリスはテーブルに積まれたゴシップ誌と自動車雑誌の山ごしに腕を伸ばし、リズの手を取った。「行きたくないなら行かなくてもいいのよ。ジェシカだったら、あなたにどうしてほしいと思うかしら？」

リズは弱々しい薄笑いを浮かべて言った。「パーパドとラム肉のジャルフレージーに、ワインはソーヴィニョン・ブラン。耳から溢れるまで飲み食いする。あの娘ならきっとこう言う、〝三十歳の誕生日は一生に一度しかないんだから、楽しんだほうがいい〟って」

「じゃあ、そうしましょう」

リズが立ちあがり、笑い声を上げた。「やだ、見てよ。顔を直さないと運転手がびびっちゃう」

わたしもソファから腰を上げた。「出る前に、ジミーのフルネームと住所を教えてくれ。スコットランド警察からの誕生日プレゼントだ」

## 32

廊下の壁に寄りかかると、濡れたジャケットごしに凍えたからだまで冷たさが染みこんできた。「ちがう、マッケイだ。M・A・C・K・A・Y、ジミー・マッケイ。最後に確認された住所はカウズキリン、ウィルコックス・タワー五〇号室」

ローナはメモを取りながらゆっくりと復唱し、〝了解です。任せてください。話し合いが終わるまでにはきっと、元妻の百万キロ圏内に近づけないようにしてやりますから〟

「ありがとう、ローナ」

〝アッシュ？〟ローナが咳払いする。〝ごめんなさい。あなたがインサイド・マンを警官じゃないかと疑ってること、ネスに教えてしまって。秘密にしてるだなんて知らなかったの。本当に〟

「そうか……とにかく、ジミー・マッケイには生涯最大の恐怖を与えてやってくれ」

〝お任せあれ〟

廊下の先のドアが開いてアリスが出てきた。何かしゃべっているが、小声なせいでわたしのいる場所からは二、三言しか聴き取れない。彼女が部屋の中にいる誰かをハグした。

ドアが閉まると、アリスはしばしその場に立ちつくした。それからうつむいて、背を丸くしたまま何度か深呼吸する。こちらに向き、弱々しい笑みを浮かべて手を振った。

わたしは歩いていった。「どうだった？」

彼女は顔を手でこすりながら、「クレアのルームメイトは全員、キューブラー＝ロス・モデルの第三段階に入ってる——部屋全体が霊廟《れいびょう》に変わってしまったみたい」少し身を震わせて、「外で待たせてしまってごめんなさい、でも——」

「大丈夫だ、わかってる。彼女たちだって、ともだちを悼んでいるところを偽警官なんかに煩わされたくはないだろう」

「ふう……」アリスはこちらに踏み出すと、わたしの胸に額を当てた。「神経言語《NL》プ《P》ログラミングと会話療法をやったけど、洗濯機でも背負ってマラソンしたような気分……」

わたしは彼女の肩を揉んだ。「まさにおれたちの仕事じゃないか」

アリスがうなずく。「何か食べない？」

彼女を連れて廊下を引き返し、階段を下りた。「病院の食堂はひどい。けど、フィッシュ＆チップスのバンがいつも停まってたはずだ」

A棟の階段の壁はコンクリートでなくガラス張りで、片側にキャンバーンの森の暗い木立、もう片側に駐車場が見えた。少なくとも正面玄関にはマスコミの待ち伏せもなかった。

わたしがドアを開けて外へ出るあいだ、アリスはうしろに控えていた。玄関ポーチに出ると、折り畳み傘と格闘しながら言った。「ちょっと歩いてもいい？　ここから病院まで」

風がやんでいた。いまや垂直に降りそそぐ雨が石畳とアスファルトに跳ね返り、しぶきで霧を作っていた。木々も茂みも身を低くよじっている。

「歩く？」

「この二時間、お茶ばかり飲みながら痛みを抱えた人たちと話をして、喪失と混乱の匂いばかり嗅いできた――なんて言うとメロドラマのせりふみたいだけど、今度は犯人になったつもりで考えたいの。彼がどんな目で看護師たちを見ていたのか知りたい。けど、いまはもうぐったりしちゃって。雨の中をしばらく歩けば、彼女たちの恐怖や悲しみから気を逸らせると思うの」

「わかったよ……」

アリスが傘を広げ、わたしをその下に入れた。互いに腕を取り合えば、ふたりとも雨をよけられる。庇から踏み出し、豪雨の中を歩きはじめた。〝権力と苦痛の謡〟、か」

歩道沿いに建物の裏手へまわると、その先は三方向に分かれて蛇行していた。とC棟の陰気な煉瓦造りの寮舎へ戻る道。正面、キャンバーンの森。左、下生えの縁に沿って進む道。死んだ街灯の列が花崗岩色の空に向かって肋骨のように突き立っている。

分岐点に立つ看板の矢印は左を指していた。「カースル・ヒル病院　徒歩二十分」。

大雨で川同然となった小道へ踏みこむと、アリスはわたしにいっそう身を寄せた。建物の方向から流れこんでくる水が、彼女の履く赤いコンバース・オールスターにぶつかって小さな波頭を立てる。「誰も寮の警備を信用してない。よっぽど強く言わないと何もしてくれないって。彼女たちには、何か正式な形で苦情を申し立てるよう勧めたわ。安全を保障してくれない警備なんて意味ないでしょ」

「クレアにつきまとってた不審者なんかは？」

「これといった話はなかった。森に面した部屋だと、覗きはもう毎度のことらしいけど。これだから男って」鼻を鳴らした。「あなたに言ってるんじゃないわよ」

寮舎が雨の向こうに消えた。行く手には高い壁がそびえ、砂岩の集合住宅の裏庭を隠している。スレート屋根の向こうにセント・スティーヴンならびにセント・ジャスパー教会の尖塔、そして大聖堂。さらに遠くにかろうじて見える二本の煙突は病院の焼却炉のものだ。立ち昇る煙と蒸気の白い二本線が、空に平行な傷痕を走らせている。

聴こえるのは葉擦《はず》れの音と、傘の黒い生地を雨粒が叩く音ばかりだった。

「盗撮犯については？　ごみを漁る連中は？」

アリスはかぶりを振った。

二時間を寮の部屋、その次の部屋、またその次の部屋と過ごし、どの看護師も恐怖と不安に苛まれていた。そうして得たたったひとつの手がかりも、使えるかどうかはサビール・アクタール部長刑事の腕次第。彼が日ごろ吹聴しているとおりの天才技術者であればいいのだが。

アリスがわたしの肩ごしに森を覗きこむ。「グリム童話に出てくる森みたい」

「きみらしい感想だな。さて、昔々あるところにデボラ・ヒルという若い女性がいました。彼女は――」

「やめて」アリスは顔を背けた。「いまはだめ。ただ……歩きましょう」

看護師は鼻をすすると丸めたティッシュを押し当てた。団子鼻を左右にひねった。「ちがう、その、なんていうか……」肩をすぼめてため息をつく。小柄な女性だ。腫れぼったい涙袋が薄紫色に染まっている。パッファのダウンジャケットのフードで丸顔を包み、前のジッパーは雨の中でも開いたままだ。下は青い看護服姿で、胸の名札には〝ベサニー・ギレスピー〟と書いてあった。

ジェシカのルームメイトのひとり。別れた夫につきまとわれているという例の彼女だ。

ベサニーはフライドポテトを口に運ぶと、こちらにのめって声を落とした。「おかしいやつなんてしょっちゅうよ。学習障害とか精神疾患のある人のことじゃなくて、女子トイレから出てきた看護師の指の匂いを嗅ぎたがるようなやつ。腹が痛いと騒ぐもんだから上掛けを剝がしてやったら、おしっこを引っかけてきたり」鼻をすすり、「そういうやつ」

フィッシュ＆チップスのバンに並んでいたもうひとりの看護師が注文を終え、アリスが先頭になった。わたしたちは揃ってカウンター前の日除けに避難した。揚げたての衣とポテト、それに酢が香った。

駐車場のこの一角からは病院の本棟がほとんど隠れていた。視界をさえぎる墓石のようなヴィクトリア朝時代の砂岩の建物には、マリー・ジョーダンのような人々が収容されている。耳から出るほど薬を飲まされ、窓に鉄格子の嵌まった部屋に閉じこめられて。その背後にそびえる本棟は上の二階分しか見えない。窓が煌々と光っていた――寒々しい灰色の下界を見下ろす、黄金色をした暖かな光。有料の特別個室を選んだ患者が入るところだ。

ベサニーが魚にかぶりつくと、衣がざくっと音を立てた。

わたしは本棟の方向を顎で指した。「患者から苦情が入ったりは？」

ベサニーは口の中のものを飲みこんだ。「ジェシカのことで？　まさか。妊婦に対してもその夫に対しても、彼女の対応は完璧だった。あらゆる面で一流のプロよ」

紙のこすれる音がしたかと思うと、先に注文を終えた看護師がこちらへ来た。しわだらけの顔で魚とポテトをかじっている。痩せぎすで、ウィペット犬のようなまだらの白髪をひっつめにしていた。すぼんだ小さな口に並ぶ歯は細く小さい――口を開けたまま咀嚼《そしゃく》していた。彼女はわたしをてっぺんから爪先まで眺めまわすと、ベサニーに向いた。「これは誰、あんたの彼氏？」

ベサニーは一瞬顔を歪めるも、すぐに笑顔を繕った。「こちらの刑事さんに、ジェシカは立派な助産師だとお伝えしてただけよ」

「立派？　ジェシカが？」老看護師は鼻を鳴らした。揚げたソーセージの片端をかじり取り、くちゃくちゃと嚙みながら言う。「ミセス・ギズボーンのときのこと、忘れたの？」

「ジーン・マクグルーサー、そういう口の利き方は――」

「死人。言ったらいけないのは死人の悪口だけ。ジェシカはまだ死んでないんでしょ？」

マクグルーサーがこちらを見た。「ねえ？」

わたしは口を開きかけたが、ベサニーのほうが早かった。「今朝の新聞はあなたも読んだでしょ。あれにだって――」

「くだらない。警察は仕事をしてるだけ。あたしらが善人ぶって、誰もが彼女を愛してました、なんて答えたところで何が変わるのさ」ポテトをまとめて口に放りこみ、「ジェシカの彼氏とはもう話した？」

「そうすべき理由でもあるのかな？」

ベサニーが顎を上げ、「あれはただのすれちがいよ」

「ダレン・ウィルキンソン」ポテトを噛むマクグルーサーの目が光る。「バレンタイン・デーのあとの最初のシフトだったかね。ジェシカが目にディナープレート並みの大きな痣をこさえて出てきた。ビートルートのジュースをしこたま飲まなきゃ治らないようなやつさ。そんな顔で出産間近の妊婦の前には出られないから、その週はずっとカルテの整理やら、統計局宛ての書類作りやらにまわされてたね」

ベサニーがこれ見よがしのため息をつく。「彼女、理由はちゃんと説明してたでしょ？　ダレンの家のＷｉｉでテニスしてただけだって。ふたりともお酒が入ってて、リモコンがぶつかったのもただの事故だって」

「肋骨にひびが入ったときも？　あれも事故だってての？」

「それも彼女が――」

「歯を折られたときも？　大臼歯《だいきゅうし》、それも一番奥の。よっぽどのことだよ――彼氏はよくあの娘の顎を骨折させずに済ませたもんだ」

ベサニーは魚のフライをかじりつつ言った。「ジェシカをさらったのはインサイド・マンよ、彼氏じゃない。あの人は殺人鬼なんかじゃない。うちの人事部で働いてるのよ！」

「恋人を殴る男なんて――」

「彼女が言ってたでしょ、大ごとにしたくないって――」

「――くそったれだね。どういうつもりで――」

「もういい！」わたしは両手を挙げて怒鳴った。昨日パトカーでさぼっていた巡査を脅かしたのと同じ、刑事然とした声音を使った。「よくわかった。彼はジェシカに暴力を振るっていたが、彼女は通報しなかった」

看護師はふたりともたじろぎ、目を丸くしていた。

ベサニーが鼻をすする。「怒ることないじゃない。捜査に協力したいだけなのに」

二色に塗り分けられた壁にアリスが寄りかかる。下半分は無機質なグリーン、もう半分はかすれたベージュだった。「あのフィッシュ＆チップスを完食するんじゃなかった」ふっと息を吐き、肩を丸めた。「助産師たちと消化不良で一時間……あ、消化不良なのはわたしだけね。消化不良を話題に一時間過ごしたわけじゃなくて、もしかしたら向こうも胃もたれしてたかもしれないけど、そういう話は出なかったわね。どう思う?」

廊下に響く怒号と悪態、それからときどき叫び声。喜びの産まれる場所だ。

「レベッカの出産には立ち会えなかった。麻薬の売人が飼ってた犬が子供を襲って、一日じゅう飼い主のくそ野郎を追いかけてたんだ。でもケイティのときは時間が取れた。あの子は……小さかったな。全身紫色で、泣き声を上げてて、血と羊水にまみれてたよ」ふと笑い声を漏らしそうになったが、音になる前にひとりでに消えてしまった。「『エイリアン』を成人指定で撮ったみたいな、ひどい見た目さ」まだ可能性に満ちあふれ、誰も死ななくてよかった時代。

胸の真ん中に小さな傷が開いた心地がして、息をするたび痛んだ。咳払いし、「それで、消化不良に一時間耐えつづけた成果は?」

「みんなインサイド・マンに怯えてる。寮に帰るときは必ず三、四人いっしょ。地下駐車場はもう使わない。いまだに防犯カメラがないんですって」アリスは自分のからだを抱きしめた。「まるで伝説上の怪物よ。『エルム街の悪夢』のフレディと、児童虐待犯だったテレビ司会者のジミー・サヴィル、それに政治家のピーター・マンデルソンを足したみたいな怖がられっぷりね……」腕時計を見て、「ジェシカの彼氏とは話をする? したほうがいいわよね。暴力が本当だとしたら、彼は明らかにアンガーマネジメントに問題が——」

「いま何時だ?」

アリスが時計を見なおす。「三時四十分」

「よし。ジェシカの同僚巡りが終わり次第、彼氏のほうを尋問してやろう。ただ、遅くとも三、四十分後には病院を出たい。会計士のおともだちを捕まえそこねたくない」

アリスがうつむき、靴の爪先を見つめる。「やめてよ、〝おともだち〟だなんて――」

「いまさら言い争いはなしだ。やつか、シフティか。わかってるだろ」わたしは彼女の肩に手を置いた。「おれだってひどい話だとは思うが――くそっ」スマートフォンが鳴った。早くもサビールが例の画像の男を特定したのだろうか。電話を取り出し、通話アイコンを押した。「どうだ？」

〝ヘンダーソンだな？〟誰の声かわからないが、少なくともサビールではない。あのこてこてのリヴァプール訛りがない。オールドカースル出身者らしき北部訛り。

電話を耳から離し、画面を確認した。非通知。

「誰だ？」

〝元刑事のくせに察しが悪いな。ミッキー・スロッサーだよ。あんた、今朝うちの編集部に来ただろ〟間が空いた。がさがさと音がして、彼が電話口に戻った。〝あんたが興味ありそうなものが手に入ったんだけどな〟

ミッキーはもったいをつけた。

「会話を楽しむ気分じゃないんだ、ミッキー」

〝手紙が届いたんだよ。黄色いメモ用紙で。署名はインサイド・マン〟

# 33

チャコールグレーの空。地平線に沈む陽が血を流し、濡れた路面に赤いしぶきを散らしている。

「何？」わたしは片耳に指を突っこみ、病院のエントランスに背を向けた。救急車のサイレンがドップラー効果で低まりながら遠ざかっていく。

電話口のジェイコブソンが言いなおす。〝ネスが全員の告訴を取り下げさせた。ミスター・マクフィーは自由の身だ〟

「よかった。クーパーのお使いはどうなった――バッド・ビルはおぼえてたか？　クレアとジェシカ、どっちかだけでも」

〝それより手紙だよ。その記者は信用できるの？〟

「記者だぜ？」

〝訊くまでもなかったか。とにかく押収はする〟ジェイコブソンが電話から顔を背けたらしく、声が遠くなった。〝ヘイミッシュ、彼に結果を報告して〟

がさごそと音がしたあと、電話を代わったクーパー巡査が咳払いした。〝もしもし？

聴こえてるよな。バッド・ビル、本名ウィリアム・ムーアに被害者二名の写真を見せたところ、彼はジェシカに見おぼえがあった。連れがいたそうだ。背の高い赤毛の男、北ヨーロッパ系白人。クレア・ヤングのほうはわからないと答えた。どこかで見た気はすると言ってたが、新聞にもテレビにもさんざん写真が出てるからな〟

それっぽっちか。「あいつのバンに監視カメラなんてついてないよな？」

〝考えたこともないとさ。たかがバンズとフライドオニオンほしさに、脳天に包丁を叩きこまれる危険を冒すやつなんかいないって。ハントリー教授は、ティムみずからクレアを最後の食事に連れ出した可能性は低いと言ってる。拉致されたのが木曜の夜で、発見は土曜の早朝。レイプしてさらった相手を金曜の昼食に連れてくような真似はしないだろう〟

また救急車が通った——先の一台とは別方向に去っていった。

時計を見た。三時五十分。そろそろ行かねば。

「それと——」

〝ちゃんと訊いたよ、ええと……〟間が空いて、〝ダブル・バスタード・ベーコン・マーダー・バーガーを先週金曜、昼の十一時から三時まで何個売ったか。彼は気分を害した〟

使えないやつだ。

「ありゃ移動販売のハンバーガー屋だぞ、どこぞの三つ星レストランじゃない。客はみんな現金払いだ——レシートなんか出さない。金曜はどこで店をやってた？」

答えなし。

「クーパー？」

〝なんというか、その……〟

わたしは壁に頭を打ちつけた。「訊きもしなかったんだな」

〝あんたが〈B&Q〉でやってるというから、てっきり……あそこが定位置かと〟咳払いして、〝そうじゃないのか〟

「移動する気がないならバンなんか屋台にしないだろうが。もういっぺん行ってこい。金曜の昼、どこで店を開けてたか訊くんだ」

〝すまない、ボス……〟

わたしがボス？　まあいい、慕われるぶんには構わない。「気にするな。次から注意してくれればいい」

〝わかったよ、ボス〟

「それと通信管制室に当たって、ダレン・ウィルキンソンという男をポリス・ナショナル・コンピューターで照会させてくれ。カースル・ヒル病院の人事部で働いてる」

〝了解、ボス〟

「頼んだぞ」

誰かに肩を叩かれ、振り返るとノエル・マクスウェルがいた。看護服の上にオレンジのパーカーをはおり、真っ白なナイキの靴で濡れた舗装に足踏みしている。彼はにやりとして、下唇の小さなひげを震わせた。「薬はちゃんと効いてるかい？」

電話口にジェイコブソンが戻る。〝訊かせてもらおう。手がかりは足で稼ぐものだと主張したきみだけど、成果はあったんだろうね?〟

「ちょっと待て」スマートフォンを耳から離してミュートにした。「例の薬は?」

ノエルは背後に目をやると、ひどく小さな声で言った、「ありゃ完全に医療用だよ。おいそれと——」

「あるのか、ないのか?」

彼はなおもうしろを気にした。ぜひ怪しんでくれと言わんばかりだ。手をポケットに伸ばして茶封筒の角をつまんだ。「金は?」

ジェイコブソンにもらった前金の残りから六十ポンドを抜いて手渡した。残金は五ポンド札一枚と小銭ばかり。

ノエルはまたうしろを見て、封筒をそっとこちらに手渡した。ずいぶん軽い。わたしは閉じ口を開けた。

ノエルが目を丸くする。「ここで開けるなよ!」

「そうかい。このところ信用ならないことばかりなんでな」封筒の底に注射器が二本入っていた。透明で、針にオレンジのキャップがかぶせてある。細かい印字に覆われた折り畳み用紙が一枚同封されていた。

「ちゃんと説明書を読んでくれよ? ほんとに強い薬なんだから……」

そうでなくては困る。

「何時間もつ？」

ノエルは肩をすぼめた。またもうしろを見た。「体格による。高身長で肥満体なら三時間から四時間。幼児に使えば二度と目を覚まさない」顔を赤らめ、「もちろん、そんなことはしないと思うけど」

わたしは封筒をポケットに入れる途中でふと手を止め、眉をひそめた。

「おれ以外には誰に薬を横流ししてるんだ？」

ノエルは口をぱくぱくさせた。「一体……なんの話だか。横流しだなんて、そんなこと。あんたにだけ昔のよしみで親切してやってるんじゃないか」

「麻酔剤、降圧剤、消毒液、縫合糸、手術用の接着剤なんかも扱ってるのか？」誰かの腹を裂き、ソフトビニールの人形を詰めて縫いなおすのに必要なものだ。

彼は首を横に振った。「あんたが言ってるのは誰か他のやつのことだ。おれは病院の備品を売ったりしない。密売人じゃない。ただ昔なじみを助けたいだけなのに」

「ノエル。おまえの金玉をつかんでダンディーまで引きずってやってもいいんだぞ」

ノエルはあとずさり、両手をポケットに突っこんだ。背を丸めた姿は普段よりひとまわり小さく見えた。「もうやってないって、本当だ。そりゃ数年前はちがったけど、あんたのおかげで改心したんじゃないか。いまはもう真っ当だ。本当に、本気で真っ当だ」

何も言わず彼を見つめた。

ノエルは少し身じろぎして、いっそう背を丸くした。「わかったよ。たしかに誰かの苦しみを和らげる手伝いをしたかもしれない。モルヒネ二、三本と抗鬱剤《アミトリプチリン》少々、睡眠薬《テマゼパム》もやった気がする。実のところ、そいつは多発性硬化症だったんだ」

わたしは何も言わなかった。

「いい人間になりたかっただけだよ。ともだちを助けたかっただけだ」

「降圧剤は？」

ノエルは舌先で前歯を探り、口もとをふくらませた。「そういうのはあんまり売れないな。オールドカースルのお坊ちゃん連中に流行《はや》ってるのはオピオイドとかバルビツール……いや、おれは売らないけどさ。よき市民、よき人間だから……」

彼の間近に踏みこむと、煙草と苦っぽいアフターシェーブの匂いがした。「おれとおまえはともだちだよな、ノエル？」

ノエルはさらに背を丸め、左右にからだを揺らした。怯えたオレンジ色の鴉みたいにわたしを見上げていた。「ともだちだよ、当たり前じゃないか……そうでない理由でも？」

「だったらやってもらうことがある。おまえの善良なともだち全員と話をして、手術用の薬や道具を盗んでるやつを突きとめるんだ。わかったらおれに教えろ」わたしは明るく冷たい笑みを浮かべた。「明日までにな」

ノエルがさらに小さくなった。「できなかったら？　そりゃがんばってはみるけどさ、誰も何も答えてくれなかったらどうするんだい？」

肩に手を置くとノエルはびくりとして、わたしをまじまじと見た。

肩をつかむ手にぐっと力をこめて言った。「暗いことは考えないでおこう、な？」

人事部の女が心もち頰を緩めただけの笑みで出迎える。彼女はアリスを見下ろしつつ、人工革の椅子にわたしたちを案内した。肌がミルクのように青白く、長い黒髪を肩に垂らし、前髪はきっちり切り揃えてあった。「もうじきダレンもまいります。電話中だったものですから」彼女は胸の前で両手を組み、「それで、ご用件は？」

彼女の頭ごしに壁かけ時計を見た。四時二十分。手早く済ませば問題はない。

わたしは椅子に座ると右脚を伸ばした。「ミスター・ウィルキンソンとだけ話したい」

開けっぱなしのドアに〝第三会議室〟と書いてあった。レモンイエローの壁には額装された書状が数枚とホワイトボード。ドアの横にはフリップチャートが置かれていた。背の低い人工革の椅子が六脚と、カップの跡が点々と残るコーヒーテーブル一脚。汗と絶望の匂いが室内にこもっていた。

「はあ……」彼女の笑みがわずかに薄れ、目もとにしわが寄る。「失礼ながら、それはできかねます。当院の方針として、すべての職員は敷地内におけるメディア、遺族、警察関係者との面会に際し、人事部の代表者一名を同席させるよう定められておりますから」ドアに向かって身振りをし、「無論、彼を逮捕して院内から連れ出すというのであれば、逆らいようもございませんが。そのおつもりですか？」

「まだわからない」

薄笑いを浮かべる彼女の目がいっそう冷ややかになった。「ダレンは当人事部にとってかけがえのない人材であることを申し添えておきましょう。事故に遭った翌日さえ朝九時から出勤するような部員です。献身的と言う他ありません」彼女は腕組みした。「彼が一体何をしたというんです？」

わたしはただ彼女を見つめ返した。

女はかぶりを振った。「月間最優秀職員賞を三度も受賞しているんですよ。人事部だけではない、院内すべての職員が対象です。良心的で勤勉で、当部の業務全般にわたって大きく貢献してくれています」

アリスは縞柄のブラウスの袖を指先が隠れるまで伸ばした。「事故というのは？」

「轢《ひ》き逃げですよ。横断歩道を渡っていたところを轢かれたそうです。それでも翌日金曜には出勤しました。定刻どおりに」女がぱちんと手を叩く。強く鋭い音だった。「お茶をお淹れしましょう」

彼女が席を離れると、アリスはこちらに身を寄せてささやいた。「ダレン・ウィルキンソンをインサイド・マンだと疑ってるの？」

「どうして小声なんだ？」

アリスの頬がピンクに染まった。「つまりね、彼は病院の職員でしょ？　たしかに薬を手に入れられるかもしれないし、外科の知識だって得られる――なんなら手術を間近に見ることもできるだろうし、おまけに被害者は全員看護師か助産師よ。人事部で働いてるなら彼女たちの個人情報だって見られるし、ジェシカの受け持ちの患者が誰かも調べられるけど……」眉間にしわを寄せた。「なるほどね、こうして並べてみると……」

「しかも被害者のひとりは元恋人だ。単なる偶然なら大したもんだが」

「そうね、でも――」

「ポリス・ナショナル・コンピューターの記録によると彼は現在二十七歳。初めてティムが現れたときは十九歳だったわけだ。プロファイリングの推定年齢からは外れるな」

時計の針が二十五分を指した。

アリスは片腕で自分を抱き、もう片方の手で髪をいじった。「彼がジェシカに暴力を振るっていたとしたら、まちがいなく感情のコントロールに問題を抱えてる――内的にも外的にも。ジェシカを所有物と見なし、言うことを聞いてもらえないと傷つけられたと感じる。ないがしろにされたと……そのときは迷うことなく彼女を罰さなければならない。自分は悪くない。彼女がよりよい人間になる手助けをしているだけだ。彼女だってあんな失敗はもう繰り返したくないはずだ。彼女は感謝すべきだ。おれがいて彼女は幸運だった」

アリスは両膝をくっつけ、擦り切れたタイルカーペットの上で踵《かかと》を左右に開いた。「みんなそうなの。女はものがわかってない、だからおれが導いてやらなくちゃ。女もそういう主導的な男が好きなんだ。誰がボスかを教えてやれ。おれの父親が母にしたように……」まばたきし、天井の化粧板を見上げた。眉をひそめて言った。「女性を拉致して手術し、人形を埋めこむ――妊娠させるというのはたしかに支配の一種ね。でも、ティムがそうするのは不能だから。日常の人間関係においては女性に対して無力だからよ」

わたしはスマートフォンを取り出し、クーパーのメールを再確認した。

ダレン・ウィルキンソン、二十七歳、ファイン・レーン十四番地。前科なし。十一歳のとき器物破損で警官から注意を受けた。先日、散弾銃その他火器の所持免許を取得。

銃の免許をもらうときは適当な言いわけで済んだのだろうが、わたしはそうはいかない。「アッシュ？」アリスは両足の踵を合わせ、ゴムの靴底どうしをこすり合わせた。「クレアの部屋仲間には訊かなかったけど、彼女もダレンと付き合ってたって線はない？　ダレンが拉致を実行する前に、ロマンチックなやり方で獲物を吟味してたとしたら？」

わたしは肩をすぼめた。「ありえなくはない」

アリスは椅子にもたれかかると、肘かけから垂らした腕を前後に揺らした。「ジェシカを殴って肉体的に屈服させるのも、自分の力を試す手段だったとしたら……」

わたしはクーパーのメールを閉じ、サビールに電話した。

〝ああもう、今度はなんですか？　例の件はちゃんとやってますから。急《せ》かさないでくださいよ、画像解析には時間がかかるんです！〟

「ダレン・ウィルキンソンという名前に聞きおぼえは？」

しばし間が空いて、〝ダレン・ウィルキンソン。どこの誰です？〟

「HOLMESに当たって、当時の捜査中に彼の名前が挙がってなかったか調べてくれ」

〝はあ……〟いかにもうんざりしたような長いため息。〝一度にひとつ〟

「何が?」

〝次から次へと注文をおっかぶせて——前のが終わらないうちにあれもやれ、これもやれって、もう冗談じゃないですよ〟

「サビール、あのな——」

〝もう聞きませんよ。あんたはおれが五十人規模のチームでも率いてると思ってるか知らないけど、ここにはおれしかいないんです。おれひとりで、くそ体育会系に押しつけられた宿題の山に押しつぶされそうになってんです〟ぶうんと電気的なノイズが走ったかと思うと、何かをばりばりと砕く音——ポテトチップスでも食べているのか?〝わかったら、今度から注文は一度にひとつまでにしてください〟

「もっともらしいこと言わないでくれ。この捜査は——」

ドアが開き、人事部長の女がプラスチック製の飲料ホルダーを手に戻ってきた。ホルダーに収まった三つのコップが湯気を立てている。

「サビール、いいからやるんだ。また連絡する」電話を切った。人事部長が小さなコーヒーテーブルにホルダーを下ろした。

アリスが笑顔になった。目を大きく輝かせて言う。「ダレンのことだけど、女性の同僚たちと仲はいいのかしら?人気があったりは?」

人事部長は一瞬眉をひそめた。「ええ、ありますよ。人当たりはいいし、身なりもきちんとしてるし、誰かの誕生日には必ずケーキを持ってきてくれますから」

「それじゃ……いやらしい冗談を言ったり、相手のパーソナルスペースを侵害したり、威圧したりなんてことは？」

「ダレンが？」人事部長は頬をひくつかせたかと思うと、小さく吹き出した。それから少し咳きこんで、「彼は配属六年目で、ここに来たときはまだ二十一でした。わたしが直々に教育したんです。彼はそんな女性差別主義者の原始人じゃありません」

「ふむむ……」アリスは髪をいじりつつ、片方の踵でカーペットを叩きはじめた。

わたしは火傷しそうなほど熱いプラスチックコップをホルダーから抜き、「最近の出勤率は？　過去三週間に欠勤はあった？」

「ありませんよ、事故のあとでさえ一度も。まったく、あなたのご同僚方は何もしてくれないんですね。ダレンは本当に模範的な職員です。それに――」

ノックのあと、男の痛々しい顔が戸口に現れた。腫れた片目がほとんど塞がっている。顔の半分が顎の先から額まで痣でまだらに黒ずみ、鼻には小さなピンク色の絆創膏《ばんそうこう》が貼ってあった。彼は松葉杖を二本突いており、うち一本の先端でドアを押さえている。しわだらけの白いシャツ、淡いブルーのネクタイ。ズボンの右裾を短く切り詰め、そこから下の脚はマーカーで書きこみされたグラスファイバー製のギプスに覆われていた。

何に轢かれたにせよ、ミニよりはずっとでかい車だったにちがいない。

男の声音は柔らかく、失った歯の隙間をひゅうひゅう鳴らしつつもなお、ダンディー訛りが霧笛《むてき》のようにはっきりと響いていた。「お呼びですか、サラ?」

人事部長は座ったまま彼に向く。「いいところに来てくれたわ。ちょうどこちらの警察の方々に、あなたがどれだけ優秀な……ダレン、どうかしたの?」

警察と聞いた途端、ダレンの無事なほうの目が大きくなった。口が半開きになり、歯を四、五本失った跡の赤い穴が露わになった。彼があとずさる。

「ダレン?」

彼は廊下の左右をうかがった。不自由な脚で逃げだす気かと思いきや、松葉杖で支えたからだをぐっと沈ませる。それから目を閉じ、ちくしょうと呟いた。

# 34

ダレンがテーブルを挟んでわたしを見つめ返している。「ぼくは……」左腕のギプスを触りながら、「ちがうんです」鼻をすすって言った。「そんなつもりじゃなかったんです」

四時四十分、いまだに病院の会議室にいた。時計の針は刻一刻と会計士マンソンの帰宅時間に近づいている。

アリスは両肘を膝に置いて前のめりになった。「あなたの考えは理解できるわ。彼女を教育していただけだった、そうでしょ? 彼女がまちがったことばかりするから、正してやらないといけなかった。訓練が必要だった。あなたがこうしろと言ったら、言われたその瞬間に応えられるように」

ダレンがうつむく。

人事部長のサラが目を細めて言う。「こんな誘導尋問めいたやり方は認められません。ダレンはもう答えました。ジェシカ・マクフィーに暴力を振るってなどいないと。あなた方が何をそんなにこだわっているのか理解できません」弁護士気取りだ。

アリスは両の手のひらをテーブルにつけた。「ルールを破ったら平手打ちくらいは当然だ。彼女自身のためだ。犬を躾《しつ》けるのも、女を躾けるのも同じことだ」

「言っておきますが、ダレンは男女共同参画研修会の最優秀成績者です。当院の男女平等大使にも選ばれたんですよ。見当ちがいもはなはだしいと——」

「だったら質問を変えよう、ダレン」わたしは自分の杖を取りあげると、ゴムのついた先端でダレンの胸板を突いた。「轢き逃げについて話せ」

ダレンは椅子の上で縮こまった。「夜でした。横断歩道を渡ってたらいきなり車が来て、はねられました。何も見ていません」

もう一度突く。「現場は？」

突く、突く、突く。「オックスフォード・ストリート、フィッシュ&チップス屋の前」

「時刻は？」

答えなし。

さらに杖で突いた。「いつ、轢き逃げ、されたんだ？」

「痛い！……おぼえてません」

「彼を突くのをおやめなさい」

知るか。「ポリス・ナショナル・コンピューターで調べたが、オックスフォード・ストリートであれどこであれ、あんたから轢き逃げの届けは出てないな。通報するまでもないと思ったのか？　事故は起こるさ、ってか？」

ダレンは目を伏せたまま、「意味がないと思ったんです。そうでしょ？　相手の車種もナンバーもわからないのに……」

「そうか」もうひと突きおまけした。「あんたは車にもろに轢かれた。脚が折れ、腕も折れた。フーリガンどもに一時間ばかり人間トランポリンにされたようなありさまだが、それでもなお通報しないと？」

「ヘンダーソン巡査、ダレンは――」

「よく聞け、ダレン。上司には横断歩道で轢かれたなんて説明したそうだが、オックスフォード・ストリートに横断歩道は一本もないんだ」肋骨を狙って杖で突くと、ダレンがびくりとした。座ったまま身をよじり、突かれた箇所を片手で押さえた。わたしはもう一度、今度は反対側の肋骨を突いた。彼はやはり痛がった。「轢き逃げを通報しないのは運転手だけだ。シャツを脱げ」

サラが身構える。「もう結構、もう我慢できません。これはまったくの――」

「本当は轢き逃げなんかじゃないんだろ？　さっさと脱げ」

サラが立ちあがった。「どうぞお帰りください。身体検査をしたいなら、ちゃんと手続きを踏んで警察署で行ってください。でなければ――何するんですか？」

わたしはテーブルに身を乗り出すと、両手でダレンのシャツをつかんで引き裂いた。ボタンが散弾みたいにはじけ飛び、ズボンにしまっていた裾が飛び出した。襟から垂れ下がったネクタイの下、裸の胸板は紫と赤と黄色のまだら模様だった。上半身全体に広がる痣――車のボンネットやバンパーのようにくっきりした痕ではない、飛び飛びのまばらな痣

「ごめんなさい……」アリスが盗難車のジャガーと傷だらけのルノーのあいだの暗がりで鍵束をたぐる。車の鍵についたリモコンをもう一度試した。「今朝は開いたのに……」

「貸せ」わたしが手を差し出すと、アリスが鍵束をよこした。

立体駐車場は雑草の腐ったような匂い、それに不潔なアンモニア臭がした。コンクリートの床は一面水びたし——エレベーター周辺は足首近くまで深さがあった——で、水際に転がった空のペットボトルやポテトチップスの袋が汚らしい満潮線を描いている。ジャガーを停めた壁際はかろうじて乾いていた。もっとも、すぐ横の階段は明らかに便所がわりにされていたが。

アリスが鼻筋にしわを寄せる。「バッテリーを交換しないとだめかも。それか——」

「それか、こうすりゃいい」わたしはドアの鍵穴に鍵を挿した。

「あら、全然気づかなかった……」

いまどきの子だ。

トランクがきしみを上げて開いた。中身はタータンチェックの毛布一枚と、使い古されたコリンズのスコットランド道路地図が一冊。二十年以上前の版だ。わたしは毛布を後部座席に放りこんだ。

「ごめんなさい、アッシュ。あんなに時間がかかると思わなくて——」

「言ってもしょうがない」

〈B&Q〉で買った道具一式をジャガーのトランクに移し、広げた防水シートで全体を覆った。簡単な防水室のできあがりだ。

「急げばまだ、渋滞がひどくなる前に着けるかも。ねえ、アッシュ？」

トランクを閉めた。

「アッシュ？」

「かもな」わたしはジャガーの助手席側にまわって乗りこんだ。ダッシュボードの時計は間もなく五時十五分。もっと早くに病院を出るべきだったかもしれない。

ワイパーがきしみ音を立ててフロントガラスを横切り、雨水で赤い弧を描く。ダンダス橋を這うように進む車列のテールライトの赤。街灯は淡い黄色、空はこぶだらけの黒だ。

ネスは電話の向こうで押し黙ると、やがて言った。〝わかったわ……彼をジェシカに対する暴力で立件するべきかしら？〟

車が五、六十センチばかり前進した。

「ジェイコブソンはあんたに判断を任せるそうだ。ダレンはクレア・ヤングの失踪時刻にアリバイがあるし、アリスもプロファイリングと一致しないと言ってる。たぶんインサイド・マンじゃないだろう」

アリスがエンジンのうなりにかき消されそうな小声で、「手紙のことを訊いて」

「新聞社に届いた手紙はどうなった？　ウィーフリーには伝えたのか？」

電話ごしに息を吸う音がして、〝マクフィー氏には、インサイド・マンを自称する人物から新たな手紙が届いたとだけ伝えたわ。記事にしないよう『ニュース&ポスト』に要請するつもりだったけど、ドクター・ドカティが反対した。手紙が新聞に載らなかった場合、ティムは自分が軽んじられたと考える恐れがあると言って。ジェシカ・マクフィーの身をこれ以上危険に晒すわけにはいかないわ〟

「ウィーフリーには前もって手紙のコピーを渡す?」

〝そうね。どのみち明日の朝には目にすることになるものね〟

アリスがこちらに手振りした。

了解だ。「こっちにも一枚送ってほしい」

〝本署に来れば、会見用の配布資料にまとめてあるわ〟

「先にメールで送ってくれ。手がかりを追ってて忙しいんだ」

間が空いた。〝どんな手がかり?〟

「ジェイコブソンに訊けよ。おれはもうお山の大将じゃないんだ、そうだろ?」また車が少し進んだ。静寂の中、ワイパーのゴムが濡れたガラスをこする音が響く。

〝そうだったわね〟

さらに数十センチ前進。

〝ヘンダーソン、ひとつはっきりさせておくわ。たったいまあなた自身で言ったとおり、あなたはもう警察官ではない。なのになぜ、専従班の指揮官であるわたし直々《じきじき》に捜査情報を教えてやらないといけないの? 知りたいことがあるなら、大人しく明日のチームミーティングに出席しなさい〟

仲よし大家族。

渋滞した車列が先のほうでばらけていく。橋の両岸にある環状交差点が交通のボトルネックだった。

〝捜査部時代のあなたがどれだけ優秀だったとしても、わたしには関係ない。情報がほしければ対価を支払いなさい〟

かちっと音がして、通話が切れた。

わたしは息を吐いた。「彼女、おれに惚れたな」

雨がジャガーの屋根を打ち、ボンネットにはじける。

アリスがハンドルを両手で強く握りしめる。「間に合わなかったらどうしよう?」

「そのときはプランBだ」

# 35

アリスがこちらを見る。「プランB？」

私用の携帯電話の裏蓋を開け、ＳＩＭカードを交換した。それからポール・マンソンの写真の裏に書いてあった番号にかけ、メモ帳を取り出した。

「プランＢって何？」

「しーっ……」発信中の電話を示した。

取り澄ました男の声が応える。〝ポール・マンソンです。ご用件は？〟

いまこそわたしのグラスゴー訛りの出番だ。ミッシェルには毎度いやがられたものだが。

「あい、もしもし。スパラネット自動車警備のグレッグっちゅうもんです。マンソンさん、お忙しいとこすみませんが、おたくのポルシェ９１１から警報の発信がありましたもんで。ご心配なく、ただの確認作業です」

〝どういうことかな？〟

「お車の現在地ってわかります？　こっちの追跡システムだと、いまエディンバラのリース・ウォークと表示されとるんですが」

〝はあ?〟がさごそと音がして、次いで車のドアが閉まる音。マンソンが電話口に戻る。〝オフィスのすぐ前にいるんだぞ。エディンバラじゃない、オールドカースルだ〟

「ほんとですか?」

〝当たり前だ。いま、まさに車に乗ってるんだから〟

「そうですか……や、失礼しました、マンソンさん。そいじゃお気をつけて」通話を切り、訛りを消した。「オフィスを出たところだ」

アリスがジャガーをわずかに前進させた。バーネット環状交差点に入るまで残り二台。

「逃がしてしまったらどうするの?」

わたしは指を一本立てた。「プランC。手ぶらで連中に会い、マンソンを殺したふりをする。それから三人とも殺す。シフティがやつらに殺される前に」

アリスが苦虫を嚙みつぶしたような顔をする。「わたしには無理——」

「わかった」二本目の指を立てた。「プランD。ミセス・ケリガンを探し出し、先手を打って彼女を殺す。シフティを救出し、誰かに見つかる前に夜闇に乗じて逃げる。オーストラリアにプールつきの家を買い、犬を飼う」

アリスは座席に座りなおすと、首を傾けて道路の先を見た。前方のワゴン車が環状交差点を右折していく。彼女はアクセルを踏み、ジャガーを交差点内に入れた。「どうしてどの計画にも殺人が含まれてるの?」

「ミセス・ケリガンの約束を信じてないからだ。あの女がシフティにしたことを見たろ?」

アリスは交差点の二番目の出口からダーウィン・ストリートに車を入れた。「誰も死なずに済む方法があるはずよ……プランEはどう？　オールドカースル署のデイヴィッドのともだちを集めて、大勢でミセス・ケリガンと対峙《たいじ》する。警官たちの目の前でデイヴィッドに手出しはできないはずよ。そうすれば彼女を逮捕できるし、マンソンを殺さずに済む……」こちらを見て顔をしかめた。「何よ？」

わたしは笑いをこらえた。本当に笑いだしてしまいそうだった。「あの女が言ってただろ？　捜査部のうち何人があいつに飼われてることやら。二年前なら名指しもできたが、いまとなってはな」

「でも――」

「信用できるのはシフティくらいなもんだ」

アリスは車をボルボのうしろにつけた。「なら……マンソンはギャングの専属会計士なのよね？　彼からミセス・ケリガンに関する証拠を引き出して、その後は証人保護プログラムか何かに入ってもらうというのはどう？」

「アンディ・イングリスの組織について密告させるのか？　それをやったら、マンソンは来週を待たずして死ぬよ。少しスピードを落とせ、前の車のオカマを掘っちまう」

ダーウィン・ストリートを下ってフィッツロイ・ロードへ。ポーランド料理の惣菜屋、〈テスコ・メトロ〉、マルコ・マンチーニが冷凍庫で喉を掻き切って死んだイタリア料理店の前を通りすぎ、右折してサリヴァン・ストリートに入る。雨脚は強くなる一方だ。

アリスは片手をハンドルに置いたまま、もう片方でわたしの手を握った。「彼、きっと生きてるよね、そうでしょ？」

後部座席のボブがほほえむ。

あるいはだめかもしれない。

わたしは彼女の手を握り返した。「あいつは大丈夫だ」

二度目の電話をかける頃合だ。リダイヤルした。

マンソンが出た。電話の向こうでポルシェのエンジンが陰険なうなりを上げている。

〝ポール・マンソンです、ご用件は？〟

グラスゴー訛りを再開した。「あい、スパラネット自動車警備のグレッグです。その……たびたびで恐縮ですが、おたくのポルシェの現在地がやっぱりエディンバラになってるんですわ。いまはイースター・ロード、墓地のすぐそばです。ほんとに――」

〝ポルシェの工場でテレポート装置をつけてもらったおぼえはない。何度も言わせるな、ここはエディンバラじゃない〟

「はあ、わかりました。それじゃ実際にはどちらに？」

〝ベグビー・ストリート〟

携帯をミュートにし、前方の交差点を指さした。「そこで右折。それから左に曲がれ」

アリスが言われたとおりにすると、電話に戻った。「ほんとですか？　GPS上はまちがいなくエディンバラなんですがね、それに――」

〝エディンバラとオールドカースルをまちがえるわけないだろうが。おかしいのはそっちの機械だ！〟

「はあ……」少し間を置く――無能なオペレーターがようやく誤りを認めたふうを装い、「じゃ、右折してアルビオン・ロードに入ったりはしてないですね？」

〝アルビオンって……どうかしてるんじゃないのか？　さっき言っただろうが。ここはベグビー・ストリート、いまからラーバート・アヴェニューに入る。入った。ラーバートだ〟

またミュートにした。

「次は左折。あの酒屋の先で」

アリスがジャガーを左折させ、ラーバート・アヴェニューに入れた。

「申し訳ありません、マンソンさん。うちはお客様のお車の安全を大変重視しとりますもんで。問題が解決するまでもう少しご辛抱いただけますか？　いまラーバートですね？」

〝そうだ〟

「進行方向は北、それとも南？」

〝南だ。いま交差点で停まった……ブラックフォード・ストリートかな？〟

わたしは助手席で背筋を伸ばした。交差点の向かい、対向車線に銀色のポルシェが赤信号で停まっていた。誰かがひょこひょこと道を渡っていく。ひどく腰の曲がった老人だ。彼の他には誰も通りを歩いていない。雨が老人の肩と背中に打ちつけ、ツイード帽のつばから水がしたたる。こんな日に家で大人しくしていなかった罰だ。ポルシェの運転手の顔までは見えなかった——ケバブ屋のネオンがフロントガラス一面に反射して、車内の様子を隠してしまっている——が、ナンバープレートで特定できた。

「や、わかりました、ありがとうございます。ご協力感謝します、マンソンさん。お気をつけてお帰りを」

〝ふざけるな〟彼は電話を切った。

信号が青に変わると、ポルシェが対向車線上をこちらに走ってきた。

アリスが悪態をつき、首を左右に振った。「Uターンしないと……」

ポルシェが近づく。

いましかない。

横からハンドルをつかんだ——思いきり右に切った。ジャガーが中央線を越え、バンパーの右側をマンソンのポルシェの右前部ドアに接触させた。ジャガーはポルシェの車体に沿って長々と傷をつけ、金属のこすれ合うかん高い音がした。ジャガーが停まった。エンストしていた。

「嘘でしょ……」アリスがわたしを見つめた。充血した目を見開いていた。「一体なんのつもり？　事故なんか起こして、これじゃ車が——」

「きみの車じゃないだろ」

一方ポルシェの運転席では、マンソンがハンドルを握りしめたまま歯を剥き出していた。

アリスは慌ててジャガーの後部にまわると、ドアを開けた。わたしはマンソンを抱えたまま一回転し、彼を後部座席の床に横たえた。足が車外に飛び出さないよう膝を曲げさせ、タータンチェックの毛布をかぶせた。ドアを閉めた。「いい塩梅《あんばい》だ」車の真横に立ち、前後の座席のあいだを覗いてみたが、マンソンの姿は外から見えなかった。

車の流れが途切れるのを待って、今度はポルシェに向かった。交通課から拝借したステッカーをフロントガラスに貼った。〝駐車違反〟。これで数週間は放置しておける。近隣住民はオールドカースル署の怠慢ぶりを嘆くばかり。かくしてプランAはふたたび軌道に乗った。

# 36

アリスは左右に足踏みしながら、ジャガーのほうをうかがっていた。吐息よりもかすかな声で言う。「死んでるの?」

わたしはフェンスの菱形金網をボルトカッターで切った。「お茶を飲んじまえよ」

アリスの傘を雨が叩く。跳ね散るしずくが街灯を反射して花火のようにまたたく。駐車場の背後には、波型鉄板に覆われた〈パーソンズ卸売マーケット〉の建物が誇らしげに立っている――店のネオンサインは五分の二が末期《まつご》の明滅を繰り返し、残りはすでに死んでいたが。大型のショッピングカート数台が濡れた舗装上に放置され、近くには移動販売のバン。紅茶二杯とキットカット、キャラメル味のウエハースをそこで買ったばかりだ。

フェンスのあちこちにごみが引っかかっていた。風で飛ばされてきたレジ袋やスナック菓子の袋、びしょ濡れの灰色の翼に記事を連ねたぼろぼろの新聞紙。

アリスはポリスチレンのカップに口をつけると、表情を険しくした。「あなた、自分が何をしたかわかって――」

「わかってる」ぱちん。「彼は死んでない、眠ってるだけだ。ノエルの言うとおりなら、われらがマンソン氏はあと三時間は目を覚まさない」たとえ意識が戻ったところで逃げようもないが。

ぱちん。

フェンスを切り終えた。

われながらいい出来だ——金網に開いた脱出用ハッチ。小柄な人ひとりがくぐれる程度の大きさで、蓋がわりの部分を少し調整すれば傍目《はため》にはほとんどわからない。

金網の向こうに長方形の倉庫が建っていた。フェンス上部の有刺鉄線ごしに看板が見える——〈ラムリー&サン　雑貨商　一九四六年創業〉。軒先《のきさき》の駐車場は空っぽで、外壁の鉄板は錆だらけだ。一階の窓はすべてベニヤが打ちつけてある。灯りもない。黒い影と暗闇ばかりが広がっている。

アリスが爪先立ちで向こうを見た。「いやな場所。気味が悪い」

「だからミセス・ケリガンもここを指定したんだろう。会計士の死体を取引するのにぴったりの雰囲気だ」脱出口の蓋の部分にレジ袋数枚を結んでおいた。目印だ。

わたしは屈めていたからだを伸ばすと、ジャガーに戻ってトランクを開けた。

ポール・マンソンが青い防水シートに横たわっていた。銀色のダクトテープをひと巻き使って足首と腿を固定し、同じく固定した両手は背中側にまわしてあった。首に巻いた物干し綱はもう一端を足首と結びつけてある。もがくと首が絞まるしかけだ。

猿轡《さるぐつわ》を噛ませたのはややリスキーだった。麻酔の効き方によっては嘔吐物で窒息してしまう恐れもある……ひどい話だ。だが、こんな目に遭いたくなければそもそもギャングの資金洗浄などしなければいい。

がさつくシートの端をめくり、ボルトカッターを道具の山に戻した。マンソンが目を覚ましたところで使えるわけでもなし。今度は石頭ハンマーを取った。木製の短い柄《え》に重たい頭。がっしりとした造り。

誰かの頭をかち割るのにもってこい。

トランクを閉めた。

ハンマーをアリスのショルダーバッグに入れた。「心得を伝えておく。その一、やつらが追ってきたらこいつでぶちのめせ。ただし捕まりそうになったときだけだ、いいな？その場で立ちどまったり、自分から戦おうとしたりはするな。追われたらまずは逃げろ」

「でも――」

「でも、はなしだ。その二、足を止めるな」金網に開いた脱出口を指さす。「あそこから外に出て、そのまま走りつづけろ。おれから百メートル離れた時点で装置が作動し、ジェイコブソンのSWATチームが銃を持って殺到してくる。これがおれたちの安全保障だ」

アリスが急に顔を引きつらせ、幽霊に背中を押されたかのように前につんのめった。ズボンのうしろのポケットから携帯電話を取り出す。バイブレーションが作動していた。

わたしのポケットでもスマートフォンが震えた。見れば画面に〝ダウンロード中　二〇パーセント完了〟の表示がまたたいている。それから三〇、四〇……。

「その三、ミセス・ケリガンを絶対に甘く見るな。あの女はシフティを殺し、おれを殺し、きみを殺して眉ひとつ動かさないだろう。向こうがなんと言おうが、何を約束しようが、信用するつもりはない。きみも信じるな。とにかく逃げろ」

スマートフォンが鳴り、ダウンロードの完了を報せた――メールが一通届いていた。

**追跡装置の距離計アプリと処理後の画像三枚を送ります。画像は性犯罪者リストと現在照合中。**

**例のおともだちはHOLMESには引っかかりませんでした。**

さすがサビール、愚痴は言っても仕事はやり遂げる男だ。

「その四、マンソンはくずだ。あいつを金持ちにしたのは麻薬や売春、暴行や強盗、殺人によって生み出された金だ。気遣いも同情も要らない。おれたちが手伝おうが手伝うまいが、ミセス・ケリガンはあいつを殺す。あれはもう死人も同然だ」

添付された画像三枚を確認した。どれも今日の午前中、リズ・ソーントンに送信してもらった画像のバージョンちがい。女子寮の駐車場をうろつくキャンバーン覗き魔。サビールは男の横に停まっていたフィアットをトリミングし、顔を拡大していた。

一枚目は修正がやや目立った。顔の不自然な陰影は、画像処理ソフトのアルゴリズムとサビールの経験にもとづく憶測によって再構築されたものだ。広い額、団子鼻、大きな涙袋、横半分が影に隠れた長い顎。二枚目はまた毛色がちがっていた。こちらはニット帽の下の影を太縁の洒落たサングラスに整形し、一枚目より細く描かれた鼻は何度か骨折を経験したあとのように片側に曲がっていた。三枚目はサングラスを消し、鼻の下から顎先にかけての影をおかしな形をした縦長のひげとして描いている……。

二枚目に戻って、それからまた三枚目を見た。三枚の画像から実際の顔を推測すれば……わたしの顔にひとりでに笑みが浮かんだ。

アリスが寄ってきて、スマートフォンを覗きこんだ。「どうしたの？」

にやにや顔のまま返信を打った。

サビール、誰がなんと言おうとおまえは最高だ！

「何よ？　何がそんなにおかしいの？」

スマートフォンの電話帳からジェイコブソンにかけた。

ため息まじりの応答。〝またミーティングをさぼる気なら――〟

「男をひとり逮捕しにいかないか？」

アリスがわたしの袖を引っぱる。「誰を逮捕するのよ？」

「ジェシカはストーカー被害に遭ってたそうだが、おれは犯人を知ってるんだ」

〝なるほど……？〟

「雁首《がんくび》揃えてだらだらおしゃべりする暇があったら、現場に出て本物の仕事をしようじゃないか」ジャガーのほうへ引き返した。「あんたも乗るか?」

カーラジオからドカティの声が流れてくる。〝……実にいい質問だね、クリスティ。この犯人は復讐の天使を演じているわけでもなければ、見えざる神の手を気取っているわけでもない。ただひたすらに、内なる憤怒《ふんぬ》と孤独に駆られ……〟

パターソン・ドライブが崖の麓《ふもと》に沿ってカーブしていく。頂上には城壁が重苦しい空を背景にそびえ立ち、着色されたスポットライトが崩れかけた石積みを照らし出している。カースル・ヒルに立ち並ぶヴィクトリア朝時代の建築物はまるで、崖にしがみついたまま降りられない子供のようだ。ただ目を見開き、麓の薄汚れた砂岩の家々を見下ろすばかり。

濡れた石畳がジャガーの四輪をがたがたと震わせる。ワイパーは汚《きたな》らしい垂れのついた弧を描きながら、ドカティの言葉に文句をつけるみたいにうなっている。

〝……たしかに。しかしだね、クリスティ、このような病理を抱えた人々は、きみが想像するよりずっと身近に、たくさんいるものなんだよ……〟

「よし」わたしはスマートフォンの画面をタップして、説明書きのダイアログを閉じた。「説明しよう。サビールの作ってくれたアプリは、携帯電話のGPSを利用しておれたちの距離を教えてくれる。表示が緑なら三十メートル、黄色なら六十メートル圏内で、それ以上離れると赤になる。表示が青く点滅しはじめたら、ジェイコブソンの武装隊がこちらに向かってるはずだ。ガイガーカウンターみたいに音で距離を報せる機能もある」どうせなら核爆発自体を止めてくれる機能もあればよかったのだが、何もないよりはましだ。

〝……犯罪心理学の分野で経験を積んできたわたしが確信をもって言えるのは……〟

フロントガラスを指さした。キングズ・パークへと通じる入り組んだ路地。「あの奥に停めてくれ」

〝……彼はきわめて重い心的障害を負っている。もし犯人がラジオを聴いているなら、この場で伝えたい。われわれには、きみが必要としている支援を提供する用意があると……〟

アリスは下唇を噛みしめながら、言われたとおりの場所にジャガーを停めた。目の前に市指定のキャスターつきごみ箱が並んでいた。

〝……プロフェッショナルの助けが要る。わたしの豊富な専門知識をもってすれば、きみもきっと……〟

アリスがエンジンを切り、演説を中断させた。「車を替えるべきかも。誰かに——」

「誰も気づきやしないさ」マンソンはトランクの中で縛られたうえ、薬で眠っている。犯罪を疑われる要素は微塵《みじん》もない。まあ、ボンネットは少々へこんではいるが。わたしは外に出ると、雨を浴びながらアリスが降りてくるのを待った。

アリスが車をロックしてこちらに寄ってきた。わたしの腕を取って相合傘の格好になると、トランクを見下ろして言った。「このままにして大丈夫? もし——」

「逃げないよ。三時間は眠ったままだと言ったろ？」すべての準備を整えるには充分な時間だ。「ここでひと仕事終えたらスズキを取ってきて、ジャガーと二台でモンクールの森に行く。スズキはその場に置いていく。ジャガーを燃やしたら、すぐ逃げられるように」

杖のゴムキャップでコンクリート舗装を突きつつ、アリスを連れてパターソン・ドライブを歩いた。街灯のナトリウムランプが路面に黄色い光の飛び石を並べている。

道の右手のそこかしこに真っ暗な路地が口を開け、テラスハウスの脇を抜けて隣の通りへと貫通していた。腐った生ごみと使用済みのおむつの匂い。大音量でニュースを流しているどこかの家のテレビ。ごぼごぼと水を吐く壊れた雨樋《あまどい》。

アリスが咳払いする。「もしミセス・ケリガンがデイヴィッドを解放しなかったらどうするの？　このまま彼を人質にして拷問しつづけて、わたしたちも延々ひどいことをやらされるとしたら？」

「そうはさせない」

きっと親友のボブが力を貸してくれるはずだ。

カーテンが開けっぱなしの窓の前を通りすぎた。ロウソクの点る室内で中年の男ふたりが踊っている――ゆったりとした音楽と互いの腕に包まれて。次の家はカントリーを爆音で流していた。さらに次の家……。

わたしは立ちどまって指さした。「この上だ」

テラスハウスの前の路肩に黒い大型のレンジローバーが停まって、暗がりに灰色の排気を吐き出していた。こちらが近づくとすかさず運転席のドアが開き、クーパー巡査が降りてくる。あいかわらずの制服姿に防刃ベストを着け、さらに警棒と手錠、無線機の完全装備だ。まっすぐかぶった制帽のビニールカバーに雨がぱたぱたと打ちつけている。

クーパーは蛍光イエローの反射ジャケットをはおると、わたしにうなずいた。「ボス」

「バッド・ビルのほうはどうだった？」

「金曜のランチタイムは城址の前で店を出してたそうだ。市議会がミッドマーチ図書館を閉館しようとしてる件で、大がかりな抗議集会があったんだ。当日はデモ参加者とテレビクルーで大賑わい。ずいぶん儲かったらしい」

わたしは彼の肩を叩いた。「よくやった」

クーパーの細面《ほそおもて》にはじけるような笑みが浮かぶ。傍目には、わたしが彼の瀕死の母親に腎臓をひとつ提供するとでも申し出たように映っただろう。「ありがとう、ボス」

「ここが片づき次第すぐテレビ局に当たってくれ。デモ当日の映像をありったけ取りよせるんだ——放送分だけじゃない、編集前の素材も含めて」わたしは背後のテラスハウスを親指で指した。「うまくすれば、ここに住んでる野郎がクレア・ヤングの最後の食事を買うところが映ってるかもしれないぞ」

クーパーの笑みがさらに広がる。「了解、ボス」

車の反対側でばたんとドアが閉まり、ジェイコブソンが現れた。バーバラがいっしょだった。彼女はジェイコブソンの隣にそびえ立ち、肩を反らしてにやりとした。

アリスがわたしの横に立つ。「追いかけなくていいの？」

「いい。けど、きみがそう言うなら」玄関ホールに戻り、壊れた椅子や欄干の残骸をよけて裏庭へ進んだ。

二軒のテラスハウスの隙間を通る狭い路地にまばらな雑草が生え、カーテンを閉めた窓から漏れる黄色い明かりに照らされていた。車三台分にも満たない空間を木製の柵が囲み、片隅にはつぶれかけた物置と歩哨のような物干しスタンド二台――雨水のしたたるタオルに竿がたわんでいた。

ロックハンマー・ロバートソンが雑草の上に突っ伏していた。右腕をうしろにねじりあげられ、足をばたつかせて悪態をついている。バーバラは暴れる彼の肩甲骨のあいだに片膝をつくと、そのままゆっくりと前傾姿勢になった。彼がうめきを上げ、抵抗をやめるまで体重をかけつづける。

バーバラがこちらを振り返り、にやっとした。「この街が気に入ったよ」

ジェイコブソンは安楽椅子に座ると、冷凍のサヤエンドウの袋を右頬にあてがった。一方、クーパーはソファの肘かけ部分に腰を下ろし、やはり冷凍の白身魚のフライの箱をこめかみに押し当てている。鼻の穴にちぎったトイレットペーパーを詰めていた。

ロバートソンはハロゲンヒーターにあたりつつ、右肩を小さくまわした。両手は背中にまわされ、手錠がかかっている。廊下のほうを顎で指した。「高くつくぞ」

ジェイコブソンが彼をにらむ。「脅迫かな、ミスター・ロバートソン？」

「事実を言っただけだ。あんたらが壊したドアの修理代だよ」

「事前に警告はしたんだけどね」

「トイレに入ってる最中だったんだ！　あんたのばかな相棒が大声でわめいてなけりゃ、おれの返事が聴こえたはずだ」

リビングは縞模様の壁紙に渦巻き柄のラグと洒落こみ、暖炉の両脇には自転車に乗った人々の大判の白黒写真が飾られていた。部屋の隅には古風なロールトップデスクが置かれ、その隣にくたびれたペーパーバックを収めた本棚があった。

机にかぶさった蓋を上げると、天板ががたがた鳴った。左右に小さな抽斗、中央には本を寝かせて入れておくような横長の棚が渡してある。

ロバートソンがわたしに向かって歯を剝き出した。「捜索令状を見せろ」

「そんなもの要らん」中央の棚から明細書がひと束出てきた。めくってみた。電話代、ガス代、住民税、電気料金がそれぞれ数枚ずつ。どれもちがう名前と住所が記されている。

「おれにだって権利はあるんだ。それに――」

「残念だったな。おれはもう警官じゃないんだ」明細書の束を置き、抽斗をひとつ開けた。

「一市民が他人の私生活を詮索するのに令状なんて必要ないのさ」

一番上の抽斗はペーパークリップと輪ゴム、ホチキスの針と本体が入っていた。

彼はジェイコブソンをにらんで、「あいつがおれのプライバシーを侵害するのを黙って見てる気か?」

　ジェイコブソンは冷凍食品の袋を頰から離し、にらみ返した。「日曜の夜、ジェシカ・マクフィーが拉致された時間はどこにいたのかな?」

「ジェシカ・マクフィー?　知らない名前だな」

　わたしは机の横のくず籠を指さした。『カースル・ニュース&ポスト』がひと束突っこんである。「おかしな話だ、彼女のことはどの新聞にも載ってるのに。それに……」明細書を一枚取りあげ、ロバートソンに向かって振ってみせた。「どういうわけか、ジェシカの携帯電話の支払明細がおまえの机に入ってた。面白い偶然もあったもんだな」

　ロバートソンは唇を固く結び、眉をひそめた。一本傷の走る顎をしゃくって言う。「弁護士が来るまで、おれは絶対に何もしゃべらない」

# 37

奥の監視室がぎゅう詰めになった。まずデスクについたのがネスとドカティで、壁付けの薄型モニターを見上げていた。ふたりともヘッドセットを着けて——小さなマイクのついた、コールセンターで使うようなやつだ——そのケーブルがコンソールへと延びている。ジェイコブソン、ナイト両警視は彼らのうしろに座って腕組みし、わたしとアリスはかろうじて残った壁際の空間に追いやられた。

聴取が始まって二十分が経過し、室内にはニンニクと酢、消費期限切れの食肉を思わせる匂いが充満していた。この中にひとり、強力な防臭剤の必要な人間がいる。

モニターの隅に表示された時刻の過ぎるまま、ロックハンマー・ロバートソンはひたすら黙秘を貫いていた。

広角のカメラが彼とその弁護士、取調研修を修了した男女の刑事二名を捉えている。

音割れした耳障りなアバディーン訛りがスピーカーから流れだす。スミス警部補の声。

『いい加減白状しないとためにならんぞ、わかってるのか？　われわれはすでに——』

『そこまでだ』弁護士のずんぐりした手が挙がり、印章指輪を光らせる。手首に巻いた金の鎖がずり落ちて袖に隠れた。弁護士は横幅の広い顔をしかめ、『依頼人はもう答えた。彼はジェシカ・マクフィーを拉致してなどいない。話題を変えてもらおう』

ドカティはデスクに身を乗り出し、祈るみたいに両手を胸の前で組み合わせた。「ミリー、彼の母子関係について質問してみるんだ」

画面左側に立っていた女刑事がテーブルをこぶしで叩く。袖を肘までまくりあげ、筋肉質の太い前腕を見せていた。右腕に『トイ・ストーリー』のバズ・ライトイヤーらしき刺青。耳のうしろで切り揃えた短い茶髪がいかにも活動的だ。『アリステア、収監されたお母さんとはちゃんと面会してたのか?』

『話が見えない。どうしてここで依頼人の母親が――』

『ミスター・ベラミー。あなたがいちいち口を挟んで邪魔しなければ、この件はすぐに片づくんだ』

『スティーヴン部長刑事、きみは今日《こんにち》のスコットランド司法の常識を知らんのかね? 二〇一〇年、キャダー対勅選《ちょくせん》首席検察官。勉強しておきたまえ』

アリスがわたしの肩を揺すった。「彼の家を捜索しないと、それかまだ知られてない隠れ家があって、そっちに手術室を置いてるのかも――」

「一応言っておくけれど」ネスが席から振り返る。「われわれはとうにあの家を調べたし、登記簿の確認や仲介業者への問い合わせも順次進めているところよ。ご納得いただけたようなら……」

アリスは口をつぐんだ。

『さぞつらかったろうな、母親が収監されたまま子供時代を過ごすのは』

『スティーヴン刑事、同じことを何度も言わせないでほしい。話題を変えたまえ』

『しかも被害女性はあんなむごい殺され方だ』スティーヴン部長刑事が机の下からひと綴じのマニラフォルダーを取り出した。『お母さんが殺したジーナ・アシュトンの遺体写真、見せてもらったことはあるか？』フォルダーから一枚の写真を抜いて机に置く――表面が反射で光ってよく見えない。『ぞっとするよ。自分の母親がこんなことのできる人間だなんて、考えただけでも……』

ロバートソンは写真を見下ろして腕組みした。そのまま身じろぎせず、口を開こうともしない。

『スティーヴン部長刑事、警告はしたぞ。こんな聴取が続くようなら告発させてもらう。きみの不適切な言動を法廷で訴える。いますぐ、話題を、変えたまえ』

アリスがまたわたしの肩をつかんだ。爪先立ちになり、耳もとに口を寄せて言う。「何も答えるわけないわ。彼がインサイド・マンなら、この日のためにずっと心構えをしてきたはずだもの。ああして黙秘しつづけることで、ジェシカが脱水か飢餓で死ぬのを待ってるのよ。釈放したところで二度と監禁場所には近づかない。ドクター・ドカティじゃ自白を引き出すのは無理。わたしたちが自力で探し出さないと、彼女は死ぬ」

ローナが両開きのドアを指さす。「ここです」

署内は夜勤の警官たちのざわめきでいっぱいだった。今日いちにちの事務処理を片づけたり、紅茶を飲んだり、日勤組の怠慢ぶりを愚痴ったり。わたしは片手をドアノブにかけ、もう片方の手に広報課からもらってきたマニラフォルダーを持っていた。「何時間くらい待ってるんだ？」

ローナは肩をすぼめ、歯の隙間から息を吸った。「一時間ちょっとかな？　ブリッグストックとわたしで例の廃品置き場に行って、インサイド・マンの新しい手紙のコピーを見せたんです。そしたらまた、どかん、って感じで。いまは受付に居座ってますよ」

「ずっと動かないのか？」

「トイレくらいは行ったんじゃないですかね。とにかくここにいます」

スマートフォンを確認した――サビールのお手製アプリが濃いオレンジに光っている。アリスと同じ階にとどまっている限り問題はない。彼女が迷子にならないことを祈る……。

ローナがドアを開け、わたしを受付エリアに通した。壁際に並ぶプラスチックの座席はカウンターに向いたまま床に固定されているため、持ち去られる心配がなかった。そこらじゅうにポスターが貼ってある。クライムストッパーズ、レイプ・ホットライン、近所の大麻栽培やテロ活動、児童虐待を察知する方法等々。

ウィーフリーが『ニュース＆ポスト』の切り抜きを貼った大きなコルクボードの下に座っていた。切り抜きはどれも押収された麻薬の山、あるいは悪党の自宅に突入する警官隊の写真だ。

彼以外にも十数人の来客――ほとんどは酔っ払いかジャンキー、加えて何やら剣呑《けんのん》な顔をした老婆ふたり――が肩よせ合って座っていたが、ウィーフリーの近くには誰もいなかった。左右ともに三席が空いたままだ。

ローナが廊下に目を逸らしたまま咳払いする。「その……手助けが必要だったりします？　わたし、書類仕事が溜まっちゃってて……」

わたしは灰色の人工大理石の床に足を踏み入れた。「ウィリアム？」

ウィーフリーがこちらに向き、口ひげの下で薄笑いを浮かべた。「またおまえか」

「お茶でも？」

彼が立ちあがると、近くに座っていた連中は揃って腰が浮く寸前まで身を引いた。「娘はまだ見つからんのか」

受付の横にある何も書かれていないドアを顎で指した。「あっちで話そう」

暗証番号を三回入力しなおして、やっとドアが開いた。狭い部屋だ。椅子が四脚と灰色のテーブル一脚、上段に電気ケトルが置かれたファイルキャビネット一台。ポットヌードルのカップとスナック菓子の袋、持ち帰り料理の容器がごみ箱から溢れていた。

わたしはマニラフォルダーをテーブルに置き、ケトルに向かった。「『ニュース＆ポスト』に届いた手紙はもう読んだな？」

ウィーフリーは椅子に座って大股を広げ、隣の椅子の背もたれに片腕を乗せた。「くさいな、この部屋は」

「明日には新聞にも載る。一面記事だ」ケトルのスイッチを入れ、キャビネットの一番上の抽斗を開けた。「まだ分析中だが、専門家いわく筆跡は八年前と一致してるらしい」インスタントコーヒーひと瓶、ティーバッグひと箱、砂糖ひと袋、マグカップ数個、それに青い蓋のミルクボトル一本。ごとごと揺れるケトルの隣にマグをふたつ並べた。「ジェシカにつきまとってたストーカーのことは知ってるか？」

ミルクの匂いはまだ安全そうだった。ふたつのマグに少しだけ注いだ。

振り返ると、ウィーフリーがあいかわらず同じ格好で座っていた。テーブル上のフォルダーは手つかずのままだ。だが、彼の顔にはたしかに赤みが差していた。磨いた花崗岩のような目をこちらに向けて言った。「誰だ？」

「夕方逮捕して、いま取り調べ中だ」

「娘は……」

「いや。まだ探してるところだ」ケトルから湯気が立ち昇る。

ウィーフリーは前屈みになり、両腕をテーブルに置いた。手を鉤のように丸めていた。

「そいつの名前を教えろ」

「その男には暴行、恐喝、麻薬密売の前科がある」ふたつのマグに湯を注いだ。

「名前を――」

「ロックハンマー・ロバートソンと揉めたことは？　昔よく〝斧男〟ジミー・オールドマ

ンとつるんでたやつだ」人差し指で顎をなぞり、ロバートソンの傷のことを仄《ほの》めかした。

「結局は喧嘩別れに終わったがな」

ウィーフリーは顔を上げ、天井ごしに上階の取調室を仰いだ。それからわたしに向き、肩を落とした。がっくりとうつむいて言った。「ばかどもが……」

テーブルにマグを置いた。「ケトル埠頭《ふとう》で脚が一本浮いてるのが見つかって、DNAからジミーのものと特定された。検視官は、たぶん手斧でぶった切られたんだろうと言ってた」

ウィーフリーはマグをわしづかみにした。「おまえら、一体どこまで無能なんだ?」

「ジミーが自分で切り落とした、なんて説もあったな。殺されたと見せかけるために。ロバートソンから逃げおおせるにはそれしかない、やつもさすがに死人を追いかけたりはしないだろうと」わたしは椅子に腰かけた。「おれは、ロックハンマーが病院を抜け出して、ジミーをやつ自身の斧で切り刻んだのが正解だと思ってる」

「アリステア・ロバートソンはおれが雇ってる……雇っておった男だ。あれはジェシカを誘拐なんぞせん。おまえらはまちがった男を逮捕したんだ、あほうが」

「そんなオチじゃ困るんだよね」ジェイコブソンは足音荒く廊下に出ると監視室のドアを閉め、わたしに顔をしかめてみせた。冷凍のサヤエンドウはあまり効かなかったようだ。頬に赤、青、紫三色の勾玉《まがたま》状の傷が残って、その上に分厚いかさぶたが張っている。

わたしは壁の肩くらいの高さに杖を突き、ジェイコブソンの行く手をさえぎった。「あいつはインサイド・マンじゃない」

「看護師寮でも目撃されてるし、それに――」

「犯人じゃない。ロックハンマー・ロバートソンの現職は私立探偵――ショートステインの〈ジョンストン&ジェンチ〉で働いてるそうだ。ウィーフリーは娘を監視するために彼を雇ったと言ってる」探偵事務所の代表に電話一本かけただけで、ようやく見つけた容疑者が煙と消えてしまったわけだ。

ジェイコブソンは目を閉じ、壁に何度か後頭部を打ちつけ、呟いた。「くそっ……」

「寮のまわりをうろついてたのは仕事だったのさ。ごみ箱を漁ってたのも、ジェシカのレシートや携帯の支払明細を手に入れるためだ」

ジェイコブソンは顔を歪めると、目を片方開け、「マクフィー氏にたばかられたんじゃないだろうね？　ぼくらにロバートソンを釈放させたあと、彼の親指をくくって吊るして、ドレメル社の万能ドリルで拷問するつもりじゃないの？」

「事務所の代表とも話した。あいつは十八カ月前から探偵として登録され、ここ六週間はずっとウィーフリーの依頼でジェシカを監視してたそうだ。報告書や契約書も残ってる」

「だったらなんで、庭飾りのこびと人形みたいにじっと座ってノーコメントとしか答えないのさ？」

言わずもがなだ。「ロバートソンが特別忠義深いってわけでもないだろうが、依頼主があのとおりのいかれっぷりだからな。自殺願望でもない限り、あんなやつをチクりたいとは誰だって思わない」

「あほらしい……」ジェイコブソンは廊下の突き当たりに向かって数歩進むと、そこで振り返った。「きみはロバートソンが犯人だと言ったよな？」

「ちがう。ジェシカのストーカーと言っただけだ。その点はまちがいじゃなかった。ただ、父親の公認つきだっただけさ」

ロバートソンがジェシカを尾行し、彼女がどこで、誰と会っているか突きとめた。あとは知ってのとおりだ。ジェシカの彼氏は何者かにしこたま痛めつけられ、その日を境に二度とジェシカに会わないと決意した。偶然だったら驚きだ。

ジェイコブソンはまた壁に頭突きした。「これで捜査は振り出しに戻った」

わたしは杖を下ろした。「そうとは限らない」

「……なんという時間の無駄だ」スミスは一瞬こちらをにらむと、両のこぶしを握りしめて憤然と廊下の奥へ去っていった。

スティーヴン部長刑事がスミスを見送り、ため息をつく。「彼、明日一日いい笑い者ね」額を手で押さえると、取調室のほうを顎で指した。「行きましょうか」

取調室は二年前と変わらぬ匂いがした――チーズのような足の匂いと淀《よど》んだ呼気の悪臭、その底流に汗と錆の臭気が漂っている。

　部長刑事は椅子にもたれると壁付けの録音装置へ手を伸ばし、引っぱり出したテープを机の上に投げ捨てた。

　弁護士が口を尖らせ、天井の片隅に設置された監視カメラへしかめっ面をする。作動を示す小さな赤いランプが消えていた。「依頼人を脅迫するつもりじゃなかろうね？　カメラも録音も切った状態で」

　ジェイコブソンが部長刑事の横に立った。「警察に無駄な時間を取らせるのも立派な犯罪なんだよ。知ってたかい、ロバートソン？」

　弁護士がロバートソンの腕に手を添える。「何も答えちゃならん」

　わたしはジェイコブソンの背後に控え、壁にもたれて腕組みした。「おまえは史上最低の私立探偵だな」

　ロバートソンがこちらをにらむ。彼が歯を食いしばると、鼻の下の傷痕にしわが寄って深くなった。「ノーコメントだ」

「つまらん意地を張るな。さっき下で、ウィーフリー本人から全部聞いたんだ。おまえが彼の娘を見張って、その生活を逐一彼に報告してたとな」わたしはにんまり笑った。「まともな探偵は簡単に尾行がばれて追いかけまわされたりしないもんだ。しかも一度ならず、二度までも」

　弁護士が身構える。「レコーダーがまわっとらん限り、わたしの依頼人は何も答えない。これは重大な規則違反――」

「女子寮の看護師に空き瓶の袋を落とされたそうじゃないか。『私立探偵マグナム』のようにはいかないな。まったく、どの面下げて探偵でございと——」

「おれをへぼ呼ばわりするんじゃねえ!」ロバートソンが椅子から腰を浮かせた。顔が赤黒くなっていた。「あの手の張りこみには、本当なら三人は必要だ——そこらじゅうに人の目がある、昼も夜もひっきりなしに出入りがある。それをおれひとりでやったんだ。六週間も!」それだけ言うと深呼吸して、椅子に座りなおした。「とにかく、ノーコメントってことだ」

「ばかを言うな。この下に当の依頼主がいるんだ。彼と話した。全部知ってるんだ」

「わたしの依頼人はノーコメントと言っとるだろう」

ジェイコブソンが前屈みになった。「なあ、アリステア——そう呼んでもいいかな? ロックハンマーなんてアメリカのプロレスラーみたいだ。きみがジェシカを監視してたことはもうわかってる。報告書用に写真も撮ってたんだろ?」

ロバートソンは身じろぎしなかった。

「もしかすると、その写真に本物のインサイド・マンが写ってるかもしれないんだ」

わたしはうなずいた。「ウィーフリーは、おまえがすべての資料を警察に提出することを望んでる。もし拒むようなら直々におまえを訪ねるとさ。いいんだ、どちらにしろ写真は手に入る。救急車が必要になるかどうかはそっちの決断次第だけどな」

彼が頰の内側を嚙むと、傷が歪んでおかしな形になった。弁護士を見上げた。

あとはレシートの束と約二百五十ポンド分の現金。

わたしは二百ポンドを罰金として徴収すると、財布を彼のジャケットに戻した。

「んんんぐぐふん……」

「なんと言ったか当ててみよう。ごめんなさい？　殺さないでください？」

「んんぐふ……」

「おれがそのみじめなケツを救ってやったとしよう。そしたらおまえはアンディ・イングリスの組織について話すんだ、わかったか？　彼の武器・麻薬密売ビジネス、全部の銀行口座、海外のタックスヘイブンに隠した金、ひとつ残らず法廷で証言するんだ」

マンソンはふたたび目を開き、眉をひそめた。「んんん、んんむふふ、んぐふ！」

彼の鼻先に顔を近づけた。「おまえの考えはわかってる。警察に話したらあの女に殺されちまうってか。でもな、もう手遅れなんだよ——どうしてここに連れてこられたと思う？　あの女はとっくにおまえを殺す気なのさ。すべてを話して証人保護プログラムに入るか、浅い墓穴に入るか。好きに選べ」

マンソンはきつく目を閉じ、肩を震わせた。涙が頬を滑り落ちる。自分が捕まったり殺されたりするはずないと、ずっとそう思って過ごしてきたのだろう。自分は会計士、あくまで裏方。銀行を襲ったり、誰かの膝をぶち割ったりするわけでなし。コンピューターで数字を動かすだけ。おれは犯罪者なんかじゃない。

ポール・マンソンのような人間はみんな同じだ。

ポケットの茶封筒から二本目の注射器を取り出した。キャップを外し、プランジャーをひと押しして空気抜きをすると、空いた左手でマンソンの頭を防水シートに押しつけた。

「んんん！　んんんん！　んんぐふふんんんん！」

「静かにしてろ。おまえが死んでるよう見せかけないと、取引にならない」

マンソンの首に針を刺した。プランジャーを押しこむとくぐもった悲鳴が上がる。マンソンはからだを痙攣させ……そして脱力した。

ダクトテープと物干し綱でくくられた不細工な大荷物のようだ。

このままではトランクから出すことさえままならない。

首と足首をつなぐプラスチックの綱を切った。

これでいい。

背後でがちゃがちゃと金属の触れ合う音がした。

敷地の正門にスーツ姿の男がひとり立ち、門扉を塞ぐ鎖を外して地面に落とした。男のうしろで黒いＢＭＷの四輪駆動がエンジンをうならせている。雨の中、ヘッドライトが一対の震える刃のような光を濡れた路面に投げかける。

時は来た。

# *38*

スーツの男はBMWが倉庫前の駐車場に入るのを待って、門を元どおり鎖で封じた。ヘッドライトの光が倉庫の壁を横切る。

車がわたしの前で停まった。

運転席からジョゼフが出てくる。左目の腫れは今朝よりさらに悪化し、紫色のグレープフルーツを顔にくっつけているみたいだった。顎には青と黄色の痣ができ、下唇はひび割れて腫れていた。ジョゼフは車内に身を屈め、姿勢を戻したときにはその手にツルハシの柄を握っていた。もう踏みつけにされるのはごめんというわけだ。彼の声はあいかわらずひどくざらついていた。毎日六十本の煙草を吸うか喉を踏みつけられでもしない限り、こんな声にはならない。「ミスター・ヘンダーソン。今朝の……不快な事件の再現はしないでもらえるとありがたいな」

「成り行き次第だ」

門を開閉していたほうの男が雨の中をこちらに歩いてきた。車に近づくまで、その姿はフェンスの向こうの卸売店の明かりに浮かぶシルエットにしか見えなかった。フランシスだ。折れた鼻に淡いピンクの絆創膏を貼り、両目のまわりがアライグマよろしく黒くなっていた。頭は包帯でぐるぐる巻きだ。豆缶で殴られた傷をずいぶん縫ったにちがいない。いい気味だ。

フランシスのショウガ色のポニーテールから水がしたたり、灰色のスーツは喪服のように黒ずんでいた。わたしにうなずき、「警部補」よだれ含みのやや不明瞭な発音だった。

「フランシス」

彼がBMWの助手席から黒い傘を取り出した。広げて、後部座席のドアを開く。倉庫前に降り立つミセス・ケリガンの頭上に傘を掲げた。

ミセス・ケリガンが傘の下から笑いかける。「来たね、ヘンダーソン。よかったよ」ジャガーのほうを指さして言った。「プレゼントはちゃんと持ってきたかい？」

わたしはその場から動かなかった。「シフティはどこだ？」

「小賢しいじゃないか！」ミセス・ケリガンはフランシスに首を傾けた。「おともだちを出してやりな」

フランシスはうなるように返事すると、彼女に傘を預けてBMWの後部へまわった。がちゃんと音がして、それから何かのがさつく音。フランシスは身を屈め、誰かの脇の下に手を入れて引きずりながら戻ってきた。その人物の首から下を包む透明なビニールごしに、全身を覆う真紅と赤紫の筋状の汚れが見えた。全裸だった。

フランシスはBMWの正面まで来て、そこで止まった。ヘッドライトがビニールに包まれた男を照らす。たしかにシフティだ。顔もからだも痣とかさぶたに覆われ、青白い肌は彼自身の血にまみれている。かつて右目のあった場所にガーゼが貼ってあった。

「生きてるのか？」

フランシスは地面にシフティを投げ出し、屈みこんで彼の喉に手を当てた。そのままの格好でしばらく待つと、立ちあがってうなずいた。「息はしてる」フランシスがにやっとする。少なくとも三本の前歯を失っていた。「いまはな」

「こっちの人質は見せたよ、ヘンダーソン。あんたの番だ」

当然、そう来るだろう。

わたしはジャガーのトランクを開けた。杖をリアバンパーに立てかけ、脱力したマンソンのジャケットの下襟を両手でつかんだ。持ちあげてからだをねじらせ、彼の上体をトランクの縁に乗せた。今度は襟とベルトをつかみ、トランクから舗装の上に放り出した。マンソンは雨天の下にうつ伏せに倒れた。

「会計士だ」

ミセス・ケリガンが爪先立ちでマンソンのほうをうかがった。「死んでるのかい？」

「でなけりゃなんだ？」

「死んだふりかもしれない」

「だとしたら大した役者だ」ダクトテープで背中側に縛られた両手を取り、腕を引っぱりあげた。マンソンの上半身が地面から浮きあがる。わたしは彼の人差し指を握ると、手の甲側に思いきり倒した。そのまま九十度近くまで指を曲げさせると、中指にも同じことをした。それから薬指、最後に小指。マンソンは身じろぎひとつしなかった。四時間後に目を覚ましたとき、指がさぞ痛むことだろう。「反対の手でもやってみるか?」

ミセス・ケリガンは傘で雨をはじきながら、水たまりをよけてこちらに歩いてきた。「ポール・マンソン……」わたしたちの二メートル手前で立ちどまり、チェリーレッドに塗った唇を舐めた。「そいつを引っくり返すんだ。顔が見たい」

マンソンのからだを横に起こし、そのまま転がした。彼は地面に仰向けになった。顔と猿轡に雨粒がはじける。

「これはこれは、ポール・マンソン」ミセス・ケリガンは笑い声を上げた。「おまえみたく退屈で生意気なちょろまかし屋にゃ当然の報いだよ。こうなっちまえばもう、おしゃべりもできないねえ」

マンソンの脚を爪先で突いた。「さっさと墓穴に運んでやれ」

「残念だよ。あんたならきっとこいつを生け捕りにして、あたしにとどめをゆずってくれると思ったのにねえ」ミセス・ケリガンはコートの懐に手を入れ、小さな黒いセミオート拳銃を取り出した。「でもせっかくだから、格好だけはつけとこうかね」

くそっ……わたしは腰のうしろに手をまわし――

ミセス・ケリガンの銃が跳ねあがり、白い閃光が目を焼いた。マンソンの頭が舗装からびくりと起きあがって、それから落ちた。

銃声が鉄製倉庫の外壁に反響した。

マンソンの額に黒い穴が空き、地面にぬらぬら光る白いかたまりとかけらが散らばった。彼は片目を開け、その瞳は左に寄っていた。

ちくしょう。

ミセス・ケリガンが銃を下ろす。「おやおや、見てごらんよ。ずいぶん水気の残った新鮮な死体じゃないか」

わたしの肋骨の下にしこりができ、それがふくらんで喉もとまでせりあがってきた。息ができない。心臓がとどろくような大音量で鼓動をふたつ打つ。しこりが消えた。

これでアンディ・イングリスについて証言させるのは不可能になった。だが、狼の群れとつるんでいれば遅かれ早かれ餌食《えじき》にされるものだ。こいつは死んで当然だった。

それでも……。

わたしはジャガーに寄りかかった。腰のうしろの拳銃を片手で握ったまま。

ミセス・ケリガンはマンソンの頭から流れ出る血をよけ、わたしの正面にまわった。

「どうしたんだい、ヘンダーソン。なんだかショックを受けてるみたいだねえ」

「べつに。ギャングの専属会計士なんざに同情する気はない」

ミセス・ケリガンが笑い声を上げた。腹を抱え、葬儀用みたいな真っ黒な傘を揺らして大笑いした。「あっはっはっはっは……」それからふうっと息を吐いた。顔がまだ笑っていた。銃を持ったまま袖で目もとをぬぐう。「とぼけるんじゃないよ。ミスター・イングリスの会計士にあんたなんかを近づかせるわけないだろう？　冗談じゃない。どうせネタを吐かせようとするに決まってる」銃を持つ手でマンソンに身振りをした。「昨日の夜、チャリティのボクシングがはねたあとの夕食会で、このばかたれの隣に座らされたのさ。こいつときたらやれ嫁が可愛いだの、息子の出来がいいだの、家族仲が最高だの、くそつまらないことばかり吹かしやがる。どうしてあたしがスペイン旅行の写真なんか見なきゃならないんだ？」

アンディ・イングリスの会計士じゃないだと？

ばかな。

ただの無実の一般人。

そんなばかな。

胸のしこりが戻ってきた。今度は仲間を連れてきて、わたしの肺を押し固めてしまった。ミセス・ケリガンの銃がふたたび跳ねあがる。マンソンの胸に穴が空き、わたしの目がまたも眩《くら》んだ。もう一発。さらにもう一発。弾丸が食いこむたび、マンソンのからだがびくんと震えた。「誰がおまえの休暇の写真なんか見たいと言った？」

「組織の会計士じゃなかったのか！」

彼女の銃がわたしの胸を狙った。唇をすぼめて言う。「出所さえしちまえば、あたしがあんたで遊ぶのをやめるとでも思ったのかい？」

「きさま……」

「あたしのせいにするんじゃないよ。こいつを捕まえたのはあんた。殺したのもあんた。連れてきたのはあんたなんだから。こいつの妻が未亡人になったのも、可哀想な坊やが父親なしで育つ羽目になったのも、全部あんたのせいさ」ミセス・ケリガンは少し下がって、「さあ、死体を片づけるんだ。弾はちゃんとほじくり出しておくんだよ。証拠を残しときたくないだろ？」

この女に使われた。まんまとだまされた。

わたしのせいだ。

銃の引き金を引いたのが誰だろうと関係ない。彼女の言うとおりだ。マンソンを縛って猿轡を噛ませ、手術用の麻酔を打ち、この廃倉庫に連れこんで頭を撃たせたのは他ならぬわたしだった。すべてわたしの責任だ。

ミセス・ケリガンは最後にひと笑いすると、踵を返して車に戻ろうとした。

背中の銃を抜いた。「人殺しがそんなに楽しいか？」

彼女は立ちどまらなかった。「お子様だねえ、ヘンダーソン。すごく楽しいに決まってるじゃないか」

わたしのセミオートが火を噴き、ミセス・ケリガンの足もとの舗装を削り取った。

彼女は立ちどまった。「本気かい？」

「夕食会で退屈させられた。それだけのことで？」

「ミスター・ヘンダーソン」彼女は首を左右に振った。銃を持つ手を脇に垂らしたまま、

「あたしがそんな間抜けだと思うかい？　なんの保険もかけずにのこのこ出張ってくるほど頭が空っぽだとでも？」ちらとうしろを振り返って、「ジョゼフ？」

返事はなかった。

「ジョゼフ、もったいをつけるのも結構だけど、カーテンコールの時間だよ。ヘンダーソンの可愛い彼女の耳を切り取っておやり。プレゼント用の包装はいらないよ」

わたしは彼女の後頭部に狙いをつけた。「やつがアリスに手出ししたら、次の一発でおまえの頭を吹っ飛ばす」

ミセス・ケリガンがため息をつき、こちらに向く。眉をひそめて言った。「ジョゼフ？」

離れたどこかでバイクのエンジン音がした。騒音はやがて遠ざかり、あとには雨音だけが残った。

「何やってんだい……」ミセス・ケリガンがかぶりを振る。目をつむり、手にした銃を額に添えた。「ああもう、知ったこっちゃないよ。ジョゼフにはもう一度チャンスをやったんだ。自力で名誉挽回しろとね。あたしもとんだ甘ちゃんだった」額から銃を離し、声を張りあげた。「フランシス！　女の耳を切り落とすんだ」

仰向けでビニールシートに包まれたままのシフティがうめきを上げる。

雨がミセス・ケリガンの傘に打ちつける。

「フランシス？」ため息。「ちょいとお待ちよ、あと二秒……もういい」彼女の銃がわたしの胸の真ん中を狙う。「従業員が来やしない」

BMWのうしろから人影が現れ、咳払いした。

ミセス・ケリガンがうなずく。「やっと来た。さっさと済ませな。あんたの今後のキャリアについて、あたしが考えを変える前に」

人影が進み出てヘッドライトの前に立った。背が高く痩せている。青いセーターの下に着た白いシャツが雨に濡れて透け、髪は頭皮に張りついていた。ウィーフリーだった。

「フランシス、二度は言わないよ」

ウィーフリーが右手を振りあげる。石頭ハンマーらしきものを握っていた。「彼は来ない」

ミセス・ケリガンは身をひるがえした。ウィーフリーが腕を振り下ろし、彼女の頭をハンマーで横ざまに殴りつける。血しぶきがBMWのヘッドライトに照らされ、蛍のように舞い散った。ミセス・ケリガンのからだが振り向いた勢いのまま回転し、湿った洗濯袋のようにどさりとくずおれる。

彼女は横たわってうめきを上げ、銃を持ったままの右腕をぴくりと震わせた。

かつん――ハンマーが地面に落ちる音。

ミセス・ケリガンも、もう大物づらはできない。

わたしは一歩踏み出した。「よし、あとは――」

「〝エホバかくいふ汝《なんぢ》ら公道《おほやけ》と公義《ただしき》を行《おこな》ひ物《もの》を奪《うば》はるる人《ひと》をその暴虐者《しへたぐるもの》の手《て》より救《すく》ひ〟（エレミヤ記二十二章三節）……」ウィーフリーは踵で彼女の右腕を踏みにじり、銃が舗装に音を立てて落ちると屈んで拾いあげた。手の中で引っくり返し、銃身を指でなぞってため息をつく。

「おれは銃が嫌いだ。人間味がない。弱虫の武器だ。これひとつあれば三歳児でも人が殺せる。そんなことが許されて然るべきと思うか?」

ミセス・ケリガンが咳きこみ、えづき、もがいて横向きになった。鼻孔から血がしたたり落ちる。「ぐぐっ……」

わたしは足を引きずって彼女に近づき、銃を構えた。「もういい。ふたりとも動くな」

ウィーフリーはミセス・ケリガンの髪をつかんで持ちあげ、ひざまずかせた。彼女の頭を引き起こし、顔を突き合わせて言う。「よく聞け、お嬢さん。一度しか言わんからな」

ミセス・ケリガンは彼の顔に向かって泡まじりの赤い痰を吐いた。「こっ……ころっ……殺してやる!」

「ヘンダーソンはおれの娘を探しとるんだ。そいつが終わるまで、この男はおれの庇護下にある」

「おまえも、おまえの愛する者も、みんな殺してやる!」ひと言吐くたび、ミセス・ケリガンの声が大きくなっていった。

わたしは彼女に向けた銃口をまわした。「おれとの話がまだ終わってないぜ」

「ひとり残らず捕まえて――」

ウィーフリーがミセス・ケリガンの顔面にこぶしを叩きこむ。

彼女の頭がのけぞり、左右に揺れた。それから彼女は首を振り、なおもウィーフリーを

# 39

一瞬の静寂ののち、絶叫が始まった。ミセス・ケリガンは目を飛び出さんばかりに見開き、唇を歪めて歯を剝き出した。舗装の上で前後にからだを揺らし、右足首を両手で押さえている。靴の甲に空いた穴から血が溢れ出す。

「があああああああ！」

「あんたのことは調べたと言ったろう」ウィーフリーが銃を暗がりに投げ捨てる。「〝烙《やき》にて烙《やき》を償《つくの》ひ傷《きず》にて傷《きず》を償《つくの》ひ打傷《うちきず》にて打傷《うちきず》を償《つくの》ふべし〟（出エジプト記二十一章二十五節）。あんたはヘンダーソンの足を撃たせた。おのれの蒔いた種を刈り取るときだ」

「ちくしょう、こんな……あがあああ！」

大粒の雨が舗装にはじけ、ヘッドライトにまたたき、横たわるわたしを打ちすえる。

ウィーフリーが身を屈め、先ほど捨てたハンマーを取りあげる。その先端でわたしを指し、次いでジャガーを指した。「おまえは仕事に戻るがいい」

「ああ、よくも！　あぐうう、このくそ野郎！」

わたしは杖を握り、どうにか立ちあがった。ウィーフリーの足もとで泣き叫ぶミセス・

ケリガンを見下ろした。「殺さなきゃだめだ」

「目には目を」ウィーフリーが爪先で彼女を突く。「次は片目だ」

「この女はあんたとおれを狙ってくるぞ。家族だって……」しまった――アリス。

ふたりに背を向け、全力で歩きだした。水たまりを突っ切り、ジャガーの横を通りすぎ、倉庫とコンテナ群のあいだの通路を目指した。

アリスが事前の心得どおりに行動したら――逃げてしまったら、何もかもおしまいだ。わたしから百メートル離れるなり装置が作動して、ジェイコブソンの武装隊が急行するだろう。血にまみれ、死体の転がるこの場所へ。

くそっ。

スマートフォンを取り出してサビールのアプリを起動した。ロードに時間がかかったものの、そのうちにソナー音がゆっくりと安定したテンポで鳴りはじめた。画面表示は琥珀《こはく》色。どこにいるにしろ六十メートル圏外には出ていない。

立ちどまり、両手をメガホンがわりにして叫んだ。「アリス！」数歩進んで、コンテナに向かってもう一度叫ぶ。次いでフェンスの抜け穴があるほうへ。「アリス！」

画面がオレンジから黄色に変わった。ソナー音がさらにゆっくりになる。

暗闇の向こうへ叫ぶ。「アリス！」

画面が緑に変わった。

二台のコンテナのあいだに横たわる人影。

ジョゼフだ。

仰向けに倒れていた。片腕を頭上に上げ、脚はがに股になっていた。傍らにツルハシの柄が転がり、太いほうの端に親指大の赤い染みがかろうじて見えた。

わたしはスマートフォンを再度確認した。緑だ。彼女は近い。

「アリス?」

もう何歩か進んで、コンテナの隙間の暗がりに入った。錆だらけの鉄板に挟まれた通路は肩幅ほどしかない。焦げたプラスチックと黴の匂いがした。前へ、もう少し前へ。

「ちくしょう……」

アリスが横向きで丸くなって倒れていた。両膝を胸もとへ引きつけ、小さな赤い靴を履いた足は八時四十分方向を指している。身を庇うように左腕を上げていたが、額にはひと筋の血が横ざまに垂れていた。そばには開いたままのショルダーバッグ。入れておいたはずの石頭ハンマーが消えていた。

ジョゼフの野郎。

わたしはひざまずき、アリスの顔から髪を払った。「アリス、聴こえるか?」

下顎のうしろのくぼみに二本指を当てた——脈はある。

わたしは息を吐いた。こうべを垂れ、額を彼女の肩に乗せた。よかった。

ふと、胸中に何か黒々としたものが巣食いだした。

立ちあがり、ジョゼフのほうに戻った。彼の腹を左足で何度か踏んでみる。起きない。

転がっていたツルハシの柄を握った。「最低最悪のくそ野郎が」

脚を折ってやる。左右どっちでもいい。

衝撃が木製の柄を伝って両手を痺れさせた。一打、二打、三打。骨の砕ける瞬間にも、ジョゼフはうめき声ひとつ上げず倒れたままだった。

最後にひと蹴り入れ、ツルハシの柄を捨てた。それからアリスを抱えて車のほうへ戻った。右の踵が地面を踏みしめるたび、汚れた氷の刃が肉と骨を切り裂く心地がした。

ジャガーにたどり着いたときには、シフティもミセス・ケリガンも姿を消していた。ただポール・マンソンひとりがいまだ地面に横たわり、仰向けた額と胸の銃創を小さなブラックホールのように光らせていた。

ウィーフリーは最後に見たときと同じ場所に立っていた。片手にハンマー、もう片方の手にわたしから奪った銃を握っている。顎をしゃくって、「お嬢さんは無事か?」

アリスをジャガーの後部座席に横たえた。「生きてはいる」

「よかったな」ウィーフリーがこちらに来て、マンソンの死体を足で突いた。「これも持っていけ。おれはもう死体を片づけるのに飽きた」

わたしは車のドアを閉め、肩を反らした。「シフティはどこだ?」

「あの太った裸の男か? おれが預かる。おまえはお嬢さんとその会計士とやらを連れて帰るがいい。それから仕事に戻って、娘を探すんだ」

口の中が紙やすりでいっぱいになった。「彼を置いて帰れない」

「ジェシカの五歳の誕生日、おれたちは病院でパーティをやった。あれの母親が参加できるようになっ。腕にも鼻にも管が入って、枕から頭を起こすのがやっとだってのに、あいつは笑っとったよ。ジェシカはあいつの頬にキスして、お母さんはもうすぐ天使になるのよ、なんて言った」

「彼には手当てが必要だ」

「でもって自分の守護天使として帰ってきて、カボチャを馬車に、鼠を馬に変えてくれなんて言うんだ」

「ウィー……ウィリアム。彼には治療が必要なんだ」

ウィーフリーが銃を上げた。「六歳のときには、おれの二度目の結婚式でウェディングケーキをひと切れねだった。継母が理由を訊いたら、死んだママはケーキが大好きだったから、次のお墓参りに持っていきたいんだと答えた」

わたしはうしろを向き、周囲に目を凝らした。ミセス・ケリガンの銃はどこへ行った？ 見えるのは暗闇、舗装の亀裂に伸びた雑草、雨水の溜まった穴ぼこばかり。

「七歳のとき、ジェシカの飼っとったウサギが死んだ。一週間泣きどおしだった。ウサギには魂がないから天国に行けないと言ってな。だからといって地獄に堕ちるわけでもない、そう教えるのにずいぶん苦労したよ」

銃はどこだ。

「それからジェシカは大きくなり、反抗的になった。主の教えに背を向けるようになった。

それでもあれは、おれの可愛いひとり娘なんだ」

もう三百ポンド払ったところで簡単に買える代物じゃないんだ。

「こうしようと思うんだ。おまえが娘を見つけるまで、あの男はおれが預かっておく。そのあいだ、一日ごとにあの男のからだの一部を切り取っておまえに送りつけてやろう。そして、もし……」彼の声がしゃがれた。咳払いして、「もし娘が死んでいたら――」

「〝烙にて烙を傷にて傷を打傷にて打傷を償ふべし〟。そういうことか？」

銃は一体どこなんだ。

ウィーフリーが屈んで、足もとに落ちていた何かを拾いあげる。「こいつを探しとるのか？」ミセス・ケリガンのセミオート。彼は弾倉を抜いて下に落とすと、銃本体を投げ捨てた。銃は舗装にがちゃんと落ちて、わたしのすぐ足もとに転がった。

「あの女は殺したのか？」

「目には目を。おまえは娘を探せ」

ウィーフリーはＢＭＷに乗りこむとエンジンを始動させた。車がバックし、転回して、開け放たれた正門に向かって走りだす。

雨がジャケットをぐっしょりと濡らし、ズボンを脚に張りつけていた。わたしは顔から水をしたたらせたまま、闇に消えていくテールライトを呆然と見送った。

くそおやじ。

周囲に残る光がフェンスの向こうの閉店した卸売店の灯りだけになった。

アリスは路傍の木の幹に寄りかかり、目を両手で覆った。「そんな……」

わたしは咳払いし、彼女から顔を背けた。「心得その四。彼はギャングの会計士だ。アンディ・イングリス相手に横領した時点で運命はもう決まってた。彼自身の責任だ。彼と、彼を雇ってた連中のな」

嘘つきめ。悪いのは全部わたしだ。いつもそうだ。今日までの何もかもすべて、わたしが悪かったんだ。

# 40

「気分はよくなったか？」

アリスがこちらをにらむ。傷に当てたおしぼりは黒ずみ、水滴が手を伝ってべたつくテーブルの上にしたたっていた。「いいえ」

〈バッファロー・ボブ〉の一番奥の席から見渡す限り、客は声を落として言い争っているカップルひと組とわたしたちしかいなかった。カップルはバーベキューチキンやビーンズ、フライドポテトの皿を挟んで腕を振り、歯を剝いて罵り合っている。

店内の壁は色調の濃い木張りで、額装された写真や古い新聞記事に覆いつくされていた。長いカウンターにはビールサーバーが並び、うしろにバド・ライトやコカ・コーラのネオンサインが掲げてあった。シーリングファンがきしみを立てて回転し、スピーカーからはブルース・スプリングスティーンの低くうなるような歌声が流れている。

「診《み》てもらったほうがいい。きみは――」

「病院には行きたくない」

「――脳震盪を起こしたんだ。検査しないと――」

「お願い。いまは……」アリスは身震いした。皿に載ったスペアリブをフォークで突き、「ミセス・ケリガンも死んだの？」

カップルの女のほうが立ちあがり、彼氏の顔面にミルクシェイクをぶちまけた。「ふざけんな！」それから猛然と店先の駐車場に出て、叩きつけるようにドアを閉めた。

二拍置いて、男のほうも腰を上げた。ピンクの液体をしたたらせて彼女を追う。ドアの前でこちらを振り返り、「どうもお騒がせしちゃって……」彼も店外に出ていった。

わたしはポテトをブルーチーズ・ディップに浸した。窓に映った自分の顔をにらみつつ、「わからない。たぶんな」たぶん、ウィーフリーはあの女をキッチンで解体するのだろう。切れ端は犬に食わせ、自分でも食うかもしれない。傷痕の走る胸板を鮮血に染めて。

わたしがとどめを刺すはずだったのに。

アリスはひとつうなずくと、リブを持ちあげた。焦げた骨に黒っぽい肉が垂れ下がっている。「ごめんなさい」

テーブルごしに彼女の手を取った。「待てよ。きみが謝ることなんかないんだ」

「いつの間にか近づかれて……逃げようとしたんだけど、殴られちゃって……」リブが皿の上に落ちた。「だから、ごめんなさい」

「いいんだ。いまはジェシカ・マクフィーを救出してシフティを取り戻すことだけ考えよう。まさにおれたちの仕事だ」アリスの手を握りしめた。「きみはきみの仕事をしろ」

「でも――」

「ウィーフリーのおかげでミセス・ケリガンに追われる心配はなくなった。彼がシフティを傷つける恐れもない。おれたちに娘を探させたいんだからな。今夜はただ、ギャングの会計士がひとり死んだってだけだ」

アリスがうなずく。

わたしはハンバーガーをかじった。脂ぎった段ボールのような味がしたが、無理やり喉に押しこんだ。

ただのギャングの会計士。まちがった相手に家族自慢をしてしまっただけの無実の男なんかじゃない。

アリスもあらためてスペアリブを持ちあげ、今度こそ口をつけた。「奥さんと子供はどう思うでしょうね。浮気相手のところに逃げたとか、それとも敵対組織に捕まったとか？」

わたしはフライドポテトに視線を集中させた。「そのことは考えないようにしよう」

アリスはため息をつき、皿に戻したリブを脇にどけた。「犯罪王の資金洗浄係なんてやってたら、いつそういう目に遭ってもおかしくはない」目を伏せ、ナプキンをいじりながら、「だとしても、罪悪感はぬぐいきれないわ」

途端にハンバーガーが変性アルコールに漬けこんだみたいな味に変わった。わたしもバーガーをどけた。二枚の皿がぶつかってかちゃんと鳴った。

「よし」手のひらをテーブルに置き、指を広げた。「どうすればインサイド・マンを捕まえられるかな？」

アリスは革のショルダーバッグにしまっていたフォルダーを出してテーブルに置き、中から書類をひと束抜いた。

「失礼」先ほど注文を取りに来た若い男性店員が戻ってきた。デニムシャツは襟が灰色に色あせつつあり、星条旗の柄のハーフエプロンは染みだらけだ。名札には〝やあ、ぼくの名前は〈ブラッド〉。ご注文は？　なんでもどうぞ！〟と書いてある。脂っぽい癖毛の頭に野球帽をはすにかぶっていた。「氷は足りてます？　遠慮なくどうぞ、たくさん用意してますから」

アリスはこめかみの傷に当てていたおしぼりを彼に返した。「ありがとう」

・こぶはだいぶ小さくなっていた。いまではほんのふくらみ程度で、てっぺんの傷口は黄色とピンクの擦り傷にしか見えない。ジョゼフは脚一本の骨折で済んで幸運だった。もっと時間があれば……。

ブラッドはグラスを指さした。「飲み物のお代わりは？」

アリスがうなずいた。「ジャック・ダニエルを大きめのグラスにロックで。それとラガー一本。紅茶もポットでもらえるかしら？」

「かしこまりました。ジャック・ダニエルのロックとラガー、紅茶ですね」ブラッドは水のしたたるおしぼりを手にそそくさと離れていく。アリスはテーブルに書類を広げた。

それぞれ写真が二枚ずつ載っている。インサイド・マンの被害者たち。生前のバストアップ一枚と現場写真一枚。アリスは計九枚の書類を順番に並べていった。まずドリーン・

アップルトン——最初の犠牲者を一番左に置き、次いでタラ・マクナブ、ホリー・ドラモンド、ナタリー・メイ、ローラ・ストラーン、マリー・ジョーダン、ルース・ラフリン、クレア・ヤング、右端にジェシカ・マクフィー。

アリスは続いて死亡者の検視写真と、ミッキー・スロッサーをおだてて手に入れた手紙の写真をフォルダーから抜き出した。

そして最後に、今日ミッキーに届いたばかりの一通のコピー。

アリスは座ったまま前後にからだを揺らした。片腕で自分を抱き、もう片方の手でカールした茶髪ひと巻きをいじりながら、「たしかに筆跡はそっくりね。かといって、まったく同じでもない——文字の傾きが少し強くなってるし、ループも雑になってる。これで同一人物の可能性が高まったわ」

「どうして?」

「あなたの筆跡は八年前といまとでまったく同じ? わたしはちがう、年々下手になっていく。わたしだけじゃなく、みんなコンピューターに頼りすぎなのよね。紙とペンを使う機会がだいぶ減ったし、手紙だって書かないわ。まあ、シリアルキラーはべつとして……」アリスは一番新しい手紙を取りあげ、目を細めた。ひそめた眉の下で目をほとんど閉じかけたかと思うと、ふたたびバッグを漁って眼鏡を取り出した。「これなら読めるわ。よし。えへん……〝おれと再会できて嬉しいか? おれもみんなに会いたかった。おれの獲物が、追っ手が、観衆が恋しかった。溺れる者が冷たく硬い大地を恋しがるように〟」

ふっと息を吐いて、「なんだかまわりくどいわね」

「文学部あがりかもな。連中の作文がどんなもんか、きみだって知ってるだろ」

「〝一人目は失敗だった。おれの暗い欲望に応えるだけの強靭さを持ち合わせていなかった。おれの心臓を謳《うた》わせてくれなかった。だがジェシカはちがう。彼女の悲鳴と悪罵《あくば》は、飽食の舌をも潤す至高の美酒。彼女の血肉こそわが聖餐〟」

紅茶は冷めきっていたが、構わず飲んだ。「前言撤回だ。文学部のやつらもここまで自分に酔っちゃいない」

「この先はもっとひどいわよ。〝彼女こそは燃え立つ愛欲の的〟〝おれを受け入れるたび、白い肌に包まれた乳房が激しく上下する。脅《おび》やかされたウサギのように心臓を高鳴らせる……〟〝もうじきおれは彼女の震える肉体にナイフを沈める。彼女を露わにする。わが宿りの犠牲として……〟」アリスは手紙を下ろし、フォーマイカのテーブルを指で打ちながら、「残酷映画《トーチャーポルノ》のシナリオみたいに見えるのはわたしだけ？　いままでの手紙と全然ちがう。仰々しさはあいかわらずだけど、ここまで性的な要素を強調してくるのは初めてだわ」

「セックスは大衆にウケる」

アリスの指が手紙の上で踊る。「〝彼女の内に秘された快楽の白いうねりがおれを喚《よ》ぶ。その温もりに満ちた暗黒の抱擁に憩いたまえと乞い願う……〟。シリアルキラーが『プレイボーイ』の読者欄に投稿したら、きっとこんな感じね」

わたしは一通目の手紙を取りあげた。消印の日付は二番目の犠牲者タラ・マクナブが路上で発見された翌日だ。セックスも乳房も、温もりに満ちた暗黒の抱擁とやらも出てこない。おのれの権能と支配力について、あるいは新聞が自分をカレドニアン・リッパーと仇名したことへの憤懣《ふんまん》を書き連ねているが、性的な仄めかしはない。

二通目の消印はホリー・ドラモンドの発見より前だった。内容は一通目と大して変わらない。三通目と四通目も読んだ。「八年で変わったのは筆跡だけじゃないってことかな。犯行の動機を隠さなくなっただけかも」

「でも、彼は性的に不能なのよ。でなければこんな事件を起こす道理がない。通常の手段では女性を妊娠させられないからこそ、切開して人形を埋めこむ必要が出てくるのよ。現実の暴力が性的空想を満たしてくれる。彼を不能でも不妊でもなくし、女性を妊娠させられるようにしてくれる……」アリスはわたしの皿からフライドポテトを一本取った。「どうしてバイアグラか何かを試さないのかしら？　それかEDの専門医にかかるとか」

皿をアリスの前、ローラ・ストラーンのときの手紙の上に置いてやった。「やつが不能なら、どうしてルース・ラフリンをレイプできた？」

アリスは食べながら眉をひそめた。ポテトの山から次の一本を取って、「勃起不全でなく、精子に問題があるのかも」皿の端に七本のポテトを柵みたく一列に並べた。次いで二本をその手前に置き、ボトルのケチャップを上の四本に一滴ずつ絞った。下の一本にも一滴。

「つまりなんだ、不妊治療専門のクリニックでも当たればいいのか？　プロファイリングに一致する患者がいないかどうか。令状を取るのはとても無理だな」

ブラッドが盆を片手に戻ってきた。検視や遺棄遺体の写真に気づいたにしろ、おくびにも出さなかった。飲み物を並べ、氷を包んだ新しいおしぼりをアリスに渡す。ほほえんで、「他にご入用のものがあれば、ぜひ」

アリスは人差し指を立てると、ウィスキーを一気に飲み干した。「お代わりを」

ブラッドがカウンターの裏に戻ると、アリスは舌先を突き出し、手紙に向かって眉をひそめた。「この手紙は〝親愛なるボス〟か、それとも〝じごくより〟か」

「もう長講釈はなしにしてくれよ」

「一方は事件に関する非公開情報を、もう一方は人間の腎臓を添えていた……ドクター・ドカティが最初のプロファイリングを作成したのはいつ？」

「さあな。おれたちがヘンリーを招致したのはタラ・マクナブ発見のあとだから、そうだな、ホリー・ドラモンドの殺害後くらいか？」

アリスは被害者のプロフィールと検視写真、手紙をまとめてテーブルの端に積むと、ドリーン、タラ、ホリーの三人分だけを中央に残した。「つまり、当時のプロファイリングはこの三人の事件をもとに組み立てられたわけね」ホリーとタラの写真にそれぞれ手紙を添えた。「ドリーのときは手紙はなし……」眉をひそめ、髪をいじった。「ドクター・ドカティは、ドリーン殺しは事前練習だったから手紙もなかったと解釈した。でも、犯人が手紙を書かなかったのは単にその必要がなかったからよ。新聞が彼をカレドニアン・リッパーと仇名し異常者呼ばわりして初めて、自身の名誉を守る必要が生じた。それまでは自分ひとりの秘密で満足していた」

ブラッドがアリスのお代わりを手に戻ってきた。「お待たせしました」

アリスは二杯目も一気に干して、またお代わりを頼んだ。

ブラッドの笑顔がわずかに曇る。「大丈夫ですか？」

「ええ」

ブラッドはカウンターに引き返した。

アリスはラガーをあおって、「もし、本物の切り裂きジャックは一通も手紙を書かなかったとしたら？　二通ともジャックを騙るべつべつの人物の手によるものだとしたら？」

「インサイド・マンの手紙は偽物だってことか？　まさか――一通目以外はどれも、被害者が発見される以前の消印だぞ」

「一連の手紙が訴えているのは、あくまでおのれの行動力と支配力。おれを見ろ、おれは特別な人間なんだ。しかし発見遺体のほうは、どれも新たな命を創造する試みの失敗例に過ぎない……」アリスは二通の手紙を他の書類の山に重ねた。「手紙を除外して考えると、まったくべつの絵図が見えてくる」

わたしはお代わりの温かい紅茶をカップに注いだ。「無理筋だ。手紙はたしかに届いて、現に存在してる。犯人しか知りようのない情報も含まれてる」

つきながら玄関ポーチに上がり、わたしにもたれて、「うーん眠い」ウィスキーとバーベキューソースの匂いを吐きながら言った。

ドアの曇りガラスごしに人影が近づいてくるのが見えた。

「いまにも吐きそうな面してたら、部屋を取ってもらえないぞ」

「ねむううい……」

いい返事だ。

影がガラスいっぱいに大きくなると、かちゃりと音がしてドアが開いた。

黒いカーディガンにスリッパ履きの老人がこちらを見てまばたきした。皮膚の垂れ下がったしわだらけの顔。消炎スプレーとペパーミントの香りがした。「ご宿泊ですか？」

「ふた部屋取りたい」

老人はなおもまばたきして、わたしとアリスのあいだに視線をさまよわせた。「かしこまりました」だぶだぶのカーディガンに包まれた肩をほぐし、アリスのスーツケースとわたしのボストンバッグを見た。「お荷物をお持ちいたしましょうか？」

「ありがとう。お構いなく」

アリスがわたしの袖を引く。「ツインにして。わたし……いやなの……ひとりはいや」

「ふた部屋で。中でつながってるような部屋は取れるか？」

老人はハンカチを取り出し、長々と鼻をかんだ。「ご都合できるかと思います」踵を返し、よろよろと屋内に戻っていく。

ホテルのフロントにはタータンチェックのカーペットが敷かれ、木製のデスクの上方に雄鹿の頭部が飾ってあった。壁には狩猟の風景を描いた絵画や、昔の軍服やドレスを着た男女の肖像画がかかっている。どれも重々しい金縁の額に入っていた。

老人はわたしたちに記帳させ、車検証とアリスのクレジットカードの提示を求めてきた。鍵をふたつよこすと、「ご朝食は〈バルモラルの間〉にて六時から九時半までご用意しておりますが、僭越《せんえつ》ながら七時までにお済ませになられたほうが――警察の方が大勢お泊まりで、みなさんビュッフェを独占なさるご傾向がございましてな」フロントの左側を指す。「駐車場にお車を駐車なさるのであれば、こちらで専用のコインをお渡ししますので」

「ありがとう」

彼はしばしデスクの下に屈みこむと、怪訝《けげん》な顔で出てきた。「たしかにここにしまったはずなんですが……少々お待ちを」カーペットにスリッパをぱたぱた鳴らして去っていく。

彼の姿が見えなくなると、わたしはデスクのうしろに手を伸ばして宿泊者名簿を取った。ここ二、三日分の記帳を確認した。

ページは警官の名前で埋まっていた。ローナの言うとおり、専門刑事部《SCD》の連中は全員ここに泊まっているようだ。次いでジェイコブソンと外部調査・考察ユニット《LIRU》の面々も載っていた。

そして最後に〝ドクター・F・ドカティ〟。部屋番号は三一四。

〝……ラブ・アモングスト・ルインで《ホーム》でした。ただいま時刻は十一時五十五分、『ウィッチング・アワー』のお時間です。進行はわたくしルーシー・ロボサム〟

老フロントマンからもらったコインで遮断機を上げ、会議場らしき広間の下に設けられた地下駐車場へとスズキを乗り入れた。コンクリートの太い柱のあいだを通り抜け、最初に見つけたスペースに駐車した。そのまま後頭部をヘッドレストにもたせかけ、右足に痛みを抱えながら一分ほど車中で過ごした。

〝……明日の『デイリー・レコード』の一面見出しは「御用！」。ビジネス大臣アレックス・ダンスが偽証と司法妨害の容疑で逮捕される大スキャンダルに官邸は大揺れ……〟

しばらく深呼吸を繰り返すと、足の痛みがいくらかましになってきた。

〝……『プレス&ジャーナル』は「チャーリーちゃん両親、心痛深く」。いまだ行方不明のチャーリー・ピアースちゃん五歳の捜索に関して……〟

まったく、きつい一日だった……。

〝『インディペンデント』と『スコッツマン』はともにオールドカースルのインサイド・マン事件の話題を扱っていますが、対して『カースル・ニュース&ポスト』は犯人からと思われる新たな手紙を一面掲載――〟

ラジオを切り、からだを起こして車から降りた。杖にできるだけ体重を預け、足を引きずり駐車場の出口へ向かった。

駐車場内は携帯電話の電波が届かなかったが、地上に出るとすぐ四本線の表示が出た。

番号を入力し、呼出音を聴きながらジャケットの背中を壁にこすりつけた。

ポリッジのように粘っこいイースターハウス訛りが電話口から響く。〝スコットランド警察、オールドカースル署〟

「ダフネか？　アッシュ・ヘンダーソンだ。ロックハンマー・ロバートソンが釈放されたかどうか知りたい」

〝懐かしいじゃないの、アッシュ。足の具合はどう？〟電話ごしにすばやくキーボードを叩く音が聴こえた。

「靴の中にハリネズミでも飼ってる気分だ。ジョーは元気か？」

〝こないだ階段から落ちて鎖骨を折ったばっかりよ……まったく。と、データベースではロバートソンは不起訴で釈放となってるわね〟

ジェイコブソンとクーパーに怪我させたのに？　あいつも運のいいやつだ。

「やつの電話番号はわかるか？」

〝ちょっと待ってて……〟

# 水曜日

## 42

〝……冗談言うな、もう夜中だぞ！〟

「料金は？」

返事を待つあいだにフロントへ戻った。ロックハンマー・ロバートソンが電話口に復帰する。〝一日百二十ポンド、プラス諸経費〟

「身元調査の結果も午前七時までにほしい。両親、子供時代の素行、警察の厄介になったことはあるか、その他諸々」

〝朝までにだと？　そんなに知りたきゃ、てめえで――〟

「腕利きなんじゃなかったのか？」

フロントマンの気配はなかった。わたしはデスクの裏に入って、フックにかかった客室の鍵を調べた。三一四号室の鍵はない。ドカティが自分で持っているということだ。棚の一番下に赤い革のキーホルダーがついた鍵があり、マスターキーと書いてあった。

〝時間が足りないのは承知の上だな〟ため息を漏らす。〝やれるだけやってみるが、期待するなよ〟

マスターキーを拝借してエレベーターに向かい、ボタンを押した。

「事務所の代表から聞く限り、おまえも女子寮での評判ほど無能じゃないようだな。ことを荒立てずやってくれると期待してる。下手を打ったらただじゃおかん、わかったな?」

〝おれが悪いんじゃないと言っただろうが。ああいう仕事には普通——〟

「この件は他言無用だ。事務所の会計にも上げるな。結果はおれだけに報告し、まわりには私用で二、三日空けると言っとけ。ノロに罹ったとでも言えばいい。よくある話だ」

ぽん——エレベーターのドアが開いた。中でヴィヴァルディの《四季》が流れていた。

〝わかったよ〟

入って三階のボタンを押す。エレベーターがうなりときしみを立てて昇っていくあいだ、携帯電話を肩口に挟んで鑑識用のゴム手袋を着けた。「知りたいのはやつがどこへ行き、誰と会ったか。それと誰かを監禁できるような部屋ないしは家を持ってるかどうかだ」

〝十代のにきびのようにまとわりついてやるよ〟

ぽん——ドアが開き、タータンチェックの廊下が目前に現れる。壁の案内表示を見た。左が〝三〇一～三一二〟、右が〝三一三～三二六〟。

右に進むと廊下がL字に曲がり、そこから床が二段高くなっていた。

「怪しい物件に行き当たったらすぐ連絡しろ。何も触らず、中にも入らず、まずはおれに教えるんだ」

〝わかってるよ、この手の仕事なら——〟

「復唱しろ」

ため息。〝まず連絡する〟

「結構」マスターキーを取り出した。三一四号室のドアの隙間からは明かりが見えなかった。ドカティは眠っているか、それとも出かけているか。「ちょっと黙ってろ」

マスターキーを鍵穴に挿し、ゆっくりとまわした。かちっと音がしてドアが開いた。

カーテンがきちんと閉まっていなかった。窓から入りこむ淡い黄色の光が内装の色彩をぼかし、カーペットのタータンチェックをモノクロに変えていた。

ベッドが整えられたままだった。毛布の端はマットレスの下にきっちりとたくしこまれ、枕の上にはルームサービスのメニュー表が置いてある。品のいい部屋だ。窓際に小さなソファとテーブルが設えてある。汚れひとつない。

通話を再開した。「ポーター・レーンの〈パインマントル・ホテル〉前に、遅くとも朝五時半には張っててほしい」

〝でもってそれまでに身辺調査も終わらせろと？　睡眠ってもんがこの世にあること、知ってるか？〟

「おまえは死んでから好きなだけ眠ればいい」電話を切り、ポケットに戻した。

ベッド両脇のサイドチェストを調べると、片方にギデオン聖書とドライヤー、もう片方に靴下と下着がきれいに畳んでしまってあった。机の浅底の抽斗にはよくあるホテルの案内書き――フォルダーやバインダーに入ったものと小冊子――しか入っていなかった。ベッドの下は何もなし。バスルームにはスティックタイプの制汗剤、ピンク色の洗面具ポーチ、プラスチック製のスタンドに立てた歯ブラシ、歯磨き粉、フロス、チューブ入りのヘアジェル二種、アフターシェーブローション。

　ワードローブからキャスターつきの赤いスーツケースを発見した。外に出し、中身を漁った。汚れた下着を入れた〈テスコ〉のレジ袋が片隅に転がり、蓋側のメッシュポケットに本が二冊入っていた。硬い内張りの入ったファスナーつきの収納スペースを見つけた。開けてみた。

　これはこれは……中から黒いレースのＴバックが三枚出てきた。さらに真っ赤な口紅一本と、青い石の嵌まった銀のイヤリング。一番奥には寄せて上げるタイプのブラジャー。わたしはしゃがみこんだ。つまりドカティは女装趣味で、週末にはスーザンとでも名乗って過ごすのだろうか？　とはいえ、こんなものはなんの証拠にもならない。出したものをすべて元どおりにした。

　ワードローブ内にスーツ二着とシャツ三枚、コート一枚を確認したのち、わたしは何ごともなかった素振りで廊下に出た。

　ドアを閉め、施錠しなおした。

　しばし立ちつくし、ドアの木目を見つめて眉をひそめた。

　ドカティなら、犯罪につながるようなものをホテルの部屋に残しておいたりはしないだろう。清掃の入った折に見つかる恐れもある。そんな頭の鈍いやつではないはずだ……。

続きの間のバスルームはドアが開けっぱなしで、えずく音が反響して聴こえた。ひざまずくアリスの足が互いに直角をなし、嘔吐のたび白い靴下の爪先を痙攣させている。チェックインからほんの二十分足らずだというのに、室内はもう十代の子供の寝室同然の散らかりようだ。床に衣服が散乱し、椅子の上にも服の山。ベッドはしわくちゃで、小さな書き物机に書類がぶちまけてあった。

アリスの足がまた痙攣した。

「大したもんだよ……」彼女のジーンズを拾いあげ、畳んで椅子の背に引っかけた。ファーつきのジャケットと縞柄のブラウスをクローゼットにかけ、散らばった靴下と下着はスーツケースに戻して部屋の隅に転がしておいた。

アリスがうめきながらバスルームから出てきた。ピンクのパジャマは例のごとくボタンをかけちがえており、髪はずたぼろのカーテンよろしく顔を覆っている。「うぐぐ……」

「悪いのは誰だ?」

「どこ行ってたの? わたし……髪を……持ってて……ほしかったのに」

ベッドの毛布を半分めくって、「水は飲んだ?」

「全部吐いちゃった」アリスはよたよたとベッドに近づくと、うつ伏せに倒れこんだ。

「どこ行ってたの?」

「ちょっと受付に鍵を返してくる。また吐きそうか?」

「うぐ……」

鉛《なまり》のように重たい脚を持ちあげ、きちんとベッドに寝かせてやった。毛布をかけ、ごみ箱をベッドの横に移動させておいた。

「きみはなんだ、肝臓病志願なのか?」

「うううう……」

「どうやらそのようだな」窓に向かい、カーテンを少しだけめくった。一台の車がポータ—・レーンを低速で通りすぎていく。ヘッドライトが葉のない街路樹を照らし出す。「ドクター・ドカティがインサイド・マンかもしれないと言われたら、きみはどう答える?」

「わたし……知らない……ほっといて……このまま……死なせて」

木々が枝を震わせたかと思うと、雨がわっと窓ガラスに打ちつけた。「ドカティなら年齢も合う。きみの提示した条件をことごとく満たしてるし、捜査関係者でもある。どうだ? やつほど捜査内部に食いこんでる人間は他にいない」

「彼じゃ……ないと思う……インサイド・マンじゃない……あんな……やなやつ」

カーテンを戻した。「シリアルキラーがいやなやつでなくて何なんだ?」

「あいつ……あいつは……」アリスは天井を見上げて目を細めた。「わからない……まだ……背景が。どうかしら……彼に母親はいるの? そうね、生みの親は当然いるにしても、子供時代の彼を虐待するとかしたかもしれない。ねえ、なんで部屋がこんなにぐるぐるまわってるの? 止めてよ!」

わたしは彼女の顔にかかった髪を払い、額にそっとキスした。「どうでもいいけど、息がくさいぞ」

「もしちがったら……彼じゃなかったらどうするの？　わたしたちが失敗したら……まちがった相手を追ってたりしたら……デイヴィッドが……」

「ドカティはきみのプロファイリングにぴったり合う、それだけの話だ。他の可能性を捨てるわけじゃない」

アリスはわたしの部屋に通じるドアへぶらりと手を振った。「あれ……開けたままにしといてくれる？」

「そうするよ」ベッド脇のランプを消すと、室内の明かりはわたしの部屋から漏れ入ってくる光だけになった。「明日は禁酒しろよ。いいな？」

「アッシュ？」

「なんだ？」

「わたし、どうして見ちゃったんだろう……あなたがマンソンの死体を担いで……森に入ってくところを……どうして……どうして嘘なんかついたの？」

「レベッカの飼ってたモルモットが死んだとき、おれたちは死骸を隠した。レベッカには牧場に預けたと嘘をついた。ペットが死んだことで落ちこんでほしくなかったんだ」杖の握りに触れ、親指の爪でニスの塗膜を削りながら言った。「そのときと似たようなことを思ったのかもしれないな……」

返事はなかった。

「アリス？」

「気持ちはありがたく受け取っておくわ……」彼女の声が暗中に漏れる曖昧な呟きとしか聴こえなくなった。「アッシュ？　もし……もしドクター・ドカティが……インサイド・マンだとしたら、どうして……なぜいまになって犯行を再開したのかしら？　なぜ……八年ものあいだ、何もせず待ってたの？」

「もう寝ろよ」

「そうね……きっと……犠牲者の悲鳴が恋しくなったのね」

# 43

スーツ姿の日焼けした男がスコットランド地図に手振りする。〝困ったことに、この前線が動かない以上、少なくとも今週いっぱい雨模様が続くと――〟テレビの音を切り、窓に向かった。カーテンを開けつつ携帯電話を耳に当てた。

ブナの木の合間におんぼろのアウディが一台見える。

「あの青いステーションワゴンがおまえか？」

ロバートソンはうなるように答えた。〝ちゃんと五時半から張ってるよ。身辺調査の結果を聞きたいか？〟

「教えてくれ」

〝ドクター・フレデリック・ジョシュア・ドカティ、三十五歳。エディンバラ大学にて心理学の修士号を取得し卒業――〟

「子供時代は？」

〝生まれはスターリング、両親はスティーヴンならびにイザベラ・ドカティ夫妻。三人きょうだいの真ん中に産まれた。姉は彼が六歳のとき交通事故で亡くなってる。弟は麻薬の営利目的所持で二年の服役経験あり。フレッド自身も地域の福祉課に二度世話になってる――不審な腕の骨折が一回と、空き家に放火したのが一回。八歳のときだ〟

続きの間からうめきとうなりが聴こえてくる。ときおり悪態と、もう二度と飲まないという誓いの言葉も聴こえた。

「動物虐待はなかったか？　よその家のペットを殺したとか、その手のは？」

〝そういうのは特に見つからなかった。成人後シルヴィア・バーンズと結婚するも十八カ月で離婚。弁護士事務所は九時にならないと開かないから理由まではわからんが、元妻のブログを読む限りじゃ性生活がらみだな〟

ここまで調べるのに数時間しかなかったことを思えば、悪くない情報量だ。

窓ガラスを指で叩いて、「いい仕事だ、ロックハンマー」

〝アリステア。もうロックハンマーじゃない。あれは最後の仕事で捨ててきた〟

もちろん、そうだろう。

「……キングズミースで麻薬関連のガサ入れがある。昼までは連中の邪魔にならないようにしておけ」パトロール主任がクリップボードに目を落とし、混み合う会議室に抑揚のない声を響かせる。「次――チャーリー・ピアース捜索について。今朝よりモンクールの森林に警察犬部隊を一部隊派遣した。捜索はスウィニーでも行われている」ネスのほうを向いた。「警視？」

ネスが起立した。黒いスーツの上着を脱ぎ、書類の束を取る。紫のくまが化粧の上からでもはっきり見えた。「チャーリーの失踪後すでに一日以上が経過している。統計的観点からすれば、本捜索はもはや殺人事件の捜査と同義になってしまった。しかしわたしはこの推測を決して、公に、したくない。おわかりか？　チャーリーの家族はもう充分すぎるほど苦しんでいる。このことをメディアに漏らした者は、スペイン異端審問がままごとに思えるような目に遭うだろう。マッシー部長刑事ならびにクラーク、ウェブスター、タルバート刑事巡査――本ブリーフィングが終わり次第、今日の任務割当についてわたしに報告するように」

アリスがわたしの肩にもたれる。「もう死にそう……」

「ぐずるんじゃない」

うしろの席ではハントリーがスマートフォンを取り出し、画面を両手の親指で突いていた。シェイラはシェトランドセーターらしきものを編んでいる最中だ。ジェイコブソンが黒い表紙のA4ノートに何やら書きこんでいる。

「どうしてあんなに飲ませるのよ？」

「大人だろ？　おれはきみのお母さんじゃない」

パトロール主任が天井のプロジェクターにリモコンを向けると、彼の背後のスクリーンに見知った顔が大写しになった。ワシ鼻、広い額、梳きあげた髪。

胃が締めつけられた。

「ポール・マンソン。昨日の夜、妻より捜索願が出された。愛人とどこかにしけこんでるだけかもしれんが、万が一ということもある――目を光らせておけ。いいな?」主任がリモコンを操作すると、今度は監視カメラの映像が映った。

まずい。マンソンを拉致する瞬間を撮られていたのか――

主任がにやりとする。「こっちはみんな気に入るぞ」

ラーバート・アヴェニューではなかった。庇らしきものに守られた歩道と車道の一部。音声はなく動画のみ――ガウン姿の禿げ頭の男が煙草を片手に携帯電話をいじっているのを、高い位置のカメラから撮影していた。

看護服の女性がひとり通りかかる。

「もうすぐだ……」

黒い四輪駆動車がカメラの視界内で急停止した。助手席のドアが開き、人影が現れる。ミセス・ケリガン。車から転がり落ちると、そのまま地面に仰向けに倒れた。道端で煙草を吸っていた男のほうに右手を伸ばす。

男は煙草を投げ捨て、その場から逃げていった。

ウィーフリーはあの女を殺すべきだったのに。

看護師たちが駆けよってきた。あたりを慌ただしく動きまわり、声なき叫びを発する。誰かがキャスターつきのポーターズチェアを運んできて、ミセス・ケリガンを座らせた。

主任がリモコンのボタンを押すと、映像が消えた。「昨日の午後九時四十五分、ミセス・メイヴ・ケリガンは付き添いもなくカースル・ヒル病院救急科に運びこまれた。どこぞの傑物が彼女の片足を撃ち、片目をえぐり取ったとのことだ」

室内に笑い声が広がるとともに、何人かが息を呑む音が聴こえた。誰かが言う。「驚いたな。恐れ知らずなやつもいたもんだ」

主任は片手を差しあげると、「彼女の負傷が銃創だったため、病院より通報が入った。無論、われわれは本件を凶悪な傷害事件と認め、総力を挙げて犯人を追及する所存である。犯人に勲章をやるべきだとか、一杯奢ろうだとか、そういう話は聞きたくない。わかったか？　面倒ごとはもうたくさんだ」

数人の警官がわたしのほうを見ていた。

結構な話だ。最悪にはまだ下があった。

ウィーフリーはどうしてあの女の足なんか撃った？　アンディ・イングリスはわたしの仕業と思ったにちがいない。そうでなくてもこのブリーフィングが終わり次第、彼の子飼いの警官がご注進におよぶに決まっている。

ネスがふたたび起立する。「もういい、この話は終わりだ。全員、静粛に」

室内が静かになるのを待ち、彼女は言った。「インサイド・マンもしくはアンサブ15について。本日午前三時十七分、九九九に一件の通報が入った」パトロール主任に手を差し出し、リモコンを受け取った。

スピーカーからノイズが割れ響く中、わたしは関節が痛むのも構わず指十字を作った。

どうかジェシカが死んでいませんように。録音のSOSメッセージで、腹を切り裂かれた犠牲者が見つかったと報されませんように。まだ彼女を救うチャンスがありますように。

彼女の死、すなわちシフティの死。

女の声が言った。〝こちら緊急サービス。どのようなご通報ですか?〟

通報者の男は息も絶え絶えに、つっかえながら言葉を発した。〝彼女がいないんだ!見つからない……探したのに……家じゅう……どこにもいない。彼女を探してくれ!〟

〝誰がいなくなったんですか?　あなたの——〟

〝妻だ。どこにもいない……ちくしょう、またあいつの仕業だったらどうするんだ?〟

〝わかりました、まず落ちついてください。ご住所を教えていただければ、すぐ警察官を向かわせます〟

〝ショートステイン、キャンバーンビュー・クレセント十三番地。ストラーンだ。ローラ・ストラーン。彼女は妊娠中なんだ!〟

〝少々お待ちください、すぐに警察車両を手配します。お電話はそのままで——〟

ネスがリモコンを下ろした。「現在パトカー三台がショートステイン周辺でローラ捜索の呼びかけを行っている。被害者宅では現場鑑識班が作業中だ。彼女の失踪が最悪の事態を意味することは、いまさら説明するまでもあるまい」

アリスが顔を両手にうずめ、声を落として言う。「集中するのよ。あなたならできるわ、きっと彼女を助け出せる」

ネスが指さす。「ドクター・ドカティ？」

ドカティが立ちあがり、ジャケットの下襟を手で撫でつけた。「ありがとう、警視」居並ぶ警官たちにほほえんだ。「本件の犯人が過去の被害者を再襲撃したのは明らかですが、その動機については三つの可能性が考えられます。その一、インサイド・マンはアンサブ15の登場により、自身の被害者たちに対する支配力が脅かされていると感じた。アンサブ15は彼の手口を模倣し、いわば彼の稲妻を盗んだ。伝説に挑戦したのです」

アリスは椅子に座りなおすと、表情を歪めて小首をかしげた。

「その二、アンサブ15はインサイド・マンの手口を真似るに飽き足らず、その被害者をも手に入れることで彼の遺産を継承しようと考えた」

アリスは鼻を鳴らし、小さくかぶりを振った。

「その三、アンサブ15はインサイド・マン本人だった。過去の失敗を抹消したいと考えた彼は、事件の生存者を処分することで再出発を図ろうとしている。こうした思考は、彼の力と権威に対する自己愛的な信念に端を発してます」ドカティが主任に合図すると、手書き文字の綴られた黄色いメモ用紙がスクリーンに映った。「今朝の『カースル・ニュース&ポスト』にも掲載された手紙ですが、これを見る限り三番目のシナリオが最有力でしょう。この〝捧げられた生贄《いけにえ》〟という文言に注目していただきたい――」

「聞いてられないわ……」

会議室の上手でドカティが顔をしかめた。「ご意見がおありのようだが、ドクター？」

アリスはふらつく脚で立ちあがると、前の椅子の背につかまった。「犯人はなぜそんなことしなきゃならないんですか？　ローラ・ストラーンを処分するだなんて。彼女はたったひとりの成功例なんですよ」

ドカティはしばし天井を仰ぐと、片眉を上げて彼女を見つめ返した。「それはね、ドクター、彼女は成功例などではないからだ。ローラ・ストラーン、マリー・ジョーダン、ルース・ラフリン。この三名はいずれも彼の蛮行を生き延びた。いやはや、インサイド・マンの失敗率ときたら——」

「ただひとり妊娠の叶った被害者ですよ。犯人が人形を埋めこむのは、彼女たちを懐胎させるためだった。体内に直接赤ん坊を移植しようとしたんです。ローラは——」

「意味がわからない。彼女の妊娠はインサイド・マンとはなんの関係もない」ドカティの顔に笑みが戻った。まるで小さな子供に言い聞かせるような口調だった。「ローラが妊娠したのはね、八年後なんだよ。インサイド・マンが彼女を——」指で括弧《かっこ》を作り、「——〝懐胎〟させてから。ずいぶん長い妊娠期間もあったものだと思わないかね？」

アリスは鼻筋を指でつまむと、きっぱりとした口調で噛んで含めるように答えた。「ええ。まともな、理性的な大人であればそう思うでしょうね。ですが、インサイド・マンは果たしてまともで理性的な人物と呼べるでしょうか？　ローラをさらったのは、彼女の妊娠に対して権利を主張するための——」

「よくわかったよ、ドクター・マクドナルド。わたしがきみの自己完結的結論に同意せずとも許してほしい」ドカティが宙に鼻を突き出す。「ともあれ、インサイド・マンは過去の被害者をも標的にしはじめたということです。マリー・ジョーダンおよびルース・ラフリンに警護をつけるべきでしょう。遅きに失したのでなければいいが」

「ええ、そうね、ふたりの警護は必要だと思います。でも、あなたのプロファイリングは的を外している――」

「わたしのプロファイリングが的外れ？　座りたまえ、ドクター。これ以上恥をかく前に」

アリスがドカティをにらみ返す。「あなたはどうしてそう――」

「わかりました、もう結構」ネスがふたたび立ちあがった。「ドクター・マクドナルド。あなたの異論は本ミーティングの終了後に受けつけるとしましょう。ドクター・ドカティ、続けてください」

アリスは立ったままだ。

ネスがため息をつく。「座りなさい、ドクター」

アリスはわたしを振り返ると、椅子にどさっと腰かけた。腕と脚を組み、下唇をきつく嚙みしめていた。

上手でドカティがほくそ笑む。その笑みをすぐに消して言った。「インサイド・マンの犯行は連続殺人から無差別殺人へとエスカレートしつつあります。クレア・ヤング発見からジェシカ・マクフィー拉致までの日数の短さを考えれば、今日か明日にもまた新たな被害者が発生することは確実です。この街のすべての女性看護師に警告を発するべきです」

わたしはアリスの腕に手を添えようとしたが、振り払われた。床のタイルカーペットをじっと見下ろしている。彼女の目が蛍光灯の無機質な照明を反射して光った。

ネスがうなずく。「おっしゃるとおりです。スティーヴン部長刑事、報道各社に連絡を。九時までに発表原稿を用意しておくように。次」赤い題字のタブロイド紙を掲げた。一面の半分ほどをクレアとジェシカの顔写真が占めている。その上の見出しには「インサイド・マンは警察内部の異常者？」。

席上にうめきが上がった。

前列の誰かが言う。「おいおい、勘弁してくれよ」

ネスは新聞を投げ捨てた。空中でばらけた新聞が一枚ずつ床に舞い落ちていく。「『スコティッシュ・サン』はどこからこのネタを取ってきた？　すべて載っている——消えた証拠品と手紙、ＨＯＬＭＥＳの記録の混乱。何もかもだ！」

誰も答えようとしなかった。

ネスの人差し指が後列を指す。「ミスター・ヘンダーソン」

わたしは腰を上げた。「訊かれる前に言っとくぜ。おれじゃない」

「ＨＯＬＭＥＳ上の過去の捜査記録が混乱していると、最初に言いだしたのはあなたよ」

「こっちの専門家いわく、あれはどうまちがったって素でやれることじゃない——ファイルの分類もリファレンスのつけ方も、何もかもおかしい。これは混乱なんかじゃない、意図的に仕組まれた茶番劇だ」

「こっちの専門家はすでに管理者のユーザーIDを特定済みよ。犯人はわかってる」

くそっ……使われたのはわたしのIDにちがいない。何者かがIDを乗っ取ってHOLMESの改竄に利用したのだろう。事実が発覚したとき、わたしに疑いがかかるように。

ちくしょうめが。

顎を上げた。「ちょっと待て――」

「犯人はトーマス・グリーンウッド巡査部長よ」ネスは一同に祝福を捧げるみたいに、手のひらを上にして両手を差しあげた。

捜査部《SCD》からまたうめきが上がる。

ナイトならびに専門刑事部の連中は顔を見合わせて肩をすぼめた。

トーマス・グリーンウッド。一体誰だ？

ブリッグストックがこちらを向いて顔を歪めた。「別名おばかのトム、のろまのグリーンウッド。トミー〝でくのぼう〟巡査部長のことだよ」

トミー・でくのぼう――おつむの足りない痩せっぽちの男で、一般常識の欠如と些細な問題を大惨事に変える能力に定評があった。彼がどうして巡査部長の昇格試験に合格できたのか、誰もが疑問に思っていた。「どこのばかだ、あいつをHOLMESの管理者なんかにしたのは」

ネスがうなずく。「グリーンウッド巡査部長がいまどうしてるか知ってる？　看護師を

# 44

数本の蛍光灯が点滅しながら、埃っぽい暗がりを照らしている。資料室の奥深く、段ボール箱を詰めこんだ鉄製の棚の向こうから不明瞭な話し声らしきものが聴こえた。

足を引きずり、暗い迷路のさらに奥へと進んだ。

左、右、左――角を曲がった先にシンプソン巡査がいた。彼は驚き、振り向いた格好のまま固まった。目を見開いていた。

シンプソンは棚にもたれて息を吐いた。たるんだ腹を呼吸のたび揺らしている。「心臓発作でわたしを殺す気か？」

「彼女は？」

彼は親指で背後を指した。「そこを右に曲がって、九〇年の人頭税暴動の棚を通りすぎて、また右だ。あの娘に優しくしてやれよ」

シンプソンはわたしの横をすり抜け、暗がりに消えていった。

教えられたとおりの場所にアリスがいた。

床にあぐらをかき、開いた箱に囲まれて書類束に目を伏せていた。肩が震えている。鼻をすると、手のひらで目を押さえて言った。「ごめんなさい」

「謝るな。悪いのはあいつ――」

「ナイト警視の言うとおりだわ」

「ナイトはただのばかだ。ドカティだって」

アリスがまた鼻をすする。「わたしは事件を理解してない。ドクター・ドカティはインサイド・マンが過去の生存者を狙っていると言い、わたしはちがうと言った。でも、現実は彼の言うとおりだった。彼のプロファイリングが正解で、わたしはまちがってたのよ」

杖を棚に引っかけ、彼女の前に屈みこんだ。「ドカティが正解を出せたのは、やつ自身が犯人だからかもしれない。やつがローラやルースを拉致したのかも」

アリスが顔を上げた。目をピンク色に泣き腫らしていた。「ねえアッシュ、わたし一体何やってるんだろう？ 力不足もいいとこだわ。役立たずで、みじめで、わたしなんか捜査に関わるべきじゃなかったのよ。ヘンリーもドクター・ドカティも捕まえられなかった、あのインサイド・マンを……」肩を震わせ、「わたしが……わたしなんかが……捕まえられるわけないわ」

「もういい、よせ」アリスを抱きよせた。彼女の髪はホテルのシャンプーとウィスキーの香りがした。熱っぽい額を首もとに引きよせ、抱きしめる。「しーっ……そいつはきっとPTSDのせいだ。きのう自分で言ってただろ。MDMAを試したらどうだ？ それか暴力的なゲームをやってみるとか」

「わたしなんか――」

「きみはおれが知る限りで一番頭のいい人だ。そんなふうに自分を責めるな」アリスを放し、顔にかかった髪を払ってやった。「ドカティはばか野郎。それだけの話さ」

アリスは鼻をすすってうなずいた。目尻からまた涙がこぼれはじめた。かろうじて笑顔を作り、言った。「二日酔いでも気は紛れないものね……」

わたしは床に腰を下ろし、脚を伸ばした。あたりに散らばるファイルと書類を指さした。

「で、どこから手をつければいい？」

暗がりからシンプソンが現れる。片手にマグ、もう片方の手に緑色のペーパータオルに包んだ何かを持っていた。「ほら」ふたつともアリスに手渡し、「お茶と、ジンジャークッキーも少し持ってきたよ」

アリスがマグを胸に抱く。「ありがとう、アラン」

わたしは片眉を上げげた。「おれのぶんは？」

「あんたは元気だろうが。わたしはべつにお茶くみじゃないんだ」そばに置いてあった捜査資料の箱を足で突き、「全部元あった場所に戻してくれよ、ヘンダーソン。ただでさえひどいありさまなんだから」

「少々散らかしたところで大差ないってことじゃないか。おまえの職場ときたら、まるで災害現場だよ、シンプソン。恥ずかしいと思わないのか？」

シンプソンは棚に片肘をついて寄りかかった。「タイガー〝くそったれ〟バーム作戦の連中にはうんざりだ」両手を差しあげる。肘を脇腹にくっつけ、指をくねらせ、声を半オクターブ上げた。「〝われわれは専門刑事部《SCD》、入退室にいちいち記帳なんかしない。どうだ、格好いいだろう！〟。ふざけた連中だよ。入室時は書類の記入欄にチェックをつけて、帰りにまたチェックをつける、これのどこがそんなに難しいんだ？　誰も守らないような規則になんの意味がある？」

わたしは棚に背をもたれ、箱の蓋を指で叩いた。「ここを荒らしていったのは誰だ？　ナイトの部下全員、それとも何人かだけ？」

シンプソンは頬をふくらませ、「そうだな……フット警部補とかいうのがしょっちゅう箱を漁ってたな。それとグロール部長刑事……」

「ドクター・ドカティは？」

「はあ……あいつが一番ひどかったよ。専従班が招集されるなりやってきて、子供の砂場遊びみたいに散らかし放題していった。うちの仕事にこれっぽっちの敬意もない」シンプソンは背筋を伸ばし、「まあいい。わたしもまだ仕事が残ってる」踵を返して迷路を引き返していく。「それと、くれぐれも全部元どおりにしてってくれよ」

環状交差点を抜け、スズキをショートステインに乗り入れた。型で抜いたように無個性な家並みが続く。お揃いの白い煉瓦と瓦屋根。袋小路と洒落た名前のついた路地。ラブラドールと四輪駆動車。

　アリスは腿の上に広げた書類を手で押さえた。「たしかに、彼ならプロファイリングを自分とかけ離れた犯人像に誘導できるけど——」

「あいつはやけに手紙にこだわってる。監視なしで資料室に出入りしてた。きみと意見が対立するたび、きみが頓珍漢《とんちんかん》に見えるよう仕向けるか、ただ黙殺した」

「だからといって、彼がインサイド・マンとは限らない」アリスがほほえみ、わたしの腕を握る。「庇ってくれるのは嬉しいけど、だからって彼を容疑者に仕立てることはないわ。わたしが意地悪されたってだけで」

「昨日の夜、ホテルでやつの部屋を調べたんだ。きみが晩飯を吐いてるあいだにな。やつはいなかった。ベッドは整えられたままだった」

　アリスは書類をめくって、「そうね……この街に恋人でも住んでるんじゃないの？」

「スーツケースに女物のパンツとブラジャーが入ってた。口紅とイヤリングも」

　左折してキャンバーンビュー・アヴェニューへ——家並みの合間に、そびえ立つ森の木々が見えた。樹木の尖った先端が、薄灰色の雲からかろうじて差す日光を捉えている。

「だからといって恋人が作れないわけじゃないわ」

　わたしが目を向けると、アリスが座席の上でもじもじした。

　彼女は肩をすぼめた。「何よ？　異性装者だって恋愛くらいするでしょ」

　右折してキャンバーンビュー・クレセントに入った。通りを三分の一ほど進んだ先に二台のパトカーと、そのあいだに鑑識班のへこみだらけのバンが一台停まっていた。

「きみが言ったことじゃないか。インサイド・マンは何かアイデンティティの問題を抱えていて、仮面をかぶって生活してるって」

アリスは眉をひそめた。わたしが最後尾のパトカーのうしろにスズキを停車させると、

「たしかに、別人格を装いたいという彼の欲求は、新しいプロファイリングとも合致する要素ね。職業上の人格も、インサイド・マンの手紙に表れた権力志向のナルシストという人物像に重なりはする……」片手で髪をいじりながら言った。「わたしたち、本気でドクター・ドカティを有力な容疑者と見なすべきかしら？」

「その線で少し考えてみようじゃないか」

アリスは髪をいじりつづけた。「彼の子供時代についてはわかってるの？」

「福祉課に二度通報があった。一件は故意の放火、もう一件は両親による虐待の疑いだ。それと何かセックスがらみの理由で離婚歴がある。詳しいことはまだわからない」だが、彼の女装癖と離婚は何かしら関係がありそうだ。

アリスはなおも眉をひそめ、目もとにしわを寄せた。「放火癖は、その人物が精神的問題を抱えていることを示す典型的行動よ。もし本当に虐待を受けていたとしたら……何か報告書のようなものは閲覧できる？」

わたしはドアを開け、車を降りた。家々の日陰で吐く息が白く見えた。「そっちはある男に頼んでるところだ」

アリスは書類をまとめてバッグにしまうと、わたしに続いた。歩道を進み、〝警察〟と書かれた青白二色のテープに近づく。月曜にクレアの遺棄現場で会ったにきび面の巡査が封鎖に当たっていた。彼はたちまち目を丸くし、気をつけの姿勢を取る。「ボス」

「今日はソーセージロールはなしみたいだな、ヒル巡査」

巡査は手をあたふたさせると、蛍光イエローのジャケットについた想像上のパンくずを払った。「先日は大変失礼しました、サー」唇を舐め、それからテープを持ちあげてアリスをくぐらせた。

わたしは家のほうを顎で指した。「まだ何も見つかってないのか？」

巡査はこちらに身をかしげ、小声で言った。「例の赤ん坊のキーホルダーが見つかったそうです。勝手口から」

べつの女性巡査が持っていたリストに署名し、家に上がった。

屋内のそこらじゅうに銀色や黒の粉が撒かれていた。ところどころ粉に汚れていない長方形の部分があるのは、テープを使って指紋を採った跡だ。玄関の錠前は無傷で、ドアの木材にもひび割れはなかった。

二階で誰かが声を張りあげた。「あんたも外に出て、彼女を探せよ！」

「できることはすべてやっています。どうか落ちついてください。ほら、深呼吸して」

リビングにも、キッチンにも破壊の形跡はなかった。流しの水切り台にはマグカップと皿がきれいに並び、どれも指紋採取用の粉末にまみれている。昼の光の下で見る窓外には猫の額ほどの庭があり、片隅に小鳥の餌台と回転式の物干しスタンドが立っていた。

鑑識員がひとり庭先にひざまずき、開いたままの裏口を調べていた。ドア枠の白い塩化ビニール材に血液検出用のアミドブラックを吹きかけている。耳にはイヤホン――音楽に合わせて首を振っていた。

肩を叩くと、鑑識員は危うく転げそうになった。「わあ！　びっくりするじゃないか！」

「鍵とキーホルダーはどこにやった？」

彼はキッチンの床に置いてあったステンレス製のアタッシェケースを指さした。「このドアとは鍵が合わないんだよね。ほら、挿しこめはするけどまわらないってやつ」

「玄関ドアでも試したか？」

「そっちとも合わなかった」彼はその場にしゃがんだ。「旦那のほうと話しに来たのか？」

「被害者が抵抗した形跡は？　犯人は押し入ったのか？」

「いいや、壁の絵ひとつ傾いちゃいなかった」

「花壇に足跡が残ってないかもちゃんと調べろよ」わたしはキッチンを出て廊下に引き返した。立ちどまり、二階の言い争いに耳を傾けつつ、声を落として言った。「彼女は犯人を知っていた。一階に下り、玄関を開け、やつといっしょに出ていった。抵抗はしなかった」

アリスは階段を見上げた。「彼女とドクター・ドカティは知り合いだったの？」

「あんたわかってるのか？　彼女は妊婦なんだぞ。妊娠してるんだ！」二階の男はますます声を荒らげた。「お腹の子に何かあったらどうしてくれるんだ？」

「やつは八年前の事件のあと、しばらく彼女のカウンセラーだった」

ローラの夫——クリストファーといっただろうか——が階段に姿を現した。後頭部を両手で押さえ、まるで自分の胸に顔をくっつけようとしているみたいだった。「赤ん坊を傷つけさせてたまるか。ぼくらがここまで来るのにどれだけ大変だったか、あんたには想像もつかないだろうよ！」

クリストファーのうしろから制服の女性警官が現れた。反射ジャケットと防刃チョッキは着けておらず、黒いフリースの前を開け、下は黒いTシャツ姿だった。「われわれはあなたの助けになりたいだけです。それとも誰かに来てもらいますか？　ご友人やご親戚の方に」

クリストファーはその場をうろうろと歩きまわりながら、きつく唇を結んだ……ふと立ちどまり、こちらを見た。「あんたたちか」

わたしはうなずいた。「ちょっと話せるか？」

カーテンを戻した。「スカイTVも来た」これで計四人のテレビリポーターと、カメラマンが五、六人。新聞記者も何人か見えた。

クリストファーはベッドの角に腰を下ろし、胸を膝につけるように屈みこんだ。顔を伏せたまま、「あいつら、どうしてここに来る暇で彼女を探してくれないんだ？」

アリスがその隣に座り、彼の肩に手を置いた。「あなたのせいじゃないわ」

「いいや、ぼくのせいだ。彼女を見守ってなくちゃいけなかったのに。約束したのに」身を震わせて、「もう二度とあんな目に遭わせないって……」

わたしは窓台に腰を預けた。「きみらがここに住んでいると知ってた者は？」

クリストファーが顔を上げた。「誰も。ぼくの母にも教えなかった。スパイ映画みたいな生活だよ。ローラだって……」またうつむいて、震える声で言う。「彼女は誰にも見つかりたくなかった」

アリスは彼の肩を少しさすった。「不安障害の治療で誰かにかかったりはしてなかった？　精神科医とかセラピストとか」

「そういうのは何年も前に終わってた。ローラは病気なんかじゃない。彼女は……ただ、警戒心が強かった。それだけだ」

それでもなお警戒が足りなかったわけだ。

わたしはメモ帳を取り出した。「彼女がいないのに気づいたのはいつ？」

クリストファーがため息を漏らす。「ここ何週間か、ぼくらはべつべつの寝室を使ってた。妊娠中なもんで、ローラのからだが熱すぎたんだ。彼女が手足を伸ばせるスペースも必要だった。三時ごろトイレに起きると、彼女の寝室の明かりが点いてた。また本を読みながら眠ってしまったのかと思って、電気を消しにいった。そしたら部屋にいなかった」

前後に揺れてベッドをきしませながら、「家じゅう探した。全部の部屋を調べて、全部の電気を点けた。近所の通りを走りまわったよ、ローラの名前を叫んで。なのに……」

「すると、最後に彼女の姿を見たのは……？」

「十一時、寝る前に彼女の部屋にカモミールティーを持っていったのが最後だ」クリストファーは布団をつかむと、裾を手に巻きつけた。

アリスは険しい表情でわたしを振り返り、また彼に向いた。「クリストファー、難しいこととは思うけど、起こってしまったことにばかり気を留めないで。それじゃあなたがつぶれてしまうわ」

「もしローラが見つからなかったら？」

「きっと見つけてみせるわ。あなたにおぼえておいてほしいのは、たとえ八年前の事件で彼女がレイプされ、腹部を切開されたからといって今回も……どうしたの？」

クリストファーが身を起こした。ベッドから立ちあがり、「レイプだと？」

アリスは顎を引いた。「おそらく、拉致されたときに」

「彼女はレイプなんかされてない！　そんなこと言ってるのはどこのどいつだ？」

アリスはうなずき、彼の両肩を手で押さえた。「レイプ被害者の多くは、夫や恋人にもそれを打ち明けないものよ。罪悪感をおぼえて――もちろん、彼女たちが罪悪感をおぼえなきゃならない道理はない。被害者にはなんの落ち度もないのだけれど、それでも――」

「ローラは全部話してくれた」クリストファーはふたたび屈みこんだ。「ぼくらのあいだに秘密はなかった。ひとつもなかった」

バックミラーに映る報道陣が見るみる小さくなっていき、キャンバーンビュー・アヴェニューへ曲がったところで完全に姿が消えた。ラジオがフー・ファイターズの懐かしい曲を唐突に打ち切り、時報を鳴らす。〝ただいまの時刻は午前九時ちょうど、お聴きのチャンネルはカースルウェイブFM。本日のニュースコーナーでは、犯罪心理学者のドクター・フレデリック・ドカティに電話出演でお話をおうかがいします。ドクター・ドカティは――〟

わたしはラジオを切った。

今度はアリスが運転していた。「ローラは八年前にレイプされなかったのかしら？」

「そんなことあるか？　ルースはレイプされたのに」

アリスは車を幹線道路に入れ、カウズキリンを目指した。「それか、行為は薬で眠らせたあとに行われたのかも」

「勃起できなかったか、あるいは時間がなかったせいかもしれない。彼女がクリストファーにも打ち明けられなかっただけかもな。きみの言うとおり、誤った罪悪感ってやつで。それか――」ポケットの携帯電話が鳴った。スマートフォンではなく私用のプリペイド式のほうだ。取り出して通話ボタンを押した。「どうした？」

受話部からウィーフリーの声が響いた。〝娘はまだ見つからんのか？〟

「いま探してるところだ」

〝時計がチクタク鳴っとるぞ、ヘンダーソン。チク、タク。おまえの太っちょのともだちは具合が悪そうだ〟

「彼には治療が必要だ」

〝おれには娘が必要だ。おまえならわかるだろう？　娘が消え、誰とも知れん悪党に捕まってると報されたとき、どんな心地がするものか〟

シティスタジアムの看板の前で曲がると、住宅や店舗が窓の外を次々通りすぎていった。家屋の背後に国民第一ケルト教会の尖塔が現れる。フロントガラスに雨粒が一滴落ちた。

〝聞いとるのか、ヘンダーソン〟

「こっちも最大限急いでるんだ、いいか？　手がかりを見つけ次第、あんたにもちゃんと報せる」

〝おまえのともだちは片目なんだから、耳もひとつで充分じゃなかろうか？　片方切り取って送ってやろうか〟

「こっちは……」わたしは目を閉じ、助手席の窓に頭をぶつけた。そのまま額をガラスにこすりつけると、走行中の振動が頭蓋骨に伝わってきた。「どんな心地だったか、いまではっきりおぼえてるよ。おれたちは全力を尽くしてる。最大限急いでるんだ。絶対にジェシカを見つけてみせる」

〝それがいい〟

# 45

通りを見下ろすと、一台のパトカーがルースのフラットの前に停まっているのが見えた。青白二色の回転灯が降りそそぐ雨粒をサファイアとダイヤモンドに変えている。ローラの家の前には報道陣が詰めかけていたというのに、こちらには地元紙のカメラマンさえひとりも来ていない。

ローラが事件当時から有名人だったのに対し、他ふたりの生存者はほとんどの人間が名前すらおぼえていない。八年前に死んだきりの四人と同然の扱いだ。

わたしはルースの寝室の窓から離れた。

ダブルベッドのマットレスが半分なかった。ドア横のチェストは抽斗がすべて引き出され、開け放たれたワードローブは空っぽになっていた。スカートやズボンや上着が床に散乱し、靴下や下着もまじっていた。壁の写真は額縁が傾き、ガラスが割られていた。

アリスはマットレスのないベッドの角に腰を下ろすと、両手を握り合わせた。紫色のゴム手袋がきゅっと音を立てる。「ジェシカが生きて見つからなければ、ウィーフリーはデイヴィッドを殺す。そうなんでしょ?」

「誰かがバットで部屋じゅう叩き壊してまわったみたいだな」落ちていたテディベアを拾いあげた。かなり年季の入った色あせた代物で、毛がもうほとんど残っていない。胸にはフランケンシュタインの怪物よろしく大きな縫い跡がある。チェストの天板に置き、落ちないよう壁に寄りかからせておいた。

制服の巡査がドアから顔を覗かせた。大きな耳と曲がった鼻。髪はだいぶ短く刈りこんである。「下の部屋の住人に話を聞いたよ。あのじいさん、ほとんど耳が聴こえてない――不審な物音も何も聴いてないそうだ」

「誰も指紋を採ってないようだが」

巡査はこれ見よがしに肩をすぼめた。「鑑識班はほとんどローラ・ストラーンの家に行っちまってる。向こうが終わるまで待つようだな。人員削減には困ったもんだ」

アリスがベッドから立ちあがった。「ローラの家では、インサイド・マンはなんの騒ぎも起こさず彼女を連れ去ることができた。なのに、ここは全然様子がちがう。どうしてこっちは争いになったのかしら?」

廊下に散らばるコート類を踏まないよう歩いてリビングに戻った。安楽椅子が引っくり返っている。ソファのクッションは切り裂かれ、茶色のコーデュロイの裂け目から詰め物が飛び出ていた。壁のハロゲンヒーターは壊され、窓辺にはポータブルテレビが画面を下にして落ちていた。

「ルースは訪問者の正体に気づいたのかもな」額縁のガラスの破片を爪先立ちでよけて歩

きながら、「だったら抵抗して当然だ。あんな目に遭わされた相手なんだから」

床板が大音量のヘヴィメタに振動している。下の住人が難聴であっても不思議はない。わたしはその場でゆっくりと周囲を見まわし、開いたままの戸棚に顔をしかめてみせた。割れた食器とペーパーバックが床に散らばっている。「やつはここで何かを探してた。そのために部屋を荒らし、何もかもぶち壊していったんだ」

キッチンも、バスルームも似たようなありさまだ——戸棚に入っていた医薬品の類《たぐい》はことごとく下にぶちまけてあった。

アリスはバスルームに屈みこむと、床に落ちたボトルや小瓶を物色した。ふと眉をひそめ、こちらに向く。「抗鬱剤がなくなってる。彼女、ノルトリプチリンを新しく処方されたばかりだと言ってたわ。まだ三、四箱は残ってたはずよ」

「どうして抗鬱剤なんか盗っていくんだ？」

「そうね……アルコールと併用して鎮静剤がわりにするつもりだったとか？」

「やつは手術用の麻酔だって入手できるんだ。そんなもの——くそっ、こんなときになんだ？」スマートフォンを取り出して通話アイコンを押した。「ヘンダーソン」

電話の相手はひどく焦った声で、周囲をはばかるように小声でしゃべっていた。〝わたしたち、おしまいだわ。これでもうおしまいよ！〟

電話を耳から離し、画面を確認した。知らない番号だ。「誰だ？」

〝いますぐキャリック・ガーデンズに来て。ヴァージニア・カニンガムの家に。あの子が

死んでしまった。わたしたち、話を合わせておかなくちゃ。ああ、もうおしまいよ……〃

通話が切れた。

電話をポケットに戻した。

ヴァージニア・カニンガム——よき隣人の皮をかぶった妊娠中の児童虐待犯。

アリスがわたしを見つめた。「どうしたの？」

「わからん。とにかく車に戻ろう」

ニノーヴァ刑事巡査が玄関前の庇で雨をよけ、わたしたちを待っていた。重苦しい灰色の空からまっすぐ降りそそぐ雨が前庭に強く打ちつけていた。

ニノーヴァはそわそわと足踏みしながら家を振り返る。「わたしたちのせいじゃない。誰もこんなことになるなんて思わなかった、そうでしょ？　こんな……」唇を舐めて、「これからどうすべきか、いっしょに落ちついて考えましょう。いいわね？」

アリスはニノーヴァの肩ごしに屋内を覗きこんだ。両手で掲げた傘が土砂降りに打たれて震えている。「何かあったの？」

「大ありよ。大変なことになったわ」ニノーヴァは玄関から廊下の奥へ突き進むと、突き当たりでまた引き返してきた。「わたしたちは何も知らなかった。そうでしょ？　知りようもなかった」

わたしも家に上がった。リビングのドアが開いている——ニノーヴァの相棒マケヴィットがソファの真ん中に座っていた。膝を合わせ、肩を丸め、片脚をデスメタルのような荒々しいリズムで揺すっていた。嘔吐物の酸っぱい匂いが鼻を突く。わたしたちがドアの前を通りかかると、マケヴィットは顔を上げた。「おれたちのせいじゃない……」

アリスは玄関のドアを閉め、水滴のしたたる傘を隅に立てかけた。「アッシュ、一体何があったの？」

「わからん」

ニノーヴァは角を曲がってバスルームと寝室の前で立ちどまった。それから二部屋のドアのあいだをうろうろと歩き、片手を口もとにやった。指先を噛みながら言う。「話を合わせてくれればいいのよ。それさえすれば大丈夫。わたしたちはただ――」

ニノーヴァの肩をつかんだ。「一体なんだってんだ？」

彼女はわたしの手を振り払い、「わたしたち……」寝室のドアに目を泳がせた。「この家を捜索してたの。他に子供を撮影したビデオやPCの動画、写真が残ってないかどうか。本当なら昨日のうちに済ませておくべきだったんだけど、うちの部署はいま三人が心労を訴えて休職中だし、監視対象は他に山ほどいるのよ。わたしたちのせいじゃないわ！」

前置きはもう充分だ。「一体、何を、見つけたんだ？」

ニノーヴァが寝室のドアノブをまわし、押し開けた。途端に嗅ぎおぼえのある悪臭が廊下に漏れ出してきた。冷蔵庫に放置しすぎた食肉を思わせる匂い。

ニノーヴァはワードローブを指さした。

言葉が出るまで二度もつっかえた。「通信管制室に連絡しろ。チャーリー・ピアースを発見した」

〝……まことに悲しいお報せをしなければなりません。本日ブラックウォール・ヒル地区の住宅にて、チャーリー・ピアースちゃんの遺体が捜査関係者によって発見されました。ご両親にはすでにご報告のうえ、「この悲しみを乗り越えるまで、どうか家族のプライバシーに配慮してほしい」とのお言葉を預かっております〟

大粒の雨が怒濤《どとう》のようにフロントガラスを襲い、スズキの屋根を千のハンマーが叩くような音がした。

〝先ほど終了した記者会見にて、エリザベス・ネス警視は以上のように述べました。さて、続いてはスポーツの話題。パーティック・シッスルFCの前途に暗雲――〟

ラジオを切った。

横風にあおられた車体がスプリングの上で揺れる。

仕切りに張られた鎖の向こうで、太く黒々としたキングズ川の水が堤防に打ちよせる。一羽の鷗が湾曲した翼で風を捉え、低空を這うように飛び去っていく。

アリスはぬいぐるみのボブを抱きかかえ、ハンドルに額を預けていた。

突然わたしのスマートフォンが鳴り、アリスとふたりして飛びあがる。

取り出した――画面には〝ザ・ボス〟の文字。

留守番電話に任せてしまおう。

もう二時間もすれば、ジェイコブソンの怒りもきっと収まるはずだ。

電話が鳴りやんだ。

アリスが座席に座りなおす。「あの子はずっとあそこにいたのね」

そうだ。彼はずっとあの家にいた。

伸びをすると、首の関節がぽきぽき鳴った。「ジェシカたちを探すことに集中しよう」

「アッシュ、あの子はまだ五歳だったのよ」

「おれたちには知りようもなかった。ちがうか？」

アリスは何度かまばたきして、鼻をすすった。「やっぱり彼の言うとおりだった。ナイト警視の言うとおり。わたしなんか――」

「あいつの言うことなんか気に――」

「――素人もいいとこよ。とてもプロとは名乗れない。あの女は怯えたあの子をずっと家に閉じこめてた。わたしたちが訪ねたときも。あのとき気づくべきだったのよ」目もとを手でぬぐい、「犯罪心理学者が聞いて呆れるわ」

「アリス、もういい。よせ」

「何をやっても失敗ばかり。個人営業のカウンセラーに転職したほうがいいかもしれないわね。結婚生活アドバイザーでもなんでも、とにかく人が死なない仕事に……」

わたしはため息をついた。「泣き言は終わったか？」

返答なし。

「きみがチャーリーを殺したわけじゃない。やったのはカニンガムだ。きみのせいじゃない。心理学者は超能力者じゃないんだ」今度は私用の携帯電話が鳴った。設定を変えるのが面倒で、誰からの電話でも着信音は購入時のままだった。

ちくしょう。事態は悪くなる一方だ。

取り出して通話ボタンを押した。「わかってる、わかってるよ——時計がチクタク鳴ってるんだろ」

〝はあ？〟間が空いた。〝あんた、アッシュ・ヘンダーソンだよな？〟

ウィーフリーじゃなかった。「ロックハンマーか。何か見つかったのか？」

〝アリステアと呼べと言ってるだろうが。そうだ、見つかった。Eメールのアドレスを教えてもらえりゃ、福祉課の記録文書をまとめて送ってやれるんだが〟

Eメールを使った場合、ドカティを疑っていることがジェイコブソンたちにばれるかもしれない……支給品のスマートフォンのアドレスが安全か、わかったものじゃない。だが、いまさら考えても仕方ない。メールアドレスを教えた。

〝離婚を担当した弁護士とも話した。公式には、ドカティ対ドカティの裁判理由は職業上のプレッシャーに端を発した回復不能なすれちがいってとこだ。元妻は財産の半分と定期金賠償を勝ち取った〟

「非公式には？」

〝ミセス・ドカティはロールプレイにも変態ポルノにもうんざりだったのさ。ロールプレイと言っても、サイコロを転がしたりエルフになりきったりするやつじゃない。彼はセックスの前に殺人現場の写真を見せて、死んだ女と同じポーズを妻に取らせるのが好きだったそうだ。わざわざ血糊まで用意してたんだと〟

「なるほどな、そりゃたしかに離婚したくもなる」

アリスがハンドルから顔を上げた。ボブをきつく抱いたまま言った。「なんの話？」

「ドクター・ドカティは死んだ女に興味があるって話だ」電話口に戻った。「他には？」

〝いまのところ、やつは本署の屋内にいる。今朝六時四十五分にホテルからパトカーで運ばれてきて、それ以来外に出てない〟

鴎が引き返してきた。暗い空に白い残像がよぎる。

「やつは街まで車で来たのか、それとも鉄道？」

〝朝のうち、車検登録からナンバーを割り出した。ちょっと待て……〟何かをがさがさとめくる音。

スマートフォンが鳴った。福祉課の記録にちがいない。取り出してメール画面を開き、アリスに手渡した。「読んでおいてくれ」

〝すまんな、今朝は運転免許庁《DVLA》の返事が遅くて……これだ。ボルボV70、色はダークブルー。ナンバーも教えてやる〟

メモ帳に書き留めた。「ありがとう、アリステア。もしドカティが外出したらまた連絡してくれ、いいな？」

〝そうする〟電話が切れた。

携帯電話を顎に打ちつけた。死んだ女への執着……。

ノエル・マクスウェルに電話する頃合だ。医薬品密売の同業者たちから何か訊き出せただろうか。呼出音が十回以上続いたのち、ようやく彼が出た。

〝はい？〟

「ノエルか？　おれだ」

間が空いて、〝ああ、なんだ、ヘンダーソンか、よかった。ええと……ちょうどこっちから電話しようと思ってたとこなんだ〟

当然、そうだろう。「で？」

〝夜勤のやつでまだ話してないのが二、三人いるけど、噂を聞いたよ。チオペンタールナトリウムを二瓶売ったやつがいるって。この薬は……昨日あんたにやったのと似たような効き目だけど、あれより呼吸や心機能に対してやや高リスクだ〟

わたしはペンを握りなおした。「買い手は？」

〝だからさ、まだ全員と話したわけじゃないんだよ。この話はまだロッカールームで又聞きした噂程度のもんだ。ああいう連中の噂の信憑《しんぴょう》性なんてたかが知れてるだろ？〟

「買い手を教えろ、ノエル。さもなきゃいまからそっちに行って、おまえのはらわたで答えを占うことになる」

〝わかったよ。ボクサーってやつが、テレビによく出てる心理学者に売ったって話だ。あれだよ、ダンディーで少年を何人も切り刻んだシリアルキラーを捕まえたって男〟

ドクター・フレデリック・ドカティその人だ。

「その〝ボクサー〟とやらの本名、住所、商売用の電話番号を教えろ」

〝あいつの住所なんか知らないよ。おれはべつに――〟

「調べて、メールで教えろ」通話を切り、運転席のアリスに顔を向けた。にやりとして、「どんどん出てくる」

助手席のドアをもぎ取られそうになりながら、吹きすさぶ雨の中に降りた。運転席側にまわってアリスと交替するあいだ、氷の爪が顔や首の皮膚に食いこんでくるような心地がした。

アリスはサイドブレーキとシフトレバーをまたいで助手席に移った。ボブとわたしのスマートフォンを持ったまま、「この記録は……興味深いわ」

「期待したとおりだな」スズキのエンジンがうなりを上げ、オイルが温まるまでのしばしのあいだ雨音をかき消した。「シートベルトを締めろ」

アリスは言われたとおりにした。「どこへ行くの？」

「車上荒らしをしに行くんだ」

## 46

天井照明がコンクリートの床に灰色の光のプールを作っている。電灯は地下駐車場から完全に暗がりを消し去るほどの照度を持たなかった。

あらためてメモと車のナンバーを見くらべ、まちがいのないことを確かめた。ボルボの青いステーションワゴンはホテルの駐車場にこれ一台きりだが、用心は大切だ。ドカティの車は入口から一番遠い角に停まっていた。助手席側を壁すれすれに寄せ、隣の駐車スペースからたっぷり距離を空けてある。傷をつけられるのがよほど怖いのだろう。

残念だったな。

わたしのバールが運転席のドアを引っかき、塗装にふた筋の傷を作って下地の金属を露出させた。おっとっと。

駐車場はほとんど空だった——宿泊客はみな、仕事や会議に出かけてしまったようだ。あるいは大雨の降る水曜のランチタイム、このオールドカースルで観光客が行くべきどこかへ。他に残っているのはハッチバック数台とレンジローバー・スポーツ一台。どれもホテルの地上階へ続くドアのすぐそばに停めてあった。

アリスは赤い靴を履いた足をそわそわと揺すり、格子状に並んだ柱の合間から入口のほうをうかがっていた。「ここまですべきか確信が持てないわ。そりゃ、奥さんを殺人被害者に見立ててセックスしてたっていうのは気味が悪いけど、それだけで——」

「福祉課の記録は読んだろ？」

「それは、まあ、そうだけど……」アリスは両腕で自分のからだを抱いた。「もし、わたしたちがまちがってたら？　彼が犯人じゃなかったらどうするの？」

わたしは彼女の肩に手を置き、力をこめた。「やつは被害者を拉致するための道具一式をどこかに隠してるはずだ。部屋にはなかった。清掃時に見つかるのを恐れたんだろう。しかしドカティがいくら思いあがった野郎とはいえ、まさか署内に持ちこんではいないはずだ。他に考えられるのは被害者の監禁場所か、この車の中だ」交通課から持ち出したバイク用グローブはやや大きかったが、使えなくはなかった。バールを革張りの手のひらに叩きつけた。「誰も来てない？」

「来てない」

「よし」運転席の窓をバールで叩き割ると、角ばったガラスのかけらが座席に散った。途端に四つのハザードランプが点滅し、クラクションが鳴る。警報装置がけたたましい音を立てた。わたしは窓枠に沿ってバールを動かし、残ったガラスを取り払った。車内に手を伸ばし、レバーを引いてボンネットを開けた。

正面にまわってボンネットの蓋を押しあげた。バールの鉤をバッテリーの下に入れ、引き剝がす。赤い端子《たんし》が外れるなり警報がぴたりとやんだ。この間、五秒。世界記録とはいかないが悪くない手際だった。荒らした車に乗って逃げる気がなければ簡単なものだ。

「誰か来たか?」

「アッシュ、彼がインサイド・マンじゃなかったら——」

「誰も来てないだろうな?」

ため息。「来てない」

運転席のドアを開け、座席の上に身を乗り出した。グローブボックスを開けた。地図、半分ほど残ったフォクシズ・グレイシャー・ミントの袋と車の取扱説明書が入っているだけだ。助手席の足もと、座席の下、ドア裏のポケットも調べたが何も見つからなかった。

座席のあいだのコンソールボックスも空。「インサイド・マンじゃなかったら、また他の容疑者を探すまでだ。こんなの誰も気にしやしない。やつが今夜帰ってきても、単に車上荒らしに遭ったとしか思わないだろう。くそ野郎に仕返ししたつもりでいろ」

次いで運転席側の収納を見た。CDを収めた伸縮素材のポーチ——カントリーミュージックとフィル・コリンズ——とキャンディ、サングラス。手袋に包まれた指でガラスの散らばる床を探ると、何か角ばったものに触れた。なんだろうか……。「ちょっと待て」座席の下から引っぱり出した。

〝グレーター・マンチェスター警察所蔵〟の判が押された青いファイル。

中身は殺人現場の写真ばかりだ。被害者は全員女性で、発見当時の横たわった姿のまま写っていた。どれもむごい殺され方をしている。射殺、刺殺、絞殺、撲殺。喉を切り裂かれたり、からだを切り刻まれたり。血と骨と苦痛に満ちた写真が続く。最後の八枚はインサイド・マンの犠牲者だった。

アリスにフォルダーを渡した。「これでもやつじゃないと思うか?」今度は後部座席のドアを開けた。

右の座席に何かが満杯になったオレンジ色のビニール袋が置いてある。中身を覗いた。丸めたティッシュ——漂白剤めいた怪しい匂い。

アリスがファイルの写真から顔を上げた。「何それ?」

袋を元の場所に戻した。「専門用語で言うところの〝マスかきティッシュ〟だろう」

彼女は顔をしかめると、上唇を歪めて言った。「うわ……それって、車の中で死体写真を見ながら自慰してたってこと?」

「それだ」

ボルボの車内を徹底的に調べた。ゴム製のフロアマットやスペアタイヤまで全部車外に出した。何も出てこない。

「アッシュ?」

どこかにあるはずだ。

車内から手の届く場所。ものを容易に出し入れできる場所。一体どこだ? 駐車場のコンクリートの床に屈みこみ、座席の下をあらためて確認した。ガラスまみれのカーペットに指を這わせた。

このグローブではろくに感触がつかめない。右手だけゴム手袋に着け替えた。

アリスが声を潜めて呼ぶ。「アッシュ！」

何かある――小さな円筒形の物体。ペンのキャップだろうか？　引っぱり出し、コンクリートに尻もちをついた。

なんと愛《う》いやつ。オレンジ色をした注射器のキャップだ。昨日わたしが使った注射器にも……いや、考えるまい。もはや何をしようと償いようのないことだ。

拉致用の道具そのものではなかったが、手始めとしては充分だ。

ひとまず車内に戻しておいて、ジェイコブソンに連絡する。捜索令状を作らせて――

アリスがわたしの袖を引っぱった。「誰か来る！」

しまった。

わたしはバールを拾った。「目出し帽でもかぶっておけばよかった」

いまさら隠れようとしても無駄だ――ここが車でいっぱいだったら、その隙間に隠れることもできた。だが駐車場はがら空きだった。

ドカティがコンクリートに靴音を響かせ、コートの裾をなびかせながら歩いてきた。

「おまえら、何やってるんだ！」

彼のうしろにホテルの支配人もいた。両手を握り合わせ、禿げ頭を照明に光らせている。

さらにそのうしろにローナ。口をむっとさせ、手をポケットに突っこんで気乗りしなげについてくる。応援を連れてきたわけだ。当然だろう。今朝、本署へ行くのにパトカーで送ってもらったのだから、帰りだって同じに決まっていた。

「わたしの車から離れろ！」ドカティは顔を紅潮させ、目を見開いていた。「どこに隠した？」

わたしはバールの端を床に突き、杖がわりにして体重を預けた。

ドカティはこちらの一メートルほど手前で立ちどまると、わたしに指を突きつけた。「マッシー部長刑事、この男を逮捕するんだ！　こいつはわたしの車に侵入して……傷までつけたのか？」

支配人は車の状態を確認すると、小さく舌を鳴らした。揉み手しながら、「当ホテルは万全の防犯対策を講じておりますが、お車の損害に対する責任は一切負いかねると――」

「新車なんだぞ！」

ローナが両手を差しあげた。「まあまあ、みんな落ちつきましょう」彼女はわたしのバールを見、それから車と散らばったガラスに視線を移して、最後にわたしを見た。幅広の前歯を覗かせて言った。「ボス？」

「おれたちが来る前からこうだったんだ。そうだよな、アリス？」

「なんだと……？」ドカティの首の血管がいまにも破裂しそうなほどふくれあがった。

「こいつを逮捕しろ。いますぐ！」

「いいよ」わたしは青いファイルから現場写真を数枚抜き出し、「署に戻って話し合おうじゃないか。あんたがなぜ女の遺体写真をコレクションして、そいつを見ながらオナニーしてたのかについて」

「何を言ってるのかわからない――」

「ほら」写真をドカティの胸に押しつけた。わたしの手を離れた写真がはらはらと彼の足もとに落ちていく。「説明してくれよ」

ドカティは身じろぎもしなかった。「わたしは法心理学者だ。それは資料写真だ」

「なら、レジ袋いっぱいの使用済みティッシュはなんだ――あれもお勉強の一環か？」

「自分の車で何をしようと、おまえにとやかく言われる筋合いはない」ドカティは鼻先を上げた。「正直に言うがね、ドクター・マクドナルド。わたしはきみの今後の成長に多少なりとも期待してたんだよ。だがヴァージニア・カニンガム邸での失態を聞いたいま、なぜそんなふうに思ったのか自分でもわからない」

アリスはうなずくと、ドカティの腕に手を添えた。「あなたがご両親から受けた仕打ちは気の毒だわ。あのような家庭環境では、さぞつらい子供時代を送ったにちがいないわ」

ドカティの口もとが引きしまった。わたしを押しのけてボルボに向かい、後部座席のドアを叩きつけるように閉めた。そのまま車体に寄りかかって腕組みした。「おまえたちふたりとも、どんな捜査にも二度と関われないようにしてやるからな。おまえは――」わたしに指を突きつける。「――元いた刑務所に送り返してやる」次いでアリスに、「きみは二度と心理学者を名乗るな。恥を知れ」

「どれだけ期待に応えようとしても、ご両親はあなたを愛してくれなかった。何度も努力して、それでも彼らはあなたを虐待しつづけた。悪いのはあなたじゃないのよ」

「どこでその話を聞いたんだ！」ドカティの口から唾液がほとばしった。彼はアリスにつかみかかろうと手を伸ばしたが、寸前で止めた。こぶしを握り、車にもたれなおす。鼻を鳴らして言った。「マッシー部長刑事、ふたりを車両侵入と器物破損で逮捕したまえ。きみが逮捕を拒むようなら、その職務不遂行についても公式に申し立てることになるぞ」

何かおかしい。

なぜ真っ先に後部座席のドアを閉めた？　運転席のドアは開いたままで、座席の上には死体写真が散らばっている。なのにドカティはそちらを閉めず、後部座席を隠すような立ち位置を選んだ。なぜ後部座席なのか。何か見落としていたのか？

ローナは一瞬顔をしかめた。「少し深呼吸してみてください。そしたら——」

「そういうことか！　だから自分からついてきたんだな？　その怠慢きわまる態度は、明らかに彼に対するいびつな忠誠心から来るものだ。おまえたちにはもううんざりだ！」

わたしはガラス片を踏みしめてボルボに近づいた。

「マッシー部長刑事、いますぐ彼を逮捕しろ」

ローナは鼻筋を指でつまんだ。「わかってますよ、ドクター。でも、落ちついて話し合いさえすれば、もっと簡単に解決できますよ」

だが、たしかに後部座席にはあれ以上何もなかったはずだ。すでに二回は調べた。

何もないなら、なぜドカティは隠そうとする？

アリスが首をかしげる。「廃屋に放火したのもそれが理由でしょ？　自分を助けてくれない世間に恨みをぶつけたかった。何かを思いのままにできるのはすばらしい気分だったはず。ずっと無力だった自分が、何ものかに力をおよぼすことができると初めて知った」

何か違法なものがあるはず……。

ドカティはコートの前を手で払った。「ドクター・マクドナルド、精神分析の真似ごとはやめたまえ。素人の講釈に付き合ってる暇はない」携帯電話を取り出す。「もう結構だ、部長刑事。きみが職務を全《まっと》うしないのであれば、こちらとしても選択の余地はない」

「ちょっと黙ってろ」わたしはドカティを押しのけて後部座席のドアを開けた。

「わたしの車に触るな！」

上着をつかまれた。彼の胸もとに平手を当て、思いきり押しやった。ドカティは後輪の横に尻もちをつくと、まくしたてた。「見ろ！　この男はわたしに暴行した！」

どこを見落としていた？

座席の下。背もたれの裏のポケット。ドアポケット。マットの下……。

一体どこだ？

彼が後部座席に座り、隣に死体写真を並べていたとする。ティッシュを捨てるレジ袋は足もとに置くだろう。

残るは座席のあいだの肘かけ。

ドカティが慌てて立ちあがる。

背もたれに収納されていた肘かけを下ろした。ドリンクホルダー。ちくしょう。

うしろから襟をつかまれた。

肘を振るった。手ごたえがあった。うめき声が上がった。

どこかにあるはずなんだ……。

待て。肘かけを収納するへこみに布が貼ってある。安っぽい生地だ。縁がぎざぎざになっている。内装に最初から備わっていたものではない。

左上の角に小さな黒い輪っかがついていた。

「車から出ろ！　おまえにそんな権利はない！」

輪に指を通して引っぱった。

ベルクロの剝がれる音とともに、布地の下から革製のフォリオが現れた。ちょうどA4の封筒くらいの大きさだ。茶色い革表紙に緋色《ひいろ》のリボンを巻いてあった。

ビンゴ。

「車から出ろと言ってるんだ！」

わたしは車外に出た。「ローナ、手袋を着けろ。こいつを開いてみるんだ」

ドカティは口の端から血を垂らしていた。またしてもわたしにつかみかかると、車に向かって押し返す。「おまえが持ちこんだものだ、わたしのじゃない！」

「手を放せ、あほうが」

キングズミース、ミルバンク・ウェスト、八一二号室
ボクサー、本名アンガス・ボイル

電話番号も添えてあった。ノエルも図体ばかりの男ではない。

ネスが部屋に戻ってきた。携帯電話をポケットにしまい、「マンチェスターから。ドカティのスーツケースに入っていた口紅、イヤリング、下着は向こうで六年前から未解決のレイプ殺人の証拠品だそうよ」テーブルの端、三角形をした会議用電話の横に腰を預け、わたしを眺めまわした。「あなたとドクター・マクドナルドの推理が正しかったようね」

「やつはジェシカたちの居場所を吐いたか？」

「まだ弁護士といっしょよ。ノーコメントの上手な言い方でも習ってるんでしょう」

わたしは部屋に備えつけのメモ帳に、ノエルから届いたメールの内容をボールペンで清書した。破り取った紙をネスに手渡し、「アンガス・ボイル、通称ボクサー。カースル・ヒル病院勤務の看護師。ドカティはこいつから薬を買ってたんだと思う」

ネスは深呼吸ひとつすると、首をかしげてメモに書かれた住所と番号を読んだ。「法廷で証言させられるかしら？」

「司法取引が成立すればな」

ネスは目を細め、しばしのあいだわたしを見つめた。「ありがとう、ミスター・ヘンダーソン。実力は噂どおりだったようね」

アリスが立ちあがった。「わたしも取り調べに協力させてください」

ネスは気まずそうな笑みを浮かべた。「そうね……」ジェイコブソンを横目で見て、「助言はぜひともほしいところだけど、あなたはこの件に深入りしすぎている。弁護士はあなたが彼の股間を蹴ったことを引き合いに出して、あなたの判断やわれわれの公平性に疑義を投げかけてくるでしょうね」

「しかし、彼は人心を操る術に長けています。あなた方警察の尋問手法も知りつくしている。いかにももっともらしい回答で――」

「おこころざしはありがたいわ、ドクター。しかし、こちらは一切の弱みを見せるわけにいかないの。小賢しい弁護士が詭弁《きべん》を弄《ろう》して彼を逃がすようなことがあってはならない」

「そうですか……」アリスは肩を落とした。

わたしは足を引きずって窓に向かった。外を見るたびカメラとマイクの包囲陣が分厚くなっていく。〝オールドカースル署、インサイド・マンを逮捕〟の一報は今夜にもテレビを席巻《せっけん》するだろう。明日には新聞もこぞって取りあげるはずだ。

ドカティがこのまま潔く降参するようなタマなら、の話だが。

窓の外の報道陣に背を向けた。「DNAは？」

ナイトが渋い顔をする。「やつは三人目の被害者以降、すべての現場に立ち入ることができた。われわれが収集したあらゆる証拠品についても同じだ。検視にすら立ち会っている。やつのDNAが検出されたところでなんの証明にもならない」

ために利用されていました。依頼人はこれらいわゆるトロフィーを身辺にとどめておくことで、殺人犯の思考をより深く理解できると考えたのです。また、遺体写真の所持および自慰行為に関しても、同様に研究の一環として行われたものです。依頼人はこの行為に強い嫌悪感を抱きつつも、研究上欠くべからざる過程と考えていました。これらの行動はいずれもジェシカ・マクフィーを救出し、かつクレア・ヤング殺害犯を法のもとの正義に服させたいというドクター・ドカティの尋常ならざる使命感のなせる業《わざ》であり、非難どころか称賛に値する行いと認めざるを得ません』

　弁護士の隣でドカティがうなずいた。彼は両の手のひらを見せて、『警視。わたしの研究法を知らない者には、ああした振る舞いが実に疑わしく思えることは承知しています』肩をすぼめ、薄笑いを浮かべた。『わたしには、あなたや他の上級官にその手法をあらためて説明しておく義務があった。結果として秘密にしてしまったことはわたしの判断の至らぬゆえです。その点は謝罪します。心から申し訳ないと思っている』手錠がかかったままの手を合掌し、『ですが、この状況がまったくの誤解から生じたものに過ぎないことはたったいま申しあげたとおりです。成果を急ぐあまり、やや勇み足が過ぎたというところでしょう』眉を上げ、へつらうような笑みで言った。『被害者救出はわれわれの悲願ですから』

　ナイトはモニターを見上げてそわそわとした。「ドクター・マクドナルド、これは……やつの言うようなやり方は、犯罪心理学では当たり前の手法なのかね？」

「手法は人それぞれですけど、いまみたいな研究方法は初めて聞きましたね。そもそも聞きようがないです、向こうだって言うわけないじゃないですか、〝やあ、ぼくが昨日の晩、女性の死体写真とティッシュひと箱を持って何してたか当てられるかい？〟なんて……」アリスの頬が一気にピンク色になった。「とにかく、わたしは知らないです。当たり前じゃないです。ねえ、この部屋なんだか暑くない？」

モニター上では、ネスがテーブルに指を打ちつけていた。彼女がかすかな打音を立てつづける一方、向かいのドカティは身じろぎもせずにいた。『そんな話をわれわれが信じるとでも？』

ドカティは身を乗り出し、誠実ぶった態度にいっそう磨きをかけた。『わたしがこうして供述するのはひとえに捜査の停滞を防ぎたいがためです。これ以上、真の課題からみなさんの意識を逸らしたくないのです。インサイド・マンはまだ捕まっていない。われわれは証拠を再検討し、捜査を前進させなければなりません』

ジェイコブソンがかぶりを振る。『もうわれわれじゃないんだよ、ドクター・ドカティ』テーブルに小さな証拠品袋を置いた。透明なビニールごしにオレンジ色の何かが見える。注射器のキャップだ。『説明してほしい。ミスター・アンガス・ボイルからチオペンタールナトリウムを買ったのはなんのため？　通称ボクサー、カースル・ヒル病院で働いてる看護師だよ。彼が売ったのは手術用の麻酔薬だ』座ったまま前のめりになり、『誰かを手術する必要でもあったのかな？』

ドカティは鼻のまわりにしわを寄せ、こうべを垂れた。自分はなんと愚かだろう。こんな大事なことを説明し忘れるなんて。

彼はネスにほほえみかけた。『それも研究手法の一部ですよ。ごく低用量であれば、あの薬はちょっとした意識の抑制剤として使えます。たとえばドクター・ヘンリー・フォレスターは、プロファイリングの前にウィスキーで意識を鈍麻《どんま》させる手法を採っていた。ドクター・マクドナルドも同様です。わたしは試行錯誤の末、自分にはチオペンタールナトリウムが一番効くようだと悟ったまでです』手のひらを天井に向け、肩をすぼめた。『誤解されても仕方がないとは思いますが』

アリスがふらふらとモニターに近づき、取調室の光景を見上げて言った。「ネス警視と話せるかしら？」

わたしは会議用電話を手もとに引きよせた。「ネスの携帯番号は？」

ナイトはポケットからブラックベリーの携帯を取り出しつつ言った。「彼女はドクターの協力を拒んでいたぞ」

アリスが髪をもてあそぶ。「あの質問の仕方じゃだめです」

ナイトはなおも携帯をいじくり、ためらいながら、「捜査の公平性は保たねばならん」

わたしは彼に向かって身を乗り出した。「ドカティが口を割らなければ、ジェシカ、ルース、ローラの三人は死ぬ。飢え、渇き、やがて多臓器不全で息絶える。それをあんたは座視しているつもりか？」

そうなれば、シフティもまたウィーフリーに殺されることは言うまでもない。

「そんな単純な話ではない。これは――」

「ドカティを捜査に招いたのはあんただ。あんたの責任なんだ」

ナイトはしばし頬の内側を嚙むと、「わかった」手を伸ばし、会議用電話に番号を入力して、また腰を下ろした。

モニターのスピーカーがばりばりと鳴り、《勇敢なるスコットランド》のハードロック・アレンジらしき音楽が流れだす。画面上のネスがうつむき、小声で悪態をついた。携帯電話を取り出して答える。〝あとにしろ〟

にべもない。わたしは電話機をスピーカーフォンに切り替えた。「あんたの尋問はなっちゃいないとさ」

画面のネスが身をこわばらせた。うしろを向き、声を落として言う。〝あなたにはつくづく職務意識というものが――〟

「へえ。現役時代のおれは取り調べ中、ちゃんと携帯の電源を切ってたもんだけどな。いいから聞けよ」アリスを指さした。「やってくれ」

アリスはテーブルに屈みこみ、声を張りあげた。「先ほどはわたしの助けが要らないとおっしゃっていましたが、いま取り調べを監督しているのが誰であれ、そのやり方ではだめです。彼はこの日のためにずっと準備してきたんです。あなたが提示した証拠のすべてに言い逃れを用意してるに決まってます」

〝あなたならそれを打開できると？〟

「彼はあなたに言わせたがってる――インサイド・マンの思考を覗くためにそれだけのことをしたというなら、ぜひ成果を披露してくれと」

〝あなたが聴取に関わってしまうと――〟

「ドカティは公の場では自己中心的なナルシストを演じていますが、ひとりのときは内気で自信のない性格です。いまあなたの前にいるのは目立ちたがり屋のほう。存分にしゃべらせてやってください。すべては単純な誤解だという言いわけが通ったように見せかけるんです。そうすれば、彼はいずれ自分のしたことを他人事のように錯覚し、口が軽くなる。被害者捜索の手がかりを漏らすかもしれません」

〝ありがとう〟ネスは携帯電話を胸もとに当てた。『では、ドクター・ドカティ。いずれの行為もインサイド・マンをより理解するためだったとすれば、あなたはそこからどのような知見を得たのかしら？』

ドカティが天井のカメラに笑みを向ける。『結構、結構。いまのはドクター・マクドナルドの助言だね。実にすばらしい切り口だ』

『遺体写真で自慰をする強い嫌悪感に耐え、あなたは一体何を得たの？』

ドカティはあいかわらずカメラを見上げて、『ドクター、きみを暴行で訴えるつもりはないよ。あれは誤解だったんだ。わたしの手法を知らなければ無理もない』

ジェイコブソンがこぶしで机を叩いた。『早く答えてほしいね、ドクター・ドカティ。

にその根源があり――』

ドカティはようやくカメラから視線を外した。『インサイド・マンの精神は、それ自体がきわめて複雑な一個の生き物なのです。彼の女性に対する憎悪は、母親から受けた虐待にその根源があり――』

何がわかった？』

捜査部のオフィスは満員だった――誰もがどこかしらの機関に電話をかけ、情報を求めている。ホワイトボードの中央にはドカティの写真が貼られ、それを囲むように無数の四角や線、クエスチョンマークが書きこんであった。

わたしはローナの机の角に腰かけた。「何か出たか？」

ローナが口にくわえたボールペンを下ろす。「ドカティにはカースルビュー、ブラックウォール・ヒル、ダンディー、それとストーンヘイヴンにそれぞれ不動産を持ってる年配の親戚が数人います。マイア湖とテイサイドにも家持ちがいるらしくて調査中ですけど、時間の無駄ですよ――ダンディーで被害者の腹を裂いたあと、A90を走ってここまで捨てに来るなんてあり得ないでしょ。でも、うちらの仕事ってそんなもんですから。他にもあちこちパトカーを遣ってますよ」両腕をだらりと垂らし、椅子を左右にまわした。「ドカティの写真を顎で指した。「前から嫌味なやつだとは思ってたけど……ネス警視はまだ吐かせてないんですか？」

「やついわく、証拠品を盗んだのはインサイド・マンになりきって考えるためだとさ」

「あなたが直接締めあげるべきですよ、ボス」

「映画じゃあるまいし、一介の市民は連続殺人犯の取り調べに同席なんてできないんだ」

「ふむむ……」ローナがうなずく。ノートを取り出し、付箋を貼ったページを開いた。

「精神科病棟の責任者と話しましたよ。バートレット教授。ドカティはマリー、それと入院当時のルースと定期的に面会してたそうです。半年間の追加セラピー、それも無償で」

むごい話だ。やつはふたりに何をしゃべったのだろう？　週一回、おのれの手でレイプし切り裂いた女性とふたりきりになるわけだ。彼女らをあざ笑うためか、それとも薬漬けの被害者を前に醜行《しゅうこう》の記憶をひとり楽しんでいたのだろうか？

杖の先でカーペットを叩いた。窓の外では、鴉のように黒い雲がその翼で街を覆いつつあった。

三人は一体どこに……。

「監視カメラの分析班に言っとけ――ナンバー自動読取《ANPR》システムの記録を当たって、過去四日間にドカティのボルボがどこへ移動したか割り出すように。運がよければ、この街のどこを探すべきか指針が得られるかもしれん」

「ANPRを総ざらいするとなったら何日もかかりますよ。そのへんの事情はわかってるでしょ」

「だから、分析班にはくれぐれも圧をかけとけ」

「了解」ローナは笑みを浮かべた。「言っときますけど、今夜は絶対にパーティですからね」ふと表情を曇らせる。「来てくれますよね？」

「もちろん行く……くそっ」私用の携帯電話を取り出した。「ヘンダーソン」

ウィーフリーだった。〝娘はどこだ？〟

送話部を手で覆い、立ちあがった。「すまん、電話だ」捜査部のオフィスを出て廊下に立った。「この街でやつが出入りしたことのあるすべての場所を調べてるところだ。きっとすぐ見つかる」

〝汝《なんぢ》らはかの地《ち》を窺《うかが》ふに日數《ひかず》四十日《にち》を經《へ》たれば其《その》一日《にち》を一年《ねん》として汝等《なんぢら》四十年《ねん》の間《あひだ》その罪《つみ》を任《お》ひ我《わ》が汝《なんぢ》らを離《はなれ》たるを知《しる》べし〟（民数記十四章三十四節）

「いい加減にしろ――これでも精いっぱいやってるんだ。黙っておれに仕事させたらどうなんだ！」

返答なし。

「聞いてるのか？」

なおも返答なし。

「もしもし？」

まったく……。

壁にもたれて右足を浮かせた。熱したガラスを骨の隙間にねじこまれるような痛み。

「あんたがいまどんな気持ちか、よくわかるよ。レベッカが消えたとき、おれたちはてっきり家出だと思った。きっとおれたちが何かしたせいだ、悪い親だったと」目を閉じ、暗

ネスが鼻を鳴らす。「それでどうなるの――人権侵害を訴えられて捜査は崩壊、彼は自由の身。そんな結末はごめんだわ」彼女は何度かまばたきした。それから口を手で覆って大あくびをした。

アリスがトレンチコートの女性の写真に移った。金髪のぽっちゃりした女性で、歌っている最中みたいに大口を開けている。「こっちはローズ・マクゴワン。さらわれて、レイプされ、絞殺された」次いで額装された写真を指さす。ビニールプールに浸かってにっこりする三人の水着の子供たち。「リズ、ジャネット、グレーム・ボイル。三人とも母親に刺殺された……これ全部、殺人被害者の写真ね？」

ネスはうしろに頭を倒し、両腕を垂らした。「ドカティのインサイド・マンに対する〝見解〟をどう思った？」

アリスはまた髪をいじりはじめた。ファイルキャビネットに背を預け、死者の写真ばかりが並ぶ壁に眉をひそめた。「彼自身の子供時代がかなり投影されていますね。虐待する母、無関心な父、頻繁な通院、ストレスのはけ口としての火遊び、十代以前に起こした大きな放火事件……プロファイリング上のティムが非熟練労働者というのは彼本人と大きく異なる点だけど、その後は自尊心の低さについても言及してる。これは外向きの〝ドクター・ドカティ〟ではない、プライベートの彼自身の姿を反映しているとも考えられます」

「それは被害者捜索の手がかりになるかしら？」

「残念ですが、あまりならないかと」

ネスは顔を手で覆い、うめきを上げた。

「こちらで有望な捜索先を何箇所か挙げられれば、供述と照らし合わせることもできるでしょうけど、あの供述だけで場所の特定までは……」アリスは咳払いした。「残念です」

ジェイコブソンは脚を上げ、ネスのデスクの幕板を爪先で突いた。「俊英なるわれらが同僚、ナイト警視はいまいずこに？」

わたしは笑みを隠さなかった。「ナイトは専門刑事部《SCD》ならびに上層部のお歴々と電話会議中。シリアルキラーをアドバイザーに招致するのは公の方針に反するらしい」

ジェイコブソンの唇の端が吊りあがり、頬がぴくぴくと震えた。笑い声だけはどうにか抑えて言った。「そりゃがっかりだね」

「ええ、まったく」ネスはふたたび腕を垂らした。「わたしたちも彼を笑っていられる立場にないのよ。ヴァージニア・カニンガムとチャーリー・ピアースの一件について、総監が関心を寄せてるそうよ」ため息をつき、前のめりになった。「ヘンダーソン、学校で『死にゆく者に捧ぐ歌』という作品を習ったことは？　ない？　詩よ、作者はウィリアム・デンナーだったと思う。〝鴉はその血まみれの黒い翼を畳み、闇がもたらすものの前に躍り出る。末期の息を食らい、聖なるものを殺すために……〟。あなたを見て、この詩を思い出すのはどうしてかしら？」

「チャーリーがあの家にいるなんて知らなかったんだ。知りようもなかった」

ネスは抽斗から証拠品袋を取り出すと青いゴム手袋を着け、中身の携帯電話を手のひらに乗せた。画面をタップしてジェイコブソンに突き出した。

小さなスピーカーから、カニンガムが歌う《勇気の歌》が流れだす。

動画が終わると、ネスは電話を袋に戻して封をした。

ジェイコブソンが息を吹く。「いや……ひどいな」

わたしはデスクを杖で突いた。「なら、おれたちは一体どうすりゃよかった？　捜索の権限ももらってないうえに――」

「わかってる。わかってるわ」ネスはかぶりを振り、手袋をぱちんと外して机の横のごみ箱に捨てた。「この動画が法廷で流れたら、チャーリーの両親はとても耐えられないわ。訴訟弁護士たちも黙ってないでしょうね。いずれ誰かが公的調査を要求しはじめる」

アリスは両手をポケットに突っこんだ。「ヴァージニア・カニンガムと話せますか？　彼女が犯人なのは誰の目にも明らか――殺害の瞬間がこうして動画に残ってるんだから。あとは動機です。それを訊き出してチャーリーのご両親に報告すれば、多少は心の整理がつくかもしれません」

「そうね……やってみても害はないでしょう」

アリスが退室しドアを閉めると、ネスは椅子にもたれなおした。またあくびが漏れた。

机に山積みになった書類を見つめた。「いま、わたしたちの手もとには何もない。目撃者も被害者もこの場におらず、物証が出るかも怪しい。自白なしでは窃盗罪と司法妨害罪がせいぜい。四年で釈放になるわ。そして捜査は振り出しに戻る」

ジェイコブソンが膝を打つ。「いいや、何もないわけじゃない。少なくとも当人は逮捕できたんだ――こいつはでかい。このまま勾留延長を申請して、そのあいだにやつの手術室を見つければいい。けど、その前に」椅子から立ちあがる。「チームにはちょっとした息抜きが必要だ。なんたって犯人を捕まえたんだから」

「ベアー、悪いけどその意見には反対だわ。発見が遅れれば死ぬかもしれない被害者が三人もいるのよ」

わたしも椅子から立った。「ここにはパーティ気分のやつなんかいない。ルース、ローラ、ジェシカの三人とも救出されるまではな」

ジェイコブソンは声を落として言った。「気持ちはわかるよ。でも――」

「三人はあと何時間くらい生きていられる？　三十六、あるいは四十八時間くらいか？逮捕を祝ってる暇なんて――」

「まずひとつ。脱水で死ぬには通常三日から十日はかかる。ふたつ、きみたちの顔を見てごらんよ」ジェイコブソンが指さす。「エリザベス、昨日は何時間くらい働いてたんだ？十四時間、それとも十六時間？　その前日は？　そのまた前日は？」

ネスは彼に向かって手を扇いだ。「それくらい働いて当然よ。捜査は一刻を――」

「ところが当然じゃないんだな。きみは見るからにくたくただし、こっちの驚異の中年ロビンときたらもうパンダしか寄りつかないご面相だ。他の連中も似たようなもんだ。これじゃいまにミスを連発しはじめるぞ」

わたしはキャビネットを杖で思いきり叩いて鳴らした。「三人を探すのが先だろうが」

ネスの視線が未決書類の山から処理中のひと束、次いでどちらとも知れぬ散乱した紙束へ移ろう。「ベアー。あなたの意見はもっともだけど、従うわけにはいかないわ」

「何も全員でパブに繰り出して、ビールとカラオケでひと騒ぎしようって話じゃない。少し休憩が必要だと言いたいだけさ。たまにはチームの半分だけでも定時に帰してやろうじゃないか。行動表を作って夜勤者に引きつげばいい。それなら帰れる」

「でも――」

「きみがひと晩自宅で寝たからといって、それで三人が死ぬわけじゃないんだ。夜勤組だって何か見つけたら連絡くらいはする。明日の朝まで充電して、それからやつを追いつめればいい」

そして今夜にもウィーフリーはシフティを解体しはじめるだろう。

ニノーヴァは椅子をきしませ、座ったまま監視室のモニターににじり寄った。相棒のマケヴィットはチーズ&オニオン味のチップスの袋を開け、工業用ロボットみたいに間断なく口へ運んでいた。目は画面に映るヴァージニア・カニンガムに釘づけだった。

カニンガムが着席するなり、弁護士が現れてその隣に座った。くたびれた感じの男だ。コーデュロイのジャケットの肘に革のつぎあてがしてある。左耳の上の髪がひと房、角《つの》みたいにはねていた。ブリーフケースから書類束を取り出して目を通す。依頼人のほうを見ようともしなかった。
アリスがわたしの肩に額を預け、震えるため息をついた。
背中をさすってやった。「大丈夫か？」
彼女は顔を上げずに答えた。「長い一日だわ」
画面上のネスが制服巡査に日時を読みあげさせた。それからひとつうなずいて、『供述の用意ができたそうね』
カニンガムが両手を机に這わせた。妊婦用のワンピースがしわくちゃで、白いカーディガンはボタンがひとつ欠けている。『あたし……』唇を舐め、『わたしはチャーリー・ピアースの誘拐と殺人を認めます。ずっと考えていましたが、わたしは……』何かを思い出そうとするみたいに眉をひそめた。やがて口を開くと、生気のない平板な口調で言った。すべてリハーサル済みのせりふにちがいない。『チャーリーのご両親に、このうえ裁判の苦しみまで与えたくないのです。すでにこれ以上なく苦しんでいるおふたりに』
『なるほど』ネスは弁護士のほうを見た。『つまり……？』
弁護士はテーブルに置いた書類の一番上を取りあげた。『依頼人はすべての容疑を認め、供述書の署名に同意し、目撃証言および犯行時刻についても一切反論しないということです。裁判の折はどうかこの点にご留意いただきたい』
カニンガムは目を伏せたままだった。『あたし……わたしは自分のしたことを心から謝罪するとともに、ええと、必要な治療を受けられる施設への収監を希望します。そうすることが――』妊娠中の大きな腹を片手で撫で、『――この子のためだと思っています』

ニノーヴァがからだを折り、コンソールに額をつける。「感謝します、神様……」

マケヴィットもチップスくさい息を吐きながら言った。「ああ。勝ち目がないと見て司法取引を選んだな」肩をすぼめ、「ともあれ、これでチャーリーの両親はわが子が殺される動画を観ずに済んだ。おれは当分あの映像を夢に見つづけるだろうがな……」

わたしはアリスの肩を抱き、声を落として言った。「きみを誇りに思うよ」

彼女も抱きしめ返した。「どうかしらね……」


アリスは〈ポストマンズ・ヘッド〉店内のカウンターにショルダーバッグを投げ出した。壁のダーツボードには、テレビ映像から抜いてきたドカティの顔写真――眉間に矢が一本刺さっている。

隅のテーブルでハントリーがノートPCに向かっていた。ホテルの聖書くらいの大きさの外付けハードディスクがつないである。頬杖をつき、ひとりで何やらうなずいては、空いた手で皿のナッツをつかんで口に運んでいる。

ハントリーはふとPCから顔を上げ、素っ気ない口調で言った。「おやおや、英雄たちのご帰還だ。ケーキと風船でも期待してたかね？」

クーパー巡査がハントリーから一番離れたテーブルで自分のPCを使っていた。眉をひそめて何ごとかメモに書きつけると、ペンを置いた。その顔に満面の笑みを浮かべて、

「ボス、それにドクター・マクドナルド――お手柄ですね！」

アリスは赤面し、わたしのほうに肩をそびやかした。「全部アッシュの手柄。わたしはただ――」

「かーっ……」ハントリーが白目を剝いておどけた。「はいはい、上辺ばかりの謙遜はもう結構」前にのめってPCの画面に頭突きする。「きみたちは手柄を立ててご満悦かもしれんが、わたしはもう何時間となくこうして監視カメラの映像とにらめっこしてるんだ。きみらが真っ当に仕事して、あの不快きわまる生物から自白を引き出してさえいれば、こんな果てしない仕事をせずに済むというのに」口を尖らし、「ずっと座って、砂粒のような人間が画面を飛び交うのを眺めてるんだよ。いいかげん痔になってしまう。しかもまだ二十時間ぶん残ってるんだ」

クーパーが腕組みし、部屋の反対側からハントリーをにらみつけた。「こっちはデモ映像の担当だが、ひと言でもあんたに愚痴ったおぼえはないな」

「そっちはテレビ映像だろう？　わたしはまだしも幸運と言うべきかな」ハントリーは胸をぽんと叩いてみせた。「わたしはクレア・ヤングの通勤路、ジェシカ・マクフィーの通勤路、その周辺すべての通りの監視カメラの録画を確認したんだ」また前のめりになった。「しかも、そのふたりで仕事は終わりではない。ベアーは過去の被害者についても同じ作業をしろと言ってる」

アリスはバッグから各被害者の遺棄現場の写真を出し、ビールサーバーの前に並べた。

「古い録画テープのありさまが想像つくかね？　腐ったり、鼠にかじられたり、八年間ずっと水に浸かってたんじゃないかと思うようなテープばかりが山のように……」

わたしはハントリーのうしろまで足を引きずった。「ドカティらしい者は映ってたか？」

彼はPCの画面を三分割し、それぞれに同じ現場の異なるカメラ映像を流していた。日時表示は午前零時を指し、小さな人影がコマ送りで暗い通りを行き交っている。閉店時間のパブから追い出された客や抱き合う恋人たちの姿が、一本きりの街灯の寂しい灯りに照らされてはまた消えていく。

ハントリーは唇をすぼめて顎を撫でた。「どうだろうね。思えばつい一分ほど前、彼の姿を見かけた気もするよ。ドノヴァン・レーンのノミ屋の店先で女の死体を肩に担いで、ついでにジェシカ・マクフィーも脇に抱えていたな。そんなに重要なこととは思わなくて、言うのをすっかり忘れてた。だが、きみが尋ねるものだから――」

「ふざけてる場合か」

ハントリーは片眉を吊りあげた。「〝ふざけてる〟とはまたつまらん受け取り方もあったものだ。わたしはね、できるだけ爽《さわ》やかに嫌味を言いたかっただけだ」

「言ってろ」

アリスがオールドカースルの地図を広げ、赤いペンで遺棄現場を書きこんでいく。

わたしは彼女と並んでカウンターのスツールに座った。「どうやってカニンガムに自供させたんだ？」

アリスは地図を見つめて眉をひそめ、額にしわを寄せた。「遺棄現場の選び方にはパターンがあるはずよ。救急車の到着時間や稼働中の電話ボックスの有無だけでなく、手術室からの距離も考えないといけないはず。十五分以内に救急車が到着できる場所を選んだところで、そこまで被害者を運ぶのに一時間かかったんじゃ意味がない」

「カニンガムになんと言ったんだ？」

彼女はまた顔を赤らめた。「だから、遺棄現場の位置からさかのぼって考えないと。すべての現場から、十分から十五分以内に到着できる場所を探しましょう」

「病院以外にあるかな？」

アリスは座ったまま前後にからだを揺らすと、やがて嘆息した。「彼女に言ったの。チャーリーの両親に法廷で、人々の面前であの動画を見せるのはあまりにむごいと。ひどい苦痛を味わわせることになるわ。彼らがこの先チャーリーを想うたび、わが子の好きだった曲がラジオでかかるたび、カニンガムが彼を絞殺する場面を思い出す羽目になるのよ」

なるほど。「それで、さすがのあいつもほだされたと？」

「まさか」アリスがペンを握りなおす。「だから言ったの。スコットランドじゅうの刑務所にわたしのクライアント――精神的病理と暴力性向を抱えた人たち――がいて、わたしがひと言いえば喜んで彼女を生き地獄に落としてくれるはずだって。そりゃ、本当にひと言で済んだりはしないでしょうけど、まあ十二言くらい？　とにかくそういうことよ」

アリスがクレア・ヤングの遺棄現場周辺を円で囲った。ブラックウォール・ヒル全域か

## 49

雨が窓ガラスを叩く。外を見下ろすと、通りの向かいを男がのろのろと歩いていた。野球帽を目深《まぶか》にかぶり、猛烈な雨に背を丸めている。それでもなお足を止めず、〈ポストマンズ・ヘッド〉のほうを見向きもしなかった。

だからといって、こちらを見張っていないとは限らない。

階下のパブでテレビのニュース速報が流れはじめた。

その音がかえって二階の静けさを強調していた。支配人の住居だった二階はほとんど家具がなく、あるのは小さなテーブル一脚と椅子が二脚。どちらも一階から拝借してきたもののようだ。バスルームの鏡は割れ、寝室のチェストは壊れていた。古びたキッチンにはオーブンも冷蔵庫もなく、埃と油汚れの中に空いた四角形がその名残りをとどめるのみ。

わたしは電話口に戻った。「それで？」

電話の向こうでノエルが吐息を漏らす。〝あいかわらずモルヒネと鎮静剤漬けだよ〟

野球帽の男は通りを歩きつづけ、やがて夜闇に消えていった。

「面会は？」

〝今朝九時からごろつきがふたり張りついてるよ。ひとりはミイラ男みたいに頭を包帯でぐるぐる巻きにして、もうひとりは松葉杖をついてたな〟

ジョゼフとフランシス。

ノエルは咳払いした。〝あのさ、ボクサーの件なんだけど、おれがあいつを売ったことはくれぐれも秘密にしてくれよな。もし連中にばれたら――〟

「退院はいつになりそうだ?」

〝――袋叩きにされちまうよ〟

まったく。「誰にも言わない。それで、ミセス・ケリガンの退院予定日は?」

〝今日じゃないな。明日も出ないと思う。なんせ特別室の患者だ――あそこはまるでホテルだよ。上等な食事にワインまでついて、薬はなんでも出してもらえる。退院したがるやつなんかいない〟

ミセス・ケリガンの再襲撃まで残り一、二日――あの女のことだ、誰かの歯をペンチで引っこ抜くとなれば必ず本人が出張ってくるに決まっている。だが、手下を使ってわたしとアリスを路上で拉致させる恐れもある。そうして退院の日まで、どこか寒くて暗いみじめな場所に閉じこめておけばいい。

野球帽の男が戻ってくる様子はなかった。

〝もしもし?〟

わたしはまばたきし、電話口に戻った。「助かったよ、ノエル」

問題の音声部分を切り取ってデータベースにかけてみましたが、何も引っかかりませんでした。多重録音のせいでしょう。最初の録音、電話、管制側の録音、計三段階のノイズが混在してしまってるんです。

ハギス食らいの旦那へ
技術王サビールより

追伸：あんたのお袋さんがよろしく言ってました。

アリスがこちらを見た。「ねえ？」

「サビールからメールだ」

彼女は眉をひそめた。「そうじゃなくて、ピザは何にするか決まったの？」

「パイナップルが乗ってないやつ。アンチョビもいやだ」添付ファイルのアイコンをタップしたが、何も聴こえない。もう一度試す。「マッシュルームが入ってるのがいい」やはり何も聴こえなかった。「ハントリー、他に余ってるPCはあるか？」

ハントリーは椅子にもたれて目をこすった。「んぐ……なんならこいつを使ってくれていいよ。眼精疲労がひどくなってきた。大体、時間の無駄だよ。あのドカティが平然と素顔を晒して歩いたりするかね？　まさか。身元が割れないよう野球帽やフードで顔を隠すに決まってるし、監視カメラのある通りは避けるだろう。あれは最低の連続殺人くそ野郎かもしれんが、警察の捜査手順はよくわかってるはずだ」ノートPCをぱたんと閉じると、片手を挙げて指を鳴らした。「ドクター・マクドナルド、わたしのためにペパロニの追加トッピングを注文しておくれ。ハラペーニョも。辛いものがほしい気分だ」

ちょうどよかった。

わたしは彼のPCから外付けハードディスクを外し、本体だけを抱えて二階へ引き返した。厨房を抜けるあいだ、PCの熱が服ごしに腕と胸を暖めた。階段を上がった。

背後からハントリーの声。「ひとりじゃつまらんだろ、きみ！」

あらためてメールを開き、音声ファイルを再生した。

ほとんどのファイルは風のようなかすかな音、それにぱちぱちという雑音が続くばかりで、あとはときおり、ぴっという電子音が入るくらいだ——ただし問題のふたつは少々様子がちがった。ホリー・ドラモンドとマリー・ジョーダンが、ドカティに腹を裂かれる前に録音させられた音声。

スマートフォンとつないだPCの音量を最大にしてもなお、聴き取るのがやっとの小さな音。それが「M・ジョーダン．ｗａｖ」では五～六秒、「H・ドラモンド．ｗａｖ」では九秒間聴こえた。たしかに電話の着信音のように聴こえるが、機種を判別するにはあまりに不鮮明だ。

わたしはPCに入っていたリモート会議用ソフトのアカウントにログインし、登録者リストから「SABIR4TEHPOOL《リヴァプールっ子サビール》」を選んだ。

三十秒ほどすると画面に大きな丸顔が現れ、丸眼鏡ごしにわたしを見つめ返した。肌は古びた砕石舗装のような色で、顎に無精ひげを生やしている。目の下にくまを作り、頭は剃《そ》りあげ、顔のわりにひどく小さな唇をしていた。その唇を歪めて言う。〝あんた、ゾンビみたいな顔してますよ〟

「おまえは新種のテレタビーズみたいだ。子供が怖がるから、今日までスタジオの屋根裏に閉じこめられてたんだろう」

サビールがカメラに顔を近づけた――画面の余白がほとんどなくなった。〝いつもながらお世辞が下手なこってすね。で、今度はなんです?〟

「例の着信音のことだ。メーカーに問い合わせたりはしたのか?」

〝今日びはなんでもスマートフォンひとつで間に合うんですよ。iTunesか何かでダウンロードするとか、フリーソフトを探すとかして、自分で調べたらどうです?〟

「ずいぶん単純なチャイム音に聴こえるな。携帯電話だとしたら、かなり古い機種の初期設定音だろう」

〝はあ……まあ八年前ですからね、いまと比べたらどれも旧式ですけど。ちょいとお待ちを〟またサビールが画面に大映しになったかと思うと、キーボードを叩く音がこちらのP

Cのスピーカーごしに聴こえた。〝あんたが興味ありそうなものが別口で手に入ったんで。どうぞ〟

スマートフォンが振動した――またメールだ。開くと、どこかのサイトのリンクらしきものが貼ってあった。「これは？」

〝そっちのローカルFMのサーバーをハッキングしたんですよ。何が見つかったと思います？〟

「なんだ？」

〝リンクをクリックするだけでしょうが。頭が固いんだから、もう〟

リンクを押してみた。何も起きない。

「開かない。PCのほうに送りなおしてくれないか？」

〝まったく……〟

二分ほど待つと、ランダムなファイル名のついた動画のサムネイルが画面いっぱいに並んだ。白いTシャツを着た人々が満面の笑みで映っている。

〝駅でやってた例のチャリティ企画ですよ。ほら、あんたがインサイド・マンを追っかけて事故ったときの。局のサイト上には一部しかアップされてませんでしたけど、編集前の素材をあんた用に抜いてきたんです〟

わたしは一個目のファイルにカーソルを合わせた。「おれも映ってたか？」

〝いいえ。ジャージ姿の連中が踊ったり、パイの早食い競争をやったり、くだらない自転

日々。八年前にそのまま死なせてほしかったと言っていった。わたしのせいだ。わたしがあの日血まみれになって駅に駆けこんだせいで、彼女はドカティの悪意のレーダーに捕捉されてしまった。

やつはどうやって逃げたのだろう？　列車に乗り、最初の停車駅で降りて、タクシーで街に戻ったのだろうか？　あるいは構内のべつの出口を使って徒歩で逃げたか。その後は何食わぬ顔で仕事に戻ったのだろうか、それとも休みにしたのだろうか？動画のほうで看護師たちがカウントダウンを始めた。やがてカウントがゼロになると、ルースは両手を上げて満面の笑みを浮かべた。〝ぼくらのマイルをスマイルに！〟の横断幕がうしろではためく。

この笑顔だ。一昨日のブリーフィングでネスがスライドに使ったのは。

わたしから逃げおおせた日の夜、ドカティは寝る前にひとりほくそ笑んだのだろうか？またしても警察を出し抜いた。警官どもをこけにした。かくして彼は逮捕を免れ、新たな獲物をルースに定めた。わたしを助けた、ただそれだけの理由で。

そして八年後、ドカティはふたたびルースを襲った。彼女をどこかに監禁し、死ぬに任せようとしている。ジェシカとローラも。すべてはあの日、あの駅で、わたしがやつを取り逃がしたことから始まったのだ。

アリスの手が肩に置かれた。「アッシュ、大丈夫？　誰か絞め殺してやりたいみたいな顔してるけど……」

そのとおり。

# 50

いったんマウスを放し、右手の指を曲げ伸ばしした。深呼吸して言った。「大丈夫だ」

次の動画。オールドカースル大学のラグビー部らしき四人組。スウェット姿で山盛りのマカロニパイを貪っている。背後には大型のデジタルカウンター。一番生え際の後退した青年が真っ先に完食し、両のこぶしを高々と突きあげた。油まみれの顔に勝ち誇った笑みを浮かべ、三人の仲間を見まわしている。

〝ここらで失礼しますよ。まだまだ調べたり連絡したりしないといけないことだらけなんで〟サビールはカメラにソーセージみたいな指を突きつけた。〝アリスもさっさとロンドンに移るべきですよ。文明社会の殺人捜査ってやつを見せてあげます。それとアッシュ——あんたは肩の力を抜いたほうがいい。今夜はもう休みましょう。明日もどうせ大忙しなんだから〟さっと敬礼して、〝技術王サビール、サインオフ〟通話画面が真っ黒になった。

　こちらもログアウトし、ウィンドウを閉じた。

　アリスがわたしの首に腕をまわした。そのまま抱きしめ、わたしのつむじにキスする。

「サビールの言うとおりよ。少しリラックスしないと」

「どうやって？」私用の携帯電話をテーブルに置き、また取りあげた。「ウィーフリーに電話してシフティの無事を確かめたい――けど、そんなことしたらやつの機嫌をそこねるかもしれない。まだ娘を見つけてないくせに、ってな」

「あなたはもう充分がんばってるわ」

「そう思うか？」

〝……ごお、よん、さん、にい、いち、ゼロ！〟看護師たちが歓声を上げて飛び跳ねる。ルースは両腕を天に投げ出して笑みを浮かべる。うしろで横断幕がはためく。

　動画が終わる。

　一階の音楽が大きくなった。

　わたしは動画をリピートした。

　前のめりで画面を覗きこみ、看護師たちの後景に立つ人々の顔を確かめた。見おぼえのある顔はひとつもない――無論、ルースその人と看護師仲間を除いて。だが、何か違和感が……。

なぜだ？

映っているのはただ、ルースが固定された自転車を漕ぐだけの場面。ともだちの名でチャリティに参加するために。いずれ自身の人生までもが破壊されてしまうとも知らず。

足音が階段を上ってくる。やがてドアが開き、ローナが現れた。彼女は戸口でよろめき立ちどまると、大きな笑みを浮かべた。息を荒くし、片手にシャンパンボトルを握りしめ、「やりましたよ！　やつを追いつめました！」

画面ではルースがふたたび自転車を漕いでいた。膝を激しく上下させ、汗がTシャツを黒く染めあげていく。看護師たちは笑顔で声援を送りつつ、他の仲間と何やらしゃべっている。背後のメインステージの音楽を圧してカウントダウンのかけ声が始まり……。

わたしは椅子から立った。「どうした、ドカティが何か吐いたのか？」

ローナはPCの隣にシャンパンを置いた。「あなたの勘が当たりましたよ、ボス！」

〝……よん、さん、にい、いち、ゼロ！〟ルースが両手を掲げる。稼いだマイルをスマイルに変えて。

ついにやったか。「キャンプ場だな？」

ローナが怪訝な顔をする。「え？　いや、そっちじゃなくて……ANPRのほうですよ、やつの車のナンバーを追跡しろって。何が出たと思います？　昨日の午後十時三分、ドカティ名義の紺色のボルボが市境を越えて北に向かうのが映ってたんです」

「それで――」

「そこでアバディーンとダンディーに連絡して、十時二十分以降のANPRの録画とデータを調べさせたんです」ローナは室内を歩きまわり、ぼさぼさの髪を指で梳きながら、「車は十時半にアバディーンに到着してます。で、昨夜のうちに向こうで起こった全部の事件記録を取りよせたんですけどね、喧嘩が山ほどと空き巣が二、三件、強制猥褻二件、公然猥褻一件、そして……」ポケットから書類を抜き、こちらに差し出した。「じゃじゃーん」

事件記録だ。時刻は午前四時半、ミッドストケット・ロードにて半裸で血まみれの女性遺体を発見したと通報があった。ところがパトカーが到着すると、被害者は死んでいなかったことが判明した。薬物で眠らされていただけで、血も偽物——芝居用の人工血糊《ちのり》だとわかった。その後、彼女は救急車で地元の救急科へと搬送された。

アリスが二階に戻ってきた。ウィスキーの瓶を抱いて、「アッシュ、何してるの？」

ローナは唇を舐め、眉を吊りあげた。「肝心なところに行きましょう」また一枚の紙を取り出す——ぼやけた写真のプリントアウト。「通報者が携帯で撮ったやつなんですけど、この絵面《えづら》、見おぼえある気がしませんか？」

若い女性が道路脇の排水溝に仰向けに倒れていた。黒い下着を着けた青白い肌が濡れて光っている。腹には赤黒い血糊——十字の傷痕が描かれている。両腕を頭の上に伸ばし、片脚がねじれたポーズ。インサイド・マンの三番目の被害者、ホリー・ドラモンドの現場写真とまったく同じ。

わたしはアリスにプリントアウトを渡した。「過去の殺しの再現だ」

アリスは写真に眉をひそめた。「なんの必要があって、こんな――」

「さらに決定打がひとつ」ローナはにやりとして言った。「被害者の血液を薬物検査にかけました。特別に大急ぎでやらせましたけど、答えはあらかじめわかってましたからね」

「チオペンタールナトリウム？」

「まさに、チオペンタールナトリウム」

アリスが写真をこちらに返した。「どうしてわざわざ失敗例を再現するのかしら？　彼の目的は女性を殺すことじゃなく、彼女たちを――」

「大したもんでしょ」ローナは両腕を広げた。「これでやつを追いつめましたよ。きっと被害はこれだけじゃないはず。他にも同じ手口で襲われた女性がいないか、スコットランドの全管区に問い合わせてるところです」

「ちがう」前のめりになり、顔を両手で覆った。「あの野郎！」

わたしはまた椅子に座った。ここ数日、ずっと胸につかえていたものがようやく……

「ボス？」

「あああ……」

「アッシュ、どうしたの？」

顔から手を離した。「ドカティは十時にオールドカースルを出た。戻ってきたのは何時だ？」

ローナは眉をひそめ、ノートを広げて確認した。「午前三時五十分。それが――」

「ローラが消えたのは昨日の夜十一時から三時のあいだ。アバディーンで女性を暴行したのがドカティなら、ローラとルースの失踪時はこの街にいなかったことになる」両の手のひらをテーブルに叩きつけると、PCが小さく跳ねあがった。「ちくしょう！」

ローナが顔を歪め、こぶしを固めた。「彼女たちを拉致したのはドカティじゃない」空いた椅子を蹴りつけ、部屋の奥へと転がした。「追いつめたと思ったのに！」

　室内が静まり返った。やがてアリスが髪をいじりながら言った。「彼に共犯者がいれば、アバディーンの婦女暴行とローラ、ルースの拉致が同時間帯であっても矛盾はないわ。誰か協力者がいるのよ……」眉間に深くしわを寄せる。「ドカティが操り、命令を下せるような誰か。本当は支配されてるだけなのに、彼に対して特別なつながりや愛情を感じている誰か……きっと地元の人間ね」

　アリスが部屋を出、一階に下りていった。二分後、彼女はショルダーバッグを提げて戻ってきた。PCの横にバッグの中身を空け、地図を広げる。先ほど書きこみをしていたオールドカースルの地図だ――あちこちに赤い円が描かれ、過去の遺棄現場を示している。「数学のベン図みたいなものだと思って。各円の半径は中心点の現場まで十五分以内に移動できる距離を表していて、すべての円が交わるところに――」

「これじゃ全然だめですよ」ローナの指がカウズキリンを指し、そこから幹線道路をなぞった。「やつが被害者を遺棄するのは深夜か早朝。午前二時台なら街の端から端まで五分で突っ切れます」

アリスが肩を落とす。「そうなの」

ローナは上着の内ポケットからペンを取り出し、地図上のカースル・ヒル病院に×印をつけた。ブラックウォール・ヒルにも同じ印をつける。「こっちは私立病院。それからこが二次大戦中のサナトリウム……」ベローズ島にも印。「アルバート・ロードにもヴィクトリア朝時代の精神科病院があります」わたしに向かって指を鳴らした。爪が嚙み痕でぎざぎざになっている。「ボスは他に思いつきます？　手術の設備がありそうなところ」

「診療所でも、ある程度大きいところなら簡単な手術くらいはやってるだろうな」

「たしかに」ローナはさらに印を増やしていった。

こんなことをしても無駄かもしれないが、他に手がかりがない。あるのは聴き取るのがやっとの音声ファイルふたつきりだ。

またドアが開いたかと思うと、戸口にハントリーが立っていた。ジントニックの缶を片手にネクタイを直している。普段より若干発音があやふやだが、呂律がまわらないというほどでもない。「ご両人とも、こんなところでこそがんばってたわけだ」

わたしはホリーの音声ファイルを最大音量で再生した。またチャイムが聴こえた。音は割れてひずんでいる。サビールいわく、どの携帯電話にも入っているようなありふれたメロディとのこと。決まった音階を上下、反復するだけの単純な曲だが、音質が悪すぎてそれすら定かに聴き取ることができない。

ハントリーがローナとアリスのあいだから地図を覗きこんだ。「偉大なるベアー殿下の使者として参った。各々方《おのおの》、ピザが来たよ《ラ・ピッツァ・エ・アリバータ》」こちらを見て、「教養なき者にもわかるよう言ってやろう。〝飯の時間だ！〟」

手術設備とチャイム。

今度はマリーのファイルをクリックした。オーディオソフトが音声を割れ響かせているあいだ、横の動画ウィンドウは再生終了時の画面のままだった。両手を掲げるルース。ぼくらのマイルをスマイルに。

なぜこの動画なんだ？　なぜこればかり観ている？　何がそんなに引っかかる？

ハントリーはPCを挟んでわたしの向かいに立つと、手で追い払うような仕草をした。「ほらほら、早く下に戻りたまえ。ピザが冷めてしまうじゃないか」

また音声ファイルを再生した。ひゅうひゅう、がさがさ。一瞬だけ例のチャイムが流れる。ほとんど聴き取れないかすかな音色。

ハントリーは鼻を鳴らすと、わたしのメモ帳を取りあげた。サビールからの情報を書き留めた最後のページが開いたままだった。「ヘンダーソン、きみが鳴鐘学《めいしょう》に興味をお持ちとは知らなかったな」

彼の手からメモ帳をひったくった。「ふざけてる場合じゃないと言っただろうが」

「〝爽やかな嫌味〟だよ、忘れたのかね？」ページを指さし、「《ケンブリッジ・クォーターズ》」

「おれ以外に喧嘩を売る相手がいないのか?」

「ひとつ教えてやろう。きみはビッグ・ベンの時報鐘が《ウェストミンスター・クォーターズ》と呼ばれていることをご存知かね? 最大四小節、四音階で十五分おきに鳴る。ゆえに《ウェストミンスターの鐘《クオーターズ》》と呼ばれるのだ」

動画のルースは凍りついたままだ。誇らしげに両手を掲げたまま。再生終了時点のタイムスタンプは十四時十三分四十二秒で固定され、またたきもしない。看護師仲間は歓声を上げている。満面の笑みに囲まれたルース・ラフリン……。

くそっ、たれが。

ハントリーは腕組みし、染みだらけの天井を見上げてほほえんだ。「昔、ビッグ・ベンのミニチュア模型を二百個も調べる羽目になったことがあるよ。マンチェスターの冒険心溢れる実業家グループが、ヘロインを焼き石膏にまぜて密輸しようとしたんだ。匂い消しにコーヒー滓《かす》も少々加えてね」

四小節四音階。

着信音じゃない。

椅子を蹴るように立ちあがり、杖を取った。「ジェイコブソンを呼べ。いますぐ」

アリスが袖を引っぱる。「どうしたのよ?」

「三人の居場所がわかった」

## 51

ジェイコブソンはカウンターに片肘をつき、地図に書きこまれた赤い円を指でなぞった。「きみの情報源はたしかなのかい？」

わたしはかぶりを振った。「百パーセント信用できるかと言われたら、そうじゃない。だが、これまでのところガセをつかまされた例《ためし》はない。やつがここでドカティを見たというなら、調べてみる価値はある」地図を指さした。ショートステイン南。「考えてみろ。人気《ひとけ》がなく、幹線道路に簡単にアクセスできて、現金払いなら身分証も必要ない」

ローナが額にしわを寄せた。「しかし、ボス、ここは——」

「わかってる。ネスに報せるべきだと言うんだろ？　だが、それを決めるのはジェイコブソンだ。この場の最上級官は彼なんだから」ジェイコブソンに顎をしゃくり、「ボス？」

彼はパブの店内をぐるりと見まわして言った。「全員、車に乗れ。出動だ」

ハントリーが不満げにうなる。「せいぜい風聞程度の情報じゃないかね。裏づけがあるわけでもないし、わたしのピザが冷めてしまう——」

「車の中で食べればいい」ジェイコブソンは入口のドアを指した。「被害者救出の可能性がわずかでもあるのなら、ぼくらは行く。車に乗れ」

ハントリーはうなりつつも、ジントニックの缶二本をポケットに忍ばせた。

「でも……」ローナがこちらを見つめる。「ここは――」

「そうだな」わたしはローナの肩を叩いた。「おれが行っても足手まといになるだけだ」

ジェイコブソンに杖を振ってみせた。「行ってくれ。おれとアリス、ローナの三人は捜査本部に報告する準備を進めておく」

ジェイコブソンがわたしを見つめて、ほほえんだ。「きっと大きな貢献をしてくれると信じてたよ、アッシュ」彼はハントリーとシェイラ、クーパーを引き連れてパブを出ていった。あとにはわたしとアリス、ローナの三人だけが残された。

わたしは待った。

二秒。

三秒。

ローナが思いきり顔をしかめてみせる。「でも、キャンプ場はもう調べたんですよ？使用禁止の古いやつを除いて、トレーラーハウスは全部借り主の身元を特定済みです。ドカティはあそこを使ってません」

四秒。

五秒。

六秒。

アリスは尻もちをつき、そのまま反対の壁まであとずさった。目を丸くしていた。やがて彼女は震える息を吐くと、あらためて檻に近づき話しかけた。「ああもう、ごめんなさい、大丈夫？　大丈夫なわけないわよね、でもわたしたちが来たからにはもう安心よ。心配しないで、すぐ出してあげるから」檻の留め金に手を伸ばした。

わたしはその手をつかんだ。「まだだ」

「でも――」

「声を落とせ」

ローナが割って入る。「何言ってんですか、早くこの人を保護しないと――」

「しーっ……」アリスを指さし、声を低めて言った。「ここで待ってろ。五分経ってもおれたちが戻らなければ、彼女を連れて逃げろ。こっそりとだ」わたしは檻を覗きこんだ。

ローラはわたしに目を剝き、猿轡がわりのテープの下で必死に口を動かした。「んんんん、むううんふ、ふうう、ふんんんん！」

「すまない。だが、きみはもう安全だ。静かにしてくれ、世界じゅうに聴こえちまう」

「そんな無茶な……」ローナが無線機を取る。「連絡しますよ」

「外でやれ。それと、もし応援の連中がサイレンなんか鳴らしやがったら、このバールを喉に突っこんでやると言っとけ。わかったな？　静かにやるんだ」

廊下の先に計四枚のドアがあった。最初のドアを開けた。空っぽの陳列棚が一台置いてあるだけだ。

「ボス？」ローナがわたしの肩をつかんで、ささやいた。「応援の到着を待つべきです。もしドカティの共犯者が抵抗したらどうするんです？　あとのふたりが殺されてしまうかもしれない」

「ドカティは事件とは無関係だ。やつは下劣な暴行魔だが、インサイド・マンじゃない」

二番目のドア。壁の一面に抽斗つきの作業台が設けてあるだけで、他に何もない。

今度はアリスが言った。「彼が犯人じゃないって、それじゃ……」彼女の目が大きくなった。「そうか……わかったわ」

三番目のドアは小さな待合室に通じていた。窓はすべて板で塞がれ、廊下から入りこむ光が唯一の明かりだった。カウンターのうしろの暗がりに椅子が一脚ひっそりと置かれ、片隅には錆だらけのパンフレット用スタンド。中央の床にはくしゃくしゃのビニールシートが小山を作っていた。

残るは四番目のドア。

ついてこようとするアリスを指さした。「ローラについてろと言わなかったか？」

アリスはわたしを見つめた。「あなたといっしょにいたい」

言うと思った。

廊下を振り返り、檻の中のローラを見た。縛られた手足をなんとか解こうとしているが、ダクトテープはびくともしない。わたしは自分の唇に人差し指を当ててみせた。

ローラはにらみ返すだけだった。

右を向いた。四番目、最後のドア。

少しだけドアを開けると、音楽がさらに大きく聴こえた。曲は陽気なハンドクラッピングでフィナーレを迎え、そこで終わった。

〝最高でしょ？　わたしもすごく好きな曲なの。さて、ただいまお聴きのチャンネルはカースルウェイブFM、わたくしマリー・リミントンがお送りする『イブニング・ショー』。このあとも引きつづき、テレビの人気解説者ドクター・フレッド・ドカティが性的暴行の容疑で逮捕されるという衝撃的ニュースについてお伝えしてまいりますが、その前にコリンの天気予報……〟

そのままドアを押し、開け放った。

荷車のような車輪つきのテーブルが中央に一台。天井には一列に並ぶまばゆい照明。

〝……少しくらい晴れてくれたら、気分転換できるんだけど〟

わたしは目の焦点が合うまで何度かまばたきした。

〝残念だったね、マリー。前線は今週いっぱいこのエリアに居座りそうだよ〟

テーブルの上に女が横たわっていた。鼻と口は酸素マスクに覆われ、チューブの先は床置きのボンベにつながっていた。仰向けで、腿から脚のつけ根までを一枚のタオルで隠し、胸にもタオルがかかっていた。剝き出しの腹部は大きかった――ふくらんでいた。オレンジ色のヨードチンキにまみれ、肋骨のすぐ下に一本の溝が横に走っている。それから縦に腹を裂く傷。十字の傷は縦横どちらも黒い糸で縫合され、結び目が肌の上にとまった小虫のようだった。

遅かった。

〝ただ、土曜日には天気がまた一変しそうだよ。北極圏の寒気が流れこんできて、気温が急激に下がる。丘の高いところでは積雪が観測できるかも……〟

室内にいたもうひとりの人物は、戸口に背を向けたままステンレスの流しで手を洗っているところだった。緑色の術衣をまとい、不潔な白髪まじりの金髪を帽子で隠していた。

〝うわあ、いかにも寒そうね、コリン。じゃ、せめて景気づけにこの曲を。R.E.M.で《シャイニー・ハッピー・ピープル》……〟

わたしは室内に踏みこんだ。ラジオに手を伸ばし、スイッチを切る。

流し台の人物が身をこわばらせた。手を洗うのをやめた。濡れた手を拭き、振り返った。

わたしを見つめた。

「やあ、ルース」

返事はなかった。

国民第一ケルト教会の鐘が十五分を告げた。一小節に四音階、血の赤色をした棘だらけの尖塔から響く音色。あの音声ファイルと同じだ。神の着信音。

ルースは唇を舐めた。「入ってきちゃだめよ。ここは無菌室なんだから」

構わず前へと踏み出した。足を引きずり、手術台をまわりこむ。「彼女は……？」

ルースの手が手術器具に伸びる――メスをつかみ、顔をしかめた。「だから……」下唇

木曜日

# 52

『……わたしが悪いの』画面上のルースは鼻を掻き、片耳が肩につきそうなくらい首をかしげて言った。『わたし……難産だったの。わたしが子宮を壊さなかったら、彼女はもっと子供を作れた。『わたしよりちゃんとした子を』

アリスがうなずく。彼女はカメラに背を向けて座り、前の机に書類をきれいに並べていた。何やらメモを取っていたが、監視室のモニターごしでは文面まで読み取ることはできない。『ご両親はあなたにつらく当たったのね』

『仕方ないわ。わたしが母のからだを壊してしまったんだもの。わたしはどじばっかりしてた。ドアにぶつかったり、食器棚にぶつかったり、階段から落っこちたり……』

わたしの隣でネス警視がため息をつく。「彼女の過去の医療記録を調べたわ。揃えるのに少々手間がかかったけど、九歳にもならないうちに異常な数のレントゲン写真が撮られてる。腕、脚、肋骨、鎖骨の骨折、それに指の脱臼」

「誰も福祉課に報せなかったのか？」

『でも、あなたならもっといいお母さんになれたはず。そうでしょ？』

ルースが前のめりになった。『最高の母親になれたわ。子供を常に愛して、あやして、夜泣きするからといって氷水に漬けたりなんか絶対にしない。きっと素敵な子に……』顔を伏せ、『そこに彼が来た』

ネスは紅茶をひと口飲んだ。「どうして彼女が真犯人とわかったのか、まだ訊いてなかったわね」

「獣医のボランティアをしてたと言ってた。ルースの住んでたフラットから五分のところに閉鎖した動物病院があってな。秘密の手術室にはぴったりだ」

『あのとき話してくれた男ね？　セント・ジャスパーズの横丁であなたをレイプした男』

『せっかく赤ちゃんができたのに、どうして堕ろしちゃったんだろう？』ルースは顔を手で覆い、肩を震わせた。『わたしが……わたしがあの子を墜ろさなければ……』

ネスは座ったまま前屈みになり、モニターを覗きこんだ。「彼女の中絶を担当した医師はモグリで、手術ミスをした。八カ月後には患者に対する傷害で逮捕されてるわ。麻酔がわりにコカインを使ってたそうよ」

『しーっ……大丈夫よ、ルース』

『あの子を産んでいれば。きっと天使みたいな子に育ったのに……』

「それで、あなたはこれからどうするつもり？」

わたしは肩をすぼめた。「さあね」

「ジェイコブソンは、あなたはもう自由の身だと言ってる。週一回、保護観察官との面談を欠かさない限りはね」

『ルース。あなたが新聞社に送った手紙について訊きたいの』

ルースが眉をひそめる。『手紙？』

アリスは机に並べた紙を一枚取りあげ、『おれをカレドニアン・リッパーなどと呼ぶのはやめにしてもらいたいものだ。無礼きわまる。おれの事業の重大性を、連中はまるで理解していない』

ルースは小さくかぶりを振った。『ちがう。そんな……手紙なんて書いてない』テーブルごしにアリスの手を取った。『どうしてそんなもの書かなくちゃいけないの？　わたしはただ赤ちゃんがほしかっただけ。わたしなんかほっといてくれればよかったのに』

『そう……』アリスは身を乗り出し、メモを見ながら言った。『ルース、あなたは病院に協力者がいたの？』

『病院？』

『どうやって薬を入手してたの？　降圧剤、麻酔剤、手術用の接着剤。ジェシカの患者の連絡先はどこで知ったの？』

ルースは肩をすぼめた。『ただ病院に行って、昔のＩＤで入るだけよ。ドアの暗証番号くらい変わってると思ったんだけど……ねえ、今度こそ死なせてもらえるかしら？』

ネスがふとこちらを見つめた。

「なんだ？」

「あなたは目の離せない人ね、ミスター・ヘンダーソン」

アリスは助手席に身を沈めた。両手を腿に置き、腕の力を抜く。「ふう……」

ソーンウッドで左折した。ワイパーがフロントガラスに線のぼやけた弧を描いている。

「ネス警視に口説《くど》かれそうになったよ」

「よかったわね」アリスがため息をつく。「彼女が悪いんじゃない」

「おれの抗《あらが》いがたい魅力のせいだ」

アリスはしかめっ面をした。「そうじゃなくて、ルースの話よ。彼女が四歳のとき、父親は赤ちゃんがどこから来るのか説明しようとして、母親の服の下にソフトビニールの人形を入れたの。こんな感じで産まれるんだ、ってね」

車の流れが血栓のように詰まりはじめた。シェル石油のガソリンスタンドの前で道路工事をやっていて、その前に長い車列が延びている。居並ぶ車のテールライトが雨ににじんで、怒りに燃える赤い瞳のように映った。

アリスは首を倒し、助手席の窓に頭をつけた。「三週間ほど経ったころ、ルースは母親がリビングで昼寝しているところに出くわした。彼女は母のカーディガンの下に人形を入れたの。新しい子ができたら、きっとお母さんも喜ぶだろうと思って」

わたしは渋滞を逃れようとパン屋の前の横道に入り、パッターデイル・ロウに出た。

「そうか、それで——」

「母親はルースの指を三本折り、肩を脱臼させたわ」

虐待者殺しのサラ・クリーガンは正しかったのかもしれない――子の親になるべきでない人間もいる。死に値する親も。

アリスはヘッドレストに後頭部をもたれた。「彼女の精神状態はもともと不安定だった。でも、まだ立ちなおることは――心の病と戦うことはできたかもしれない。あのレイプと中絶の失敗さえなければ。あれで最後の糸が切れてしまった」肩をすぼめ、「被害者は全員ただの実験台だったのよ。自分自身のからだで実行する前の練習に過ぎなかった。ところがいざ本番となると、自分の腹を切開するのは想像以上に難しくて……」ふと窓のほうを向いた。「病院に行くんじゃなかったの？　道がちがう……」

「ちょっと寄り道するぞ」


編集室の机の半分は無人だった。ネタを追いかけているのか、あるいは――こちらの可能性が高いが――昼飯を食いに出ているだけか。『カースル・ニュース&ポスト』の紙面を嘘で塗り固める作業も一時間ほど休憩だ。

ミッキー・スロッサーは眉間にしわを寄せてPCの画面をにらんでいた。片手でキーボードを叩き、もう片方の手にはバゲットサンド。食事中だった。

机をこぶしで叩くと、ミッキーがPCから顔を上げた。眉間のしわが深くなる。「約束を破ったな。公式発表があれば真っ先に報せると――」

「こいつをおぼえてるか？」彼にもらった手紙の写真を、キーボードの上にばさっと落とした。

ミッキーは椅子にもたれて答えた。「おぼえてるとも、おれがコピーしてやったんだ。あんたは約束――」

「こいつを書いたのはインサイド・マンじゃない。そもそも犯人は、一度たりとも〝インサイド・マン〟を名乗ったことなどなかった。ちがうか？」

ミッキーの同僚数人が各々の仕切りから首を伸ばした。ただの喧嘩か、それともネタになりそうな話か。

ミッキーは顔を背け、サンドイッチを置いた。「あんたが何を言ってるのかわからない。あのさ、原稿の締切が近いんだよ、大した用じゃないなら――うぐっ」

わたしはミッキーのネクタイをつかむと、そのまま歩きだした。キャスターつきの椅子ごと彼を引っぱっていく。彼はネクタイの結び目を手で掻きむしった。目を見開き、顔は紫に変色しつつある。

いい顔になった。

「あの手紙のせいで、おれたちがどれだけ時間を無駄にしたかわかってるのか？　本物の殺人犯を追う暇で、実在しない架空の犯人を追いかけさせられたんだ。捜査にどれだけの損害を与えたと思ってる？」

灰色の仕切りからさらに数人の顔が覗く。

「あうっ……放せ！　誰か！　警備員――」

ミッキーの口を手で塞いだ。「アリス？」

編集室がほぼ総立ちになった。物見高い者はわざわざ通路に移動してきた。

アリスは身を屈めてミッキーと目線を合わせた。「手紙が被害者発見の前に投函されたように見せかける手口は実に巧妙だったわ。でも仕組みは単純、でしょ？　自分宛てに毎日空っぽの封筒を投函するだけだもの。被害者が見つかったら手紙を書き、前日の消印の封筒に入れて、周囲には今朝届いたばかりだと説明する。被害者が出なければ、届いた封筒はただ捨ててしまえばいい。誰も気づきはしない」ほほえんで、「実に巧妙だわ」

わたしがネクタイを放すと、ミッキーは椅子の上で縮こまった。アリスを見、次いでわたしを見て、それからまたアリスに向いた。「だからさ、なんの話だかわかんないって」

アリスは背筋を伸ばした。「インサイド・マン事件はあなたにとってチャンスだった。あなたは編集部でなおざりにされ、くだらない子供の慈善活動だの家畜市場だの、バザーだの市民劇団だのの取材ばかり押しつけられていた。誰もあなたを一人前のジャーナリストと認めようとしなかった。なのに、あの手紙ひとつでみんなが手のひらを返した、そうでしょ？　あなたは真価を認められた。優秀な記者として見られるようになった」

「そんな――」

わたしもほほえんだ。「郵便管理室の男と話したんだよ、ミッキー」

彼はまばたきし、唇を舐めた。「なんというか、あれだ……そんな大ごとになると思わ

ドからタータンチェックのスリッパも拝借した。「こいつを履いとけ」

シフティは猫のTシャツと併せて買ったタータンチェックの半ズボンを穿いていた。丈が膝までしかなく、剝き出しの脚は紫に変色した縫い跡と絆創膏だらけだ。

彼は警察証を胸に当てつつ言った。「どこ行くんだ?」

「すぐわかるさ」

最上階へ上がるエレベーターには、さっきの女は乗っていなかった。

シフティは借り物のガウンの縫い目をつまんだ。「その……世話になるな」

「お互いさまだ」

アリスもうなずいた。「わたしたち、一心同体よ」

エレベーターの機構が低いうなりと金属音を上げる。

シフティが上唇を歪める。「今日じゅうに退院しろと言われたよ。抗生物質と鎮痛剤をひと揃いよこして、とっとと出てけと抜かしやがる」

「あのフラットの部屋を使うか? 今月の家賃は振込済みなんだが、アリスはもう戻りたくないそうだ」

シフティは思いきり身震いしてみせた。「おれもキングズミースはこりごりだ。二度と足を踏み入れるもんか」

十一階のライトが点灯し、ドアが開いた。わたしたちは病棟の最上階に降り立った。

この階では、床のリノリウムのひび割れをダクトテープで覆うような真似はしていなかった。タイルカーペット、花瓶に飾られた花、まともな絵の入った額縁。静寂と高級感があたりを包んでいた。廊下の先からはバターとニンニクの香りが漂ってくる。

シフティが鼻を鳴らす。「大したもんだ。地獄の沙汰も金次第ってか?」

「おまえもちゃんと健康保険に入っとくべきだったな」

チーク材の受付カウンターの向こうに若い男がいた。眉を上げつつこちらに微笑し、首をかしげる。「申し訳ございませんが、当フロアはご予約の患者さまとその――」

「警察だ」わたしは失効済みの警察証をちらつかせ、「ここの患者に会いたい。ミセス・メイヴ・ケリガン。片目の負傷と銃創のある女だ」

「はあ……」受付の男が電話機に手を伸ばす。「少々確認を――」

「しないでもらいたい」わたしがカウンターごしに身を乗り出すと、男は縮こまった。

「やつはどこだ?」

男は自分のうしろを指さした。「二一〇号室です」

シフティとアリスを連れ、廊下の奥へと足を引きずっていった。

左右に並ぶ病室はどれもホテルのスイート並みだ――ソファとコーヒーテーブルを備えた小さな面会スペース、大きな薄型テレビとiPodの専用スピーカー、全面ガラスの窓とドア、その向こうに幅の狭いバルコニー。患者たちは小さなダイニングテーブルに座り、窓外に広がる町並みを見晴らしながら昼食を摂っていた。

一五号室、一六号室、一七号室。

突き当たりで左に曲がった。

一八号室。

ふたりの男が行く手に立ちはだかった。ひとりは包帯でぐるぐる巻きの頭からショウガ色のポニーテールを垂らした、大きな黒い目の大男。もうひとりは背が低くがっしりとした体格で、刈りあげた頭に無数の小さな傷痕が走っている。黒い目は片方塞がっており、松葉杖をついていた——骨折した左脚は腰から爪先までギプスで固めてある。

ジョゼフとフランシス。

フランシスがうなずく。「警部補」

「フランシス」

ジョゼフは薄笑いを浮かべた。「これはこれは、ヘンダーソン。残念ながら、きみとの付き合いも今日限りでしまいのようだ。わたしとフランシスはオールドカースルを離れ、新天地へと旅立つことになった。海の向こうへ《コスタ・デル・ファー》、この国を遠く離れて」

フランシスもうなずいた。「スペインあたりだな」

わたしは肩をいからせた。「おれが追いかけてこないと思ってるのか?」

「ああ、追いかけてくるとは思わない。ひとつ言っておこう。ミスター・イングリスは、先日のミセス・ケリガンの行動にいささか懸念を抱いておられる。組織全体の存続のため、綱紀粛正《しゆくせい》を図る必要がありそうだと」肩をすぼめ、顔をしかめて言った。「ゆえに、われわれは去る。ミスター・イングリスが見せしめを求める前に」

わたしは一歩踏み出した。「だったら早く、できるだけ遠くへ逃げるんだな。五分以上ここでぐずぐずしてたら、おれはこないだの約束を果たすことになる。なんと言ったか、おぼえてるか？」

ジョゼフがにやりとする。「指を一本残らずもぎ取って食わせる、だったかな？」

「アリスに手を出すなと言ったはずだ」

「ああ、ヘンダーソン。きみとの楽しいおしゃべりもこれで最後とは寂しい限りだ。わが人生の至福のひとときだった」人差し指を立て、「フランシス、退場の時間だ。ミスター・ヘンダーソンにさよならを」

フランシスがうなずく。「警部補」

ふたりは去った。ジョゼフの松葉杖の音が廊下の向こうに遠ざかっていく。

シフティは両のこぶしを握りしめた。「見たか？　あいつら、おれのことはまるっきり無視しやがった。追いかけて腕を引っこ抜いてやる」

わたしは前方を指さした。廊下の左側、残り二枚のドアの最後。「鬱憤《うっぷん》晴らしならもっといい相手がいる。おれを信じろ」

ドアごしにクラシックが聴こえてきた。ノックを省略し、ただ開けて入った。

ミセス・ケリガンが一人用のダイニングテーブルについていた。こうべを垂れ、両手を膝に置いている。シフティと同じく右目にガーゼを当てているが、それを留めるテープは彼のものよりずっと細身で見た目がよかった。丈の長いシルクのガウンの裾から、爪先から足首まで包帯に覆われた右足が覗いていた。

彼女の前には、手つかずのままの分厚いフィレステーキの皿。

向かいに男がひとり座っていた。襟まで届く長いグレーの髪。薄くなった頭頂部は染みだらけのピンク色の頭皮が露出していた。紺色のピンストライプ・スーツに白いシャツ。太い手首にはアンティークものの大きな腕時計。決して長身ではないが、横幅が広く力強い体躯。アンディ・イングリスだった。

彼はグラスゴーの造船所を思わせるきつい訛りで言った。「あんたに個人的な恨みがあるわけじゃねえんだ」

ミセス・ケリガンはこうべをいっそう深く垂れた。

イングリスが立ちあがり、百六十五センチの身長いっぱいになった。ため息をついて、「なんのつもりであんな真似をした?」

ミセス・ケリガンは肩を片方だけすぼめて答えた。「反省してます」

イングリスが振り返った。わたしを見て一瞬口をあんぐりさせた。「アッシュ? アッシュ・ヘンダーソンじゃねえか。このくたばりぞこないの悪党《バスタルド》め!」見かけによらずすばやい身ごなしでこちらへ近づくと、わたしの二歩手前で両のこぶしを構え、さらに寄ってきてジャブを繰り出す。顔面に当たれば歯が折れてしまいかねないパンチだ。「久しぶりじゃねえか。いつ出たんだ?」

「日曜だ」

「報せろよ！　ケアンボーンによ、小せえがいいレストランができたんだ。来いよ、おれの奢りだぜ」

彼の肩ごしにミセス・ケリガンを見た。あいかわらず座ったままだ。片手で無事なほうの目をぬぐっていた。

イングリスの笑顔がやや曇った。シフティを顎で指し、「そっちの坊やが、例の？」

シフティが警察証を掲げる。「デイヴィッド・モロウ警部補だ」

「お大事にな」彼はわたしの腰に腕をまわし、廊下へ連れ出した。声を落として言う。「ここだけの話だがよ――」

「金なら持ってない」

イングリスは眉を吊りあげた。「金？」

「借金の残り三万二千ポンド。ミセス・ケリガンが――」

「ばか言うな」彼は深々とうつむいた。「アッシュ、借金はあんたが娘を亡くしたときに全部帳消しにしたんだぜ。これ以上苦しめるのはあんまりだと思ってよ」

「そんな……」わたしは目を閉じ、深呼吸した。手が痛みも構わずこぶしを握る。借金は帳消し。ミセス・ケリガンはそのことを黙ったまま、わたしを小突き、いたぶり、だましていたわけだ。

〝出所さえしちまえば、あたしがあんたで遊ぶのをやめるとでも思ったのかい？〟

目を開くと、イングリスが怪訝な顔でこちらを見ていた。「大丈夫か？」

「ああ、ありがとう」

彼はかぶりを振った。「よせよ。おれとあんたの仲じゃないか」解体用の鉄球並みの腕力でわたしの肩を叩き、それから病室を振り返った。「彼女を逮捕しに来たのか、それとも殺すつもりか？」

「あの女は現職の警官を拉致し、拷問して――」

「煮るなり焼くなり好きにしな」イングリスは廊下を歩き去っていく。「忘れるなよ。ケアンボーンの〈シュ―グリー・グース〉って店だ。きっと気に入る」

わたしはふたたび病室に入った。

シフティがテーブルの前に立っていた。皿の上にはフィレ肉とフライドポテト、アスパラガス。横には大きなグラスに入ったシラーズの赤ワイン。「おれの今日の昼飯を知ってるか？　茹でカリフラワーのチーズがけ。カリフラワーは古くて黄色くなってやがった」

ミセス・ケリガンは顔を上げずに言った。「厚かましい男だね。こんなとこまでのこのこ顔を出すなんて」

わたしは手品ショーよろしく杖を振るってみせた。「それではどうぞ、シフティ」

「お言葉に甘えて」彼は首を左右に倒して鳴らした。「メイヴ・ケリガン、おまえをデイヴィッド・モロウ警部補の拷問および殺害未遂で逮捕する。おまえには黙秘権が――」

「考えてもごらんよ」ミセス・ケリガンはナイフとフォークを取り、ステーキを切り分けた。断面はほとんど生だった。「あたしを逮捕したところで有罪判決なんか出やしない。

証拠も証人もないじゃないか」

わたしは親指で自分の胸を指した。「おれが証人だ」

ミセス・ケリガンはにたっと笑った。「あんたにゃ無理だよ、ヘンダーソン。家族が心配じゃないのかい？　別れた奥さんとお兄さん、彼らの身に何が起こるだろうね。何分割くらいになって見つかると思う？」

「そんな脅しが通用するとでも？」

「へえ？」

わたしは笑みを浮かべて言った。「シフティ。モンクールの森にポール・マンソンという失踪中の会計士が埋められてるんだ。この女が殺した。頭と胸を撃って。ローガンズフエリーの旧キーナン邸の床下を調べてみろ、銃が出てくる。こいつの指紋つきでな」

ミセス・ケリガンはステーキの切れを口に放りこみ、咀嚼《そしゃく》した。「あんたたちの愛する者を全員殺してやる」

シフティが両手の指を曲げ伸ばしする。「床にひざまずけ」

「失せな、でぶ」ミセス・ケリガンは血のしたたるフィレ肉を切り分けた。「あたしに指一本触れてみな。あんたは死ぬ。あんたのママも死ぬ。彼氏も死ぬ」

シフティが彼女に身を屈める。「いいぜ。逮捕に抵抗したいのなら、ぜひやってくれ」

「あたしを拘束しちまえばそれで大丈夫とでも？　本気でそう思うかい？」フォークの先でアリスを指し、「まずはその心理学者を誰かに捕まえさせる」

わたしは皿のアスパラガスをつまみ食いした。「アンディ・イングリスはおまえを切り捨てた、そうだろ?」

ミセス・ケリガンはなおもステーキを切る。

「おまえはとんだお荷物になった。おまえは正気じゃない。警官を拉致して拷問し、ただ夕食の席で退屈な話をしたからといって人を殺す」

カトラリーを握る彼女の手の関節が白くなった。

「そんな真似をして周囲の注意を引くことがイングリスの気に入るはずがない。刑務所に入ったら何日生き延びられるかな? 一日? 一週間? 彼はおまえの口を塞がずにはおかないだろうよ」

ミセス・ケリガンは残る左目でわたしを見上げた。「この街の大物はイングリスひとりきりとでも? あたしはあちこち貸しがあるんだ。素敵なロシアの紳士方を知ってるよ。彼らならきっと、そこの学者の小娘に目くるめく体験をさせてくれるだろうさ」

「もう充分だ」

「最高じゃないか。連中なら十人だか十二人だかでその女を輪姦《まわ》して、悲鳴と血と苦痛で染めあげてくれるだろうよ」

アリスが戸口にあとずさる。「アッシュ?」

「こういう手もある。パースにひとり、人間を切り刻むのが大好きな男がいてね」

この部屋はやけに暑いな。

「ロシア人がやるだけやったら、今度はその男にまわしてやろう。ちょいとばかり切って、それから犯すのさ」

わたしはバルコニーのドアの留め金を外し、開け放った。十一月の午後の冷たい外気と雨音が室内に流れこんできた。

「気に入ったかい？　なんなら彼女が切り刻まれるところを見学させてやってもいい」

聴こえるのは降りしきる雨の音ばかり。

「あんたは死ぬ。あんたの愛する者もみんな――」

ミセス・ケリガンの襟をつかみ、椅子から引っこ抜いた。「もういい。黙れ」

「――死ぬんだ！　聞いてんのかい？　みんな死ぬよ！」

「アッシュ！」

誰かがわたしの腕をつかんだ。そちらに向いた。アリスがわたしを見つめていた。彼女は鼻先と両目をピンクに染め、下唇を嚙みしめ、首を横に振った。「だめよ」

わたしはミセス・ケリガンを放した。長く震えるため息がひとりでに漏れ出す。そのまうしろに下がった。「きみの言うとおりだ」

ミセス・ケリガンは乱れたガウンを直した。「いい子だから、今日はこのまま家に帰るんだね。次の仕事が決まったら報せてやろう」にたにたと笑いながら、「これきりで解放してもらえると思ってんのかい、ヘンダーソン？　あんたは犬だ。跳べと言ったら跳び、殺せと言ったら殺す。気に食わないってんなら、そのときはあんたの大事な――」

「だめよ！」アリスが両手を上げて突進する。ミセス・ケリガンのガウンをつかんだかと思うと、そのまま押しやった。力いっぱい。

ミセス・ケリガンは目を丸くし、歯を剥き、ドア枠に指を引っかけようとするが、アリスは彼女をつかんだままバルコニーへと押し出した。

「もうわたしたちをほっといて！」

ふたりは砂利敷きの狭いバルコニーに出た。濡れた石粒が足もとでざりざりと鳴った。それから鈍い音がして、ミセス・ケリガンの背中が手すりにぶつかった。

「放せ、この小娘が！」ミセス・ケリガンがアリスの首に両手を巻きつける。「殺してやる――」

アリスの小さな赤い靴が、ミセス・ケリガンの包帯を巻いた右足を踏みつけた。

罵声がやんだ。

ミセス・ケリガンの眼球がふくれあがる。口をがっと開き、垂れた唾液がシルクのガウンに黒い染みをつける。彼女は大きく息を呑んだ。

アリスはさらに押した。

ミセス・ケリガンのからだが手すりを越える――もがいたところで、伸ばした手の先にあるのは降りそそぐ雨粒だけ。

叫び声ひとつ上げずに落ちていき、最後にどさっと音がした。十階下の地上から。

シフティが短く口笛を吹く。それからバルコニーに出て、手すりの下を覗きこんだ。借り物のガウンの肩に雨が沁みこんでいく。

わたしもアリスの隣に立ち、下を見た。

壊れた人形が落ちているみたいだった。ミセス・ケリガンは上半身を舗装に横たえ、下半身はフォード・フィエスタのひしゃげたボンネットに乗りあげていた。うつ伏せた顔と胸の下から、ペンキのように真っ赤な血だまりが広がっていく。

シフティが鼻を鳴らす。「これであの女もおしまいだな」

わたしは踵を返した。足を引きずって室内に戻り、カーペットに投げ出された杖を拾いあげた。「この場を離れるぞ」

アリスはいまだ手すりから地上を見下ろしていた。何も言わず、身動きもしない。

「ふむむ……」シフティは金属の手すりに指を躍らせると、やがてうなずいた。雨の中から言葉をひとつずつ引き出すようにゆっくりと、「ああ、なんてこった。来るのが遅すぎた。おれたちが来る直前にジョゼフとフランシスがやったにちがいない。残念な話だ……おっと、騎兵隊のお出ましだ」手すりから離れて身を屈めると、さっとアリスの襟をつかんで室内へ引っぱりこんだ。「ほら、行くぞ」

アリスが萎えかけた両脚をばたつかせる。バルコニーに向いたまま、「でも……」

わたしはダイニングテーブルからナプキンを取り、バルコニーのドアノブをぬぐった。

「他に何も触ってないな?」

シフティがアリスを病室の外へ押しやる。「おいとましよう」

わたしは戸口で立ちどまった。廊下の左右を確認し、タイル張りの天井を見上げた。それからエレベーターのほうへシフティの背中を押した。「アリスを連れていけ。おれはまだやることがある……」

六カ月後

# 53

北海から巻き立つ海霧が湾の向かいの岬を隠している。何もかも白くぼやけた模写像のようだ。コピーのそのまたコピー。色あせたおぼろな影。

砂浜を歩くふたつの人影が霧の奥にうっすらと見えた。背の高いほうはレザージャケットに眼帯、小柄なほうは縞柄のブラウス姿。

小さな黒い点がふたりから離れてはまた近づいていく。音程の高い吠え声が、距離と風のせいでくぐもって聴こえた。

電話の向こうでネス警視がため息をつく。〝裁判の話はもうしたくないわ——とんだ見せ物よ〟

わたしはコテージを囲むフェンスの支柱にもたれつつ、紅茶に口をつけた。「当ててみよう。ドカティの野郎がここぞとばかりにしゃべりまくってる」

〝ゲリガン事件だけでも手いっぱいだっていうのにね。インターポール相手の仕事ほど面倒なものはないわ〟

「病院の監視カメラに何か映ってたりは？」

〝いいえ。例の二人組、何をどうしたら録画を丸ごと消去なんてできたのかしら？〟

然るべき人間さえ知っていれば、そう難しい話ではない。「わからんな」

浜辺のほうでは、スコティッシュテリアのヘンリーが波打ち際を走っていた。そのうちきゃんきゃんと吠えながら戻ってきて、アリスの前で飛び跳ねた。

〝本当に何も見なかったのね？〟

「残念ながら。おれたちが病室に入ったときにはもう手遅れだった」

特別病室の受付係の対応次第では厄介なことになっていたかもしれない。だが、彼はこちらがアンディ・イングリスの名前を出すなり健忘症に罹ってくれた。

〝まったく……ふたりの苗字すらわかってないのよ。ジョゼフとフランシス、ただそれだけ。これでどうやって国際手配を出せというの？〟

海遊びは終わりのようだ。アリスとシフティがコテージへ引き返してきた。犬のヘンリーはふたりの足もとをぐるぐると走りながら、毛むくじゃらの小さな頭をさかんに振っては吠えている。

ため息。〝ところで、ドクター・マクドナルドはどうしてるの？〟

いまだに夜中、悲鳴を上げて飛び起きることがある。午前二時にキッチンに座って泣いている。あいかわらず酒を飲みすぎる。それでも悪夢にうなされる回数は少しずつ減ってきているようだ。ネスに伝えるほどでもない。

「アリスなら元気だ。静かな新生活を満喫してるよ」マグカップをまわして紅茶の残りを渦巻かせると、集めた澱《おり》ごと海霧の向こうに撒いた。「あのさ、忙しいとはわかってるけど、もし息抜きがしたくなったらぜひうちを訪ねてくれよ。本物のスコットランド式バーベキューをご馳走しよう。ソーセージと霧、それに小虫の群れだ」

 やや間が空いて、〝それは……デートのお誘いと受け取っていいのかしら、ミスター・ヘンダーソン?〟

「言ってるだろ。アッシュだ」

彼女が笑みを浮かべているのが声の調子でわかった。〝おぼえておくわ〟

ヘンリーが芝生の土手を駆けあがり、フェンスの針金の下をくぐった。四本の脚で舗装を踏みしめたかと思うと、からだを振るって塩水を跳ね散らす。うしろでアリスがほほえんでいた。片手でシフティの腕を取り、空いた手をこちらに大きく振った。

オーストラリアではないし、プールもない。だが、これも全然悪くない。

# 訳者あとがき

舞台はスコットランド東部の架空の街、オールドカースル。花崗岩の丘に城址を戴くこの街は、一地方都市としては異常な数の猟奇事件が多発する犯罪都市でもある。原因は第一次大戦中に存在していたとされる毒ガス工場か、はたまた街に眠る血塗られた歴史が荒ぶる魂を惹きつけるのか――

主人公の刑事アッシュ・ヘンダーソンは前作『獣狩り』（山本やよい訳、ハーパーBOOKS、二〇一五年）のバースデー・ボーイ事件に娘が巻き込まれ、自身も無実の罪で刑務所送りとなってしまった。それから二年後、彼の前に野心家の若手エリート、ジェイコブソン警視が現れる。仮釈放と引き換えに、八年ぶりに犯行を再開した猟奇殺人犯インサイド・マンの捜査に加われというのだ。インサイド・マンの手口は、地元病院に勤務する女性ばかりを襲い、腹部を切開して赤ん坊の人形を埋めこむという凄惨なもの。かつて同犯人を目前で取り逃がした苦い過去を持つアッシュは、犯罪心理学者にして前作以来の相棒アリスとともに外部有識者チームLIRUに参加する。

だが、アッシュにはもうひとつ果たさねばならない仕事があった。殺人の濡れ衣を自分に着せた仇敵ミセス・ケリガンへの復讐だ。アッシュは親友の〈腹黒《シフティ》〉ことデイヴィッド・モロウ警部補に協力を仰ぎ、インサイド・マン追跡と平行してミセス・ケリガン襲撃計画を練る。しかしそれには問題がひとつ。仮釈放中の身であるアッシュの逃亡を防ぐため、彼の左脚には発信機が取りつけられていたのだ。身元引受人のアリスから離れると警報が作動し、すぐさま追っ手がかかる仕掛けだ。アッシュはアリスとの同居と常時同行を与儀なくされる。

さらに前作で負った右足の銃創と持病の関節炎、曲者ぞろいのLIRUメンバー、捜査部内の主導権争い、アリスと対立するもうひとりの犯罪心理学者、アッシュの追跡劇に巻きこまれ自身も被害者となってしまった元看護師との再会、凶暴なアウトローの介入……前作に勝るとも劣らぬ苦難の連続がアッシュを襲う。インサイド・マンとミセス・ケリガン、捨て置けぬふたつの因縁に、彼は果たして決着をつけることができるだろうか。

以上が本作『獣たちの葬列』（原題：*A Song for the Dying*）のあらすじだ。シリーズ第一作に当たる前作『獣狩り』は冒頭から愛娘が拉致・拷問されるハードな幕開け。その後明かされる犯人の手口も酸鼻を極め、仇討ちに燃えるアッシュは捨て身の捜査にのめりこんでいく——と書くといかにも暴力的な現代クライムノベルの風情だが、それでいて不思議と息苦しさを感じさせないのが独特の魅力だった。どこかとぼけた（ときにブラックな）ユーモアの数々と、ヒロインのアリスはじめ一癖も二癖もある個性的な登場人物たちの悲喜こもごも。ともすれば殺伐一辺倒になりそうな物語に喜劇性すら感じさせる手腕は、人気作家マクブライドの面目躍如といったところだ。その持ち味は、シリーズ二作目の本作にもしっかりと引き継がれている。また、前作では何かとアッシュを困惑させていた大酒飲みの変人アリスだが、本作ではより深まったふたりの絆が描かれる。さらには親友シフティ、いまだアッシュに恋慕中の元部下ローナ、サイバー捜査の専門家サビール刑事も頼れる仲間として再登場する。対する本作初登場の面々も個性派ばかりで、シリーズの世界観がいっそう広がりと豊かさを増したことは間違いない。

著者スチュアート・マクブライドは一九六九年スコットランド生まれ。俳優、グラフィックデザイナー、プログラマーなど職を転々とした後、二〇〇五年に『花崗岩の街』（北野寿美枝訳、早川書房）で小説家としてデビューを果たす。翌〇六年に同作で米国バリー賞新人賞、〇七年には英国推理作家協会主催のCWA賞図書館賞を受賞した。デビュー作から続く刑事ローガン・マクレイ・シリーズ、本作を含むアッシュ・ヘンダーソン・シリーズともに舞台をスコットランドに据え、いまや〝タータン・ノワール〟を代表する作家のひとりである（執筆活動以外でも、郷土料理ストーヴィーズの料理大会で優勝経験を持つあたりに彼の地元愛の強さがうかがえる）。多作な作家でもあり、デビュー後の十六年間に発表した作品は長編だけでも二十作近くにおよぶ。その荒々しくもユーモラス、酷薄さと人情味の入りまじる作風は英国ミステリ界において確かな異彩を放っている。

本作『獣たちの葬列』の設定に関して一点補足しておきたい。スコットランド自治政府は二〇一二年の警察・消防再編法により、それまで各地域に分散独立していた警察組織を

「スコットランド警察」に一本化した。ちょうど前作から本作発表のあいだに起こった出来事で、作中にもこれが反映されている。なお、旧約・新約聖書からの引用は、日本聖書協会『聖書　ルビ付き+なし版　口語訳（旧約聖書+新約聖書）+文語訳（旧約聖書+新約聖書）+聖書地図』（サキ出版、Kindle版、二〇一四年第一版）の文語訳（ルビ付き）を使用した。旧約聖書が明治元訳、新約聖書が大正改訳となっている。

最後に、最新のアッシュ・ヘンダーソン・シリーズの展開（二〇二一年現在）についてお伝えする。本国イギリスでは、本作から七年を経た今年一月、正式なシリーズ続編として *The Coffinmaker's Garden* が刊行された。大嵐で倒壊した家屋から発見される無数の遺体、そして行方不明の家主。未知なる大量殺人鬼を捕まえるべく、不屈の男アッシュが再び立ちあがる……。

近年またも高まりを見せるスコットランド独立の気運に先んじて、すでに「英国ミステリ」の枠に収まらない独自性を勝ち取ったタータン・ノワール。イアン・ランキン、ヴァル・マクダーミドら先達の作家に負けぬ勢いでその最前線を行くマクブライドから、今後も目が離せない。

二〇二一年九月

鍋島啓祐

訳者紹介　鍋島啓祐

英米文学翻訳家。東京都生まれ。早稲田大学文学部仏文科卒。

ハーパーBOOKS

# 獣《けもの》たちの葬列《そうれつ》

2021年10月20日発行　第1刷

著　者　スチュアート・マクブライド

訳　者　鍋島啓祐

発行人　鈴木幸辰

発行所　株式会社ハーパーコリンズ・ジャパン
東京都千代田区大手町1-5-1
03-6269-2883（営業）
0570-008091（読者サービス係）

印刷・製本　中央精版印刷株式会社


ISBN978-4-596-01533-4